U0904564

本书为山东省社科规划项目“莫言创作的主体意识研究”、国家社科基金重大招标项目“世界性与本土性交汇:莫言文学道路与中国文学的变革研究”的阶段性成果,山东大学教学综合改革立项经费资助项目。

莫言长篇小说研究

丛新强　著

山东大学出版社

图书在版编目(CIP)数据

莫言长篇小说研究/丛新强著.—济南:山东大学出版社,2019.8
ISBN 978-7-5607-6405-4

Ⅰ.①莫… Ⅱ.①丛… Ⅲ.①莫言—长篇小说—小说研究 Ⅳ.①I207.42

中国版本图书馆 CIP 数据核字(2019)第 178647 号

责任编辑:李孝德
封面设计:牛　钧

出版发行:山东大学出版社
　　社　　址　山东省济南市山大南路 20 号
　　邮　　编　250100
　　电　　话　市场部(0531)88363008
经　　销:新华书店
印　　刷:济南华林彩印有限公司
规　　格:700 毫米×1000 毫米　1/16
　　　　　20.5 印张　302 千字
版　　次:2019 年 8 月第 1 版
印　　次:2019 年 8 月第 1 次印刷
定　　价:58.00 元

序

赤子之心，文学中人

我和丛新强教授与其说是师生，不如说是忘年交。早在1997年我为中国现当代文学硕士生上课时，这位沉静而干练的小伙子就引起了我的注意，近视镜后面亮晶晶的聪慧的目光，时常让我有一种会心的感觉……十分享受课后与新强的谈心，由专业课谈开去，往往扯得很远，从现实到历史，由历史到未来，从社会到人生，从精神到灵魂。他对于问题的敏感，对既定结论的质疑，娓娓道来的话语里常常闪射出奇异的思想火花。他以第一名的成绩考取博士之后，在我的老师著名文学史家牛运清教授的指导下，写出了《基督教文化与中国当代文学》的优秀博士论文，相关章节发表在《文史哲》上。他对作家心灵密码的解读，对于艺术魅力别样的阐释，对于文学、精神、灵魂的追问，达到了相当的深度，填补了基督教与当代文学研究领域的一块空白，引起了学界的关注。当年，我有幸作为评阅人和答辩委员会委员见证了新强博士论文答辩的光荣时刻。

博士毕业留校的新强，服从工作的安排，跨入了一个对他来说相对陌生的领域——新闻传播学专业——从事教学和研究。认真勤奋的新强，很快成为这个领域里优秀的老师，编著出版了《广告法规与管理》，培养了多届硕士生，好评如潮。谈起在这个学科的八年经历，他觉得十分难得。应用文科的教学和研究，使他更多地接触了市场经济动态，交往了很多业界的朋友。有一段时间他特别忙碌，同时上中文系和新闻系的课，同时指导着两个专业的研究生。但新强任劳任怨，两个专业的教学工作都做得很出色。在回归到中国现当代文学专业的教学和研究之后，新强厚积薄发，成果产出丰硕，顺利晋升教授，并被评为博士生导师。

有研究生笑评他们热爱的丛老师——“高冷、闷骚”，这网络新词似乎道出了几分真实。新强身上的确具有中国传统知识分子的散淡之气，他清风明月、冷静理性，是个不事张扬、不善交际的人。但他胸中有丘壑，腹里有乾坤，倘遇知己，也是大河奔流、滔滔不绝的。似乎他天生就是文学中人，他是用生命去拥抱富有生命力的文学世界。真诚善良，天生的悲剧意识，内敛的高贵和忧伤，文学触须的敏感丰富和细致入微，使得新强对于诗词歌赋小说戏剧诸多精神艺术产品具有一种天然的亲近和感动，他最大的乐趣就是享受和守护这份情感。对于莫言，新强视为知己，这不仅是因为他和莫言都是齐地潍坊的老乡，也不仅是因为他和莫言同属山东大学中国现当代文学专业的博导，而是新强在莫言的小说里找到了自己，找到了灵魂的契合点，莫言小说的“大苦闷”“大悲悯”“大感悟”激起了新强教授强烈的共鸣。他对莫言的小说，甚至有着比莫言小说更多要说的话，他的言说摒弃了许多文学理论的概念、模式和套路，就说“我自己”，珠贝一样闪光的思想，刀子一样锋利的语言，使他的研究成为独特的“这一个”。他的《莫言长篇小说研究》就是一个优秀的范例。新强教授对莫言的11部长篇，逐部分析，以赤子之心亲吻莫言的艺术世界，倾听莫言的苦闷、压抑、忧伤、痛哭、愤怒、宣泄、呐喊、悲戚、忏悔……作为较莫言晚生20年的新强，在虔心聆听莫言文学世界众声喧哗的同时，在向前辈作家致敬的同时，也在与前辈作家坦诚对话……因为新强与莫言心灵意志的高度契合，如果不是以符号标示，有时让我们很难分清是莫言说还是新强说。但也有这种情况：评论家们极少关注、连莫言自己都难说清楚的梦呓般含混不清的“六梦集”《食草家族》，新强却听懂了。他在为莫言“释梦”，在本书第五章里即详解莫言之“焦虑”，别开生面评说和定位这部谜一样的长篇：《食草家族》是莫言创作历程中最为复杂的文本。伴随着“三次蝗灾”，“食草家族”终结于“文明进程”中的“科学理性”；伴随着“多重复仇”，“食草家族”则终结于“野蛮回归”的“杀戮非理性”。这是个体和家族的困境，也是民族进程和文明断裂的隐喻。没有一种文明可以作为判断另一种文明的尺度，《食草家族》是对一种曾经的人类文明的衰落和断裂唱出的满怀焦虑的挽歌。这是莫言写作灵感的集中爆发，其中已经隐含或者奠定了后来创作的诸多元素甚至思想资源。《食草家族》在莫言整体创作中具有里程碑式的启后价值，而这正是其含混性意义之所在。新强这样的解读和评说，若没有对莫言长达三十多年创作的11部长篇、100多部中短篇的细读和稔熟，是无论如何也无法做到的。

说到新强文本细读的有心和思考的力度，不能不说本书的最后一节《从鲁迅到莫言：以〈铸剑〉为线索的影响》，在对莫言《透明的胡萝卜》《红高粱家族》《丰乳肥臀》《生死疲劳》《姑妈的宝刀》《月光斩》等多部小说的细读里，新强耐心地爬梳着鲁迅《铸剑》的蛛丝马迹，仔细琢磨着莫言那些"打铁"细节的深层意味，他认为在莫言"打铁"的描写里，都可以找到鲁迅《铸剑》的影子，"莫言在延伸着鲁迅之神韵"，"以《铸剑》为切入点，似乎可以寻绎出一条从鲁迅到莫言的关于现代文学精神在当代的传统性延续和创造性转换的线索"。新强十分看重莫言对于新文学旗手鲁迅精神的传承、丰富和发展。在鲁迅的作品中可以知道看客的心理，也可以知道罪犯的心理，却不知道刽子手的心理。相对于鲁迅着力表现的"看客"，莫言则着力表现"施刑者"。在本书中，新强论述了莫言关于"施刑者"的创造及其独特艺术贡献的意义。

基于博士期间和博士后阶段读书研究的西学背景和学养，新强的学术思维长于在世界文明和中国传统文化的坐标系里来审视中国当代文学和莫言作品。对于《蛙》的阅读，新强显然察觉到中国文化"内省"和西方文化"忏悔"的差异：《蛙》中的姑姑创造并供奉泥塑娃娃的行为属于"认罪"之后的"自我赎罪"方式，表现为缓解恐惧的一种自我安慰，与所谓的"忏悔"意识相去甚远。具有"忏悔"精神的不是作为计划生育执行者的姑姑，而是提供忏悔契机的收信者杉谷义人和作为受害者的剧作家蝌蚪。蝌蚪在计划生育事件中发生的"无罪之罪"的层面上具有"忏悔"意识；但在后续的代孕事件中发生的"共同犯罪"的层面上，又显示出"罪恶"的再生和"忏悔"的未完成性。

对于莫言的11部长篇小说，新强都有独到的感悟和分析。他认为：主体意识十分强健的莫言一直是一位具有自觉超越意识的作家，几乎每一部作品都是超越之作。超越"抗日战争"的《红高粱家族》，超越"蒜薹事件”的《天堂蒜薹之歌》，超越“教育领域”的《十三步》，超越“案件侦破”的《酒国》，超越“天灾人祸”的《食草家族》，超越“革命伦理”的《丰乳肥臀》，超越“珍珠情结”的《红树林》，超越“残酷刑罚”的《檀香刑》，超越“肉体欲望”的《四十一炮》，超越“土地革命”的《生死疲劳》，超越“计划生育”的《蛙》……在超越之后，都是回归到永恒而普遍的“人性”，导向个体生存价值和人类生命意识的全面解放。莫言十分看重作家的长篇小说创作，他认为长篇具有“伟大文体的尊严”。实际上这也是作家的尊严，为莫言赢得世界荣誉的作品恰是他的长篇。新强教授这部《莫言长篇小说研究》的价值自有公论，尽管尚欠完美，但却是莫言研究史上第一部系统全面研究莫言长篇小说的学术著作，具有填补空白的价值和开山的意义。

要说的话很多，然序言不能太长，只好打住。总之，读罢这部著作，我的感觉概括为两点：第一，新强教授对于莫言的研究，正在生成和完善一种“莫言精神”；第二，“五四”精神不死，“忏悔”永远在路上。

贺立华

2019 年 3 月 28 日

目录 Contents

绪　论

莫言的长篇小说意识

如果从 1981 年发表处女作短篇小说《春夜雨霏霏》算起，莫言已经著有近百篇短篇小说、二三十部中篇小说、十一部长篇小说，并有话剧剧本、散文、随笔、影视文学剧本多部以及诗歌若干。尽管自己走的也是短—中—长的写作道路，但莫言更钟情于长篇小说，尤其看重一上手就是长篇巨著的作者。在其《捍卫长篇小说的尊严》一文中，莫言开宗明义："长度、密度和难度，是长篇小说的标志，也是这伟大文体的尊严。"①

在莫言看来，所谓"长度"不仅是事件和字数的累加，而是一种胸中的大气象和艺术的大营造。关键是具有"长篇胸怀"，其内涵便是"大苦闷、大悲悯、大抱负、天马行空般的大精神，落了片白茫茫大地真干净的大感悟"②。其中的"大悲悯"，不是着力编造一个苦难故事，不是只同情好人不同情恶人，不是只写别人给自己的伤痕而回避自己给别人的伤痕，不是只揭示别人的恶而不袒露自己内心的恶。"只有正视人类之恶，只有认识到自我之丑，只有描写了人类不可克服的弱点和病态人格导致的悲惨命运，才是真正的悲剧，才可能具有'拷问灵魂'的深度和力度，才是真正的大悲悯。"③所谓的"长度"，通俗而言如莫言所说："万里长城，你为什么这样长？是背后壮

---

① 莫言:《捍卫长篇小说的尊严——代序言》,《红高粱家族》,上海文艺出版社 2012 年版,第 1 页。

② 莫言:《捍卫长篇小说的尊严——代序言》,《红高粱家族》,第 2 页。

③ 莫言:《捍卫长篇小说的尊严——代序言》,《红高粱家族》,第 3 页。

阔的江山社稷要它这样长。”[①]所谓的“密度”，是指密集的事件、密集的人物和密集的思想。尤其在思想方面，指的是多种思想的冲突和绞杀。“好的长篇应该是‘众生喧哗’，应该是多义多解，很多情况下应该与作家的主观意图背道而驰。在善与恶之间，美与丑之间，爱与恨之间，应该有一个模糊地带，而这里也许正是小说家施展才华的广阔天地。”[②]所谓的“难度”，是指艺术上的原创性，具体来说主要包括结构之难和语言之难。对前者而言，“好的结构，能够凸现故事的意义，也能够改变故事的单一意义。好的结构，可以超越故事，也可以解构故事。……我们之所以在那些长篇经典作家之后，还可以写作长篇，从某种意义上说，就在于我们还可以在长篇的结构方面展示才华。”对后者而言，“把方言土语融入叙述语言，才是对语言的真正贡献”[③]。众所周知，莫言创作中尤其注重结构，声称“结构就是政治”，同时也极为注重语言的活用。正是如此的“三度”特性，造成长篇小说的庄严气象。而且，它不能为了适应某些读者需要，不能为了迎合这个煽情时代而牺牲自己应有的尊严。应该说，莫言对于“长篇小说”的理解与阐释具有文体自觉意识和理论贡献价值。进而，莫言在描述自己的文学道路之时显然也是把“长篇小说”作为讲述的重点对象。

《红高粱家族》是莫言的第一部长篇小说。这部曾被界定为“新历史主义”文学思潮滥觞之作的小说，是他在都不知道能否发表的迷糊状态中写出来的。莫言说，如果知道这部小说后来会弄出大动静，怎么也要写得更好一些。当然，也表现了作者对历史和爱情的看法。在作者心目中，没有历史，只有传奇。莫言自认为最得意的是“发明”了“我爷爷”“我奶奶”这个独特的视角，打通了历史与现代之间的障碍。而最大的遗憾是没有讲究结构，只是将五个中篇组合起来。《天堂蒜薹之歌》是根据一个真实的事件而写，表现了对于政治的批判和对于农民的同情。莫言把这部小说界定为“饥饿之书”和“愤怒之书”，站在农民的立场对官僚主义进行了猛烈抨击。文学如何介入政治，这部小说是一个范例。《十三步》是一部复杂的作品，作者自言是替教师说话。把教师作为弱势群体来描写已经过时了，但作品中进行了大量

① 莫言:《捍卫长篇小说的尊严——代序言》,《红高粱家族》,第 5 页。

② 莫言:《捍卫长篇小说的尊严——代序言》,《红高粱家族》,第 5～6 页。

③ 莫言:《捍卫长篇小说的尊严——代序言》,《红高粱家族》,第 6 页。

的文体试验，试验了汉语叙述当中的各种视角，也因此而使得小说不至于因事件本身的陈旧而变得失去价值。如作者所言，这部小说原定题目是《笼中叙事》，从中体会到的是“笼中叙事的欢乐”。《食草家族》是莫言较少提及的长篇小说，原名拟为《六梦集》，自称是由六个梦境组成的“痴人说梦”般的作品。这不仅是一个家族的历史，更是一个作家精神历史的一个阶段，尽管许多思想混乱不清。《酒国》完成之后，在国内几无影响，却被莫言认为是自己最完美的长篇。其中，既表现了对人类堕落的惋惜和对腐败官僚的痛恨，也较好地处理了作家的良知、政治和文学之间的关系。这是 20 世纪 90 年代对官场腐败现象批判力度最大的一篇小说，看起来情节荒诞，实际上隐藏着真切的现实，而且成功之处还在于其独特的结构。对这部小说，莫言坦诚自己的狂妄看法：中国当代作家可以写出他们各自的好书，但没有一个人能写出一本像《酒国》这样的书，只有他自己这样的作家才能写出。《丰乳肥臀》在给作者带来巨大麻烦的同时也带来了新的声誉。莫言曾说，要理解他的创作，不能不读这部书。这部作品基于包括母亲在内的中国女性的经历而触发了生育、饥饿、病痛、战争灾难、政治压迫等话题。莫言决定从生养和哺乳入手写一部感谢母亲的书，但在写作过程中，人物有了自己的生命，突破了原有的构思，作者也只能跟着人物走。这种“突破”，带来了意想不到的“多义”和“争议”。这部小说是莫言历史观念的集中表达，既是真实的历史，更是象征的历史，是站在超越阶级的立场用同情和悲悯的眼光来关注历史进程中的人和人的命运。或者说，是一种“人类立场”的写作。莫言坦承《红树林》是自己最不满意的长篇小说，这是他转业到检察日报社后因为接受一个有关检察官题材电视剧的工作任务而写成的，也被他认为是不成功的作品。作为一部转型之作，《檀香刑》是借助于“猫腔”戏文对小说语言的一次变革尝试，在结构上也下了很大的功夫。这部小说是莫言创作过程中的一次有意识的“大踏步撤退”，他从此感觉到具备了与西方文学分庭抗礼的能力。看起来是撤退，实际上是前进，向具有中国特色的、具有个性特征的文学作品创作大踏步地前进。这部作品看起来是历史题材，其实是现代小说；看上去写的是长袍马褂、辫子小脚，实际上写的是现代心态。这部小说重点挖掘的是刽子手心理，几乎每个人的灵魂深处都藏有一个刽子手赵甲。莫言写作的时候，感觉自己在写戏甚至在看戏。戏里的酷刑只是一种虚拟，所以也就没有因为这样的描写而恐惧。关于残暴场面的描写，是小说艺术的必要，而不是作者的心理需要。这是一部戏剧化的小说，也是一部小说化的戏剧。小说人物与其说生活在现实中，不如说生活在戏剧中。《四十一炮》描写的是20世纪90年代到世纪末，作者自称是用一种慈悲的平等的态度对待在欲望的泥潭里痛苦挣扎的芸芸众生。小说中人物所遭受的苦难，并不完全是外部原因导致的，还来自内心和本能。作者塑造了一个拒绝长大的孩子，进行滔滔不绝地诉说，是对自己惯用的儿童视角叙事的一次延伸和突破，是为了让现代社会的荒诞本质得到更为集中的揭示。《生死疲劳》在莫言看来，是与拉美魔幻现实主义小说的正面交锋。动用的是中国小说技巧，使用的是中国思想资源。着力想写的是蓝脸、洪泰岳这样一些有个性的人，重点思考的是农民与土地的关系。这既是一首赞歌，也是一首挽歌，从此可以说写出了一部比较纯粹的中国小说。[①]《蛙》于2011年8月获得第八届茅盾文学奖，在获奖作家媒体见面会上，莫言说："几十年来，我们一直关注社会，关注他人，批判现实，我们一直在拿着放大镜寻找别人身上的罪恶，但很少把审视的目光投向自己。所以我提出了一个观念，要把自己当成罪人来写，他们有罪，我也有罪。……《蛙》就是一部把自己当罪人写的实践……"[②]文学就是要"盯着人写"。在2007年的一次演讲中，莫言曾总结自己的创作观："把好人当坏人写，把坏人当好人写，把自己当罪人写。"[③]可以说，《蛙》的问世标志着这一"艺术辩证法"的基本达成。

显然，对于自己的长篇小说创作，莫言谈论较多的是《红高粱家族》《酒国》《丰乳肥臀》《檀香刑》《四十一炮》《生死疲劳》，而对于《天堂蒜薹之歌》《食草家族》《十三步》《红树林》乃至《蛙》，则谈论较少甚至还有否定。总体而言，也大致反映出莫言创作状况的整体性和相对性。

莫言称自己的成名作是中篇小说《透明的红萝卜》，实际上是受到一个梦境的启发。作品带着童话的色彩，塑造了一个生活中绝对见不到的黑孩子形象，而写作的勇气则来源于蒲松龄。莫言曾经多次讲到蒲松龄对自己

---

① 参见莫言：《用耳朵阅读》，作家出版社2012年版，第156页。以上论说概括自莫言的自我表述。

② 《第八届茅盾文学奖获奖作家媒体见面会实录》，2011年8月29日《文艺报》。

③ 莫言：《用耳朵阅读》，第255页。

的影响，专门写过一篇短文《学习蒲松龄》。而且，对于蒲松龄，莫言通过两首著名的打油诗又表达出独特的理解和感情："空有经天纬地才，无奈名落孙山外。满腹牢骚无处泄，独坐南窗著聊斋。""幸亏名落孙山外，龌龊官场少一人。一部聊斋垂千古，万千进士化尘埃。"[①]除了蒲松龄，莫言最为欣赏的就是曹雪芹及其《红楼梦》，并从曹雪芹身世出发把《红楼梦》看作"大悲悯"的典范，视之为一部"挽歌"。此外，在古典文学方面，莫言一再提及的还有《三国演义》《水浒传》《西游记》《金瓶梅》《儒林外史》《史记》等。现当代文学方面，莫言较为认同的是鲁迅、沈从文、张爱玲、汪曾祺、赵树理、金庸等。尤其是鲁迅，对莫言的精神影响广泛而深刻。比如，《枯河》中小孩被打死的情节与读鲁迅有关系，《药》与《狂人日记》对《酒国》有影响，"主观上是在沿着鲁迅开辟的道路前进"[②]。在莫言看来，"鲁迅对看客心理的剖析，是一个伟大发现，揭示了人类共同的本性"[③]。在鲁迅的作品中可以知道看客的心理，也可以知道罪犯的心理，却不知道刽子手的心理。于是，基于杀人者、被杀者、看客所构成的三角关系，莫言把刽子手作为《檀香刑》的第一主人公来写。或者如其所言，"毫无疑问《檀香刑》在构思过程中受到了鲁迅先生的启发"[④]。至于《枯河》《拇指铐》等文本，其实也和这一主题一脉相承。相对于鲁迅着力表现的"看客"，莫言则着力表现"施刑者"，既是精神性的继承，也是创造性的转换。在继承鲁迅精神方面，莫言对《铸剑》的阅读更是明证。在《读鲁迅杂感》一文中，莫言总结自己阅读鲁迅的三个阶段，相对于其他作品，尤其是《铸剑》，"其瑰奇的风格和丰沛的意象，令我浮想联翩，终生受益。截止到今日，记不得读过《铸剑》多少遍，但每次重读都有新鲜感。可见好的作品的一个最重要的标志就是耐得重读。你明明知道一切，甚至可以背诵，但你还是能在阅读时得到快乐和启迪。一个作家，一辈子能写出一篇这样的作品其实就够了"[⑤]。在莫言的文学阅读史中，这不能不说是最高的评价。从 20 世纪 60 年代阅读《铸剑》[⑥]，到 1988 年读研究生班时专门为其写

① 莫言:《用耳朵阅读》，第 44 页。

② 莫言:《莫言对话新录》，文化艺术出版社 2009 年版，第 196 页。

③ 莫言:《莫言对话新录》，第 197 页。

④ 莫言:《莫言对话新录》，第 197 页。

⑤ 莫言:《会唱歌的墙》，作家出版社 2012 年版，第 120 页。

⑥ 参见莫言:《会唱歌的墙》，第 120 页。

下阅读感受《月光如水照缁衣》并称其为“鲁迅最好的小说,也是中国最好的小说”[①],到 1996 年写下的《读鲁迅杂感》中的特别强调《铸剑》[②],再到 2006 年的对话《说不尽的鲁迅》中的“最喜欢《铸剑》”并认为“超过了那个时代的所有小说,也超过了鲁迅自己的其他小说”[③]。近半个世纪以来,无论怎样的阅读都不更改对于《铸剑》的初衷。莫言在第八届茅盾文学奖的获奖感言中说:“《蛙》也是写我的,学习鲁迅,写出那个‘裹在旗袍里的小我’。”[④]其中的思想来源,有对鲁迅小说《一件小事》的借鉴。总体考察,从鲁迅到莫言,不仅延伸出鲜明的主体意识,而且可以寻绎出现代文学精神在当代的传统性延续和创造性转换的线索。在世界文学方面,莫言提及的名字就更多了,诸如马尔克斯、福克纳、川端康成、三岛由纪夫、大江健三郎、肖洛霍夫、拉甫列涅夫、布尔加科夫、巴别尔、托尔斯泰、陀思妥耶夫斯基、巴尔扎克、雨果、加缪、卡夫卡、托马斯·曼、乔伊斯、普鲁斯特、劳伦斯、普希金、塞林格、但丁、略萨、帕慕克等等。可以说,古今中外的文学精神在莫言这里都有所吸收,成为其创作的重要资源,也成就其独特的主体意识。说到底,这种主体意识又是其自省自觉的所谓的“鲸鱼精神”。

1995 年,刘再复先生在给莫言的信中写道:“高尔基有篇纪念托尔斯泰的散文,说托尔斯泰如果生活在海洋里,一定是一条鲸鱼,我希望你能成为文学海洋里的鲸鱼。”[⑤]在复信中,莫言谈到中国文学界多有小技巧而缺乏大气象的问题,认为产生“鲸鱼”很难,或可产生“鲨鱼”。即便自己不易成“鲸”,也必须不断地进取和创新:“当然,孜孜不倦地努力是肯定的,挖苦心思地试图变化自己的面目也是肯定的,不屈不挠地跋涉泥泞也是肯定的。”[⑥]即便不易成“鲸”,也要具备“鲸鱼精神”:“我想鲸鱼是从不选择食物的,它张开巨口,有点容纳百川的意思。鲸鱼也是不怕伤害的,它连添伤的技能都不具备。”[⑦]实际上,莫言一直在践行这样的精神,尤其在他所钟爱的

---

① 莫言:《会唱歌的墙》,第 36 页。

② 参见莫言:《会唱歌的墙》,第 120 页。

③ 莫言:《莫言对话新录》,第 193 页。

④ 莫言获奖感言:《在剖析中寻找自我》,《新浪读书》2011 年 9 月 20 日 14 时 56 分视频。

⑤ 刘再复:《莫言了不起》,东方出版社 2013 年版,第 51 页。

⑥ 刘再复:《莫言了不起》,第 54 页。

⑦ 刘再复:《莫言了不起》,第 58 页。

长篇小说创作中。“真正的长篇小说，知音难觅，但知音难觅是正常的。伟大的长篇小说，没有必要像宠物一样遍地打滚，也没有必要像鬣狗一样结群吠叫。它应该是鲸鱼，在深海里，孤独地遨游着，响亮而沉重地呼吸着，波浪翻滚地交配着，血水浩荡地生产着，与成群结队的鲨鱼，保持着足够的距离。”[①]获得诺贝尔文学奖后，莫言再次回应这一问题：“我做不了鲸鱼，但会力避自己成为鲨鱼。鲨鱼体态优雅，牙齿锋利，善于进攻；鲸鱼躯体笨重，和平安详，按照自己的方向缓慢地前进，即便被鲨鱼咬掉一块肉也不停止前进，也不纠缠打斗。虽然我永远做不成鲸鱼，但会牢记着鲸鱼的精神。”[②]莫言创作的主体意识，核心实质是一种“鲸鱼精神”。反过来，也正是这样一种自觉的“鲸鱼精神”成就了莫言的“文学共和国”。

在当代中国文学界，莫言是难得的有着明确而深刻的文学思想的作家。他不是从一般的社会意义上或者人性意义上来谈论文学的价值，而是从文学的“超越性”特质来理解文学的存在。在不同场合，莫言一再表达其鲜明的文学立场：“真正的文学，应该是超越了党派和阶级的狭隘利益，超越了国家和地区的封闭心态，应该是站在全人类的高度，用一种哲学的、宗教的超脱和宽容，居高临下地概括社会生活的本质，对人类精神进行分析和批判。”[③]对照其创作，莫言显然是典型的具有自觉超越意识的作家，他的几乎每一部作品都是超越之作。比如，《红高粱家族》的超越“抗日战争”，《天堂蒜薹之歌》的超越“蒜薹事件”，《十三步》的超越“教育领域”，《酒国》的超越“案件侦破”，《食草家族》的超越“天灾人祸”，《丰乳肥臀》的超越“革命伦理”，《红树林》的超越“珍珠情结”，《檀香刑》的超越“残酷刑罚”，《四十一炮》的超越“肉体欲望”，《生死疲劳》的超越“土地革命”，《蛙》的超越“计划生育”……在超越之后，都是回归到永恒而普遍的“人性”。莫言创作中所谓的自由精神、狂欢精神、民间精神等等无不与其自觉的超越意识有关。它代表着文化的另一面所具有的离心力量和语言杂多的复杂特性，是对中心意识形态话语所惯有的向心力量的对抗和制衡，是对个体生存价值和人类生命意识的全面解放。

---

① 莫言：《捍卫长篇小说的尊严——代序言》，《红高粱家族》，第6～7页。

② 刘再复：《莫言了不起》，第52页。

③ 莫言：《用耳朵阅读》，第146页。

莫言曾经有意识地强调"为老百姓的写作"和"作为老百姓的写作"的区别[①],并把坚守后者立场作为自己的写作追求。只有立足这样一种真正自我的写作,才能突破个体而达到对人类命运的关照。当个人的精神痛苦与时代精神痛苦一致时,就会产生同时具有社会和时代意义的真正伟大的作品。他主张,作家应该站在人类的立场上进行写作,应该为人类的前途焦虑或担忧,苦苦思索的是人类的命运,应该把自己的创作提高到哲学的高度,这才是有价值的写作。[②] 这种哲学高度,正是普遍人性的揭示和普适价值的关怀。比如,《红高粱家族》中人的本能表现和终极虚无,《天堂蒜薹之歌》中人的生存苦难和生命尊严,《食草家族》中文明衰亡和野蛮循环,《十三步》中生命的错位感,《酒国》中人性的真假难辨,《丰乳肥臀》中超越任何立场的生命本源,《红树林》中权力人生的异化,《檀香刑》中人生如戏及其如醉如痴,《四十一炮》中欲望人性的无言,《生死疲劳》中悲悯人生和放下一切,《蛙》中生命的唯一和救赎的虚妄。莫言曾说:"高密东北乡是在我童年经验的基础上想象出来的一个文学的幻境,我努力地要使它成为中国的缩影,我努力地想使那里的痛苦和欢乐,与全人类的痛苦和欢乐保持一致,我努力地想使我的高密东北乡故事能够打动各个国家的读者,这将是我终生的奋斗目标。"[③]与"超越性"写作密切关联并一脉相承的,正是这样的"人类性"的终极关怀意识。

莫言坦言自己的成名作是《透明的红萝卜》和《红高粱》,而要真正理解自己的话,其他作品可以不读但一定要读《丰乳肥臀》,向海外青年读者推荐的则是《生死疲劳》。2016 年 8 月下旬,国家社科基金重大招标项目"世界性与本土性交汇:莫言文学道路与中国文学的变革研究"课题组在高密举行学术会议,莫言面对提问时自称自己最喜欢的短篇小说、中篇小说和长篇小说分别是《拇指铐》《怀抱鲜花的女人》和《生死疲劳》。这些作品的确具有代表性,但也看出莫言本人对自己作品的理解变化。

由于莫言在众多渠道和不同场合都非常细致地谈起过自己的创作经历和几乎所有重要的作品,这就为研究者进入其文学世界提供方便的同时

---

① 参见莫言:《用耳朵阅读》,第 66 页。

② 参见莫言:《用耳朵阅读》,第 33 页。

③ 莫言:《用耳朵阅读》,第 27 页。

也设置了相当高的阐释门槛。其实，经典文本必须要超越作者自己的认识，不仅在创作中，更是在创作后，也就是莫言经常提到的，针对作家主观意图而言的“误读”现象。“文学的魅力，就在于它能被误读。一部作家的主观意图和读者的读后感觉吻合了的小说，可能是一本畅销书，但不会是一部‘伟大的小说’。”[①]而要实现这一目的，有效回应目前的莫言研究倾向，主要还是要回归文本细读。而文本细读的关键问题恰恰是寻找出作者意图与读者接受之间的罅隙及其反差。因此，从具体文本入手，才能更好地超越“宏大叙事”及其“莫言叙事”带来的阐释焦虑，才能真正实现解读莫言的多种可能性。

① 莫言:《捍卫长篇小说的尊严——代序言》,《红高粱家族》,第 6 页。

第一章

《红高粱家族》的“抗战”“情爱”与“历史观”

《红高粱》在1986年第3期的《人民文学》一经发表即引起热议，与此后的四个中篇《高粱酒》（《解放军文艺》1986年第7期）、《狗道》（《十月》1986年第4期）、《高粱殡》（《北京文学》1986年第8期）、《奇死》（《昆仑》1986年第6期）一起构成长篇小说《红高粱家族》。“虽是少作，技术上有诸多粗疏之处，但文中那股子英雄豪杰加流氓的气魄，却正是借助了那股子初生牛犊之蛮劲儿才喷发出来。”[①]在写作《红高粱家族》时，莫言表现出一种自觉的文学意识：“……民间把历史传奇化、神秘化是心灵的需要，对于一个作家来说，我当然更愿意向民间的历史传奇靠拢并从那里汲取营养。因为一部文学作品要想激动人心，必须讲述出惊心动魄的故事，必须在讲述这惊心动魄的故事的过程中塑造出性格鲜明、非同一般的人物，而这样的人物，在现实生活中是几乎不存在的，但在我父亲他们讲述的故事里比比皆是。”[②]那么，在《红高粱家族》中，莫言讲了怎样惊心动魄的故事？又塑造了怎样非同一般的人物？简而言之，就是讲述了关于抗日战争的历史故事和祖宗先辈的情爱故事，塑造了“我爷爷”“我奶奶”这样非同一般的人物，进而触及历史的复杂结构和人性的深层意识。

---

① 莫言：《人老了，书还年轻——代后记》，《红高粱家族》，第364页。

② 莫言：《用耳朵阅读》，第57页。

第一节 重写"抗战"的历史故事

在20世纪80年代中期文学观念反思和解放的思潮中，针对老作家提出的"不亲历战争，如何反映战争"的问题，莫言提出文学创作不是复制历史，小说家写战争"所要表现的是战争对人的灵魂扭曲或者人性在战争中的变异。从这个意义上讲，即便没有经历过战争的人，也可以写战争"[①]。正是基于这样简单朴素的理解，莫言开始了《红高粱》及其后续篇章的写作。

故事从1939年农历八月初九写起，"我父亲"豆官跟着"我爷爷"余占鳌准备伏击日本人的汽车队，"我奶奶"则送到村头。结果可想而知，300多个乡亲叠股枕臂，陈尸狼藉，流出的鲜血灌溉了一大片高粱，把高粱下的黑土地浸泡成稀泥。

日本人说来就来，鬼子和伪军到村里抓民夫拉骡马，一直负责酿酒作坊的罗汉大爷和骡子一起被押上工地搬运石头。不堪忍受暴打的罗汉大爷本来已经逃进高粱地，却为了骡子而重新返回，酿出一幕壮烈的悲剧。被日本人抓回来的罗汉大爷血肉模糊，紧接着被剥皮示众。如小说中所谓的县志记载："民国二十七年，日军捉高密、平度、胶县民夫累计四十万人次，修筑胶平公路。毁稼禾无数。公路两侧村庄中骡马被劫掠一空。农民刘罗汉，乘夜潜入，用铁锹铲伤骡蹄马腿无数，被捉获。翌日，日军在拴马桩上将刘罗汉剥皮零割示众。刘面无惧色，骂不绝口，至死方休。"[②]缘于为罗汉大爷报仇，也为自身求生存的本能考虑，爷爷、奶奶拉起队伍走上抗日之路。当余司令和冷支队长为如何联合抗日而争论不休之时，奶奶倒出三碗酒，说道："这酒里有罗汉大叔的血，是男人就喝了。后日一起把鬼子汽车打了，然后你们就鸡走鸡道，狗走狗道，井水不犯河水。"[③]鬼子汽车要路过此地的情报是冷支队长得到的，只是他怕自己一家打不了，才来联合余司令的队伍。结果，由于冷支队长的阴谋诡计，余占鳌的队伍伤亡惨重甚至全军覆没。《红高粱》第九章集中书写了民间奋勇抗日的力量："爷爷、奶奶、方家兄弟、

---

① 莫言：《我为什么要写〈红高粱家族〉》，《小说的气味》，春风文艺出版社2003年版，第20页。

② 莫言：《红高粱家族》，第11页。

③ 莫言：《红高粱家族》，第25页。

刘大号、哑巴、王文义夫妻等村民队员。在没有任何外援、敌我力量完全不对等的情形下,他们歼灭日军少将中岗尼高及其队伍。随后的冷支队长及其队伍的到来,也只是为了抢夺胜利果实而已。”

与传统的“战争文学”注重对战争过程的再现完全不同,《红高粱家族》所借用的则是战争环境和战争背景。这一对此前的“战争文学”乃至“军事文学”传统的根本超越,带来了文学界的观念论争。尤其是其中的“抗战”书写,更是激发出针锋相对的观点。李清泉在《赞赏与不赞赏都说——关于〈红高粱〉的话》[①]中,充分肯定了作品强悍的民风和凛然的民族正气,而且针对“我们过去的工业题材演化为车间文学,军事题材演化为军营文学或火线文学,是由于思想阻塞而形成封闭所造成的结果。是对相因相成相联相通的社会生活,进行人为的宰割”的状况,指出《红高粱》具备的是开放型新观念。同时,文章作者以其自身的敌后经历对余占鳌及其队伍进行的抗击日军和伏击战的取胜表示质疑。他认为相对于中国共产党所领导的进步力量在敌后所取得的绝对优势,作品对余司令的尊颂激扬欠些理智,在人物活动的历史环境的翻检审视中有所疏漏。而且尤其不能接受的是对罗汉大爷之死的具体细致的过程描写,认为其超越了美学限度。蔡毅的文章《在美丑之间——读〈红高粱〉致立三同志》[②]认为,作品在对战争题材的具体处理上采用自然主义倾向,脱离生活,这是不足取的。尤其对罗汉大爷遭遇的细致描写,违背了美感的要求。在人物塑造上,由于强调性格的复杂性,而使得是非不分、美丑难辨。特别是对共产党领导的队伍进行抗战的描写不能让人相信,不符合历史实际。直到目前对《红高粱家族》的批判,还是聚焦于其人物评价和抗战历史:尽管不应该抹杀余占鳌们打鬼子的一面,但把他美化为抗日英雄显然不恰当,因为他是为了自身的生存而去抵抗;同样把戴凤莲美化为“抗日的先锋、民族的英雄”也不切合实际;更为突出的是,“作者却完全置历史事实于不顾,歪曲了历史的本来面目,对共产党所领导的八路军进行了令人不能容忍的丑化”,尤其是歪曲了抗日民族解放战争中的八路

① 李清泉:《赞赏与不赞赏都说——关于〈红高粱〉的话》,《文艺报》1986年8月30日。

② 蔡毅:《在美丑之间——读〈红高粱〉致立三同志》,《作品与争鸣》1986年第10期。

军形象，甚至在作者眼中的八路军只不过是一些"亢奋的狗群"。[①] 显然，这样的批评正在溢出文本，也正在产生新的"歪曲"。

与否定性声音同步，对《红高粱家族》的肯定性话语同样引人注目。老作家从维熙认为莫言及其《红高粱》的写作是"'五老峰'下荡轻舟"，相对于同类题材作品还停留在醉心于描写战争的过程（包括发动群众、瓦解敌人、内外配合、攻下碉堡），莫言用重彩描绘的是战争中的活人。与苏联描写卫国战争的第三代、第四代作家相比，他们和我们的作家作品明显拉开了距离。"他们已把描写战争的胜负得失推到了次要地位，而把战争中的严酷真实，特别是战争中人的全景摄像，推到了第一位置。因而，当我们读到这些作品时，感到灵魂的震撼。"[②]针对蔡毅的质疑式书信，冯立三在复信中表达了不同的意见。对于活剥罗汉大叔的细节描写，冯立三认为这是大残暴、大痛苦、大紧张、大悲愤，用于表现帝国主义者的惨无人道未为不可，也能造成文学上的强刺激。而且对于后续的余占鳌割下日本兵生殖器放于其口的细节描写、豆官不忍砍杀负伤落马的日本兵时遭到余占鳌训斥的细节描写，都具有前提性意义。"《红高粱》描写罗汉大叔之死于前，展开伏击战役于后，并借豆官于战前战中对罗汉大叔的缅怀以突现民族仇恨，更是在利用结构的力量强化罗汉大叔的形象。如果活剥罗汉大叔的场面只是轻描淡写，上述的描写都将无所附丽。由残暴的敌人、高贵的受难者、受到英雄激励而复活和强化了民族意识的人民所构成的这个立体画面，我认为有很高的文学价值。"[③]对于难以评论的余占鳌，冯立三认为，杀人放火的土匪可以不经过脱胎换骨的改造而能够和抗日民族英雄连到一起。况且在那个官匪不分、匪民难辨的时代，余占鳌究竟是怎样的一个土匪，其性质如何，都需要具体分析而不是概念式划分。而且自抗日之后，连他本人也不再认为自己是土匪："谁是土匪？谁不是土匪？能打日本就是中国的大英雄。老子去年摸了三个日本岗哨，得了三支大盖子枪。你冷支队不是土匪，杀了几个鬼子？

---

① 甘藻芝：《倒错的"丰碑"——评〈红高粱家族〉》，李斌、程桂婷编：《莫言批判》，北京理工大学出版社2013年版，第32页。

② 从维熙：《"五老峰"下荡轻舟——读〈红高粱〉有感》，《文艺报》1986年4月12日。"五老峰"："老题材、老故事、老人物、老观念、老方法"——笔者注。

③ 冯立三：《祭奠的也应该是能复活的——读〈红高粱〉复蔡毅同志》，《作品与争鸣》1986年第11期。

鬼子毛也没揪下一根。"[①]由于孤军奋战而全军覆没,余占鳌朴素的民族意识和悲壮的抗战情怀得以充分表现。在同期的评论中,黄国柱则进一步从"军事文学"角度对《红高粱家族》作出整体性阐释。他认为莫言笔下的战争,一方面表现为一种民族间的仇恨和对立,另一方面又具有某种抽象的寓意,是一种被虚化了的氛围。莫言所瞩目的,是"人在战争中"的种种被激化乃至被扭曲了的情感和心态。有人批评作品中看不到中国共产党的领导,看不到中国共产党对农民武装的改造引导,看不到农民由自发到自觉的转变过程,实际上是沿用了衡量过去战争文学的标准和尺度,而没有看到这些标准和尺度更多地应该用在历史学著作里。战争文学应该展示生命个体在战争条件下的存在方式,而不应该去追踪、显示赤裸裸的"历史规律"。"墨水河边的伏击战,以及日军的报复性的血洗村庄,不过是历史背景的依托。侵略军与各种抗日势力之间的对峙及胜败,并未构成旗鼓相当的文学角色,而始终占据在这幕历史活剧中心的显然是余占鳌及一系列和他命运攸关的人物。对于他们,重要的不是最终谁胜谁负——这个历史的定论早已人人皆知,重要的是他们当时怎样地活着或死去。"[②]文学是以人为中心,战争文学更是如此,以"人"的视角来理解《红高粱家族》,诸多争议也就趋于平静。

如莫言在谈到"土匪抗战"时,就特别强调历史"事实"和写作"偏差"的问题:"写土匪抗战,事实上也是有一点历史根据的。在抗日战争初期,我们的胶东地区冒出了几十支游击队,一帮土匪摇身一变,树立一个旗号,我不是土匪了,我是抗日游击队,实际上还是按照过去的生活方式在生存。当时是遍地的司令,有的给八路军转化了,有的给国民党收编了,有的投靠了日本人,有的跳来跳去,有奶就是娘,今天是国民党,明天是共产党,后天又投靠日本人了。刚开始写的时候,我想写的是农村生活,是写高粱地,如果你从里边读出了江湖,那也是我迷迷糊糊,误入江湖。"[③]这里的"事实"和"偏差"恰恰构成了作品的张力,所谓的"误入江湖"在文学意义上恰恰是"歪打正着"。

---

① 莫言:《红高粱家族》,第 25 页。

② 黄国柱:《莫言对军事文学的激扬和催化》,1988 年 6 月 4 日《文艺报》。

③ 莫言:《与王尧长谈》,莫言:《碎语文学》,作家出版社 2012 年版,第 128 页。

《红高粱家族》中的抗日行动并非始自余占鳌，而是从刘罗汉开始的。罗汉大爷被日本兵和伪军抓民夫修路时遭遇凌辱和虐打，于是萌生逃跑的念头。本来一切顺利却因为自己熟悉的骡子叫声而重新返回，又因为骡子的暴躁而怒铲骡腿。也就被日军重新抓获，进而当众惨遭剥皮，"面无惧色，骂不绝口，至死方休"。刘罗汉之死，成为余占鳌发动伏击战的导火索。又恰巧从冷支队处获得鬼子汽车路过此地的情报，所谓的"抗战"也就顺理成章。当冷支队前来联合或者说收编余司令而发生激烈对峙时，爷爷的反应是：不管是不是土匪，"能打日本就是中国的大英雄"。奶奶的反应是："买卖不成仁义在么，这不是动刀动枪的地方，有本事对着日本人使去。"继而以酒为誓，奶奶说："这酒里有罗汉大叔的血，是男人就喝了。后日一起把鬼子打了，然后你们就鸡走鸡道，狗走狗道，井水不犯河水。"[①]尽管冷支队并未配合而致使余占鳌几近覆没，但不能否认后者的抗日行动正是源自自发的复仇动机和求生存的本能意识。

《红高粱家族》中的任副官虽着墨不多，但他教唱的抗日歌曲却异常响亮而绵延不绝："高粱熟了，高粱红了，东洋鬼子来了，东洋鬼子来了。国破了，家亡了，同胞们快起来，拿起刀拿起枪，打鬼子保家乡……"[②]正因如此，不管面临什么情境，"抗日优先"都会成为共识。当豆官因恼羞成怒而开枪之时，余司令说："好样的！枪子儿先向日本人身上打，打完日本人，谁要是再敢说要和你娘困觉，你就对着他的小肚子开枪。别打他的头，也别打他的胸。记住，打他的小肚子。"[③]当余占鳌因任副官的坚持而大义灭亲——杀自己的叔叔余大牙之时，是为了"千军易得，一将难求"，而余大牙被执刑前仍然是高唱着任副官的抗日歌曲，任副官则明知余占鳌的愤怒却全然不顾地高唱着抗日歌曲而准备接受后者的报复。一担沉重的拤饼把奶奶的肩膀压出一道深深的紫印，也成为奶奶英勇抗日的光荣标志。当奶奶弥留之际想要见爷爷时，爷爷说的是先去"把那些狗娘养的杀光"，依然是"抗日优先"。此外，还有王文义的"夫妻抗战"、方六的"兄弟抗战"、哑巴与刘大号的"特殊抗战"等等。当余占鳌因为伤亡惨重而向众乡亲跪地谢罪之时，那个

① 莫言：《红高粱家族》，第 25 页。

② 莫言：《红高粱家族》，第 50 页。

③ 莫言：《红高粱家族》，第 27 页。

黑脸白胡子老头高声叫道:“哭什么?这不是大胜仗吗?中国有四万万人,一个对一个,小日本弹丸之地,能有多少人跟咱对?豁出去一万万,对他个灭种灭族,我们还有三万万,这不是大胜仗吗?余司令,大胜仗啊!”[①]这种并不少见的朴素言论,传达出的正是“群众抗战”的观念和现实,其实也是作家“抗战”历史观的流露。

在关于莫言的“抗战”书写中,批评者大多没有注意到其间并不回避的国民性的另一面的展示。在《红高粱家族》中,主要通过受到日军威逼而对罗汉大爷进行剥皮的孙五和带着日军轰炸村里草窨子的成麻子两个人物表现出来。他们的命运结局也是令人觉醒:孙五精神错乱,成麻子虽是战斗英雄却也上吊自杀。当日本人占据高密城时,成麻子的话是有代表性的:“你们怕什么?愁什么?谁当官咱也是为民。咱一不抗皇粮,二不抗国税,让躺着就躺着,让跪着就跪着,谁好意思治咱的罪?你说,谁好意思治咱的罪?”[②]如此原生态的“群众”心理或者说蒙昧状态的“群众”观念,也不能不说是“抗战”史的一个侧面。或者说,也是作家的民族批判、文化批判与人性批判的一个侧面。

《红高粱家族》中对日墨水桥伏击战以及日军的随后报复,都有其故事原型,那就是发生在1938年3月15日的孙家口伏击战。此战歼灭日军39名,内有日军中将中岗弥高。后驻胶县日军至孙家口邻村公婆庙报复,杀害群众136人,烧民房800余间,造成“公婆庙惨案”。[③] 然而,文学创作并非历史书写。如果说历史是书写事件,那么文学则是表现事件背景下的“人”。“我觉得写战争不必非要写真实的战争过程,那是拼战争史料。我根本不是写历史,只是把我自己的感情找个寄托的地方。小说根本没有界限,历史小说、现代小说、军事题材小说、农村题材小说,都没有界限,完全可以打通。干嘛非要熟悉当时的环境?按你心中的战争去写就行了。……我就要达到这个目的,反映人类的某种生存状态。哪怕是地球上过去和现在从来没

---

① 莫言:《红高粱家族》,第123页。

② 莫言:《红高粱家族》,第312页。

③ 参见管谟贤:《莫言小说中的人和事》,贺立华、杨守森编:《莫言研究资料》,山东大学出版社1992年版,第30页。

有人那样生存过，那更好，那才是创造，才是贡献。”[①]对照作品本身，确实是打破界限，描写的是“心中的战争”。其实也正是以此而超越战争，从而达至对战争环境中的人的生存状态的关注。

第二节 重写祖先的“情爱”故事

《红高粱家族》中除了书写“爷爷”和“奶奶”的抗战事迹，再就是对他们情爱故事的书写。奶奶刚满 16 岁时，由她的父亲作主，嫁给高密东北乡有名的财主单廷秀的独生子单扁郎。这是外曾祖父的荣耀。当时多少人都渴望着和单家攀亲，尽管风传单扁郎染着麻风病。奶奶幻想着自己的好日子，却也不再遵从古训的“嫁鸡随鸡，嫁狗随狗”，而是追寻着自己的理想爱情，继而和爷爷一道谱写了新的情爱故事。三天婚姻生活，如同一场大梦惊破，面对亲生父亲的唯利是图、单家父子的无法接近和轿夫余占鳌的英武健壮，奶奶在三天中便参透人生禅机。奶奶神魂出舍，心头撞鹿，潜藏了 16 年的情欲，迸然炸裂。“奶奶和爷爷在生机勃勃的高粱地里相亲相爱，两颗蔑视人间法规的不羁心灵，比他们彼此愉悦的肉体贴得还要紧。他们在高粱地里耕云播雨，为我们高密东北乡丰富多彩的历史上，抹了一道酥红。”[②]进而，在这样的爱情魔力和本能欲望的驱使下，爷爷对单氏父子痛下杀手。正像歌中所唱的：“妹妹你大胆地往前走/铁打的牙关/钢铸的骨头/通天的大路九千九百九十九/妹妹你大胆地往前走/从此后高搭起红绣楼/抛洒着红绣球/正打着我的头/与你喝一壶红殷殷的高粱酒。”[③]不管是爷爷还是奶奶，在共同面对情欲的层面都表现出无与伦比的原始力量，体现出本能性的意识和特征。即便是后来的爷爷与恋儿、奶奶与“黑眼”之间的关系，也是出于自然的情欲及其本能的相互报复。

《红高粱家族》不仅仅是改变了此前的对于抗日战争的写法，更为重要的是塑造了具有个性解放意识的女性形象，而这一形象又是在追求情爱的过程中逐渐树立起来的。“女中魁首戴凤莲，花容月貌巧机关，调来铁耙摆

① 《文艺报》记者陈薇、温金海：《与莫言一席谈》，贺立华、杨守森编：《莫言研究资料》，第 405 页。

② 莫言：《红高粱家族》，第 66 页。

③ 莫言：《红高粱家族》，第 84 页。

连环，挡住鬼子不能前”，这是民间记忆中的“我奶奶”。她不仅是抗日先锋和民族英雄，也是个性解放的先驱和妇女自立的典范。奶奶对于因为贪图一头骡子而将自己许给单家的父亲满心仇恨，在新婚三天中参透人生禅机，迈向朦胧的个体解放之路。在半路被余占鳌裹挟之时，奶奶神魂出舍，心头撞鹿，情欲迸裂，感觉到幸福的强烈震颤。当余司令和冷队长发生对立而不可调和之时，奶奶的表现是站在他们中间，左手按着冷队长的左轮枪，右手按着余司令的勃朗宁手枪，“买卖不成仁义在么，这不是动刀动枪的地方，有本事对着日本人使去”[①]。当余司令和任副官因为是否大义灭亲而发生争执之时，奶奶的表现是不能让任副官离去，“千军易得，一将难求”[②]。当为队伍送饼而中弹之时，奶奶体验到死亡的震颤，发出充满个体生命意识的“天问”：

> 奶奶感到疲乏极了，那个滑溜溜的现在的把柄、人生世界的把柄，就要从她手里滑脱。这就是死吗？我就要死了吗？再也见不到这天，这地，这高粱，这儿子，这正在带兵打仗的情人？……天赐我情人，天赐我儿子，天赐我财富，天赐我三十年红高粱般充实的生活。天，你既然给了我，就不要再收回，你宽恕了我吧，你放了我吧！天，你认为我有罪吗？……天，什么叫贞节？什么叫正道？什么是善良？什么是邪恶？你一直没有告诉过我，我只有按着我自己的想法去办，我爱幸福，我爱力量，我爱美，我的身体是我的，我为自己作主，我不怕罪，不怕罚，我不怕进你的十八层地狱。我该做的都做了，该干的都干了，我什么都不怕。但我不想死，我要活，我要多看几眼这个世界，我的天哪……[③]

奶奶听到来自一株株红高粱的宇宙的声音，感觉到天与地、与人、与高粱交织在一起。与鸽子的心灵互动，回报着奶奶弥留之际对生命的留恋和热爱。最后一丝与人世间的联系即将挣断，所有的忧虑、痛苦、紧张、沮丧都落入高粱地，而愈益有限的思维空间承载的则是满溢的快乐、宁静、温暖、舒适、和谐。奶奶心满意足地完成了自己的解放。也正因如此，“使我们这些

---

① 莫言：《红高粱家族》，第 24 页。

② 莫言：《红高粱家族》，第 51 页。

③ 莫言：《红高粱家族》，第 67 页。

活着的不肖子孙相形见绌，在进步的同时，我真切地感到种的退化”[①]。况且，在生命的最后时刻，奶奶仿佛迅速地回顾了自己的一生，仿佛突然意识到自己的生命起点也伴随着的罪孽，否则又怎么会有其中的“罪”与“罚”这样本就稀缺的意识。

即便是海外研究者也注意到“奶奶”这一独特形象，如美国学者托马斯·英奇所认为的，在《红高粱》中“最具特色的人物是奶奶戴凤莲，一个独立的、精力充沛的有着传奇色彩的母亲形象”[②]。她几乎摆脱了传统女性对于男权制的一切附属性，即便还不属于现代女性，却也具有鲜明的现代意识，那就是自己主宰自己的命运，自己选择自己的生活，走上一条个体的自我解放之路。

当然，伴随着爷爷奶奶们的情欲的高涨和身体的解放，也不可忽视其间相伴随的对于生命的任意剥夺和滥杀无辜。比如，在奶奶的花轿行走到蛤蟆坑时，路遇打劫者要求“留下买路钱”。奶奶的心情忧喜参半，本来嫁人就是连死都不怕的事，所以反而心平气和，甚至被劫走比继续前行更有人生的希望。当劫路人被余占鳌识破真相并被暴打之后，跪地磕头求饶，已经毫无威胁，事情本来就可以结束了，但接下来的场景足以让人震惊。余占鳌说：“劫路的都说家里有八十岁的老母。”[③]为什么会有这样的话？联系其家庭环境和成长经历便不难理解，因为余占鳌已经不会再有80岁的老母，而且内心深处存在对母亲的刻骨怨恨，必然潜意识地反感甚至厌恶这样的说辞。于是，他退到一边，看着轿夫和吹鼓手，像狗群里的领袖看着群狗。

> 轿夫吹鼓手们发生喊，一拥而上，围成一个圆圈，对准劫路人，花拳绣腿齐施展。起初还能听到劫路人尖利的哭叫声，一会儿就听不见了。奶奶站在路边，听着七零八落的打击肉体的沉闷声响，对着余占鳌顿眸一瞥，然后仰面看着天边的闪电，脸上凝固着的，仍然是那种粲然的、黄金一般高贵辉煌的笑容。
>
> 一个吹鼓手挥动起大喇叭，在劫路者的当头心儿里猛劈了一下，

① 莫言：《红高粱家族》，第2页。

② 龙慧萍：《〈红高粱〉与中国形象》，张志忠、贺立华主编：《莫言：全球视野与本土经验》，山东大学出版社2014年版，第511页。

③ 莫言：《红高粱家族》，第45页。

喇叭的圆刃劈进颅骨里去，费了好大劲才拔出。劫路人肚子里咕噜一声响，痉挛的身体舒展开来，软软地躺在地上。一线红白相间的液体，从那道深刻的裂缝里慢慢地挤出来。

"死了？"吹鼓手提着打瘪了的喇叭说。

"打死了，这东西，这么不禁打！"

轿夫吹鼓手们俱神色惨淡，显得惶惶不安。

余占鳌看看死人，又看看活人，一语不发。……

余占鳌把奶奶扶上轿说："上来雨了，快赶！"

奶奶撕下轿帘，塞到轿子角落里，她呼吸着自由的空气，看着余占鳌的宽肩细腰。他离着轿子那么近，奶奶只要一翘脚，就能踢到他青白色的结实头皮。

……轿夫们飞马流星，轿子出奇的平稳，像浪尖上飞快滑动的小船。[①]

在这里，轿夫和劫匪其实同处于社会的最底层，不仅没有任何的同情和怜悯，反而充斥着毫无底线的暴行。而且，轿夫和劫匪之间完全存在互相转换的可能。今天的轿夫或许就是明天的劫匪，今天的劫匪或许就是明天的轿夫。后续的余占鳌的所有行为不都有着明显的劫匪特性吗？同类间的残杀触目惊心，而且相当自然，正所谓"狗群"一般。在吹鼓手眼里，被打死的只是一件东西，而且不禁打，殊不知大喇叭都已经被打瘪，还有什么生命禁得住这样的虐杀呢？即便面对如此的血腥场面，好像也没有触动爷爷、奶奶的任何一根神经。奶奶仍然表现出一种高贵的笑容，不但毫不影响爷爷奶奶之间的情欲萌动和继续互动以及调情，反而异常平静，甚至成为一个难得的契机。相对于余占鳌的冷漠与暴虐，戴凤莲表现出来的则是默许和纵容。延伸开来，也就不难理解为什么余占鳌可以毫无顾忌地滥杀单家父子。这是一次成功的预演，只要被认为是"挡道者"，余占鳌都将格杀勿论，而从来不会考虑还有什么人性因素。或者说，这里已经为后续的爷爷奶奶的故事进展做好了准备。

爷爷奶奶在高粱地里的狂欢毕竟短暂，因为还要回到现实。"奶奶从

---

① 莫言：《红高粱家族》，第45页。

迷荡的天国回到了残酷的人世。她坐起来，六神无主，泪水流到腮边。她说：‘他真是麻风。’爷爷跪着，不知从什么地方抽出一柄二尺多长的小剑，噌一声拔出鞘，剑刃浑圆，像一片韭叶。爷爷手一挥，剑已从高粱秸秆间滑过，两棵高粱倒地，从整齐倾斜的茬口里，渗出墨绿色的汁液。爷爷说：‘三天之后，你只管回来！’奶奶大惑不解地看着他。爷爷穿好衣。奶奶整好容。奶奶不知爷爷又把那柄小剑藏到什么地方去了。爷爷把奶奶送到路边，一闪身便无影无踪。三天后，小毛驴又把奶奶驮回来。一进村就听说，单家父子已经被人杀死，尸体横陈在村西头的湾子里。”[①]其实凭着奶奶的聪敏，完全心知肚明爷爷的意思。在这里，面对爷爷的明确暗示，奶奶不会意识不到结果，但是并没有做出任何阻止的举动，而是采取默许甚至纵容的态度，任其恶性的发展和恶果的出现。

对余占鳌而言，如果说一怒之下杀死与母亲有奸情的和尚还有着个人恩怨并以雪耻辱的因素，那么放火并杀死单家父子则纯粹是为着情欲而滥杀无辜，况且单家并非强娶而是明媒正娶，没有任何过错。杀死单扁郎后，余占鳌不后悔也不惊愕，只是感到恶心。他想起六天前作为轿夫走进单家时的情景，单家的勤俭持家和积累财富，曾经瞬间激起余占鳌的杀人念头，当时就为自己的贫贱生活而愤懑了，而现在又为自己开脱辩解：“他想，积德行善往往不得好死，杀人放火反而升官发财。何况已经对那小女子许下了愿，何况已经杀掉了儿子，留着爹不杀，反而使这个爹看着儿子的尸体难过，索性一不做，二不休，扳倒葫芦流光油，为那小女子开创一个新世界。”[②]于是重新抖擞精神，再次残忍地杀死单廷秀，并把父子二人尸首抛入水湾，从容地拐进高粱地。至此，余占鳌也就为自己的情欲铺平了道路。乃至后来直接对着酒篓子撒尿，即便无意中酿出上等好酒，也不能够否认其中的丑行及其恶作剧性质。及至表演烧酒作坊里最苦的活儿甚至提出技术革新之后，也就顺理成章地做了“主人”。“从此，爷爷和奶奶鸳鸯凤凰，相亲相爱。罗汉大爷和众伙计被我爷爷奶奶亦神亦鬼的举动给折磨得智力减退，心中虽有千般滋味却说不出个酸甜苦辣，肚里终有万种狐疑也弄不出个子丑寅

① 莫言：《红高粱家族》，第 66 页。

② 莫言：《红高粱家族》，第 101 页。

卵。一个个毕恭毕敬地成了我爷爷手下的顺民。”[①]而这一切，其实都是依靠野蛮力量征服的结果。在野蛮面前，文明没有任何力量可言，也没有任何理由可谈。其实，明知不得好死也要积德行善，即便为升官发财也不能杀人放火，更不能为开创一个新世界而斩尽杀绝，这是人之为人的基本底线和历史的应当起点。

显然，我们要充分重视余占鳌“抗战”的正义和悲壮，也要充分重视其追求情欲或者情爱的自然需要和野性方式，但同样不能忽略的是，余占鳌们的非理性行为及其疯狂杀戮。时至今日，对后者的清醒认识和反思，理应更加重视。如果总是以前者来掩盖后者，则宁愿不要前者也要摒弃后者。这才是历史的进步和人性的发展。

第三节　“历史”观念的另一种表现

对《红高粱家族》而言，其关键主题除了“抗战”和“情爱”之外，特别引人关注的还是其历史观念的另一种阐释。甚至在这个意义上，曾经一度被定性为“新历史主义”的典范之作。相对于此前的“抗战”写作，这部小说正面书写“土匪”式的民间“抗战”主体及其延伸开来的各方力量的消长起伏。其实在这里，重要的并不是何谓“抗战”的主体，而是“抗战”这一背景中所传达出来的历史观念和人性变迁。

得到冷支队长的情报，余占鳌的队伍伏击日本车队。在收编对方遭到拒绝之后，本来答应两军联合作战的冷麻子，直至余司令的队伍几乎全军覆没之时才出现。他们的目的很明确，就是过来抢夺战斗果实。“冷支队长的队伍络绎过桥，他们扑向汽车和鬼子尸体。他们拿走了机枪和步枪、子弹和弹匣，刺刀和刀鞘、皮带和皮靴，钱包和刮胡刀。有几个兵跳下河，抓上来一个躲在桥墩后的活鬼子，抬上来一个死老鬼子。”[②]当发现这是一个鬼子将军时，冷支队长特别兴奋，要求“剥下军衣，收拾好他的一切东西”，显然是以此炫耀战绩，进而邀功请赏。一群卫兵簇拥着冷支队长离开，而全然不顾余司令的伤亡和感受。

---

① 莫言:《红高粱家族》，第 139 页。

② 莫言:《红高粱家族》，第 75 页。

除了冷支队长代表的国民党队伍，和余占鳌发生交集的还有以八路军胶高大队大队长“江小脚”为代表的共产党队伍。与冷支队的行为如出一辙，江队长也是首先开展收编工作。“余司令，英雄啊！我们昨天看到了您与日寇英勇战斗的场面！”——有了前车之鉴，爷爷冷眼旁观。

江队长有点尴尬地缩回手，笑笑，接着说：“我受中国共产党滨海特委的委托，来与余司令商谈。中共滨海特委对余司令在这场伟大民族解放战争中表现出的民族热忱和英勇牺牲精神，表示十分赞赏。滨海特委指示我部与余司令取得联系，互相配合，共同抗日，建设民主联合政府……”

爷爷说：“妈的，我全不信你们，联合，联合，打鬼子汽车队时你们怎么不来联合？鬼子包围村庄时你们怎么不来联合？老子全军覆灭了，百姓血流成河啦，你们来讲联合啦！”①

当江队长明确提出希望余司令加入八路军、接受共产党的领导的时候，当江队长说出“我们都受共产党滨海特委的领导，都受毛泽东同志的领导”的时候，爷爷的回答是：“老子谁的领导也不受！”②既然如此，也就不得不提出进一步的实质性问题：均分武器。接下来，便是双方在武器种类和数量上的讨价还价。除此之外，还有余占鳌、江队长、冷支队长三方之间的错综关系。三方围绕如何抗战以及各自的方法和成效唇枪舌剑、剑拔弩张。正像面红耳赤的冷支队长所言：“姓江的，我不跟你斗嘴！你是为什么来的我知道，我是为什么来的你也知道。”③对余占鳌来说，无论“国军”还是“共军”都不可相信。“胶高大队从他这里拐走二十条枪，就消逝得无影无踪，并未听说他们与日本人去战斗，只听说他们与冷支队闹摩擦，并且，爷爷还怀疑，他和我父亲藏在枯井里后来突然不见的那十五条日本‘三八’式盖子枪，也是被胶高大队偷走了。”④余占鳌打鬼子以全军覆没为代价获得的战利品，反而不断地被算计并用于双方的对抗。战争把爷爷的一切，几乎全部毁掉了。队伍被消灭，妻子被打死，儿子受重伤，家园被烧毁，病魔又缠身。

① 莫言：《红高粱家族》，第 185 页。

② 莫言：《红高粱家族》，第 186 页。

③ 莫言：《红高粱家族》，第 190 页。

④ 莫言：《红高粱家族》，第 213 页。

“他面对着人的尸首和狗的尸首，像对着一大团千丝万缕地交织在一起的乱麻线，越择越乱，怎么也理不出个头绪。他几次手按枪把，想告别这个混蛋透顶的世界，但强烈的复仇情绪战胜了他的怯懦。”[①]于是，爷爷开始他的土匪生涯。

高密东北乡的土匪种子绵绵不绝，官府制造土匪，贫困制造土匪，通奸情杀制造土匪，土匪制造土匪。爷爷走上土匪之路，并非想要钱财，而是因为活命。“复仇、反复仇、反反复仇，这条无穷循环的残酷规律，把一个个善良懦弱的百姓变成了心黑手毒、艺高胆大的土匪。”[②]爷爷苦练双枪，将技压群芳的“花脖子”及其部下全部打死在墨水河里的英雄事迹传遍千家万户，引起小土匪们齐来投奔，造成高密东北乡土匪史上的黄金时代，因而声名远扬甚至敢于直接与官府作对以致官府震动。

不同的土匪派别本就相互倾轧，但是面对日本入侵，又努力走到一起。爷爷因为与奶奶的矛盾隔阂而和铁板会头目黑眼结下冤仇，本要一分高下。结果，却如铁板会会员五乱子力劝爷爷时所言：“余司令，铁板会的弟兄们都仰望着您的英名，盼着您能入会，山河破碎，匹夫有责吆！为了打日本，大家都要捐弃前嫌。个人恩怨，打完了日本再说。”[③]五乱子的言行让爷爷想起当年因擦枪走火不幸死亡的青年英雄任副官，于是有了“你是共产党”的嘲问。五乱子的回答是：“我既不是共产党，也不是国民党。我既恨共产党，也恨国民党。”[④]显然，这恰恰也是爷爷所坚持的立场。其实在这里，“抗日”只是契机，关键是“抗日”之后的问题。当高谈阔论的五乱子询问爷爷“天下大势”之时，不同于现代国家历史观的中国历史循环论再次被鲜明地提了出来：

> 爷爷苦笑一声，说：“余某识不了二百个大字，要说杀人放火，我是行家里手；说起什么国家、什么党派，还不如宰了我痛快！
>
> 那你说打走日本后，中国的天下交给谁？”
>
> 这与我没干系，反正谁也不敢把我的咬去！

---

① 莫言：《红高粱家族》，第 213 页。

② 莫言：《红高粱家族》，第 271 页。

③ 莫言：《红高粱家族》，第 277 页。

④ 莫言：《红高粱家族》，第 277 页。

让共产党得天下，你觉得怎么样？

爷爷轻蔑地提了一下鼻梁，从一侧鼻孔里喷出一股气。

还让国民党统治？

这群杂种！

就是就是，国民党奸猾，共产党刁钻，中国还是要有皇帝！我从小就看“三国”“水浒”，揣摸出一个道理，折腾来折腾去，分久必合，合久必分，天下归总还要落在一个皇帝手里，国就是皇帝的家，家就是皇帝的国，这样才能尽心治理，而一个党管一个国，七嘴八舌，公公嫌凉，婆婆嫌热，到头倒弄成了七零八落。

我想来想去，偌大个高密东北乡，只有余司令您是个大英雄。因此我串通了数十个弟兄，一起发难，要黑眼请您入会，这叫做引虎入室之计。你在会里效越王勾践，卧薪尝胆，争取同情和声望。而后小弟伺机除掉黑眼，然后扶您为主，改换门庭，严饬纲纪，扩大队伍，先占住高密东北乡，尔后向北发展，占领平度东南乡，再占胶县北乡，三片连成一气。这时，就可以在盐水口子设都，亮出铁板国旗号，您就是铁板王。再以后，就派三路兵马，一路攻胶县，一路攻高密，一路攻平度，共产党、国民党、日本鬼子，统统翦灭，力拔三城之后，天下就算粗定了！

爷爷几乎从马上掉下来，他惊讶地看着这个年轻貌美、满腹经纶的小伙子，一阵强烈的兴奋压迫得他心肺剧痛。爷爷勒住马，待眼前眩目的黑色光线消失之后，狼狈不堪地滚下鞍来，欲想跪拜，又觉不妥，便伸手抓住五乱子汗津津的手，牙巴骨哆嗦着说：“先生！小王八蛋，怎么早不让我碰到你，相见恨晚。”

“主公不要瞎客气，让我们同心同德，共谋大业！”五乱子眼泪花花地说。

……

爷爷感到从来没有过的充实和明白。五乱子一番话像抹布一样擦亮了他的心，擦得他心如明镜，一种终于认清了奋斗的目标、预见到远大前程的幸福感一浪接一浪在心头奔涌。爷爷翕动着嘴唇，说出了一句连坐在他怀里的父亲都没听清楚的话,爷爷说:“天意!”①

接下来与日伪军的一场小小的遭遇战,用事实戳穿了黑眼的整套妖术,奠定了爷爷在铁板会的领袖地位。

> 爷爷和父亲用假参军的诡计,混入胶高大队,在光天化日之下,绑走了大队长江小脚,又用假投诚的方式,混入了冷支队,同样在光天化日之下,绑了冷麻子的票。这两张“票”,换来了大量的枪弹和战马,换来了爷爷在威名大震的铁板会里说一不二的地位。黑眼成了多余人和碍手碍脚的人,五乱子几次要除掉他,都被爷爷制止了。绑票之后,铁板会成了高密东北乡最强的势力,胶高大队和冷支队销声匿迹,似乎天下升平,爷爷开始萌发为奶奶出大殡的念头。然后就是敛财集资、抢棺杀人,余家的声名如繁花缀锦,火上浇油,但爷爷忘记了日满则仄,月满则亏,器满招覆,盛极必衰的朴素辩证法,为奶奶出大殡,是他犯下的一个重大错误。②

正是在这样的机会和场合,发生了铁板会、胶高大队、冷支队的三方混战,继续上演着复仇与反复仇的争斗。出殡队伍出行三里远,遭遇胶高大队突袭,铁板会伤亡惨重,接着又遭受冷支队的猛烈进攻。结果,冷支队把胶高大队和爷爷的铁板会包围在奶奶的殡葬仪仗里。分属不同派别的成员,大约至此才见识到并且意识到这样的混战无非是自相残杀。正像一个老铁板会员所哭诉的:“我们原来都是临庄隔疃的乡亲,抬头不见低头见,不是沾亲,就是带故,为什么弄到这步田地!”“畜生!你们有本事打日本去!打黄皮子去!”③紧接着又是故伎重演,又是三方势力的征服与反征服的唇枪舌剑。等到来了日本鬼子,三方再次携起手来,投入为民族的对日战斗。显然,冷支队长、江队长、余司令三方关系胶着,既彼此争夺,也共同抗日;既互相利用,也相互制衡。或许,这正是历史的一个真实侧面。

历史是什么,终究要等时间来验证。46 年后,在爷爷、父亲、母亲与“我”家的黑狗、红狗、绿狗率领着的狗队英勇斗争过的地方,是一座埋葬着共产党员、国民党员、普通百姓、日本军人、皇协军的白骨的“千人坟”。《红

---

① 莫言:《红高粱家族》,第 281~283 页。

② 莫言:《红高粱家族》,第 296~297 页。

③ 莫言:《红高粱家族》,第 301~302 页。

高粱家族》中，在各派势力以“抗日”之名混战之后，结果是“千人坟”的发现。

在一个大雷雨的夜晚，被雷电劈开坟顶，腐朽的骨殖抛洒出几十米远，雨水把那些骨头洗得干干净净，白得全都十分严肃。……裂开的大坟周围站着一些人，一个个面露恐怖之色。我挤进圈里，看见了坟坑里那些骨架，那些重见天日的骷髅。他们谁是共产党、谁是国民党、谁是日本兵、谁是伪军、谁是百姓，只怕省委书记也辨别不清了。各种头盖骨都是一个形状，密密地挤在一个坑里，完全平等地被同样的雨水浇灌着。稀疏的雨点凄凉地敲打着青白的骷髅，发出入木三分的刻毒声响。仰着的骷髅里都盛满了雨水，清冽，冰冷，像窖藏经年的高粱酒浆。乡亲们把飞出去的骨殖捡回来，扔回坟墓中的人的头骨堆里。我眼前一眩，定睛再看时，坟坑里竟有数十个类狗的头骨。再后来，我发现人的头骨与狗的头骨几乎没有区别，坟坑里只有一片短浅的模糊白光。像暗语一样，向我传达着某种惊心动魄的信息。……乡亲们把死人的骨骸毫不珍惜地扔进墓穴，骨殖相碰，断裂破碎。我把那半个人头骨扔下去。我提着硕大的狗头骨犹豫着。一个老人说：扔下去吧，那时候的狗，不比人差。我把狗头骨扔进裂开的坟墓。重新修筑好的“千人坟”和没劈开前的一模一样。[①]

生时立场鲜明、分割对立，死后归为一体、合为一处，这样的生命形态哪里还有“历史主义”的“正方”和“反方”，而只有“伦理主义”的“一视同仁”。

第四节　文学史脉络中的《红高粱家族》

从1985年写作中篇小说《红高粱》，到1986年《红高粱家族》全部完成，再到1987年由解放军文艺出版社以长篇小说形式出版单行本。从时间线索来看，正处于“先锋文学”和“寻根文学”发生的当口。写作之初，莫言并未意识到要形成一部长篇，所以曾经自谦是“权充一部长篇滥竽充了数”。而正是这样一部“无心”之作，却以其“先锋”姿态和“寻根”意识而成为文学史的经典。其实，莫言对于文学发展的背景和语境也有着自觉的感知。他说：

---

① 莫言：《红高粱家族》，第191～193页。

"《红高粱》这个小说因为它的写法跟过去的描写抗日战争的小说的写法很不一样，因此在发表之后引起反响是非常正常的。另外 1986 年也是当代文学的一个好年头，那个时候文学还是一个热门话题。……假如《红高粱家族》这个小说系列放在 2006 年发表，而不是 1986 年发表，那这部小说也就可能变成一部默默无闻的作品了。"[①]正所谓，"一部作品也有一部作品的命运"。而《红高粱家族》的命运，恰恰可以在"先锋文学"和"寻根文学"的发展坐标中显现得更为突出。

20 世纪 80 年代中期，"先锋文学"和"寻根文学"发展起来，从两个方向致力于"走向世界"的诉求。前者主要以西方文化为参照，试图在形式策略上寻求超越；后者则把目光投向传统文化，力求从传统中寻找出路。如果说两次世界大战动摇了西方的人道主义迷梦，那么"文革"也不啻为一场深入国人内心的战争。于是，在开放的语境和东西方文化交流中，便很容易同西方现代文化产生共鸣，那些多元化的思想观念与艺术表现便能迅速地得到不同程度的认可和借鉴。但时至今日，反观"先锋派"，我们却不得不说，如果离开了西方的"楷模"，他们将一无所有。"现代主义思潮就像一只泼尽了水的空碗。……原有的强烈震惊力(shock)萎缩成花哨浅薄的时尚(chic)，它藉以哗众取宠的实验性和超脱感也日益琐碎无聊。"[②]几乎同期，"文化热"悄然兴起，"寻根文学"便是它在文学艺术领域的表征。文学要立于世界之林，单凭浅层次的模仿与借鉴是无效的。只有寻求真正属于民族的东西，才能在世界文学中独放异彩。特别是拉美的马尔克斯 1982 年获诺贝尔文学奖以及 1984 年国内对其代表作《百年孤独》的译介，更是给中国作家们以极大影响。然而，现在看来，"寻根"同样值得深思。它使文学由政治反思走向文化反思，却由于偏执文化寻根而无形中束缚了创造的空间。同时，因为迷恋于原初的蛮荒世界与地域古老习俗而疏离了社会现实生活与时代精神。因此，非但未能使中国文学走向世界，反而愈加显示出中国文化的滞后性与文学的封闭性。不可否认，如果没有"先锋文学"有意识地回归文学本体的探索实践，如果没有"寻根文学"有意识地回归文化资源的决绝姿态，则难以想象如何摆脱中国文学几十年以来作为政治附庸的处境。但也不能

① 莫言：《用耳朵阅读》，第 250 页。

② [美]丹尼尔·贝尔：《资本主义文化矛盾》，赵一凡等译，三联书店 1992 年版，第 16 页。

不面对,"先锋文学"的"形式"策略和"寻根文学"的"寓言"风格不仅逐步失去活力,而且还形成了事实上的对立。结果非但无益于达成文学的"现代性"及其"走向世界"的目标,反而造成文学发展的困境。

不可否认,如果没有80年代的"先锋文学"的回归文本的努力和"寻根文学"的回归历史的倾向,就难以实现90年代以来的中国文学的独立性发展和多元化形成。但事实的另一面也同样存在,即20世纪中国文学总是面临一个"中西之争"问题,或者"全盘西化",或者"全盘本土"。钟情于中国传统文化体系者主张"中体西用""中国文化拯救人类",强调文化的内涵式延伸;而怀疑、否定中国传统文化者则着眼于西方价值体系,主张"西化",强调文化的外延式建构。时至今日,这两种模式的分离都未能取得有效性结果。在文学层面上,则体现为创作资源的选择性矛盾和批评依据的价值性迷茫。

立足于新时期以来的文学史发展视野,从共时性来看,莫言恰恰走出了一条融合"先锋文学"和"寻根文学"特质并进行创新性突破的写作之路。《红高粱家族》正是如此。显然,作品体现出鲜明的先锋因素。第一,打破传统叙事的时空界限,在历史叙事和时间叙事层面呈现出交错往复的姿态。在故事讲述的过程中,打破传统的线性逻辑,在历史与现实、现实与幻觉、内心与环境之间随时随地穿插和闪回,糅合了历史传奇、英雄传奇和爱情传奇的诸类元素,进行主观性的切割,天马行空,自由不羁。第二,大量运用通感、象征、意识流的方式表现人物和事件。比如,写王文义的负伤:"父亲凑上前去,看清了王文义奇形怪状的脸。他的腮上,有一股深蓝色的东西在流动。父亲伸手摸去,触了一手粘腻发烫的液体。父亲闻到了跟墨水河淤泥差不多、但比墨水河淤泥要新鲜得多的腥气。它压倒了薄荷的幽香,压倒了高粱的甘苦,它唤醒了父亲那越来越迫近的记忆,一线穿珠般地把墨水河淤泥、把高粱下黑土、把永远死不了的过去和永远留不住的现在联系在一起,有时候,万物都会吐出人血的味道。"[①]这里,视觉、触觉、嗅觉、味觉、听觉一应俱全。还有那句著名的活剥罗汉大爷时的语句:"父亲看到罗汉大爷那两只耳朵在瓷盘里活泼地跳动,打得瓷盘叮咚叮咚响。"[②]诸如此类,感觉的互通、转换与杂糅在作品中比比皆是。比如,"红高粱"本身就是个体性格和民

① 莫言:《红高粱家族》,第8页。

② 莫言:《红高粱家族》,第33页。

族精神的象征，“高密辉煌，凄婉可人，爱情激荡”，这一意象又不断变幻，展示出不同的情态。当爷爷、奶奶相识之时，“路一侧的高粱把头伸到路当中，向着奶奶弯腰致敬”；当罗汉大爷被活剥时，“遍地的高粱都在痛哭”；当伏击战伤亡惨重时，“高粱齐声哀鸣”；当乡亲们被屠戮时，“遍地高粱肃然默立”；尤其当奶奶弥留之际，“红高粱”所独具的灵性迸发出来：“奶奶听到了宇宙的声音，那声音来自一株株红高粱。奶奶注视着红高粱，在她蒙胧的眼睛里，高粱们奇谲瑰丽，奇形怪状。它们呻吟着，扭曲着，呼号着，缠绕着，时而像魔鬼，时而像亲人，它们在奶奶眼里盘结成蛇样的一团，又忽喇喇地伸展开来，奶奶无法说出它们的光彩了。它们红红绿绿，白白黑黑，蓝蓝绿绿，它们哈哈大笑，它们嚎啕大哭，哭出的眼泪像雨点一样打在奶奶心中那一片苍凉的沙滩上。”[①]显然，通感、象征、意识流等又常常会结合在一起，同步进行。第三，《红高粱家族》最为人称道的先锋质素还来自叙事人称和叙事视角的变化，即“我爷爷”“我奶奶”等作为叙事人的出现。莫言自称是为了叙事的方便，却创造了一种新的叙事范式。当然，其中伴随着诸多超现实的描写，也有诸多恶作剧的顽童式的心态。“用了‘我爷爷’‘我奶奶’这样的人称、这样一个叙事的角度，就等于一下子打通了历史和现实之间的墙壁，使叙事者获得了一种巨大的便利，你可以一会儿跳出来指点江山、激扬文字、大发议论；一会儿又可以进入历史，仿佛以一种自己亲眼见到的亲切和真切来描写历史上发生的事件；你不但可以目睹到当时的情况，而且可以深入到你的祖先的灵魂深处；你不仅仅可以描写‘爷爷奶奶’们是怎么样抗战，也可以深入到‘爷爷奶奶’们的内心深处去，描写他们心里面的各种各样的想法。”[②]

今天来看，《红高粱家族》的写作即便受到马尔克斯、福克纳等现代文学大师的影响，也只能说起到触发灵感的作用。至于承载灵感的内容，则仍然是民族的历史和民间的文化。因此，其间的“先锋”元素并非独立运用，而是与历史内涵和民间生活结合在一起，这就自然避免了“先锋文学”一味地沉浸于形式实验的倾向。“我在 80 年代中期写作《红高粱家族》这个系列的时候并没有任何的准备，也没有听说过什么民间的概念，至于像巴赫金的狂

① 莫言：《红高粱家族》，第 68 页。

② 莫言：《用耳朵阅读》，第 251 页。

欢理论啊，像尼采的酒神精神啊都是小说出来之后，批评家写了批评文章，我阅读了批评家的批评文章，我才了解到这些，我才发现我的小说正好符合了西方那些理论，然后他们拿出来做文章。对所有的作家，他一旦进入了自觉的写作过程他就会不可避免地调动起他的民间生活积累。所谓民间生活积累就是它自然地包含了民间的文化。"①这里的"民间生活"和"民间文化"适逢其时，正好呼应"寻根文学"的主体诉求和主题倾向，表现出"寻根文学"的某些质素和某个侧面。其实，小说在一开始就奠定了整部作品的基调：

> 我曾对高密东北乡极端热爱，曾经对高密东北乡极端仇恨，长大后努力学习马克思主义，我终于悟到：高密东北乡无疑是地球上最美丽最丑陋、最超脱最世俗、最圣洁最龌龊、最英雄好汉最王八蛋、最能喝酒最能爱的地方。生存在这块土地上的我的父老乡亲们，喜食高粱，每年都大量种植。八月深秋，无边无际的高粱红成洸洋的血海，高粱高密辉煌，高粱凄婉可人，高粱爱情激荡。秋风苍凉，阳光很旺，瓦蓝的天上游荡着一朵朵丰满的白云，高粱上滑动着一朵朵丰满白云的紫红色影子。一队队暗红色的人在高粱棵子里穿梭拉网，几十年如一日。他们杀人越货，精忠报国，他们演出过一幕幕英勇悲壮的舞剧，使我们这些活着的不肖子孙相形见绌，在进步的同时，我真切地感到种的退化。"②

按照当时的写作计划，莫言打算沿着《红高粱》的方向继续为这个"红高粱家族"往下立传，写完"爷爷奶奶"这一代，就应该写"父亲"这一代，写完"父亲"这一代就应该写"我们"这一代。"我想当时是一种跟进化论反其道而行之的观点，进化论是一代胜过一代，我觉得是一代不如一代。我觉得我们跟'爷爷奶奶'他们那个时代相比，活得都非常的苍白。他们都是英雄，我们一个一个都变得特别的软弱，特别的无能。不论在肉体上还是在精神上，我们都是侏儒……"③

现代社会的"进步"，却加剧着"种的退化"，需要重新找寻那曾经的"文

---

① 莫言：《写最想写的》，《莫言讲演新篇》，文化艺术出版社2010年版，第189页。

② 莫言：《红高粱家族》，第2页。

③ 莫言：《用耳朵阅读》，第252页。

明”之根。《红高粱家族》的结尾呼应开篇，再次呼唤那高粱精神的回归：“我反复讴歌赞美的、红得像血海一样的红高粱已被革命的洪水冲激得荡然无存，替代它们的是这种秸矮、茎粗、叶子密集、通体粘满白色粉霜、穗子像狗尾巴一样长的杂种高粱了。”[①]经过现代革命的洗礼，非但没有建立起现代文明，反而失落了固有的民族精神。因为所谓的“杂种高粱”，虽然“产量高”，但却永远不会成熟。看起来长势喜人，实则孱弱不堪。“它们空有高粱的名称，但没有高粱挺拔的高秆；它们空有高粱的名称，但没有高粱辉煌的颜色。它们真正缺少的，是高粱的灵魂和风度。它们用它们晦暗不清、模棱两可的狭长脸庞污染着高密东北乡纯净的空气。在杂种高粱的包围中，我感到失望。”[②]于是在杂种高粱的严密阵营中，也就愈加思念不复存在的瑰丽情景：“八月深秋，天高气爽，遍野高粱红成洸洋的血海。如果秋水泛滥，高粱地成了一片汪洋，暗红色的高粱头颅擎在浑浊的黄水里，顽强地向苍天呼吁。如果太阳出来，照耀浩森大水，天地间便充斥着异常丰富、异常壮丽的色彩。”[③]这是让人永远向往的人的极境和美的极境，但是却又摆脱不了现实的力量所带来的种种异化。“我被杂种高粱包围着，它们蛇一样的叶片缠绕着我的身体，他们遍体流通的暗绿色毒素毒害着我的思想，我在难以摆脱的羁绊中气喘吁吁，我为摆脱不了这种痛苦而沉浸到悲哀的绝底。”[④]或许，“回归”才是前进之路，“回归祖先”才能找到个体和民族的精神之根。

这时，一个苍凉的声音从莽莽的大地深处传来，这声音既熟悉又陌生，像我爷爷的声音，又像我父亲的声音，也像罗汉大爷的声音，也像奶奶、二奶奶、三奶奶的嘹喉的歌喉。我的整个家族的亡灵，对我发出了指点迷津的启示：可怜的、孱弱的、猜忌的、偏执的、被毒酒迷幻了灵魂的孩子，你到墨水河里去浸泡三天三夜——记住，一天也不能多，一天也不能少，洗净了你的肉体和灵魂，你就回到你的世界里去。在白马山之阳，墨水河之阴，还有一株纯种的红高粱，你要不惜一切努力

① 莫言：《红高粱家族》，第361页。
② 莫言：《红高粱家族》，第361页。
③ 莫言：《红高粱家族》，第361页。
④ 莫言：《红高粱家族》，第362页。

找到它。你高举着它去闯荡你的荆棘丛生、虎狼横行的世界，它是你的护身符，也是我们家族的光荣的图腾和我们高密东北乡传统精神的象征！①

《红高粱家族》以其"红高粱精神"的失落与回归呼应着其时正热的"寻根文学"，不仅是文学的"寻根"，也是文化的"寻根"。那"可怜的、孱弱的、猜忌的、偏执的、被毒酒迷幻了灵魂的"文化，同样需要浴火重生。在这个意义上就可以反过来解释，到底是什么触发了作者着力于塑造"我爷爷""我奶奶"这样的人物。"莫言在写作《红高粱家族》时就痛感现代都市中人性的龌龊和生命力的萎缩，转而在高密东北乡那一片粗犷、野蛮的乡土大地上发现爷爷、奶奶们那种强悍的个性生命力，自由自在、无所畏惧、朴素坦荡的生活方式。这种现实人生与过往历史的交流，使过往民间世界中所蕴含的精神转化为当代人重要的组成部分并对其生命人格精神的生成产生重要影响，从而在作品中创造了一个个感性丰盈、生命鲜活的艺术形象。"②从"寻根"的视角来看，《红高粱家族》自然激发出对于不同时空的反思、参照和对比。这里是历史与现实的对照，是民间世界与正统世界的对照，也是生命本质与生存状态的对照。

《红高粱家族》以其对"先锋文学"和"寻根文学"的双重呼应，实现了对于二者的融合和超越，既吸纳"先锋文学"的艺术质素，又承载"寻根文学"的文化精神，有效避免了各自的偏颇和二者的对立，有意无意地走出一条自我选择与自觉创新之路。就像莫言在当时就已经明确表达的自觉意识，针对所谓的"先锋文学"，莫言说："加西亚·马尔克斯和福克纳无疑是两座灼热的高炉，而我是冰块。因此，我对自己说，逃离这两个高炉，去开辟自己的世界。"③针对所谓的"寻根文学"，莫言说："我赞成寻'根'。每个人都有自己的根，每个人都有自己的寻法，每个人都有自己对根的理解。我是在寻根过程中扎根。我的'红高粱'是扎根文学。我的根只能扎在高密东北乡的黑土

① 莫言：《红高粱家族》，第 362 页。

② 王光东：《民间的现代之子——重读莫言的〈红高粱家族〉》，《当代作家评论》2000 年第 5 期。

③ 莫言：《两座灼热的高炉》，《世界文学》1986 年第 3 期。

里，我爱这块黑土就是爱祖国，我爱这块土地就是爱人民。"[①]在"先锋"中"逃离"，在"寻根"中"扎根"。对于其时乃至延续至今的关于"民族性"与"世界性"的争论不休，莫言不仅走出一条具有超越性的"对话"之路，更以其"红高粱精神"把高密东北乡的旗帜矗立在世界文学版图之上。

① 莫言:《十年一觉高粱梦》,《中篇小说选刊》1986 年第 3 期。

第二章

《天堂蒜薹之歌》的“愤怒”情绪和“话语”形态

《红高粱家族》带来的出乎意料的知名度，让莫言声名大振。常理而言，作家一般会继续沿着既有的成功模式而延续自己的写作惯性。莫言的计划也是如此：“写完了‘爷爷奶奶’这一代，就应该写‘父亲’这一代，写完‘父亲’这一代就应该写‘我们’这一代。”[①]可以想象，如果按照这样的写作思路走下去，“红高粱家族”或许更为丰富和壮大，当然也有越写越窄的可能。然而，美好的写作理想并非遵循作家的一厢情愿，文学创作之路绝非设想出来的结果。越是优秀的作家，往往越能超越自己的写作计划。

1987 年，山东临沂地区的一个县发生著名的“蒜薹风波”，震动全国。本来的蒜薹丰收，却由于官僚主义、官员腐败以及政府的不作为和乱作为，而致使农民销售无门、损失惨重，进而引发围攻县政府的轰动事件及其后续的连锁反应。正是这个事件，打断莫言继续为家族立传的“家族小说”创作计划，用三十几天时间写出义愤填膺的《天堂蒜薹之歌》。“本来红萝卜、红高粱已经很红了，我完全可以按照这个路线走下去，可这一转向却让我对现实社会进行了直接的干预。这样写眼前发生的事情是因为我的责任感和良心在起作用。”[②]这部小说的诞生，与其说是社会事件对作家敏感神经刺激的结果，倒不如说是作家因其社会使命感而主动选择社会事件的结果。如莫言事后所说：“在刚刚走上文学道路时，我常常向报界和朋友们预报我

---

① 莫言：《用耳朵阅读》，第 252 页。

② 莫言：《碎语文学》，第 28 页。

即将开始的创作计划，但《天堂蒜薹之歌》使我明白了，一个作者的创作，往往是身不由己的。在他向一个设定的目标前进时，常常会走到与设定的目标背道而驰的地方。这可以理解成职业性悲剧，也可以看成是宿命。当然一些意志如铁的作家能够战胜情感的驱使，目不斜视地奔向既定目标，可惜我做不到。在艺术的道路上，我甘愿受各种诱惑，到许多暗藏杀机的斜路上探险。"[①]显然，本来是设定了"家族历史小说"的前进目标，却走到"社会问题小说"的轨道。那么，《天堂蒜薹之歌》又是受到何种情感的驱使？在偏离既定目标的同时又是如何超越既有的写作模式，从而在暗藏杀机的艺术探险中走出一条新路？

第一节　一个主题："愤怒"

《天堂蒜薹之歌》写于1987年，发表于《十月》1988年第1期。我们不能忽略的是，那是一个刚刚思想解放不久、社会各项改革尤其是政治体制改革呼声高涨的年代。正是这样的时代氛围，加上社会轰动事件的影响，激发了莫言内心深处的责任感和使命意识，于是一蹴而就，写出这样的作品。甚至于作家出版社在1988年4月出版单行本时，曾经直接将书名改为《愤怒的蒜薹》。作者坦言："这部书实际上是一部饥饿之书，也是一部愤怒之书。写这部书时我更没有想到要创新，我只是感到满腔的愤怒要发泄，为了我自己，也为了广大的农民兄弟。"[②]面对恶劣的现实生存环境，作家悲愤不已、不平自鸣，作为一种情绪的"愤怒"直接构成《天堂蒜薹之歌》的核心主题。"愤怒出诗人"，《天堂蒜薹之歌》正是"愤怒"的情感所驱使的结果。

首先是对村主任高金角之类的基层政权代表者的"愤怒"。

开篇第一章，高羊的被捕即是村主任高金角诱骗的结果。当高羊哀嚎着询问"金角大叔""为什么抓我"的时候，"村主任背靠在树上，像受到大人盘问的小孩子一样，机械地用脊梁撞着槐树，脸上的肌肉都横七竖八地挪动了位置"。[③] 当高羊质问"大叔，我没犯罪，你骗我出来干什么"的时候，"村

① 莫言：《天堂蒜薹之歌》"新版后记"，上海文艺出版社2012年版，第331页。

② 莫言：《用耳朵阅读》，第45页。

③ 莫言：《天堂蒜薹之歌》，第4页。

主任半秃的脑袋上凝着一片大汗珠子，迟迟不往下流，满嘴龇出黄牙，好像随时要拔腿逃跑要咧嘴嚎哭"。① 被收监后的高羊不断地闪回自己的生活，不仅回忆起父子两个被校长羞辱并被开除的经历，更想起因为埋葬母亲而被大队书记、治保主任和民兵共同伤害的过程。当高羊为自己被打成地主阶级的爹娘诉苦正名时，却被大队书记定性为"翻案"并企图加以否定共产党的土地改革。于是被民兵击打后脑，被治保主任用木板抽打脸腮，被关禁闭，直至被一根生满硬刺的树棍戳进肛门。② 高羊的生命中，似乎永远摆脱不了"被喝尿"的命运：贫下中农子弟让他喝尿，红卫兵让他喝尿，同监的罪犯让他喝尿，治保主任让他喝尿。高羊俨然一只任人宰割的"羊羔"，一直被作为牲畜对待，哪里还有作为人的尊严和保障。生活在这样的现实境遇中，该会有怎样的"愤怒"要表达。

面对金菊将被连环换亲的命运，高马登门求婚，却遭到方氏父子的联合暴打。挨打后的第二天，高马到了乡政府，找到民政助理员。"民政助理喝得醉醺醺的，坐在一张破沙发上，呼噜呼噜地喝着茶，看到高马进来，也不打招呼，只用那两只迷迷糊糊的大眼珠子瞪了高马一眼。"③高马状告方四叔破坏《婚姻法》，强迫女儿换亲并施加伤害，而杨助理非但不为民作主，反而收受贿赂，助纣为虐。不但横加干涉他人婚姻，进一步破坏婚姻法，而且对高马加以羞辱并施以新的暴力。"'方家兄弟是两个屎蛋！'民政助理收起微笑，换了一张恶脸，狠狠地说，'要是我，就打断你的狗腿，让你爬回家去！'民政助理的唾沫星子喷了高马一脸。高马抬手抹脸，民政助理一膀子就把他扛出了门口，然后'砰'一声，关上了门。"④在这里，人从来就没有被当作人来看待。"乡政府大院里的五十多个人——当官的、打杂的、管水利的、管妇女的、管避孕的、管收税的、管通讯报道的、喝酒的、吃肉的、喝茶的、抽烟的——五十多个人，都悠闲地看着他晃晃荡荡的，像一根草，像一条被打伤的狗，走出了乡政府的大院。"⑤甚至在抹着满手鲜血的时候还遭到看门

---

① 莫言：《天堂蒜薹之歌》，第 4 页。

② 参见莫言：《天堂蒜薹之歌》，第 179～181 页。其实这里已经有了后来的"檀香刑"的初级表现。

③ 莫言：《天堂蒜薹之歌》，第 32 页。

④ 莫言：《天堂蒜薹之歌》，第 33 页。

⑤ 莫言：《天堂蒜薹之歌》，第 34～35 页。

青年的背后一脚，还有咒骂："混蛋！你把狗血抹到哪里？混蛋！这是抹你狗血的地方吗？"[①]在那些人眼中，像高马这样的弱势者的存在已经与狗无异。

杨助理可谓两面三刀的典型代表。在接下来的请吃场合中知法犯法、既普法又违法。一方面，他提醒换亲各方当事人不能打人，打人犯法，打自己的闺女也是犯法；另一方面又要"是亲三分向"，为打人者出谋划策，并且不惜违法去更改户口。进而，杨助理又亲自参与对高马和金菊的围追堵截，并主导了对高马的"私人审讯"。高马和金菊都被麻绳捆住，又在杨助理的教唆下，被方家兄弟致命暴打。

> "你们……打人犯法……"高马断断续续地说，他的脸上肌肉抽搐着，连嘴巴都歪了。
>
> "你拐骗人口，才是犯法！"杨助理员说，"你拐骗活人妻，拆散三对夫妻，该判你二十年徒刑！"
>
> "我没犯法！"高马晃着头，把鼻血甩出去，坚定地说，"金菊并没和刘胜利登记结婚，因此她不是活人妻，你们强迫金菊嫁给刘胜利，是破坏婚姻法！要判刑也只能判你们！"
>
> 杨助理员撇着嘴，对方家兄弟说：
>
> "好一张硬嘴！"
>
> 二哥挥着拳，对准高马的肚子捣了一拳。高马叫了一声亲娘，腰弓成虾米形状，前踉踉，后跄跄，一头扎在地上。[②]

而一旦感觉有了危险之时，杨助理随即有些慌张，担心受牵连而承担责任，于是不得不参与对高马的施救。

还是这个杨助理，在方四叔被王书记车辆撞死之后，再次出面协调解决。在那漫漫无期、绝望等待的蒜薹售卖之路，方四叔被乡政府王书记的黑车连人带牛一同卷入黑暗中。方家母子三人把尸首放在乡政府大院里等待处理，最终等来的却是唯一的杨助理。这个被方家老大称为"八舅"、把方家老二当作长工的"救星"，实质是装模作样的可恶的"帮闲"角色。面对方家的质询，杨助理展现出高超的嘴脸："王书记不是司机，他怎么能轧死你

---

① 莫言：《天堂蒜薹之歌》，第35页。

② 莫言：《天堂蒜薹之歌》，第132～133页。

爹？司机轧死了你爹，他犯法，法院自有公论，你们把尸体抬到乡里，招来千万的人，干扰乡里工作，乡虽然小，但也是一级政府，干扰乡里工作，就是干扰政府工作，干扰政府工作就是犯罪。本来是你有理，这一闹，你反而没理了，对不对？”“谁告诉你说王书记贩卖蒜薹？你这是犯了诬陷罪！王书记今天去县里参加紧急治安会议去了，是县里的紧急治安会议要紧，还是你爹的事要紧？王书记开会回来就要布置严厉打击扰乱社会秩序的不法行为，你们正好做个典型！”“依我看，你们赶快把你爹抬回家，赶快去火葬，今夜去不了，明儿早上去。……你爹死了你们还要继续过日子是不是？这样闹下去，担了罪名不说，还要把自家的日子给败坏了。”“王书记堂堂一个乡党委书记，手里哪天不是过千过万？只要你们不给他添麻烦，你想想他能亏待了你们？乡政府再小也是一级政府，指头缝里漏漏就够你们后半辈子过的了。”“王书记在县里四通八达，就算把司机判了刑，过不了两个月就会出来，照开他的车。你们得罪了王书记，还落一个混账人家的恶名，老大老二就甭说媳妇啦。要是你们不告，回家安安稳稳地把死人发送了，大家都会说你们善良，落个好名声，王书记也说了，只要你们答应私了了这件事，他保证对得起你们。”[①]本是草菅人命的恶性事件，竟被如此威逼利诱的强盗逻辑所取代，再加上其中的黑暗操作和官场腐败，又怎是“愤怒”所能涵盖？然而，似乎也只有愤怒了。

其次是对底层民众始终无法觉醒的“愤怒”。

开篇第一章，被诱捕的高羊恍惚间听到瞎子张扣那激动人心的凄凉歌唱：“说话间到了民国十年，天堂县出了热血儿男，凭空里打起红旗一杆，领着咱穷爷们抗粮抗捐。县太爷领兵丁围了高疃，抓住了高大义要把头斩，高大义挺胸膛双眼如电，共产党像韭菜割杀不完。”[②]于是，肚子发热，双腿加力，嘴唇哆嗦，心生念头：“妄想喊句口号。”当侧脸碰上警察檐帽上的国徽，立刻感到又羞又愧，急忙低下头，平端着双手，跟着警察往前走。当猜到高马也要被抓之时，却瞬间消失了对村主任高金角的怒气。“心里竟奇怪地盼望着警察多抓些人与自己做伴。如果全村男人都被抓走，老婆的心就会平

① 莫言：《天堂蒜薹之歌》，第236～238页。

② 莫言：《天堂蒜薹之歌》，第5页。

和，他想。最好把高马抓到，蹲监狱也应该有个头领，而高马正是最好的头领。"[1]即便身心备受折磨、始终流泪，却也绝不承认自己在哭；即便身在囚车中，也仍然不失自豪感，因为从来没有坐过这么快的车；即便在监室中，也是能忍则忍、逆来顺受，并为出生不久的孩子取名"守法"。在那售卖蒜薹的艰难行程中，高羊也会因为劝说困境中的方四叔而突然间感到心头轻松："人比人要死，货比货要扔。""忍过来是个人，忍不过来就是个鬼。"[2]百年来的国民特性，便是永远的自我满足和随遇而安。鲁迅先生笔下的阿Q始终活在现实中，并没有走远。

相对于高羊的忍辱负重而不觉醒，方家父子的蒙昧与野蛮更为触目惊心。牺牲女儿而成全儿子的连环换亲，直接把金菊和高马推向绝境。为了达到野蛮的目的，不惜联合暴打前来说理的高马，"往死里打也不犯法"；即便对金菊也决不心慈手软，吊起来剥衣抽打，"自己的闺女要她死她就死"："大哥的脸是青的，二哥的脸是蓝的，爹的脸是绿的，娘的脸是黑的。大哥的眼是白的，二哥的眼是红的，爹的眼是黄的，娘的眼是紫的。她看着他们，她悬空立着，微笑着摇了摇头。爹跳到院子里，拿了一条使牛的鞭子来，抽打着她，鞭梢打在皮肉上，她感到灼热……"[3]面对高马和金菊的抗争，方家父子软硬兼施，最终无奈，即使把亲情做交易也不善罢甘休。到了方四叔横死蒙冤，方家兄弟又越出底线，令人心寒。不仅杀牛剥皮，更是利索分家；不仅钱粮算尽，甚至连一件棉袄也剁为两半。更为恶劣的是，方家兄弟财迷心窍，将金菊的尸骨交易结作"阴亲"，又直接致使自己的母亲方四婶上吊自杀。如果说金菊更多的是善良软弱，方四婶更多的是麻木愚昧，方四叔更多的是家长专制，那么方家兄弟则全然自私自利、野蛮无情，甚至六亲不认、丧失人性。这里，已经"愤怒"之至，不再是"哀其不幸，怒其不争"的范围了。

除了上述两个方面，更为典型的"愤怒"来自于警察与群众之间的直接而尖锐的对立。《天堂蒜薹之歌》中，众多人物上场，然而却难以确定谁是主角。或者说，其中根本没有主角，只是芸芸众生的普遍生存状态。如果说要有的话，所谓的"主角"其实是一种"愤怒"的情绪。

---

① 莫言：《天堂蒜薹之歌》，第7～8页。

② 莫言：《天堂蒜薹之歌》，第211页。

③ 莫言：《天堂蒜薹之歌》，第159页。

第二节 两条线索:暴行和爱情

在表达“愤怒”的主题时,《天堂蒜薹之歌》明显地设置了两条线索:一是暴行,二是爱情。而这两个几乎对立的层面又紧密地交织在一起。

首先是基层政权力量及其执行者对于底层民众的“暴行”。开篇遭到诱捕的高羊,不明就里地经受了警察的直接行径:“右脚踝子骨上遭了一着打击,非常迟钝,非常沉重,仿佛连心肝都被扯动了。他闭着眼,恍惚中觉得嘴里发出一声惨叫,身体不由自主地往右倾斜,而这时,左腿弯子又挨了一击。他惨叫着,身体一罗锅,莫名其妙地跪在了门前的石头台阶上。他想睁眼,眼皮沉重,蒜薹和蒜头的辣臭气刺激得眼珠疼痛难忍,眼泪乱纷纷涌出来。他知道自己没有哭。正想抬头揉眼,两件冰冷刺骨的东西卡到了手脖子上,双耳深处轻微地脆响了两声,好像有两根钢针扎在了脑袋上。”①即便坚信自己始终没有哭,但却是满眼的泪水。紧接着,又被警察用手铐铐在槐树上。“槐树皮磨破了他的嘴唇,血涂在槐树皮上。他丝毫不感觉到痛。苦涩的槐树汁液和着口水进入喉咙。”②听到失明女儿的呼唤,高羊拼命挣扎,被电击在地。“等他醒来时,发现手铐又亮晶晶地箍在手脖子上。它深陷进皮里,好像把根扎到骨头上。他的头脑沉重,什么事也记不清楚。”③此后,诸如此类的“暴行”不绝如缕,一直贯穿文本的始终。

当高羊被推进派出所办公室时,他看到打碎县长办公电话的马脸青年戴着手铐蜷缩在墙角。“那青年一定吃了不少苦头,高羊看到他左眼肿得只剩下一条缝,围着眼一圈青红皂白。那一线眼缝里射出的光芒冷冰冰的,睁大的右眼却流露出一种绝望的、可怜巴巴的神情。”④马脸青年被折磨得呕吐满地,脸苍白得如窗纸一样,进而被女警猛泼凉水。那些冷笑的抗议,终究不能抵挡如此的暴行,结果脸部肿胀,变成酱色。他的身体逐渐滑下来,团簇在树根上,他的头耷拉着,形成下跪磕头的姿势。接下来的场景,足以

① 莫言:《天堂蒜薹之歌》,第 3 页。
② 莫言:《天堂蒜薹之歌》,第 40 页。
③ 莫言:《天堂蒜薹之歌》,第 41 页。
④ 莫言:《天堂蒜薹之歌》,第 42 页。

让人永久难忘。

乡政府院子路不宽，也许是司机喝多了，也怨马脸青年头长，也是他命该如此——装满家具的汽车在路过马脸青年时，车厢上露出来的一块三角铁在他的脑袋上剐了一下，裂开了一个白乎乎的大口子，白了一霎霎，就咕嘟咕嘟冒出了黑血和一些豆腐渣一样的东西。马脸青年哼了一声，身体往前一栽，头颅虽长，也没触到路上——反锁在杨树上的双臂拉住了他的身体。他的血喷在路面上，发出扑哧扑哧的声响。警察们呆了一会儿。……结巴警察急匆匆脱下警服，包住了马脸青年的头。[①]

如果说此前还是有意识的折磨，至此已是漫不经心的杀戮。

高羊被关在县公安局临时看守所的一间大监室里，亲眼目睹并亲身经历着监室的暴行。不仅有犯人之间的暴行，更有看守直接施加的暴行。“混蛋，你们活够啦！吃饱了撑的你们这群王八蛋！再打架，卡你们三天的草料！”[②]这里，没有人的存在，已经把人当成牲畜了。监室里的高羊，感受到前所未有的暴行和屈辱，“漫长的一天终于到达了黑暗的终点，他把头仰到被子上，闭了一下眼，两滴泪水毫无疑义地流下来”[③]。

与高羊相比，暂时摆脱警察抓捕的高马走上更加艰难的逃难之路。颠沛流离中，肚腹中充溢着燃烧般的焦渴，周身皮肤满是刺痛与刺痒，眼睛肿成两条缝，视力只剩下一条线。在桑槐之林转了半夜，黎明时才从鬼魅的世界中清醒过来。仅仅流浪一天，就感到与世隔绝的巨大痛苦。及至面对金菊上吊自杀，高马的精神彻底崩溃。待到安葬金菊时的再次被警察抓捕，充斥高马内心的也就只有仇恨了。从爱到恨，高马已经对这个世界没有留恋。他不再接受任何的辩护和审判，只是在表达“我恨你们”的意见，只是在表达“被枪毙”的请求。再到金菊被结“阴亲”、四婶上吊而亡，劳教中的高马也就做好了赴死的准备：“岗楼上的警报器尖利地鸣叫起来。……高马迎着太阳狂奔，强烈的光线刺着他的眼睛，雪的原野上，新鲜的自由的空气如浪潮一样翻滚着。他狂奔，他不顾一切，他想报仇，他感觉到自

① 莫言：《天堂蒜薹之歌》，第 55 页。
② 莫言：《天堂蒜薹之歌》，第 106 页。
③ 莫言：《天堂蒜薹之歌》，第 115 页。

己在腾云驾雾。突然，他感到自己莫名其妙地栽在了雪地上。他的脸触到了冰凉的雪。他感到有股灼热的液体从背后喷出来。他低唤了一声'金菊……'便将脸埋在了雪里。"[①]连劳教干部都认可的好人，就这样主动选择倒在监狱哨兵的枪下。

为申明方四叔的不白之冤，即便老实巴交的方四婶也被收监。不仅被推搡踢打加电击，更被取笑威胁加恐吓。有冤无处伸，有苦无处诉，也就只有穷途末路。"人活着是不容易。俺有时候就想，人哪里比得上条狗呢？狗有人给它拌糠吃，没有糠吃泡屎也就饱了。狗身上有毛，不用发愁没衣裳穿。人呢，既要操持着吃，又要操持着穿，忙忙碌碌一辈子，到老来，养着好儿女还好，养不着好儿女还得挨打受骂……这个世界，本不是咱这号人活的……想开点吧，实在活不下去，寻思个方方就死了……"[②]不仅被当作牲畜看待，甚至自感还不如牲畜，方四婶的最终选择其实也顺理成章。

除了"政府"对民众的暴行，民众之间的暴行也不逊色，这一点又主要通过高马和金菊的爱情悲剧表现出来。面对金菊的反抗家庭包办、追求恋爱自由的婚姻，方家父母兄弟联合阻挠破坏，不仅对高马大打出手，对金菊也决不手下留情。善良软弱的金菊，被迫走上逃婚的凶险之路。不管是生命的逃难，还是生命的孕育，最终都指向生命的消亡。深刻体会到世间苦处的金菊，再也不愿意看到新生命的诞生。那些高直楞家的鹦鹉群，那些像毒蛇一样盘结在一起的遍地的蒜薹，都是"吃肉""喝血""吸脑子"的恐怖之物。"孩子，娘当初也和你一样，想出来见世界，可到了这世界上，吃了些猪狗食，出了些牛马力，挨了些拳打脚踢，你姥爷还把我吊在屋梁上用鞭抽。孩子，你还想出来吗？……孩子，你爹正被公安局追捕着，你爹家里穷得连耗子都留不住了，你姥爷让车轧死了，你姥姥被抓走了，你两个舅舅分了家，家破人亡，无依无靠，孩子，你还想出来吗？"[③]"男孩"闭上眼睛，金菊以自杀告终。"政府"对民众和民众之间的双重暴行，不仅扼杀爱情的存在，更扼杀现实的生命以及新生的可能。

---

① 莫言：《天堂蒜薹之歌》，第316页。

② 莫言：《天堂蒜薹之歌》，第143～144页。

③ 莫言：《天堂蒜薹之歌》，第160页。

贯穿于《天堂蒜薹之歌》始终的，是警察的抓人收监和爱情的争取自主，这两条线索交叉进行。其间，人性的被践踏和生命的被剥夺又自始至终地呈现出一种普遍性的存在状态。

第三节　三种话语：知识者的、官方的与民间的

《天堂蒜薹之歌》揭示了官逼民反、民怨已久的事实，显然，即使没有“蒜薹事件”，也已经民怨沸腾。这里，蒜薹滞销只是事件发生的一个契机。而且在对这一故事的讲述过程中，不同的话语方式虽然体现出不同的立场，但又共同指向同一个事件，不经意间进一步强化了情感的力量。

首先是知识者话语的讲述立场，表现为传统的全知全能的叙事以及隐含作者的代言人叙事。

把全部的生活希望寄托在蒜薹上的农民，面对的却是明目张胆的强取豪夺。深更半夜开始走上遥遥无期的售卖之路，不仅承受着身体的折磨，更是经受着精神的煎熬。“一轮红日头，两块破云彩，这是此刻天上的部分景象。一条烂公路，万辆蒜薹车，这是此刻地上的部分景象。……后车咬着前车的尾巴，前车咬着更前车的尾巴，大家谁也不敢怠慢，生怕被那些不拉人屎的家伙见缝插了针。”[①]就在车辆再也挪不动的时候，各种苛捐杂税的征收也就开始了。交通管理费、工商交易税、环境保护税、卫生检查税等等，没钱上交的直接被拿走蒜薹顶替。再加上此前交过的农业税、提留税、县城建设税等等，农民已经不堪重负。而且，本地的收购数量有限，外地的客户又被强行挤走，致使大量蒜薹无法自由出卖。政府的不作为和乱作为，导致愤怒的农民诉求无门。“县长出来！仲为民出来！”“县长名叫仲为民，不为人民为个人！”“县长老爷仲为民，快快出来见人民！”“当官不为民做主，不如回家种红薯！”“人民要见县长，怎么是犯法呢？县长是人民的勤务员，是人民选出来的，难道要见见都不行吗？”“打倒贪官污吏！打倒官僚主义！”[②]……在这样的“愤怒”情绪中，群众像潮水一样冲进县政府。于是，就有了天堂蒜薹群众的被捕、收监、自杀、被

① 莫言：《天堂蒜薹之歌》，第214～215页。

② 莫言：《天堂蒜薹之歌》，第249～251页。

虐、被杀……

在天堂蒜薹案件的庭审中，除了高马的“我恨你们”、方四婶的“鸣冤叫屈”，更有辩护席上青年军官的慷慨陈词。他以解放军炮兵学院马列主义教员的身份，以代替自己父亲郑常年辩护为理由，对天堂蒜薹案件进行了淋漓尽致的反向的审判：

> 近年来，农民的负担越来越重。……所以有的农民说“雁过拔毛”。……今年以来，这种种违背国家政策的现象到了令人无法容忍的地步，所以，我认为“天堂蒜薹案件”的发生不是偶然的。
>
> ……
>
> 县供销社在收购蒜薹时，无理克扣农民，并且大开后门，优先收购县社各级干部的蒜薹，而无后门可走的群众为卖蒜薹昼夜奔波，民怨沸腾。
>
> 因为卖不了蒜薹，是这次案件的导火索，而根本的原因在于天堂县昏聩的政治！
>
> ……
>
> 我们换个角度来谈。解放初期，我们一个区政府，不过十几个工作人员，照样把工作干得很好。可是现在，一个只管辖一万人口的乡政府竟有国家正式干部、招聘干部、勤杂人员六十余人，加上公社这边，将近百人。这些人当中的百分之八十，工资来源是农民向乡政府交纳的提留！
>
> 三中全会之后，实行了分田到户政策，农民的生产根本无需干部操心。干部们便天天大吃大喝，吃喝的费用当然不需自己掏腰包！说句过火的话，这些干部，是社会主义肌体上的封建寄生虫！所以，我认为，被告人高马高呼“打倒贪官污吏！打倒官僚主义！”是农民觉醒的进步表现，并不构成反革命煽动罪！难道贪官污吏不该打倒?！难道官僚主义不该反对?！……
>
> ……
>
> 我感到很不理解的是：被告人郑常年在解放战争期间，参加担架队，跟随解放军一直打到江西，荣立过一大功两小功。这样一个人，怎么竟变成一个罪犯呢？他对共产党的感情是深厚的，为什么为了几把蒜薹就去砸抢共产党的县政府呢？

……

我认为,"天堂蒜薹案"为我们党敲响了警钟,一个党,一个政府如果不为人民谋利益,人民就可以推翻它!而且必须推翻它!

……

一个党的负责干部,一个政府的官员,如果由人民的公仆变成了人民的主人,变成了骑在人民头上的官老爷,人民就有权力打倒他!……一个党员、一个干部的坏行为,往往影响党的声誉和政府的威望,群众也不是完全公道的,他们往往把对某个官员的不满转嫁到更大的范围内。但这不也是提醒党和政府的干部与官员更加小心,以免危害党和政府的声誉吗?

……

仲为民身为县长,不为群众排忧解难,置国家利益不顾,是不是玩忽职守?他的行为构没构成渎职罪?如果我们还承认法律面前人人平等的话,天堂县人民检察院应该就仲为民渎职事向天堂县人民法院提起公诉!我的发言完了。[①]

显然,这个为农民辩护的青年军官是以作者代言人的身份出场来讲述故事的。而且,通过这样的角色设置,直接表达作者的心声。如莫言所说:"我写的时候就感觉到我就是这一群人当中的一分子,我没有想到我是一个作家,当然我也没有想到我要替老百姓呼吁和说话。写作过程中,我自己不自觉地进去了,成了小说中的人物。……好的小说家是应该避免自己在小说里露面的,但也有这种情况,当小说家跟小说里的人物融为一体的时候,他又无法不露面。"[②]究其原因,还是因为在写作时确实为真情所动。

相对于知识者话语讲述立场的精英意识及其慷慨激昂的形态,《天堂蒜薹之歌》还设置了一条官方立场的话语讲述方式,即通过权力机关的宣传喉舌《群众日报》发出对这一事件的权威声音。小说第二十一章,采用通讯、述评、社论三种形式,使用官方色彩的语言,介绍事件经过,分析问题原因,总结经验教训。在"通讯"中,突出"严重官僚主义和工作失职酿成恶果""主要责任者受到严肃处理"的内容,报道天堂"蒜薹事件"的处理结果,查找事

---

① 莫言:《天堂蒜薹之歌》,第297~301页。

② 莫言:《用耳朵阅读》,第253页。

件发生的主要原因，提出此后的发展方向。在“述评”中，突出“天堂蒜薹事件”的反思内容，主要包括三个方面：“领导商品生产必须有商品经济观念”；“没有群众观念，领导不好农村商品生产”；“官僚主义一定要反，但不能用无政府主义反官僚主义”。在“社论”中，突出“应当吸取的教训”：“我们认为，天堂蒜薹事件是不应该发生、也是完全可以避免的。天堂生产大蒜，这本来就是一个优势，今年蒜薹丰收也是一件好事。所以把好事变成了坏事，根本是领导脱离群众、脱离实际，存在严重的官僚主义，当前最重要的是做好善后工作，认真总结经验教训，再把坏事变成好事。……一定要看到，类似天堂蒜薹事件，在别处和别的事情上随时都可能发生。”[①]的确，从事件本身和官方立场来看，好事和坏事之间可以互相转换，但是其中的生命的被侮辱、被损害、被剥夺还可以转换回来吗？另据总是准确的小道消息，在蒜薹事件中受到处理的原天堂县领导已经拟任命为其他县的领导。如此看来，类似天堂蒜薹的事件还能避免不再发生吗？

相对于知识者话语讲述的精英意识及其慷慨激昂的形态和官方话语讲述的中庸之道及其息事宁人的姿态，瞎子艺人张扣所代表的民间话语力量则揭示出事件发生的另一种表现，进而成为不折不挠的真正的觉醒者和反抗者。

《天堂蒜薹之歌》自始至终贯穿着瞎子艺人张扣的民间歌谣，不仅在形式上是每一章的开篇之作，而且在内涵上呼应着人物的命运和事件的发展，也唱出“天堂蒜薹事件”的前因后果和起伏消长。“尊一声众乡亲细听端详/张扣俺表一表人间天堂/肥沃的良田二十万亩/清清的河水哗哗流淌/养育过美女俊男千千万/白汁儿蒜薹天下名扬”[②]，这是对天堂县及其特产蒜薹的由衷赞扬。“天堂县的蒜薹又脆又长/炒猪肝爆羊肉不用葱姜/栽大蒜卖蒜薹发家致富/裁新衣盖新房娶了新娘”[③]，这是对种植蒜薹满怀希望。“乡亲们种蒜薹发家致富/惹恼了一大群红眼虎狼/收税的派捐的成群结队/欺压得众百姓哭爹叫娘”[④]，这是蒜薹丰收后发生的恶劣现象。“黑土里栽蒜

① 莫言：《天堂蒜薹之歌》，第327页。
② 莫言：《天堂蒜薹之歌》，第1页。
③ 莫言：《天堂蒜薹之歌》，第14页。
④ 莫言：《天堂蒜薹之歌》，第38页。

沙土里埋姜/杨柳枝编篓蜡条儿编筐/绿蒜薹白蒜薹炒鱼炒肉/黑蒜薹烂蒜薹沤粪不壮”[①]，这是对蒜薹滞销时的无奈演唱。“八月的葵花向着太阳/孩子哭了送给亲娘/老百姓依赖着共产党/卖不了蒜薹去找县长”[②]，这是在蒜薹滞销时重新燃起的希望。“灭族的知府灭门的知县/大人物嘴里无有戏言/您让俺种蒜俺就种蒜/不买俺蒜薹却为哪般”[③]，这是蒜薹滞销后在县长门前表达出的心寒和不甘。“十五的月亮十六圆/月过十六缺半边/卖了蒜薹家家欢喜/卖不了蒜薹心如汤煎”[④]，这是道出了卖蒜薹群众的心情波澜。“翻脸的猴子变脸的狗/忘恩负义古来有/小王泰你刚扔掉镰刀锄头/就学那螃蟹霸道横走”[⑤]，这是在蒜薹滞销后对直接责任人的揭露。“旧社会官官相护百姓遭殃/新社会理应该正义伸张/谁料想王乡长人比法大/张司机害人虫逃脱了法网”[⑥]，这是为方四叔在卖蒜薹路上惨遭车祸却无公平结果而发出的喊冤之声。“仲县长你手按心窝仔细想/你到底入的是什么党？/你要是国民党就高枕安睡/你要是共产党就鸣鼓出堂”[⑦]，这是在蒜薹滞销后县长并不出场面对请愿群众而表达出来的内心苍凉。“天堂县曾出过英雄好汉/现如今都成了熊包软蛋/一个个只知道愁眉苦脸/守着些烂蒜薹长吁短叹”[⑧]，这是在蒜薹滞销后对农民群众软弱表现的些许不满。“乡亲们壮壮胆子挺起胸膛/手挽着手儿前闯公堂/仲县长并不是天上星宿/老百姓也不是猪狗牛羊”[⑨]，这是在蒜薹滞销七日后去鼓舞农民群众不再忍让而勇于反抗。“仲县长急忙忙加高院墙/墙头上插玻璃又拉铁网/院墙高挡不住群众呼声/铁丝网也难拦民怨万丈”[⑩]，这里恰恰揭示出当权者正在把事件引向相反的方向。“舍得一身剐/把书记县长拉下马/聚众闹事犯国法/他

---

① 莫言:《天堂蒜薹之歌》,第 56 页。
② 莫言:《天堂蒜薹之歌》,第 74 页。
③ 莫言:《天堂蒜薹之歌》,第 81 页。
④ 莫言:《天堂蒜薹之歌》,第 94 页。
⑤ 莫言:《天堂蒜薹之歌》,第 116 页。
⑥ 莫言:《天堂蒜薹之歌》,第 139 页。
⑦ 莫言:《天堂蒜薹之歌》,第 155 页。
⑧ 莫言:《天堂蒜薹之歌》,第 162 页。
⑨ 莫言:《天堂蒜薹之歌》,第 174 页。
⑩ 莫言:《天堂蒜薹之歌》,第 198 页。

们闭门不出理政事纵容手下人/盘剥农民犯法不犯法"[1]，这是在公安局收审闹事群众后揭示出来的"权大于法""渎职枉法"和"知法犯法"。"弹起三弦俺喜洋洋/歌唱英明党中央/三中全会好路线/父老兄弟们，种蒜发财把身翻"[2]，这是"蒜薹事件"发生前的现实心愿和美好期盼。"你要抓你就抓/俺听人念过《刑法》/瞎眼人有罪不重罚/进了监牢俺也不会闭住嘴巴"[3]，这是发生在张扣自身的亲身经历的软硬相加和暴力镇压。"乡亲们别怕流汗别偷懒/打井抽水抗旱天/蒜薹着水一夜长一寸/寸寸黄金寸寸钱"[4]，这是面对干旱时鼓舞群众任劳任怨和长远打算。"说俺是反革命您血口喷人/俺张扣素来是守法公民/共产党连日本鬼子都不怕/难道还怕老百姓开口说话"[5]，这是在张扣被收审后对审讯者的质问和鞭挞。"县长你手大捂不住天/书记你权重重不过山/天堂县丑事遮不住/人民群众都有眼……"[6]，张扣唱到这里，便被警察拳脚相加，封住嘴巴。

不断发酵的"蒜薹事件"终于酿成震惊全国的"蒜薹案件"，在经过匆忙的审理之后似乎风平浪静。"唱的是八七年五月间/天堂县发了大案件/十路警察齐出动/逮捕了百姓九十三/死的死，判的判/老百姓何日见青天，"[7]因为眼瞎而得到宽大处理的艺人张扣，每天坐在县政府西侧斜街上继续着越唱越长的"天堂蒜薹之歌"。"……都说是当官的热爱人民，却为何将百姓当成仇人？催捐税要'提留'如狼似虎，逼得咱庄户人东躲西藏。老百姓满腹冤恨不敢说话，一开口就给咱戳上电棍……"[8]唱到此处，瞎眼窝充满泪水，想起在拘留所里受到的折磨和苦难。"让我吃屎不困难，但让我闭嘴难上难，肚里有话就要说，俺张扣和乡亲们心相连……"随即被赞誉"天堂县六十万人，只有你一张嘴还敢说话!"再次反证群众被禁止"说话"的现实。"都说父母官民众推选，可为何干部们四处花钱？老百姓不过是辛苦牛马，用血

---

① 莫言:《天堂蒜薹之歌》，第 208 页。
② 莫言:《天堂蒜薹之歌》，第 229 页。
③ 莫言:《天堂蒜薹之歌》，第 244 页。
④ 莫言:《天堂蒜薹之歌》，第 257 页。
⑤ 莫言:《天堂蒜薹之歌》，第 269 页。
⑥ 莫言:《天堂蒜薹之歌》，第 286 页。
⑦ 莫言:《天堂蒜薹之歌》，第 302 页。
⑧ 莫言:《天堂蒜薹之歌》，第 303 页。

汗养肥了污吏贪官!”[①]受到启蒙的民众们情绪激愤,开始觉醒,质疑“人民公仆”贪污腐败,发誓“宁愿沿街讨饭,老子也不种蒜!”就在张扣走回让他温暖和感动的流浪汉居所的路上,再次受到当权者要求其“闭嘴”的威胁和恐吓。而张扣则做好了反抗到底的准备,“俺张扣本是个瞎眼穷汉,一条命值不了五毛小钱,要想让俺不开口,除非把蒜薹大案彻底翻……”[②]那嘶哑的嗓音,那单薄的背影,也让包子铺老板娘警醒和叹息。三天后的一场秋雨中,张扣的尸体倒在泥泞的斜街上。至此,“天堂蒜薹案件”还能彻底翻吗?待到徒弟再演唱的时候,不仅回应张扣的命运,同时更把民间话语和官方话语顺势结合起来:“蒜薹事件众口传/谁是谁非真难辨/俺师傅多言招祸殃/这样的错误俺不再犯/让俺抽您一支高级烟/送一张《群众日报》您自己看”[③]。

知识者的、官方的与民间的三种话语相结合,共同演绎了悲壮忧愤的“天堂蒜薹之歌”。“尽管作品带有明显的思想取向,但它绝不是简单的报道式作品,它是二十世纪中国小说中形象地再现农民生活复杂性的最具想象力和艺术造诣的作品之一。一九八〇年代中国农民的身体的、物质的、精神的和心理的生活以及包含其中的社会的、政治的、文化的实践,都在这部想象性的叙事作品中得到了传达,也许比一大堆社会科学相关课题的研究还要丰富得多。读者从这部作品中获得一种明确的意识,可以理解中国农民是怎样一种生活状态——他们的爱,恨,善良,文雅和粗俗,可以活生生地感受到这一切。在这部作品中,莫言或许比任何一位写作农村题材的二十世纪中国作家更加系统深入地进入到中国农民的内心,引导我们感受农民的感情,理解他们的生活。”[④]

第四节 “问题小说”:从赵树理到莫言

莫言发表于1988年的《天堂蒜薹之歌》很容易让我们想起赵树理发

① 莫言:《天堂蒜薹之歌》,第304页。
② 莫言:《天堂蒜薹之歌》,第307页。
③ 莫言:《天堂蒜薹之歌》,第317页。
④ [英]杜迈可:《论〈天堂蒜薹之歌〉》,季进、王娟娟译,《当代作家评论》2006年第6期。

表于1958年的《"锻炼锻炼"》①，三十年过去了，基层政权与底层民众的关系非但没有得到有效改善，反而更加严重地走向对立。

赵树理曾称呼自己的小说为"问题小说"，"为什么叫这个名字，就是因为我写的小说，都是我下乡工作时在工作中所碰到的问题，感到那个问题不解决会妨碍我们工作的进展，应该把它提出来"②。起初，赵树理跟随部队到农村主要写演唱材料，向群众宣传。后来在领导的授意下，写出了比单纯宣传更有效果的文学作品，也就所谓"专业化"了。有的作家认为下乡工作会耽误写作，赵树理说："写一篇小说，还不定受不受农民欢迎；做一天农村工作，就准有一天的效果，这不是更有意义么？可惜我这个人没有组织才能，不会做行政工作，组织上又非叫我搞创作；要不然，我还真想搞一辈子农村工作呢！只怕那样我能起的作用，至少，也不会比搞写作小！"③所以也就不难理解，赵树理为什么总是不断地深入农村进行实地观察，并把自己的思考形成材料，以至于最终酿成"祸根"。1959年8月20日，被《红旗》邀请写小说，赵树理写信给《红旗》总编辑陈伯达，把自己在农村的苦恼和创作上的困境和盘托出："可惜自去年冬季以来，发现公社对农业生产的领导有些抓不着要处，而且这些事又都是自上而下形成一套体系的工作安排，也不能由公社或县来加以改变。在这种情况下，我到了基层生产单位的管理区，对有些事情就进退失据。""我就在这种情况下游来游去，起不到什么积极作用……我不但写不成小说，也找不到点对国计民生有补的事。因此我才把写小说的主意打消，来把我在农业方面（现阶段的）的一些体会写成了意见书式的文章寄给你。"④这就是长达万言的文章《公社应该如何领导农业生产之我见》。根据陈徒手的研究，这篇文章被印成作协绝密文件，供内部批判使用。并且在《红旗》杂志关于该文的"来稿处理单"上，保留着"观点很怪""有的甚至很荒谬"的意见。

---

① 赵树理《"锻炼锻炼"》发表于《火花》1958年第8期，后被《人民文学》1958年第9期转载。

② 《赵树理文集》第4卷，人民文学出版社2005年版，第25页。

③ 康濯：《写在〈赵树理文集续编〉前面》，陈荒煤等编：《赵树理研究文集》上卷，中国文联出版公司1998年版，第147页。

④ 陈徒手：《人有病 天知否：一九四九年后中国文坛纪实》，人民文学出版社2000年版，第155～156页。

所谓的“荒谬观点”之一就是赵树理在信中提到的公社领导身份的问题，他写道：“公社最好是不要以政权那个身份在人家作计划时候提出种植作物种类、亩数、亩产、总产等类似规定性的建议，也不要以政权那个身份代替人家的全体社员大会对人家的计划草案作最后的审查批准。要是那样做了，会使各管理区感到掣肘因而放弃其主动性，减少其积极性。”[①]这里，赵树理着重突出由“政权”身份而直接造成的农村、农业和农民的问题。在随手举出瞎指挥、官僚主义、虚报等例子后，赵树理说出了大多数人都看得到的现实：“计划得不恰当了，它是不服从规定的。什么也规定，好像是都纳入国家规范了，就是产量偏不就范。”[②]相对于当时干部队伍中大多数人都意识到问题的存在并做出简单表态，赵树理的言论无疑极为强烈。甚至，“听了庐山会议传达后，别人不轻易表态，他却向党组书记邵荃麟说，他不敢看彭德怀给主席的信，怕引起共鸣”[③]。因为自己的敏锐、率直和责任感，赵树理不由自主地踏上了被批判之路。根据陈徒手的考察，当时的批判已经具有浓烈的火药味。比如：“赵树理采取与党对立的态度，有些发言是诬蔑党的，说中央受了哄骗，这难道不是说中央无能，与右倾机会主义的话有什么区别……”“我们要问树理同志，你究竟悲观什么？难道广大群众沿着社会主义前进，还不应该乐观，倒应该悲观吗？树理同志，我们要向你大喝一声，你是个党员，可是你的思想已经和那些想走资本主义道路的人，沿着一个方向前进。”“你还执迷不悟，进行辩解，这难道不是一种抗拒党的挽救的态度吗？难道你把毒放在肚子里，就不怕把自己毒坏吗？我觉得赵树理同志也太低估了同志们的辨别能力，太不相信同志们有帮助他消毒的力量了……”“……赵树理的态度很不好，到了使人不能容忍的地步了。他对党和党中央公然采取讥讽、嘲笑和诬蔑的态度，实在太恶毒了。仿佛应批判的不是他，而是党和党中央……”“真理只有一个，是党对了还是你对了？中央错了还是你错了？这是赵树理必须表示和回答的一个尖锐性的问题，必须服从真理……”[④]至此，赵

① 陈徒手：《人有病　天知否：一九四九年后中国文坛纪实》，第 156 页。

② 陈徒手：《人有病　天知否：一九四九年后中国文坛纪实》，第 157 页。

③ 陈徒手：《人有病　天知否：一九四九年后中国文坛纪实》，第 159 页。

④ 陈徒手：《人有病　天知否：一九四九年后中国文坛纪实》，第 160 页。

树理已经无从辩驳。他终于伤感地意识到："我是农民中的圣人，知识分子中的傻瓜。"[①]尽管此后的形势起伏波折，也有所变化，尽管早就树立了所谓的"赵树理方向"，但终究还是埋下被迫害致死的"罪证"。

赵树理一直为不能做好"农村工作"而纠结不已，甚至宁愿放弃所谓的高级的写作事业也在所不惜。然而，历史常常在错位中发展。当时代的"农村工作"即便做得如何有效也已经一去不复返，况且已经被反复证明问题重重，然而，赵树理的"写作"却永远流传下来。他所着力关注的核心命题依然是敏感的"政权"问题，这在其《"锻炼锻炼"》中已经明显地表现出来。

《"锻炼锻炼"》是一篇相当独特的文本。既有的研究已经非常丰富，围绕"民间""反讽""语言""隐喻""大众化""农民意识""人的意识""女性意识""伦理意识""解放意识""生存意识"乃至"现代化"等层面作出阐释。表面上写的是以"小腿疼""吃不饱"为代表的落后农民改造及其合作化道路问题，而究其实质则是作家自始至终倾力关注并倾心思考的"政权"问题。具体而言，就是"政权"身份与民众的关系，这也是作为"问题小说"作家的赵树理一再强调的关键命题。

《"锻炼锻炼"》开篇，合作社副主任杨小四针对争先社两个有名人物"小腿疼"和'吃不饱'贴出了批评性、讽刺性的"大字报"。这种本来用于群众向干部提意见的舆论渠道，现在被反过来运用在群众身上了。"小腿疼"和"吃不饱"自身的确存在问题，但采用这样的方式是否合适也值得讨论，况且究其本源，恐怕主要原因还是来自于当时的农村政策，因为这并非个别现象，而是存在大量类似"小腿疼""吃不饱"的群众。在几个年轻干部把整风和生产相结合并且设计整治消极取巧的劳动妇女之后，支书王镇海认为："这些年轻人还是有办法！做法虽说有点开玩笑，可是也解决了问题！"而主任王聚海则认为这样的动员办法不可靠，"勉强动员到地里去，能做多少活哩?"于是，支书不无批评地说了这样的话："……你就没有想到全社的妇女你连一半人数也没有领导起来，另一半就咱那个小腿疼嫂嫂和李宝珠(即'吃不饱'——笔者注)领导着的！我的老哥！我看你

① 陈徒手：《人有病 天知否：一九四九年后中国文坛纪实》，第162页。

还是跟那几位年轻同志在一块'锻炼锻炼'吧！"[1]面对现实，主任无话可说。显然，"小腿疼"和"吃不饱"也有相当的群众基础，甚至丝毫不亚于善于"捉摸性格"的老主任拥有的群众基础，她们只是其中的典型代表而已。如果真是如此，那么问题就严重了，赵树理一直思考的是：为什么农村的政策不能相应地带来农民的生产积极性，反而恰恰相反？这样的问题如何解决？

面对"落后"农民以及树立起来的落后"典型"，基层干部首先采取的是"大字报"式的公开批评，其次是有意识地谋划、误导乃至诱骗。当引起当事人反应或者出现不良后果的时候，则直接动用"政权"力量批判、威胁并强制执行。当"小腿疼"因为被贴大字报而去社房理论并试图扑向杨小四时，"杨小四料定是大字报引起来的事，就向小腿疼说：'你是不是想打架？政府有规定，不准打架。打架是犯法的。不怕罚款、不怕坐牢你就打吧！只要你敢打一下，我就把你请得到法院。'……小腿疼一听说要出罚款要坐牢，手就软下来，不过嘴还不软。她说：'我不是要打你！我是要问问你政府规定过叫你骂人没有？'……'你们都是官官相卫，我跟你们说什么理？我要骂！谁给我出大字报叫他死绝了根！……'支书认真地说：'大字报是毛主席叫贴的！你实在要不说理要这样发疯，这么大个社也不是没有办法治你！'回头向大家说：'来两个人把她送乡政府！'"[2]为了对付"小腿疼"，干部们在这里不仅搬出政府和法院，甚至还有毛主席。"小腿疼"已经有些胆怯，正好见主任王聚海一拦，也就顺势抽身而走。

当"落后"群众发现被杨小四诸人设计、误导甚至诱骗参加生产时，便纷纷打算溜走。这时，杨小四说："谁也不准回村去！谁要是半路偷跑了，或者下午不来了，把大字报给她出到乡政府！"当被定性为"偷棉花"而被要求交代的时候，"小腿疼"并不承认自己是偷盗行为，并坚持正是杨小四安排大家来"偷"的。"就是你！昨天晚上在大会上说叫大家拾花，过了一夜怎么就不算了？你是说话呀是放屁哩？"她一骂出来，没等小四答话，群众就站起来了："你要造反！""叫你坦白呀叫你骂人？"……队长则直接提议："想坦白也不让她坦白了！干脆送法院！"大家竟然一致赞成。虽然总

---

① 赵树理：《"锻炼锻炼"》，《人民文学》1958年第9期。

② 赵树理：《"锻炼锻炼"》，《人民文学》1958年第9期。

是“随风倒”的乌合之众不足为信，但却有助于批判气势的形成。“小腿疼”开始发慌，杨小四则发出最后通牒：“交代不交代？马上答应，不交代就送走！没有什么客气的！”接下来虽有小插曲，但最终还是因为怕进法院，“小腿疼”终于彻底坦白交代。

显然，“乡政府”和“法院”已经成为基层干部们得以制胜的绝对武器，尤其在无计可施之时，总是屡屡奏效。当然，也成为“小腿疼”们内心深处的最大顾忌和恐惧之所。一方动不动就要往“政府”和“法院”去送，而另一方则坚决不去“政府”和“法院”，于是即便再复杂再纠缠的问题也能迎刃而解。然而，这样凭借政权力量介入的解决方式能长治久安的吗？是否已经埋下更深的隐患？所谓的“锻炼锻炼”，如果是以这样的方式进行的话，无疑简单化了。即便迅速有效地解决了问题，恐怕也不是异常敏锐的赵树理所能接受的，甚至可能恰恰是对所谓“锻炼锻炼”的质疑。

赵树理在50年代对基层政权和底层民众关系的思考与表达，到了80年代的莫言那里得到继续的回应和表现。莫言在谈及自己的创作道路时曾多次提及赵树理的《小二黑结婚》及其“三仙姑”的形象，倒没见得提及《“锻炼锻炼”》，但并不因此而影响我们把它与《天堂蒜薹之歌》放在一起加以理解。不仅两位作家都受到说书艺术的影响，并在这两部作品中有所体现，而且《天堂蒜薹之歌》中的当事者都被警察直接押进乡政府大院，进而被送进法院。关键是，基层政权力量屡屡以国法的名义对当事者采取强制措施，并被戏谑为“以身试法”①。高羊、高马、方四婶等群众代表，几乎都经受过同样的经历。甚至在收监期间，犯人们则直接称呼看守为“政府”，这就把政权力量和底层民众间的关系赤裸裸地呈现出来，而且几无调和的余地。

赵树理创作的目的很简单，就是要让农民看得懂并且起作用，立志做一个“文摊文学家”②。而莫言则进一步宣称，自己的创作不是“为老百姓的写作”而是“作为老百姓的写作”③，自己本身就是群众中的一员。《天堂蒜薹之歌》也是这样的产物。“尽管我人在京城但我心在高密；尽管我身披军

① 莫言：《天堂蒜薹之歌》，第46页。

② 李普：《赵树理印象记》，黄修己主编：《赵树理研究资料》，北岳文艺出版社1985年版，第19页。

③ 莫言：《用耳朵阅读》，第79页。

装，但我骨子里还是个农民。我觉得农民跟我息息相关，也就是说，如果我不出来把这个题材写成小说，我会良心不安的……"[①]和赵树理一样，莫言同样是农民中的"圣人"、写农民的"圣手"。如果说在赵树理写作的50年代，文学理所当然地为政治服务，那么在莫言写作的80年代，文学却正在逐渐摆脱政治的束缚。"如果谁还妄图用作家的身份干预政治、幻想着用文学作品疗治社会弊病，大概会成为被嘲笑的对象。但就在这样的情况下，我还是写了这部为农民鸣不平的急就章。……其实也没有想到要替农民说话，因为我本身就是农民。现实生活中发生的蒜薹事件，只不过是一根导火索，引爆了我心中郁积日久的激情。"[②]在论及文学与政治的关系时，莫言专门以自己的《天堂蒜薹之歌》为例加以说明："那些积极干预社会、勇敢地介入政治的作品，以其强烈的批判精神和人性关怀，更能成为一个时代的鲜明的文学坐标，更能引起千百万人的强烈共鸣并发挥巨大的教化作用。"[③]其实，这也同样是赵树理的创作主张和文学实践。尽管没有证据直接证明莫言的创作受到赵树理的影响，但并不妨碍我们把两位"农民作家"联系在一起来理解并加以阐释。虽然他们生活的时代背景和文化语境极不相同，但他们却有着太多的相似性。

往往越是贴近现实生活的创作，越难以处理与现实的关系，甚至很容易不自觉地成为对生活和事件的记录。在这个意义上说，莫言的《天堂蒜薹之歌》提供了一个"文学如何介入生活"的范例。"这篇小说按说是一部主题先行的小说，而且是一篇完全以生活中发生的真实事件为原型的小说。它之所以没有变成一部简单的说教作品，我想在于我写的是自己非常熟悉的地方，塑造人物的时候写了自己的亲人。也就是说这部小说之所以还能够勉强站得住，最重要的就在于它塑造出了几个有性格、能够站得住的人物，并没有被事件本身所限制。如果我仅仅是根据事件来写，而忘了小说的根本任务是塑造人物，那么这部小说也是写得不成功的。"[④]除了始终秉持"以人为本"的创作理念，作家的生活经验在这里发挥了更大的作用。"由于我

① 莫言：《用耳朵阅读》，第252页。
② 莫言：《天堂蒜薹之歌》"新版后记"，第330页。
③ 莫言：《用耳朵阅读》，第183页。
④ 莫言：《用耳朵阅读》，第283页。

对农村、对农民非常熟悉，所以我根本没有到发生蒜薹事件的县城里去调查。我把这个事件移植到我所熟悉的乡村里来，把我的叔叔、大爷、我的乡亲们，放到小说里来描写。尽管是一部慷慨激昂的干预政治之作，但由于我比较深厚的农村生活经验和我对农民的了解以及对他们感情方式的把握，救了这部小说，使它没有变成浅薄的政治读物……”[①]如今，“蒜薹事件”已经过去，而“蒜薹之歌”却依然流传。不可否认文学的社会性和批判性，但如何以文学的方式干预社会、介入政治，仍然是值得关注的重要问题。

① 莫言：《用耳朵阅读》，第 209 页。

第三章

《十三步》的人生“选择”及其悖论

莫言的写作一直在探索中进行。写完《天堂蒜薹之歌》后，他发现小说不能这么写下去，靠小说解决社会问题是天真幼稚的。“这个时候我就特别迷恋小说的技巧，我认为一个小说家应该在小说文体上作出贡献，也应该对小说的文学语言、结构、叙事学进行大大的探索。”[①]实验探索的结果，便是《十三步》的问世。这部小说的原定题目叫作《笼中叙事》，首次发表于 1988 年秋的《文学四季》杂志，在 1989 年 4 月由作家出版社出版，后经过修订于 2012 年 10 月由上海文艺出版社再版。“这部小说里我把汉语里所有的人称都实验了一遍——我、你、他、我们、你们、他们，各种叙事角度不断变换。我个人认为这是一部真正的实验小说。同时我也发现，当我把所有的汉语人称都实验过一遍之后，这个小说的结构自然就产生了。”[②]在《十三步》中，除了明显的围绕叙事人称而进行的过渡与跳跃及其有意识转换的叙事实验，还有当代中国“变形记”的实验，其中更包含了关于人生处境与生死选择、肉体置换与灵魂选择、政治规则与情感选择以及历史境遇与命运选择的多元伦理及其人性内涵。

---

① 莫言:《用耳朵阅读》，第 283 页。

② 莫言:《用耳朵阅读》，第 284 页。

第一节 人生处境与生死选择

《十三步》开篇“第一部”,“笼中叙述者”露出漆黑的牙齿,慢慢咀嚼着粉笔,开始滔滔不绝地讲故事,故事内容首先便是教师群体的人生处境。高三优秀物理教师方富贵一上讲台就如踏上舞台,沾满粉笔灰的脸瘦削异常。就在其眉飞色舞以及学生听呆之时,一头栽到讲台因劳累致死。不仅脸被磕破,而且还被麻雀啄得千疮百孔,于是送到“美丽世界”殡仪馆请特级整容师李玉婵修理。对于优秀教师的猝死,学校领导表示重视,先汇报到教育局,后汇报到市政府,引起市长的重视,正好遇上教师节,于是大做文章。

接续方富贵物理课的,是与其处境相同甚至面貌相似的物理老师张赤球。方富贵的妻子屠小英在校办兔肉罐头厂做临时工,一儿一女两个孩子也是普普通通。如果说方富贵毫无富贵,那么张赤球倒是确实赤贫。犯烟瘾却连一个烟头都找不到,到小卖部却被老板娘肆意调笑。当开口向两个儿子大球和小球借钱时,不仅遭到断然拒绝,而且被顺势引申:“父子归父子,钱归钱,爸爸,请您回到您的岗位上去,别影响我们的学习,难道你忍心让我们考不进名牌大学考培养穷教师的破师范学院吗?”[①]而且住处狭窄,五口之家住着一间半房,两个孩子住在墙洞一样的卧室,厨房旁的小棚里挤着瘫痪在床的丈母娘。收入的微薄和住房的窘迫导致尊严彻底丧失,同时遭受妻子李玉婵肉体和精神的双重折磨。不仅经受扯耳朵、拧鼻子、拳打、脚踢等身体暴行以及所谓的“痛点转移”,而且经受着无以复加的语言暴力:“你这个小子,铮明瓦亮两只贼眼,盯着我的抽屉,是不是要撬我的锁,偷我的钱?给你的零花钱花完啦?老兔崽子,告诉你,必须戒烟,我勒令你戒烟!你挣几个工资,也配抽烟?烟是为你们这些喝粉笔末子的家伙准备的吗?瞧瞧你这副德行样子:红墨水蓝墨水,一脸晦气,当年算我瞎了眼,被你运动衣上那几个字迷住了……”[②]接着便被威逼利诱乃至拳打脚踢,后被命令去清洗猪大肠,直到最终被名正言顺地抛弃。

其实不惟方富贵和张赤球,其他老师也面临几乎同样的生存困境。不

---

① 莫言:《十三步》,上海文艺出版社2012年版,第12页。

② 莫言:《十三步》,第16页。

仅办公条件简陋、生活环境恶劣，而且精神萎靡、前景绝望。处在各种粉笔头的包围中，活在牢骚满腹的语言盛宴中。就在这样的现实压迫和内在焦虑中，他们迎来方富贵突然死亡的信息，这似乎成为他们借此争取生存改观的良好契机。因为方富贵的死比他的活更有价值，活着没有什么意义，而死后却产生了意外的效果。他累死讲台的辉煌的死，为教师群体争得了同情和光荣。加上媒体的广泛煽情，全市发出“关心教师生活，提高青年教师的工资”的呼声，汇成“募捐建立中年教师保健基金”的运动，而且“呼声日益高涨；运动方兴未艾；红领巾走上街头”。[①] 此时，“死亡”显然已经不可逆转，然而方富贵却“死而复生”了。

“累死”讲台的方富贵其实并没有死亡，然而活人世界已经不允许他重新存在，因为大家需要他的这种死亡。所以当他捏着粉笔头准备醒来的时候，同时即被强制性地宣布死亡。“你感到校长冰凉的手指无疑是在迫害你：它旋转着压迫你的眼球，它向你发出命令：闭上你的眼睛！现在，你才意识到，活人的世界已经拒绝接受你，校长用他威严的手指命令你闭眼。死人不许睁开眼睛！”[②]如果说把死而复活的方富贵送往“美丽世界”当死人处理包含着不人道的因素，那么，牺牲这一点人道，是为了换取更大的人道。“任何革命都是以小不人道换取大人道，‘一对夫妻一个孩’也是以小不人道换取大人道。”[③]于是，“为了改善全市教师的生活条件，延缓他们的生命，方富贵如果复活是反动，方富贵活着进殡仪馆是大人道”[④]。所以绝对不能复活，不许混淆生与死的界限，尽管妻子和孩子都在嚎哭，却也不敢睁开眼睛。结果毫无选择，被不容分辩地送往“美丽世界”殡仪馆。即便在路上，也不断地被强制性地压抑着。校长庄严地宣布“死人没有权力说话”，并且伴随着符合现实的复杂心理活动：“活人话多都闯祸，哪轮着你死人胡啰嗦！要是你不听俺的劝，找团面纱把你的嘴堵着。”[⑤]而且软硬兼施，边动手边谈心，直至方富贵无奈就范。两个校工则认为方富贵属于装死，肯定另有图谋。

---

① 莫言：《十三步》，第 55 页。

② 莫言：《十三步》，第 54 页。

③ 莫言：《十三步》，第 55 页。这里已经有了《蛙》的前奏。

④ 莫言：《十三步》，第 55 页。

⑤ 莫言：《十三步》，第 57 页。

只有双胞胎见习教师强忍悲痛，同病相怜。及至殡仪馆门前，也遇到额外阻拦，即便宣布为这是"党和政府对人民教师的关怀"也无济于事而必须出示证件。"死者"不断发出的"送我回去"的控诉，让双胞胎教师认为"逼得死人开口说话"，先由悲痛到愤怒，再从愤怒到悲痛。一波三折，死而复活的方富贵就这样被送入殡仪馆，并且遇到真正决定其生死命运的特级整容师李玉婵。

按照"笼中叙述者"的讲述，故事是这样的：

今天上午，李玉婵本来应该为方富贵整容。

今天下午，王副市长本来应该去第八中学参加刚刚被授予"优秀教师"光荣称号，并被追认为中共正式党员的方富贵老师的追悼会。

今天上午，王副市长在一次有关城市建设远景规划会议上，不幸殉职。

今天下午，被抬到特级整容师李玉婵整容床上等待整理的方富贵又被原封不动地抬下来，放到墙边的大冰柜里，暂时保存。

今天下午，王副市长本来应该在方富贵老师的追悼大会上讲话，但他躺在了特级整容师李玉婵的整容床上。[①]

这里，即便死亡之后也不平等。为了不使学校当局难堪，方富贵决定不说话，被扔进冰柜也不说话。反而在这段时间，可以凌乱地回忆自己的一生。此时，他感到自己处在生与死的十字路口，站在天堂和地狱的分界处。他想起自己的身世经历，想起自己的妻子和儿女，决心重新活下去。"我既然活着，为什么要和死人做伴？他大彻大悟地想，你校长有什么权力对我发号施令？人死过一次就不能再活？满载着荣誉死去就比默默无闻甚至臭名昭著活着好？"[②]对于"生"与"死"的思索，让他毅然打算回家。在无比的惊恐和黑暗中，方富贵跌进建筑工地的石灰大坑。当他浑身雪白地站在窗前，却令妻子屠小英惊呼"有鬼"。无家可归、无路可寻的方富贵，敲开了既是同事张赤球、也是整容师李玉婵的家门。于是，方富贵的生死选择再次改变。

当张赤球劝说方富贵不要再为活人的事操心时，后者觉得还是活着

---

① 莫言：《十三步》，第 67 页。

② 莫言：《十三步》，第 72 页。

好。"我没死！是校长不让我活！我还不到五十岁！我还有老婆孩子。学校正在盖宿舍，我要住住新房子！我这辈子还没吃够过猪肝！还没喝过一滴茅台酒！还没吃过一次海参！"[①]真是如整容师所言，都是可怜的教书匠。本打算重回殡仪馆的方富贵，此时听到妻子屠小英的哭泣，重新燃起生的本能。但情况又极为复杂：

> 你说你死了也罢，没死也罢，本来死了又活了也罢，本来就活着没死也罢，"她说，"这是你的事。但市里认为你死了，殡仪馆里认为你死了，学校里认为你死了，屠小英和方龙方虎认为你死了，所以你活不了啦。[②]

当要求"这就去学校"时，同事张赤球则劝其"千万别去"："你一去，学校就会大乱，学生们的学习会受影响。现在，学校正在要同学们化悲痛为力量，以高分数安慰你的亡灵。校长说同学们，多考上一个大学生就等于多为方老师献了一个花圈，一个最美丽的花圈。学校里正在利用您的死做文章：借您的死向社会呼吁，借此改善活教师的生活……"[③]所以，"你要是不死又活了，不知要有多少人受苦受难"，"你要是又活了不死，教师们的房子又要成为泡影"。[④] 显然，"被死亡"处境中的方富贵面临着生死选择。死去，对不起自己；活着，对不起他人。最终，张赤球提供了"万全之策"："由整容师将方富贵的原本就与张赤球的面貌有几分相似的脸稍加改造变成张赤球的面貌，回第八中学任教；张赤球保持原貌，外出经商赚钱；方富贵顶替张赤球挣来的工资和张赤球经商赚到的钱要合在一起，然后再一分为二，用来供给两家的生活；在厨房里为方富贵安一张床，方富贵享有继续与屠小英同居的自由。"[⑤]即便达成如此的"君子协定"，那么现实中行得通吗？除了被整容实现外，其他的非但没有实现，反而走向反面：真实的张赤球外出经商不但血本无归，反而心力交瘁，甚至被警察非法拘禁，终究无家可归，及至出现在名为自己实则方富贵的追悼会上还被故意歪曲为父亲来继承儿子的遗

① 莫言:《十三步》，第 113 页。
② 莫言:《十三步》，第 115 页。
③ 莫言:《十三步》，第 115 页。
④ 莫言:《十三步》，第 115 页。
⑤ 莫言:《十三步》，第 120 页。

志(向来儿子继承父亲的遗志);方富贵以张赤球面貌出现在世人面前,非但不能取得妻子的信任,反而被对方唯恐避之不及。即便以张赤球名义继续任教,也是焦虑不堪、精神分裂而无法获得救赎,终究上吊而亡,还是走上绝路。

即便死后的方富贵,也仍然无法安宁,仍然被校办兔肉加工厂当作宣传手段而充分利用,沦为商品流通环节的一分子。"他的一生是平凡的,但也是伟大的,他的死是光荣的,他的死使我们校办工厂的产品销售量大大增加,因此,第八中学的全体干部、教师、职工和学生都应该感谢他。"[①]不仅头像被印在标签上,而且还配合着商标上的金黄大字:"倒在讲台上的优秀人民教师恳求你们:买一瓶营养丰富、质量优异的兔肉吧,为了我们的正在中学里受教育的孩子们!"[②]无论生前还是身后,都在被榨取那残存的价值,方富贵是典型代表,哪一个又不是如此呢?

从无意中的假死,到被迫忍受假死,再到努力争取活着,最后主动选择真死,这便是方富贵的错位的生命轨迹。而主动选择的真死,不仅仅让自己走向死亡而获得解脱,也即刻让真正的张赤球无地自容、无处安身,生命轨迹的循环再次展开,恐怕最终也要重复同样的道路。而这一切,又都源于肉体置换及其衍生的灵魂选择。

第二节 肉体置换与灵魂选择

既然自己在这个世界中已经被认为死亡,那么要想继续活下去的唯一途径便是更新自己的面貌。经过整容师李玉婵的一番精雕细刻,方富贵被成功置换为张赤球。虽然,除了面貌是张赤球的以外,其他的一切都还是属于方富贵的。然而,人立于世的首要因素却正是脸面。如果没有脸面,又如何证明那是自身或者自身是谁?如果更新为他人的面貌,那么还算自我的存在吗?

意想不到的是,在厨房这样简陋的条件下,整容手术竟然获得空前成功,甚至超出想象。但是,问题随之而来。首先是整容师面临的尴尬和为

---

① 莫言:《十三步》,第279页。

② 莫言:《十三步》,第279页。

难,那就是从今之后如何称呼的问题:“称呼你方老师,但你的脸分明不是方老师;称呼你为张赤球,但你的身体分明不是张赤球的身体。”①其次是本人恍惚如在梦中,荒唐然而真实。“包括多年前野地里的炮火硝烟,包括大学图书馆里向屠小英展开进攻,包括在讲台上磕破前额,包括殡仪馆里的贮尸冰柜,包括石灰坑里的艰难挣扎,包括整容师臀部的灿烂光辉,包括现在还在脸部肌肉里发挥作用的麻药……世界上难道果真发生过这样的荒唐事吗,一个中学物理教师死了,从殡仪馆里跑出来,中途掉在石灰坑里,爬上来跑到同事家里,糊糊涂涂地改变了容貌?”②然而,这一切非但不是梦,反而异常真实而醒目。从外在和肉体层面,他是整容师李玉婵的丈夫;从内在和灵魂层面,他又心属于妻子屠小英。虽然肉体和灵魂分裂,但是已经来不及后悔。“我改换容貌主要是为了换取与妻子儿女相聚的权利;但一旦改换了容貌,这权利也变得岌岌可危啦。”③到底是肉体先于灵魂,还是灵魂先于肉体,抑或肉体与灵魂须臾不可分割?更有甚者,就连置换方案提议者张赤球也感到了意想不到的不舒服和充满软弱与空虚的悔恨。“你是谁?”“我是谁?”“你像我?”“我像你?”④本来你就是你、我就是我,而如今你中有我、我中有你,正是在如此的置换中走向自我的丧失。接下来,便是一连串的错位。不仅被戴上假面具的方富贵开始演戏,与此同时,就连本来真实的李玉婵和张赤球也开始登上新的生活舞台。李玉婵面对着真假两个丈夫,张赤球面对着真假两个自己,而方富贵则痛苦地面对着自己妻子儿女的拒斥。尤其当方富贵以张赤球的面容出现在屠小英面前的时候,肉体和灵魂的分裂达到极致。他熟悉和妻子在一起的所有生活细节,然而越是真实就越是忧伤,越是真实就越是分裂。直到看见妻子打冷战,并且满脸绯红,才猛然惊醒:“方富贵已经死啦,在屠小英的圆圆的梳头镜里;张赤球穿着一身绿色的制服,端着一只圆盘,圆盘里盛着两条鸡腿、一只鸡翅、一些红烧牛肉,在慰问他的已故同事的遗孀。”⑤事已至此,错位人生展露无遗,也只能让既定

① 莫言:《十三步》,第135页。
② 莫言:《十三步》,第135页。
③ 莫言:《十三步》,第137页。
④ 莫言:《十三步》,第139页。
⑤ 莫言:《十三步》,第147页。

计划付诸实施。

然而,既定计划非但无法实现,却是逐步朝着相反的方向发展。首先是方富贵以张赤球的名义继续走上岗位时所面临的尴尬处境。不仅被老板娘肆意取笑,而且无法找到自己的位子,更被认为鬼魂附体,令人体会到死亡的气息。当以张赤球的身份被带进教室,走廊里却回响着方富贵那光华四射的讲课声。其次,有人提议一起看望方富贵的妻子、孩子之时,化身为张赤球的方富贵却也不得不混杂其中。不仅有大家带来的注水的鹅,更有假张赤球那别扭古怪的脸。这里,注水的鹅和易容的脸似乎异曲同工,都不是本来面目,却又在极力充当,于是错位和尴尬也就异常醒目。最后,当方富贵顶着张赤球的脸再次亲近屠小英并祈求获得认可之时,屠小英却是指着已经被镶在镜框里的方富贵的照片而拒绝。此时,假的张赤球逼视着真的方富贵,其实也就是复活的方富贵逼视着"被死亡"的方富贵,顿时"仇人相见,分外眼红"。或者说,虽然除了面容之外的一切特征都符合方富贵,甚至隐私性细节也真实无比,但仍然无法被接纳甚至被当作鬼来看待。方富贵接受易容的主要目的便是希望还能与妻子生活在一起,但至此方知,不但永远无法实现,而且开始滑向更加危险的猜忌,结果只有落荒而逃。及至后来的种种努力,也已经不能让自己回归现实,不但被妻儿继续否认甚至软硬抗拒,还被同事再正常不过地误解以致体罚和谓之"禽兽所不为"[①]。死而复生成为绝对的不可能,已经永远无法回归自身。最终,主动选择死亡也就成为必然的结局。"他想起了自己早已是死人。死人应该回到自己的位置上去,不要给活人添乱。"[②]对方富贵而言,这是第二次死亡,也是真正的死亡;但同时带来的结果,却是呈现在公众面前的张赤球的死亡,即刻也令张赤球无以立足,也被顺势剥夺活着的机会,哪怕他的生存境遇本就糟糕。

显然,处于肉体置换和灵魂选择困境中的,不仅有方富贵,还有和他已经二位一体的张赤球。由于方富贵以自己替身的形象到第八中学教物理,按照预定方案,自己也只能离家出门做买卖赚钱以补贴家用。然而,去做什么买卖和怎样赚钱对张赤球而言茫然无知。"一脚门里一脚门外,处于进退不得的尴尬境地。他想到:方富贵正在教室里冒充我张赤球讲课。假张赤

① 莫言:《十三步》,第313页。

② 莫言:《十三步》,第311页。

球站在讲台上耀武扬威；真张赤球骑在门槛上进退两难。在这笔交易中，究竟谁占便宜谁吃亏？”[①]身份置换后的真实情形却是，方富贵无法耀武扬威，张赤球则进退两难。在观察了岳母蜡美人和两只老鼠的恐怖游戏后，张赤球带着李玉婵送来的本钱和信件及其产生的赚钱动力被推出大门。“他出了家门，像初次行窃的见习小偷一样，感到仿佛置身于几十架摄影机明亮的独眼下，举手投足都发生障碍。”[②]显然，张赤球后续的系列遭遇也都是“障碍”本身及其表现和结果。首先便是在小卖部老板娘的诱导和帮助之下，准备去做贩卖香烟的买卖。“我希望你不要怕死，这是干好事情、活得愉快的前提。当你失去勇气、犹豫不决的时候，你只要一想到死亡的大门对你洞开着，那里边有花朵有音乐，无痛苦无烦恼——无论怎么走，那里都是终点——你的勇气就会充溢全身，你就有力量去争取幸福，而不是瞻前顾后、徘徊彷徨，把到嘴的肥肉丢掉——明白我的意思吗？”[③]物理教师懵懵懂懂，被推进阳光照得睁不开眼睛的世界。当拎着旅行包漫无目标地在街上漫游时，他沉醉在有关女人身体的回忆里；当感觉到饥饿的时候，他同时沉醉在肉体置换后的灵魂纠结中。“我空出来的位置上，此刻坐上了一个有着我的面孔、穿着与我同样的绿衣服、剃着与我同样的光头、戴着我的眼镜、似我非我的中学物理教师。”[④]他不仅冒充着孩子的爸爸和蜡美人的女婿，更为关键的是冒充着整容师的丈夫。后者的身份迅速让他心情沉重。顷刻间，他的头脑中响起关于家庭和爱情、幸福和痛苦的辩证之歌。“歌里述说着一个被职业的枷锁禁锢了几十年、被生活的重担压迫了几十年、被动荡的社会颠簸了几十年后初次得到解放，初次腰里有钱，初次在性与爱的海滩上领略风景的中学物理教师千回百转、进退踌躇的矛盾心情。”[⑤]他继续穿行，同时近乎灵魂出窍。由于涉嫌妨碍交通，而被警察暴力拘捕。张赤球不但没有做成什么生意，反而被限制人身自由。

被警察收入拘留室的张赤球在饥饿状态中继续着自己的幻觉：整容师

---

① 莫言：《十三步》，第187页。
② 莫言：《十三步》，第190页。
③ 莫言：《十三步》，第198页。
④ 莫言：《十三步》，第204页。
⑤ 莫言：《十三步》，第205页。

妻子和替身方富贵的不正当的危险关系。在无限的神经焦虑中,他把香烟当作解除饥饿的肉包子。精神和肉体的双重痛苦,让他迫切希望回家。在被警察审讯并罚款释放后,他却迷失了归家的道路,真正陷入有家难归、无家可归的圈套。为了生存下去,物理教师开始了羞于开口却又不得不叫卖的状态,然而这种生存方式旋即又被女烟贩和工商所剥夺了。眼前已经无路可走,行为已经没有目的,沦落为挣扎在茫茫天地间的活幽灵。"与其说他能看到外部的客观世界,不如说他能看到自己的主观精神。"[①]在介于现实与幻想的童话世界中,张赤球期待着重回讲台,然而等来的却是替身方富贵的上吊自杀。这里,看起来是方富贵的死亡,其实无异于同时宣布了张赤球的死亡。不管真正的张赤球如何用行动来证明自己,都无法撼动校长的权威发言和定论。"同学们,今天我们在这里开大会,追悼我们敬爱的张赤球老师。""二十多年来,张赤球老师努力工作……思想上红上加红,业务上精益求精,一直战斗到生命的最后一息。""张赤球同志的不幸去世,就像不久前方富贵同志的去世一样,是我们第八中学的重大损失";"张赤球老师虽然死了,但他永远活着。""同学们,让我们化悲痛为力量,不放松每一秒时间,努力背书做习题,钻研考试技巧,用最优异的高考成绩,安慰张赤球老师的活魂灵。"[②]多么熟悉的论调,多么媚俗的话语,多么规范的套路,仿佛从未改变。当时曾经力劝方富贵不能返校的张赤球,在试图返校的过程中,面临并遭遇着同样的"被抛弃"和"被利用"。显然,"被死亡"后的"张赤球"仍然持续不断地被挖掘残余价值,以至试图掀起继方富贵累死讲台后的"第二个营救运动高潮",并被媒体煞有介事地引申出"片面追求升学率"的社会问题。与方富贵老师的命运和境遇如出一辙,试图另辟蹊径的张赤球老师同样在劫难逃。

假作真时真亦假。从方富贵的"假死"到"真死",从"真死"再到张赤球的"假死",乃至于二者的"假死"即"真死",方富贵和张赤球的肉体置换始终进行着不可验证的验证,加上分别相互之间与屠小英和李玉婵的错综关系,更加突显出人性的不可实验性和灵魂深处的艰难选择。

---

① 莫言:《十三步》,第289页。

② 莫言:《十三步》,第318～319页。

第三节　政治规则与情感选择

如果说方富贵和张赤球主要代表着知识分子的生存困境及其人生选择，那么整容师李玉婵则面临着更为复杂的政治规则及其情感选择。而这，又主要通过她与王副市长和解放军中尉之间的关系呈现出来。

首先是李玉婵与王副市长的关系。

李玉婵从小在母亲蜡美人与当时还是王科长的非正常关系中获得性的启蒙教育，进而自己也成为后来升迁为王副市长的情人。本来王副市长要在下午参加第八中学累死讲台的方富贵老师的追悼会，但却在上午的城市建设远景规划会议上意外死亡(实则因为肥胖症)。本来计划为方富贵整容的李玉婵，则被紧急安排为王副市长整容。而且，领导明确提出特殊的政治要求，就是把肥胖的王副市长整成瘦削的模样。原因是这样的："现在市民中流行着一种传染病，这种传染病的主要症状是坐在沙发上、抽着过滤嘴香烟、看着彩电骂市里的领导。第八中学的语文教师把市里的领导称为'大肚子'，他们认为我们的肚子里装满了民脂民膏。"然而在他们看来，"王副市长生前日夜操劳，每天工作十四小时；生活朴素，一贯粗茶淡饭，他的肥胖是一种病，他属于那种喝自来水也上膘的人"。而且，"明天晚上，电视新闻里将出现与王副市长遗体告别的镜头……"，所以"为了减小群众的反感，或者说，为了避免不必要的误会，我们有责任恢复王副市长的本来面貌，他是市里的老领导，您知道他的本来面貌吧？再说，这也是死者家属的意见，我们应该满足他们的要求，减轻他们因丧失亲人心灵上承受的重大痛苦……"[①]。从小就对王副市长并不陌生的李玉婵，被冠以政治大局的名义接受这一独特的整容任务。伴随着这一政治规则的，则是复杂的情感选择。在为王副市长整容的过程中，李玉婵逐步回顾二人的情感历程。其间不仅顺势成为其情人，更是通过以死相逼和以死雪耻的方式而无意中促成王副局长英勇抢救落水女青年的政治性快讯。尤其是因为憎恨其"老牛欢喜吃嫩草"的叫嚣，而毅然拔掉死者的三颗"金牙"。把一个大腹便便、脑满肠肥

① 莫言:《十三步》,第 42 页。

貌似贪官污吏的地方领导整成一副身材瘦削、容貌清癯貌似鞠躬尽瘁的公仆形象,直接关系到市民的叹息大于悲哀还是愤怒大于悲哀的效果,尽管吊唁者都是满脸的悲痛,尽管"王副市长临死前一秒钟还在工作"。对李玉婵而言,如果排除掉为王副市长整容的政治意义,作为纯技术问题则极其简单,真正困难的是如何面对并解决情感的纠葛。

其次是李玉婵与解放军中尉的关系。

幼年时的李玉婵曾在城郊从头至尾地观看屠夫六舅把一头猪宰杀分解的过程,这让她受用终生。屠夫眼中已无活猪,只是一堆按照规律组装起来的肉、骨、皮;整容师眼中也已经不是活人,甚至不再是人,只是一些毁坏了的器具需要进行表面修理。面对为保护国家财产而牺牲的纺织女工被烧坏的脸面,李玉婵第一次独立整容,获得巨大成功。不仅女工本人被广泛宣传为英雄,与其沾亲带故的人也成为媒体跟踪的对象,首先被注意的便是其丈夫——解放军中尉。中尉追忆美丽亡妻的文章受到千万市民的赞美。他用事实证明着一个颠扑不破的真理:英雄原来就是英雄。于是英雄的丈夫也成为英雄,并穿梭于不同场合的英模事迹报告会。"英雄在报告过程中日臻完美。现在,哪个单位不邀请英雄的丈夫作报告就是哪个单位的耻辱和麻烦。但事实确实是这样:没有任何人强迫某单位去邀请英雄的丈夫作报告。"[①]这是塑造英雄的需要,也同时暗含英雄被瓦解的危险。甚至,英雄的丈夫也为殡仪馆全体人员作报告。"他已经不用脑袋支配嘴巴说话,久经训练的嘴巴凭着一种惯性,就把该说的话说出来。该流眼泪的时候,眼睛的记忆是让眼泪流出来。该呜咽的时候,喉咙里自然会有呜咽之声。"[②]这里,真正的英雄仿佛已经从死者转换为生者,英雄事迹的宣讲者已经取代英雄而成为英雄。除了李玉婵,殡仪馆的女人们都用眼睛赞美着英雄的丈夫。这是现代社会的"文明病",是"媚俗"的感染力。在《生命中不能承受之轻》中,米兰·昆德拉用怀疑的目光对东西方人世百态一一扫射,于是,他让萨宾娜冲着德国反共青年们愤怒地喊出:"我不是反对共产主义,我是反对媚俗!"昆德拉后来在多次演讲中都引用这个词语,他指出"这是以作态取悦大

① 莫言:《十三步》,第87页。

② 莫言:《十三步》,第87页。

众的行为,是侵蚀人类心灵的普遍弱点,是一种文明病”[①]。在媚俗的王国里,所有答案都是预先给定的,对任何问题都有效。“媚俗”描述出不择手段地去讨好大多数的心态,用动人的语言和感情去打扮既定模式的愚昧,甚至连自己都会为这种平庸的思想和情感洒泪。面对牺牲女工那无比真实的生命形态,李玉婵试图通过真实而冷酷的提醒来阻止这种演出继续进行,然而却刺激了英雄的丈夫开始用脑袋支配嘴巴进行更加可怕的“媚俗”。“阿美生前多次对我说:革命工作没有高低贵贱之分,无论干什么工作都是为人民服务。在此,我愿代表为共产主义事业光荣献身的阿美,向殡仪馆的全体同志表示崇高的敬意(热烈的掌声)!尤其要向那位为阿美整容的师傅表示崇高敬礼(掌声雷动)!”[②]本来递上纸条是为了打击中尉的虚伪和无耻及其隐隐的嫉妒和怨恨,却被中尉即兴发挥出意想不到的情感。“当年轻英俊、身上放射着英雄气息的解放军中尉紧紧地握着你的手、两只黑栗般的大眼睛里射出含情脉脉的目光时,你全身灼热,你感到异常的兴奋、异常的局促不安。”[③]尽管因为出尽风头而被女工们恨透了,李玉婵仍然被迅速吸收为党员,被媒体继续采访报道并加以渲染,而且被名为“舅舅”实为情人的王副局长保媒去填补女英雄留下的空白。从“好一朵石榴花”到“火红的爱情”,从政治规则推向情感选择,而解放军中尉的处女情结却让这份情感戛然而止。正当羞于无处安身之时,导演这一局面的王副局长携着妻儿迎面走来,于是就有了以死雪耻的跳河行为,也再次接续与王副市长的情感关系。

此外,李玉婵还与殡仪馆馆长保持着暧昧关系,也正是馆长的出面调解和精心设计才使得方富贵消失一事得以化解。而且,李玉婵与猛兽管理员也存在着一种不可告人的可怕关系。“你与死人打交道,我与猛兽打交道”[④],在后者的威逼利诱之下,一种隐秘的交易达成了。“猛兽管理员每周六在公园外草坪上接受整容师交给他的下脚料,回赠整容师牛肉或猪肉或冻兔或鸡杂碎。”[⑤]这里,与其说是猛兽吃人的现实,倒不如说是人吃人的隐

① [捷克]米兰·昆德拉:《生命中不能承受之轻》,韩少功、韩刚译,作家出版社1995年版,第6页。

② 莫言:《十三步》,第88页。

③ 莫言:《十三步》,第88页。

④ 莫言:《十三步》,第81页。

⑤ 莫言:《十三步》,第90页。

喻。也正如猛兽管理员在神经错乱时所揭露的现实:"他们杀了三只猴子,把猴骨混进虎骨里送礼,他们还喝猴脑……"①从此,整容师就不断地被噩梦缠绕,甚至不断地灵魂出窍。即便猛兽管理员本人,也最终精神崩溃而自缢身亡。

显然,处在多种关系交汇和分流漩涡中的李玉婵,始终面对不容置疑的政治规则和不可抗拒的情感选择。与其纠结程度相提并论的,则是另一位女性——屠小英的历史境遇及其命运选择。

第四节 历史境遇与命运选择

如果说方富贵、张赤球乃至李玉婵的人生历程主要面对着的是生活选择,那么屠小英则始终面对着的是历史境遇及其命运选择。

与作为中学物理教师的方富贵一样,妻子屠小英也属于典型的知识者。二人在大学毕业后被分配至第八中学,方富贵教物理,屠小英教俄语。因为具有俄罗斯背景,在特殊的政治年代,屠小英被人当作苏修女特务揪斗,被赶出学校。也是在那特殊的革命年代,在身体被凌辱、精神被伤害之后,莫须有的所谓"原罪"才得以"救赎"。在被下放校办兔肉加工厂时,不仅承受着兔肉加工中的"打昏——剥皮"的残酷杀戮过程,更面对着人性深处的邪恶。不仅凭借"以暴制暴"的方式捍卫人格尊严,更因为丈夫的被利用而身不由己地被所谓"升迁",被继续利用。按照"女政委"的说法,目前的岗位——第一车间副主任兼产品推销部副部长——比十个教师还要重要,虽然她早已死了重返讲台的念头。当方富贵累死讲台的先进事迹家喻户晓,当方富贵的硕大头像贴在兔肉罐头上随着广告车游行时,屠小英被任命为副厂长兼产品推销部部长,而且在随后的谈判中以流利的俄语和出色的风度倾倒了苏联商人,虽然当年俄罗斯语言和俄罗斯血统让她尝够皮鞭和拳头的滋味。而这一切的发生,无不与历史境遇的走向密切相关。同时又仿佛是命运的捉弄,或者如叙述者所言,屠小英的命运历程及其选择仿佛梦境一般。

---

① 莫言:《十三步》,第237页。

除了历史境遇带来的命运转折，屠小英的命运选择更进一步发生在丈夫方富贵"被死亡"之后。累死讲台的方富贵在被送往殡仪馆的时候，屠小英面对的是人死不能复生的嚎哭；死而复生的方富贵在从殡仪馆艰难回家的时候，屠小英看到的是浑身雪白的"鬼"；被整容成张赤球面容的方富贵受到屠小英哭声的召唤，鼓足勇气端起盛肉的圆盘表达安慰，并借机以生活细节的回忆试图获得身份认可的时候，屠小英敬而远之，礼尚往来般拒绝认同；被整容成张赤球面容的方富贵混杂在慰问队伍中鱼贯而入的时候，屠小英感受到一种秘密的、神奇的信息冲击着逝去的往事；当这个陌生又熟悉的男人说起两人的生理特征和生活趣事的时候，屠小英再次以"鬼"的名义彻底断绝对方的身份确认；面对儿女的生活态度，屠小英选择的是自我折磨；当"人鬼情未了"的情景再次出现，当身份确认再次更加真诚地呈现的时候，屠小英表现出最为强烈的反感，并抓破这张隐藏着一张面孔的假面孔；面对屠小英的杀气腾腾的抵抗，尤其得知方家女儿和张家儿子关系的时候，方富贵彻底放弃生的欲求——"死人应该回到自己的位置上去，不要给活人添乱"[①]。既然永远不能回归整容前的生活，那么活着也就没有任何意义。

丈夫死亡，是对女人的考验。屠小英在思念亡夫的过程中，不断地回忆着这样的主题故事。亡夫方富贵已经被送进殡仪馆等待整容，而他的声音却每天都在隔壁整容师的家里轰鸣。既然还没有进行遗体告别，那就必须像一位牺牲在战斗岗位上的英雄的遗孀一样：内心沉痛，表情安详；嗓音沙哑，语言连贯；风格高尚，克服困难；理想坚定，努力工作，继承遗志。就在各方无法收场的时候，屠小英等来了组织上精心安排的结局：200 元钱和遗体捐献的证书以及对方富贵精神的崇高评价。

相对于方富贵和张赤球的人生困苦，相对于李玉婵的情感选择，屠小英的人生苦难更为深重艰辛，其命运选择更为焦虑不堪。即便叙述者为其设置了生命走向的种种可能，按照方富贵和张赤球为代表的人生轨迹及其结局，屠小英终究难逃知识者的悲剧命运。

---

① 莫言：《十三步》，第 311 页。

第五节 关于"粉笔"和"麻雀"

显然,《十三步》是莫言有意识地进行叙事实验的文本。除了具有明显的人称转换和汉语叙述视角的变换外,贯穿作品始终的"粉笔"和"麻雀"两个意象也是不容忽视的实验元素。

小说开篇,叙事者吃着粉笔讲述着关于教师群体的故事。粉笔曾经是教师阶层特有的标志性道具,莫言借助这一独具特色的道具为弱势群体的教师"说话"。在讲台上,教师使用粉笔"写字""说话";离开讲台,教师通过咀嚼粉笔才能"说话"。"粉笔"已经与教师的生命融为一体,不管活着还是死去。"世界上有这么多美味的食品你不吃,为什么要吃粉笔呢?我们很纳闷。你贪婪地咬着粉笔,粉笔末子从你的牙缝里半干不湿地掉下来,粘在下巴上。你用舌尖把下巴上的粉笔末子舔起来……"[①]因此,教师故事的讲述者无时无刻不需要粉笔,离开粉笔,也就无所适从而不能开口"说话"。在讲述的过程中,讲述者还要不断地被喂食粉笔,以缓解身份的焦虑并保持讲述的连贯。从开头第一节"咬下一截粉笔"咀嚼着讲述物理教师方富贵的第一次死亡——"被动死亡",到结尾最后一节"吞下最后一把粉笔面儿"讲述物理教师方富贵的第二次死亡——"主动死亡",粉笔一直伴随着讲述者和被讲述者,始终见证着教师群体的悲剧命运,以至于"我们都产生了吃粉笔的强烈愿望"[②]。

小说开篇,方富贵一头栽到讲台上,好像一根朽木。"他成了朽木半分钟后,一大群麻雀奋力撞破玻璃,钻到了教室里。麻雀头上的毛多半撞掉了,好像秃顶的小老头儿,一大群,在教室里飞舞着,还啾啾喳喳地乱叫唤。"[③]麻雀的出现非同一般,绝非偶然。虽然方富贵的脸磕破了,但关键是又被飞进来的麻雀啄得百孔千疮,所以才被送到殡仪馆,也才得以遭遇特级整容师李玉婵,后续的故事才能得以渐次展开。如果没有"麻雀",也就不会有后面的等待整容,不会有接下来的"起死回生"和"被动死亡",不会有后续

---

① 莫言:《十三步》,第 3 页。

② 莫言:《十三步》,第 323 页。

③ 莫言:《十三步》,第 3 页。

的“位置互换”，故事主体也就无以发生。小说结局，历经生生死死的方富贵彻底地心灰意冷，在上完最后一课并试图削掉假面脸皮而恢复自我面目之后，在选择走向死亡的时候，“麻雀”再次出现。“他正欲把脖子伸进腰带挽成的圈套时，听到杨树叶间一声脆响。他再次走向窗口，看到一只麻雀垂直落地。他把血迹斑斑的脸探出窗户，往下看那被千万只学生脚踩得白白净净的地。在树的紫色阴影里，那只受了打击的麻雀翅膀上流着血。它挣扎着站起来，它站起来了，两只小眼睛像两颗晶亮的小星星。”①于是，再次出现梦幻中的妻子屠小英讲述关于“十三步”的古老传说。那就是，只要看到麻雀单步行走，就会有好运气降临。从第一步到第十二步，步数越多，好运越多，但绝不能看到它走十三步。“如果它走了十三步，所有的好运气都会变成它们的反面，降临到你头上。”②显然如此前讲述的那样，不仅麻雀单步走来，而且正好走了十三步。“我半辈子没交过一点好运气，我再也受不了坏运气的折磨了。与其让坏运气折磨死，不如我自己吊死。”③这是物理教师的命运走向，其实也是我们难以破解、难以摆脱的命定圈套。最终，“我们”也在吃着多姿多彩的粉笔，看着麻雀单步走来，并且默默地点着它的步数。至此，不仅“粉笔”和“麻雀”两个元素得以结合起来并同步出现，而且深刻表征出每一个人都将面对的终极命运。同时，小说又由“十三步”部结构而成，也在形式上暗合题名，更加意味深长。

尽管莫言在其创作中总是有意识地进行文体实验，但其核心意旨仍然是中国精神和中国元素。即便是《十三步》这样的叙事实验文本，也时常显示聊斋故事的影子。比如作为故事主体的“死而复生”与“换脸”本身；比如直接提到《聊斋》中的“席方平”④；比如“猴子母亲与状元儿子”的传奇⑤；比如屠小英思念亡夫时回忆的民间故事⑥；比如整容师和物理教师的似真似幻的梦境⑦；比如张赤球因流离失所而在狂风暴雨中进入的交融着历史和

---

① 莫言:《十三步》，第 322 页。

② 莫言:《十三步》，第 322 页。

③ 莫言:《十三步》，第 250 页。

④ 参见莫言:《十三步》，第 186 页。

⑤ 参见莫言:《十三步》，第 116 页。

⑥ 参见莫言:《十三步》，第 156 页。

⑦ 参见莫言:《十三步》，第 241 页。

现实的真假难辨的童话世界[①]。更进一步说，像俗语、小调、唱本、歌谣、戏曲等中国民间的艺术成分，都在《十三步》中得到充分运用和表现。

概而言之，《十三步》其实写的是两对夫妻的各种相互错位关系及其被动选择——方富贵不仅面对着与自我和张赤球的关系，更面对着与屠小英和李玉婵的关系；张赤球不仅面对着与自我和方富贵的关系，更面对着方富贵和李玉婵的关系；屠小英面对着真假方富贵，李玉婵面对着真假张赤球——原有的生活秩序都不复存在，都在貌似荒诞的境遇中失去本性和自我，但这种荒诞又何尝不是另一种真实。时至今日，《十三步》的人称转换及其叙事实验或许已经没有当初的轰动效应，但其中折射出的生命内涵和人性空间却没有随时间而消逝，反而更加深刻而且明显。

---

① 参见莫言：《十三步》，第290页。

第四章

《酒国》的“吃人”隐喻和文化批判

抱着为农民鸣不平的目的，莫言创作了《天堂蒜薹之歌》，随即意识到通过小说解决社会问题的无力，于是抱着小说文体探索的目的，创作《十三步》，随即又意识到这种写法的局限性，于是就有了试图综合上述两种创作目的的《酒国》。“一方面，我要对社会上存在的黑暗现象、腐败现象猛烈抨击，大胆地讽刺、挖苦，甚至进行一种恶作剧般的嘲弄；另外一方面，我要大胆地进行小说的技巧实验，主要在小说里玩技巧、玩结构，要进行各种各样文体的戏仿和实验。这就是我在 1989 年开始写的《酒国》。”①

《酒国》动笔于 1989 年，完成于 1992 年，出版于 1993 年，是创作历时相对较长的一部小说。在问世之初，这部作品并未引起评论界的特别关注，甚至被先入为主地划为“侦探小说”行列。相反，倒是海外的相关学者较早地给予其以极高的评价，比如周英雄、杨小滨、张旭东等。直到新世纪以来，这部小说才又重新进入国内学界的研究视野。而且，从小说问世以来的近十年间里，莫言都称之为“迄今为止最完美的长篇，我为它感到骄傲”②。尤其面对出版后评论界的无声无息的状态，莫言说：“他们口口声声地嚷叫着创新，而真正的创新来了时，他们全都闭上了眼睛……但对《酒国》，即便让我把它再写一遍，也不可能写得更好了。而且我还可以狂妄地说：中国当代作家可以写出他们各自的好书，但没有一个人能写出一本像《酒国》这样的书，

---

① 莫言：《用耳朵阅读》，第 284 页。

② 莫言：《用耳朵阅读》，第 8 页。

这样的书只有我这样的作家才能写出……我嫉恶如仇，我胡言乱语，我梦话连篇，我狂欢，我胡闹，我醉了。"[①]那么，《酒国》何以会让莫言如此？如何"嫉恶如仇"？又如何"胡言乱语"？其文本意义及文学史意义何在？尽管众多的研究者已经从"象征""欲望""意象""话语"乃至政治、经济角度以及"语言游戏、自然史与社会寓言"等诸多层面进行了深入而有价值的阐释[②]，但时至今日，面对《酒国》这样的复杂文本，再次回归文学最为基本的文本意义与文本结构其实尤为必要。

第一节　人生：从迷茫到错位

《酒国》开篇，省人民检察院特级侦察员丁钩儿奉命调查一起"食婴"案件。因为顺路搭乘一辆拉煤卡车，故事便从侦察员和女司机的调情开始。这里，其实已经为丁钩儿的后续命运埋下伏笔。"性的神秘和森严在朦朦胧胧中被迅速解除，两个人的距离突然变得很近。女司机的话里透露出一些与他的此次行动有关的内容，他的心里生出一些疑虑和恐惧。"[③]本来沉着老练、技压群芳的一个"够腕"的侦察员，从此开始了充满"疑虑和恐惧"的人生阶段。从一踏上酒国土地时的迷茫，到后续的一系列错位，展现出一幅"生活在别处"的人生图景，而且环环相扣，似乎顺其自然、无懈可击。

丁钩儿的日常生活充满自相矛盾并且寡然无味，唯一乐此不倦的是侦察破案。当得知要接手一起"食婴"案件时，便迅速进入状态，甚至灵魂出窍。所以看到幼儿园的孩子被拴着红布条过马路时，丁钩儿即刻质问阿姨"为什么把孩子用红绳拴起来"[④]，即便被鄙夷为"神经病"也在所不惜。就是这样一位异常敏感警觉的侦察员，一进入酒国，面对的却是无休无止、不可理喻的迷茫。先是被大狗猛扑，接着被看门人泼水，再就是经受大热天的火炉。当要求约见矿长和党委书记时，却被保卫部的平头小伙热情礼貌地

---

① 莫言：《用耳朵阅读》，第 45 页。

② 有代表性和启发性的研究当属张旭东《"妖精现实主义"与"社会主义市场经济"的叙事可能性》及其参与主讲的"《酒国》读书会"。（参见张旭东、莫言：《我们时代的写作：对话〈酒国〉〈生死疲劳〉》，上海文艺出版社 2013 年版）

③ 莫言：《酒国》，上海文艺出版社 2012 年版，第 2 页。

④ 莫言：《酒国》，第 15 页。

连劝三杯。“喝一杯就走，等于让我失职”，“好事成双，再喝一杯”，“敬酒不成三，坐立都不安”，[①]如此顺理成章，一下子让丁钩儿进入酒局。当感觉醉意袭来，结果又被平头逻辑严密地说服：“首长，您没醉，像您这般出色的人物怎么会醉呢？我们这里醉酒的都是些没有知识、没有教养的下里巴人，阳春白雪从来不醉，您是阳春白雪，所以您没有醉。”[②]醉眼蒙眬中的丁钩儿，不知不觉地被带入“迷宫”。“有一棵色彩斑斓的大树上，结着几百个婴儿形状的果实。都颜色粉红，鼻眼分明，肌肤纹理细密。竟然全是男童身。”[③]由于心怀神圣使命，所以处处显现男婴。“丁钩儿摇晃脑袋，安定精神，神秘而惊人的大案鬼影憧憧，沉重地在他脑海里展开。他批评自己在不必要耽误时间的地方耽误了很多时间，但转念一想，从接受任务到现在仅仅二十多个小时，而我已在案件的迷宫里寻找路径，已经是绝对的高效率。”[④]殊不知，面前的迷宫不仅没有路径可寻，而且枝节横生，终于在不断地误导和延宕中滑向人生的错位。

当过程复杂、感受万端地见到貌似孪生兄弟的矿长和党委书记时，丁钩儿却不慎走火，错位人生随即展开。“矿长和党委书记的宽容、劝解使丁钩儿更加不好意思，冲进门时的勃然豪情烟消云散，他甚至卑恭地点头，点头毕，刚要拿证件、介绍信之类，党委书记和矿长就摆手制止了他。”[⑤]显然，自己的意图和行踪早就已经暴露。当随口说出“前来贵矿调查红烧婴儿事件的，此案事关重大，绝密”[⑥]的时候，其实已经公开秘密，而不是绝密了。当进一步点明“现任酒国市委宣传部副部长金刚钻是此案的重要嫌疑人，他是从贵矿出去的”，得到的却是截然相反的回答和判断：“是的，金部长原是我矿子弟小学教师，那可是一个有能力、有原则、百里挑一的好同志。”[⑦]丁钩儿还来不及争辩，就被推进宴席。在真诚的礼让面前，他畏畏缩缩，“半是无奈半是感激地从他们的面前走过去，矿长和党委书记立即尾随在他的身

---

① 莫言：《酒国》，第 17 页。

② 莫言：《酒国》，第 19 页。

③ 莫言：《酒国》，第 20 页。

④ 莫言：《酒国》，第 20 页。

⑤ 莫言：《酒国》，第 21 页。

⑥ 莫言：《酒国》，第 23 页。

⑦ 莫言：《酒国》，第 23 页。

后，三人摆成了一个标准的等腰三角形"[①]。这样的形状，好似罪犯和押解犯人的士兵，好像不是通向酒宴而是通向法庭。"他放慢步子，希望能与他们并肩前进。但这是幻想：他放慢步子，后边的两人也随着放慢步子，三角形稳定不变，他始终处在被押解的位置上。"[②]这是主体意识的错位，而错位的感觉又何尝不是真实的呢？接下来便是严丝合缝、冠冕堂皇的理由和口是心非、惊人奢华的酒场，直到丁钩儿的身体和意识开始剥离。本来一再声称"酒多误事"的侦察员，结果呕吐得狼狈不堪，已经完全处在错位状态。"党委书记和矿长一左一右夹着他，用拳头擂着他的脊梁，用宽慰的话儿、劝导的话儿喂着他的耳朵，好像两位乡村医生抢救一位溺水儿童，好像两位青年导师教育一位失足青年。"[③]到底是来侦破案件还是来接受教育，似乎发生逆转。一直也没能搞清楚党委书记或者矿长身份的丁钩儿，不仅没有意识到被下套的危险，反而被感动得五体投地，并且为自己的清醒敏感和过激言语而内疚。同时，腹中的痛苦万端又在刹那间让自己暗自哀鸣，猛然间似乎意识到自己中了奸计，中了酒肉计和美人计。正在这个难堪的时刻，酒国市委宣传部金刚钻副部长推门而入。迷懵中的丁钩儿精神一振，宿命般地感到真正对手的出现。本来需要严阵以待，结果却是卑躬屈膝。"他不想站起来，但站了起来。他不想微笑，但脸上出现笑容。丁钩儿微笑着站起来迎接。……丁钩儿不想跟他握手却握住了他的手。他心中暗想这吃婴孩的魔王爪子一定冰凉可怖，却感到他的手又软又温暖，略带着几分舒适的潮湿。"[④]这固然是人性的弱点，却也是更大的错位。虽然丁钩儿决心不再喝酒、保持清醒头脑、开始投入工作，但面对金刚钻自罚三十杯酒的酒场风度，警惕性再次被瓦解。"对金刚钻的好感像春天坚冰初融的小溪边的草芽，缓慢地生长起来。他看到金刚钻把最后一杯酒送到唇边时，明亮的黑眼睛里闪烁着忧郁的光彩，这个人变得善良宽厚，散发着淡淡的感伤气息，既抒情又美好。琴声悠扬，清凉的秋风吹拂着金黄色的落叶，墓碑前开着白色的小花朵，丁钩儿双眼湿润，似乎看到了那杯酒像一股涓涓的石上清泉，流进了

---

① 莫言：《酒国》，第 38 页。

② 莫言：《酒国》，第 39 页。

③ 莫言：《酒国》，第 47 页。

④ 莫言：《酒国》，第 49～50 页。

碧绿的深潭。他开始爱这个人。”[①]从立案调查到感激涕零再到产生好感和爱，这是酒的魔力带来的情感转换，更是似乎自然而然的身份错位。丁钩儿沉醉在金刚钻的迷人风度里，已经根本无法抵御其魅力和诱惑，虽然意识里高叫“不许喝”，却再次把酒倒进嘴里。就在莫名其妙地激动流泪之时，一盘金黄色的遍体流油、异香扑鼻的男婴大菜出现在面前。虽然男孩的香气强劲有力，难以抗拒，但丁钩儿的使命意识也陡然增强。“我没醉，我是侦察员丁钩儿，奉命来酒国市调查以金刚钻为首的领导干部烹吃男孩案件，大案特案要案，世界少有之残忍，空前绝后之腐化。我没有醉，没有产生错觉，他们要想逃脱万不能。……他们杀了一个男孩让我吃，想堵住我的嘴，阴谋家，畜生，禽兽。”[②]于是，丁钩儿举起手枪。在金刚钻、党委书记或矿长一再解释为“假男孩”的情形下，丁钩儿还是严肃地宣布退出吃人的宴席，并且在迷醉中开枪扫射。当再次被解释为这只是用各种材料拼接而成的“假男孩”后，丁钩儿也参与到盛宴中，而且自知理亏，不仅认罚，而且更为积极主动地响应着酒宴和“肉孩”。以至于酩酊大醉，甚至于竟被一个惯偷洗劫一空，同时进一步引发后续的狼狈不堪。本来要侦破“食婴”大案，结果自己深陷其中，成为名副其实的参与者，不仅无力破案，而且已经助纣为虐。至此，丁钩儿的人生错位达到极致。

不仅宴席的场景，其实在侦破案件的整个游历中，丁钩儿都一直面对着人生的错位。而这一点，又集中表现在他与女司机的错综复杂的情感以及非同寻常的延伸关系中。

盛宴之后清醒的丁钩儿，不禁满腹狐疑，责任感重新回归：“他想谁能保证不是骗局呢？是鲜藕瓜做成男童胳膊？还是男童胳膊做得像一节五眼鲜藕瓜？”[③]在对金刚钻、矿长和党委书记进一步观察后，丁钩儿确信：酒国市有一伙吃人的野兽，酒宴上的一切都是巧妙的骗局。本来心怀使命，结果却情绪低落，悲观孤独。就在漫无目标之时，再次遇到女司机，并且再次搭上女司机的卡车。而且因为路途抛锚，著名侦察员又被女司机命令去打水。终于，鬼使神差地跟到女司机的家。本来去酒国侦察“食婴”案件，现在

① 莫言：《酒国》，第 51 页。
② 莫言：《酒国》，第 76 页。
③ 莫言：《酒国》，第 113 页。

却坐在女司机家舒适的沙发上，而且心醉神迷。接下来，在疑虑重重、迷茫踌躇中，被金刚钻当场拍下二人的不雅姿态，再次进入后者设计的圈套。而且，在精心布置的陷阱中，丁钩儿又被金刚钻彻底灌醉。意识逐步清醒的侦察员，再次决心狼狈逃离，但谈何容易，期间又不断受到老女人和女司机的无尽纠缠。最终，经验丰富的高级侦察员，却只能无奈地接受女司机的保护。出人意料，侦察员要去调查食婴罪行，女司机却将他引向一尺酒店。如此的错位，就连侦察员自己也感到酒国之行的无聊透顶、荒唐至极和滑稽可笑。就像始终无法进入的"城堡"一样，也始终无法进入"酒国"。"他模模糊糊地意识到，女司机是他的命运中注定了要遇到的冤家，他与她的身体已经被一条沉重的钢链拴在一起。他感到自己已经糊糊涂涂地产生了一种对于她的感情，有时恨有时怜有时怕，这就是爱情。"①本是为调查案件而来，却时时处处事与愿违；本来需要保持特别的严肃清醒，却进入荒唐混沌的爱情状态。更有甚者，女司机还是一尺酒店老板余一尺的情妇。这一点让侦察员几乎绝望，"他捂着胸膛，像一个热恋中的青年一样，痛苦万端地弯下了腰"②。面对女司机的歇斯底里，处于耻辱和愤怒中的丁钩儿不得不用流氓无赖的自虐手段，终于落荒而逃，如丧家之犬和漏网之鱼。来到酒国，仿佛与噩运结下不解之缘，甚至让侦察员一度灵魂出窍。"这样的事情真的发生过吗？真有那样一位稀奇古怪的女司机存在吗？真的有一位名叫丁钩儿的侦察员前来酒国调查吃婴儿的大案吗？真有一个人叫丁钩儿？难道我就是丁钩儿？他摸摸墙壁，墙壁冰冷；跺跺土地，土地坚硬；咳嗽一声，胸膛疼痛。咳嗽声传出去很远，消逝在黑暗中。他证明了一切都是真实的，沉重的感觉无法消除。"③他想起女司机，一会儿是狰狞的面孔，一会儿是可爱的面孔，一会儿又是愤怒和嫉妒。他清醒地意识到最糟糕的事情发生了，"自己已经爱上了这个魔鬼一样的女人，好像一根线上拴着两个蚂蚱一样"④。失控的情绪引发警察的训斥，警察的盘问又唤起他过去的荣耀。他再次确认自己的身份后，重新决定继续案件的侦破。

① 莫言：《酒国》，第 195 页。
② 莫言：《酒国》，第 216 页。
③ 莫言：《酒国》，第 220 页。
④ 莫言：《酒国》，第 220 页。

进退两难的侦察员在跌跤和饥饿中瘫倒在馄饨摊前,却由于身无分文而大伤自尊。吞咽馄饨的同时,也在吞咽尴尬和狼狈。当馄饨涌起的时候,他悲哀地想到反刍。丁钩儿再次陷入巨大的反差,从大名鼎鼎的侦察英雄错位成可怜巴巴的反刍动物。就在这样的焦虑中,侦察员再次灵魂出窍,巧遇烈士陵园的"老革命"。尤其受到"老革命"的痛骂和提醒后,侦察员重返一尺餐厅,开枪打死女司机及其情夫。两条人命,死罪难逃,他想见儿子,想起省城,感觉遥远得像天国一样。当他恍惚中看到老鼠啃啮着"老革命"的时候,他又举枪射向老鼠。与此同时,仿佛等待已久的致命错位终于出现。"侦察员惊惶地看到,这一枪虽然打跑了老鼠,但也把老革命的脸打得千疮百孔,像筛子底儿一样。他抱着枪,倚着墙,双腿软,不知不觉臀着地,心里叫不迭的苦。他想到,老革命肯定是先逝世,然后被耗子们糟蹋了遗体,但谁也不会相信这事实,看到老革命那颗布满铁沙子的头脸,谁也会认为他是先中了枪弹而后又被老鼠们破坏了五官。"[①]本来意欲报答和拯救"老革命",结果却深陷有口难辩的虚假凶杀案;本来的初衷是侦破一起悬案,结局却是制造另一起悬案。幻觉中的丁钩儿仿佛沿着河流前行,眼花缭乱。"画舫逼近,舫上人物,鼻眼可辨,口臭可闻。丁钩儿从中看到了许多熟悉的面孔,有金刚钻、女司机、余一尺、王局长、李书记……有一张脸甚至酷肖他自己。他的亲朋好友、情侣仇敌似乎都参加了这吃人的宴席。为什么说是吃人的宴席?因为那最后一盘菜依然是一位端坐在镀金的大盘子里、流着油喷着香、脸上挂着迷人微笑的丰满男孩。"[②]显然,连同自己在内的所有人都加入到"吃人的宴席"中。精神崩溃的侦察员在这样的亦幻亦真中重温自己原初的使命,高呼着"我抗议"的口号跌进露天的大茅坑。"理想、正义、尊严、荣誉、爱情等等诸多神圣的东西,伴随着饱受苦难的特级侦察员,沉入了茅坑的最底层……"[③]作为特派侦察员的丁钩儿,非但无力破案,反而不断远离案件,甚至直接参与案件或者陷入更深的案件。调查"吃人"者,却没能逃脱"吃人"和"被吃"的命运。非但无力拯救"被吃"的孩子,最终连自己都拯救不了。丁钩儿如此,哪一个又能够深入事件之中而又超脱事件之外呢?

---

① 莫言:《酒国》,第305页。

② 莫言:《酒国》,第308页。

③ 莫言:《酒国》,第309页。

其实，这也是人生的根本困境。

“生活在别处”，不仅是丁钩儿的人生命运，也是具有普遍性的人生状态。或许，人生永远处于错位，只有错位才是永恒的位置。与“错位”相比，“吃人”也快要成为常态了。

第二节 “吃人”：从暴行到杀戮

《酒国》开篇，丁钩儿从女司机那里已经敏锐地感到“酒国”的诸如“贩卖婴儿”等具有“吃人”嫌疑的碎片化信息，接下来的工作便是寻找完整有力的证据链条。而首要的证据，便是来自于酿造学院勾兑专业博士生兼文学青年李一斗在其“严酷现实主义”小说中提供的“肉孩”。不管真真假假还是虚虚实实，在这里，一个个普通的婴儿都被无声无息地转换为特供的“肉孩”，也就开启了“吃人”的前提。

在酒香村，在金元宝家，凌晨开始就为即将出售的婴儿做充分的准备工作。其实这里，家家户户都靠卖婴发家致富。努力生育、精心抚养、细致照顾的目的，都是为了能达到一个高等级，能卖到一个好价钱。在烹饪学院特别收购处，排队出售的婴孩络绎不绝，并且伴随着激烈的讨价还价。而且看起来程序规范、逻辑严谨，仿佛合情合理合法。“这孩子是专门为特购处生的是吗？”“所以这孩子不是人是吗？”“所以你卖的是一种特殊商品不是卖孩子对吗？”“你交给我们货，我们付给你钱，你愿卖，我们愿买，公平交易，钱货易手永无纠缠对吗？”“好，你在这儿按个手印吧。”[①]当确认卖得了高等级和高价钱，激动之情溢于言表，无以复加得竟然不敢相信。这样的情境和修辞，显然具有双刃剑的作用。既然来到这里已经成为“非人”，为何还要如此客观冷静地进行一番煞有介事的置换？岂不是欲盖弥彰？其中深意不言而喻，即便标明是特殊商品，即便标明是“货”，其实仍然是人。买卖的背后便是杀戮，也就有了端坐在盘子里的金黄色的遍体流油、异香扑鼻的婴孩。

即便盘中婴儿被金刚钻、矿长和党委书记一再解释为栩栩如生的“假男孩”，是酒国市厨师们技艺超群、鬼斧神工的结果，仍然令侦察员丁钩儿极

① 莫言：《酒国》，第72页。

为震惊。“你们这些花言巧语的强盗！休想蒙混过关！被你们煮熟了的婴儿对着我微笑。你们说不是婴孩是名菜？哪里有这样的名菜？……天理难容！我听到儿童们在蒸笼里啼哭，在油锅里啼哭。……酒国的盛宴上回响着一个个被害男童的令人毛骨悚然的啼哭声。”[①]在高度紧张中，侦察员开枪射击，打碎“红烧男孩”的脑袋，随即显现出“像西瓜皮一样的脑壳或者像脑壳一样的西瓜皮”“两颗紫葡萄一样的眼睛或者眼睛一样的紫葡萄”[②]。当丁钩儿被唤醒神志后，金刚钻用筷子开始讲解：男孩的胳膊是用肥藕做原料，男孩的腿是一种特殊的火腿肠，男孩的身躯是在烤乳猪基础上加工而成，男孩的头颅是一只银白瓜，男孩的头发是最常见的发菜。因此，“这道菜是合法的，是人道的，您应该用筷子对付它，而不是用子弹”[③]。接下来便是“吃人”的场景：金刚钻吃着胳膊，党委书记和矿长吃着腿。在他们的鼓励下，侦察员也抡起胳膊塞到嘴里，参与到“吃人”的宴席中。其实在这里，男孩的真假已经没有实质意义，况且真假难辨——到底是用西瓜皮做成的脑壳还是把脑壳做成了西瓜皮的样子，到底是用银白瓜做成的头颅还是把头颅做成了银白瓜的样子，到底是用紫葡萄做成的眼睛还是把眼睛做成了紫葡萄的样子，到底是用发菜做成的头发还是把头发做成了发菜的样子，到底是用肥藕做成的胳膊还是把胳膊做成了肥藕的样子，到底是用火腿肠做成的腿还是把腿做成了火腿肠的样子，到底是用烤乳猪做成的身躯还是把身躯做成了烤乳猪的样子——既然能吃假男孩，也就能吃真男孩了，况且以假乱真或者以真乱假才能吃得更加安全。这里已经不是真和假的问题，而是吃与不吃的问题。

有了杀戮和“吃人”，自然就有强烈的反抗，而反抗的方式又是通过赤裸裸的暴力和杀戮进行的。而这一点，又集中地表现在李一斗所谓的“妖精现实主义”小说提供出来的“神童”身上。

所谓的“神童”，也是“肉孩”中的一员，不仅是清醒的启蒙者和勇敢的反抗者，更是残酷的施暴者。“神童”软硬兼施，思想启蒙和肉体暴力并行。“孩子们，听着，你们从出生到现在，从来都不是人。你们的爹娘把你们卖

---

① 莫言：《酒国》，第78～79页。

② 莫言：《酒国》，第80页。

③ 莫言：《酒国》，第82页。

了，像小猪小羊一样卖了！所以，从现在开始，谁再敢哭爹叫娘，我就揍谁！”[①]“神童”为孩子们带来光明，并宣称自己就是“爹”，要领导他们与“吃人者”作斗争。以暴力来启蒙，岂不是离启蒙的初衷越来越遥远？以暴制暴，岂不是带来更加残酷的暴力？“虽然我状如婴孩，但我的思想却像大海一样宽阔。吃人的秘密就要被揭露了，我是你们的大救星！”[②]他以“革命者”的名义描述“吃人者”的暴行——“吃人者”吃腻了其他的肉类，而转向人间第一美味，而且设计了不同类型的吃法——不仅号召众人绝食抵抗，更抓住机会以实行残忍的“以暴制暴”。于是，在与管理员进行的“老鹰捉小鸡”的游戏中，“神童”展开疯狂的报复。先是抠瞎对方的眼睛，继而扼住对方的喉咙，最后命令孩子们把将死的对方彻底埋葬。而这一切，都是借助于游戏的名义。“老鹰捉小鸡”这样的日常生活化的游戏，迅速演变为赤裸裸的真实的暴行和杀戮。游戏本属于虚拟意义的真实，而在此却被还原为实践行为的真实。如果说“食婴”的时候是把杀戮游戏化，那么这里就是游戏的杀戮化，就是反过来的以游戏为杀戮，以游戏的形式实施暴力的本质。“游戏”与“杀戮”互为形式和本质，构成最为可怕的真实。其实在这里，也与后来的《檀香刑》如出一辙。

在“吃人者”眼中，所有的存在物都没有生命，一切的暴行和杀戮都冠冕堂皇。通过李一斗的所谓“新写实主义”小说《烹饪课》，特食研究中心提供的“红烧婴儿”课程教学则把“吃人”的水平提高到极致。

在他们看来，即将宰杀、烹制的婴儿其实并不是人。“它们仅仅是一些根据严格的、两厢情愿的合同，为满足发展经济、繁荣酒国的特殊需要而生产出来的人形小兽。它们在本质上与这些游弋在水柜里待宰的鸭嘴兽是一样的，大家请放宽心，不要胡思乱想，你们要在心里一千遍、一万遍地念叨着：它们不是人，它们是人形小兽。”[③]本是美丽健康的男孩，却被定性为“人形小兽”；本是不可剥夺的“人”，却被转换为可以杀戮的“兽”。首先将人“非人化”，然后得以随意“杀人”。在这里，“吃人者”也已经不再是人，而直接变成“兽”。更有甚者的是接下来的“杀人手段”，为“吃”而无所不用其极。“肉

① 莫言：《酒国》，第 96 页。

② 莫言：《酒国》，第 100 页。

③ 莫言：《酒国》，第 212 页。

孩较之一般家畜,是智慧更高一些的动物,因此,为了保证这道大菜的原料高质量,必须想办法使他们保持精神愉快。传统的方式是采用一棍打昏的方法,但这样势必造成原料的软组织淤血甚至骨头破碎,严重影响成品的外观。近年来,一棍打昏的方法逐渐淘汰,代之以乙醇麻醉。酿造大学新近研究出一种味道甜美不辣、酒精含量却奇高的新型酒浆,为我们创造了条件。经验证明,用酒精麻醉后宰杀的肉孩,由于酒精分子渗入细胞组织,有效地减弱了过去肉孩烹制过程中最令人头痛的奶腥味,而且经过化验证明,采用酒精麻醉后宰杀的肉孩所含营养价值也大幅度提高。"[①]先让孩子沉醉于幸福的休眠状态中,再进行赤裸裸地残酷杀戮:第一步,为了保持肉孩的完整性,从脚底切口,放血、引流、控干;第二步,尽可能完整地取出内脏;第三步,用高温水屠戮掉毛发……课程声称:"只要掌握了肉孩的烹调方法,走遍天下都不怕。"[②]

至此,"吃人"的产业链也就完整地形成了,它包括:供应者,如郊区农民金元宝等;制作者,如酿造学院袁双鱼夫妇等;消费者,如宣传部金刚钻副部长、商人余一尺及各色人等。"吃人"尚且如此,就不用说其他的诸如"吃骡蹄""吃蟋蟀""鸡米头""吃驴宴""吃猴脑""吃燕窝"之类的血腥行为了。

其实,所谓的"吃"还是表象,背后的实质却是绵延不绝的暴行和形态各异的杀戮。或者说,即便"吃"有尽头而"杀"也无休止。在这个意义上,《酒国》也同时表现出鲜明而强烈的批判精神。

第三节　批判:从社会到文化

莫言曾提及《酒国》写作的目的之一,"是用小说来批判、揭露社会中黑暗的、不公正的现象"[③]。他还专门谈到:"《酒国》表现了我对人类堕落的惋惜和我对腐败官僚的痛恨。"[④]尽管作品并非如此直接地表现着这样的创作意图,甚至已经远远超越于此,而深入到人性的普遍状态和历史的惯有逻

① 莫言:《酒国》,第212～213页。
② 莫言:《酒国》,第214页。
③ 莫言:《用耳朵阅读》,第286页。
④ 莫言:《用耳朵阅读》,第40页。

辑,但又不可否认,《酒国》自始至终贯穿着自觉而充盈的批判意识,具体而言就是从社会批判到文化批判。

首先,是对社会腐败现象的批判。特级侦察员丁钩儿身怀重大使命,赶赴酒国市调查领导干部带头"食婴"案件,结果却一下子就被推入腐败的酒局,而且迅速地酩酊大醉。宴席的奢华程度无以复加,茅台酒、葡萄酒、啤酒一应俱全,三层大餐桌应有尽有,而且打着"爱国主义者抵制洋酒"和"一切从简、家常便饭"的名义。他们声称:"酒是国家的重要税源,喝酒实际上就是为国家做贡献。"[①]当丁钩儿都感觉到"这样丰盛……无功受禄"之时,他们却声称:"对付着吃点,咱都是干部,要响应市委的号召:勒紧腰带过日子,请您理解和原谅。"[②]在变本加厉的冠冕堂皇的理由下,腐败似乎已经自然而然地深入人心。在这样的恶性氛围中,即便理智无比警醒的侦察员也难以做出有效的抵御和抗拒。因此,当面对遍体流油、异香扑鼻的"红烧婴儿"时,不堪一击地参与到"吃人"的盛宴中也就不难理解了。而且,小说中的"一尺酒店"本身就是腐败的产物,更是进一步滋生腐败的温床。可以想象,有多少腐败发生在其中,权钱交易、权色交易、钱色交易等等暴露无遗,已经成为当时代中国社会的庞大腐败网络的缩影。当然,在丁钩儿灵魂出窍中偶遇的管理烈士陵园的"老革命"充分流露出对腐败的决绝态度,但他的零容忍显然于事无补,只是徒增悲壮。"老革命"早已经被社会彻底遗忘甚至抛弃,连自己的生命都难以获得保障,甚至最终被老鼠啃噬而面目全非。面对超乎想象的严重腐败,老百姓之所以还能忍耐,竟然是因为鱼鳞少年的存在。他神出鬼没、锄奸除恶、劫富济贫,起到安定民心、宣泄民愤的作用,是对不健全的法律的补充。"大家都在暗中看着、等待着鱼鳞少年对那些贪官污吏实行惩罚。受到了鱼鳞少年的惩罚就等于受到了正义的惩罚,就等于受到了人民的惩罚。鱼鳞少年实际上成了正义的化身,成了人民意志的执行者,成了一个维持社会治安的减压阀。在我们酒国,如果没有鱼鳞少年,非出大乱子不可。鱼鳞少年无法制止干部的腐化行为,但鱼鳞少年却平抑了百姓的怒火。其实,鱼鳞少年帮了酒国市政府的大忙,我们的一些糊

① 莫言:《酒国》,第42页。

② 莫言:《酒国》,第42页。

涂官竟下令让公安局捉他。”[①]依靠法律都阻止不了的腐败，竟然依靠一个神秘存在的甚至虚幻的民间少年侠客来解决；腐败造成的社会乱象和危机，竟然依赖一种传说或者幻想中的少年侠客来消解和平抑。可见腐败根源之深，腐败程度之广，虽说具有反讽意味，却也不失为一种现实。

其次，是对与社会腐败密切相关的或者说是首当其冲表现出来的“吃喝”文化的批判。一踏上酒国的地盘，丁钩儿就感受到不一般的“吃喝”文化，而且已经被上升到哲学和社会的高度。不仅矿长、党委书记、金刚钻副部长、经理余一尺等自身海量惊人、吃法各异，而且他们劝说和引诱的方式也是花样百出、滴水不漏。不仅被调查者早就深陷其中，而且调查者也难以自拔。不惟侦察员丁钩儿，几乎所有人恐怕都无法抗拒。显然，这里的“吃喝”已经超出日常生活范畴，甚至超出人性欲望的界限，而深深地打上人类堕落的印记。在李一斗所谓的借鉴“武侠小说”元素创作的《驴街》中，集中呈现了中国社会中“吃喝”的哲学。“人生在世，大概没有比吃喝更重要的事情了。人为什么要长着一张嘴？就是为着吃喝！要让来到咱酒国的人吃好喝好。让他们吃出名堂吃出乐趣吃出瘾。让他们喝出名堂喝出乐趣喝上瘾。让他们明白吃喝并不仅仅是为了维持生命，而是要通过吃喝体验人生真味，感悟生命哲学。让他们知道吃和喝不仅是生理活动过程还是精神陶冶过程、美的欣赏过程。”[②]更进一步，按照“一尺英豪”的说法，“酒是国家机器的润滑剂，没有它，机器就不能正常运转！”[③]于是，挖苦心思地吃喝，创造出一个“肉山酒海”的时代，而且尤其追求“奇食异味”的刺激。其实，无论描绘出什么样的“吃喝文化”和“吃喝哲学”，实质都是为“吃喝”本身。当然，我们不会否认袁双鱼教授为振兴“酒国”大业而只身到白猿岭探索“猿酒”酿造的纯正动机和“非人”努力，但其效果显然事与愿违，即便抛弃掉其中的反讽性和揶揄成分，最终也只是被利用而已。正像《酒国》中特别提到的关键命题，“吃男婴”“饮猿酒”才是酒国市的重大事件，才是解开酒国之谜的两把钥匙。[④]

① 莫言：《酒国》，第153页。
② 莫言：《酒国》，第135页。
③ 莫言：《酒国》，第173页。
④ 参见莫言：《酒国》，第182页。

再次，是对围绕"文学"议题而展开的纯粹文化批判。在酒博士兼业余作家李一斗与著名作家莫言老师的通信中，以文坛现状为核心的当代中国文化景观得以充分展现。对于酒博士的热衷文学，莫言则强调，现在的时代搞文学似乎不是聪明之举，"在酒气熏天的中国，难道还有什么别的比研究酒更有出息、更有前途、更实惠的专业吗?"[①]而酒博士却是"有志青年"，"立志要像当年的鲁迅先生弃医从文一样弃酒从文，用文学来改造社会，愚公移山，改造中国的国民性"[②]。并且发出特别的提醒："老师，您千万不要学那些混账王八羔子，自己成了名，就妄想独占文坛，看到别人写作他们就生气。"[③]在创作了"富有创新精神，洋溢着酒神精神，焕发着革命精神"的《酒精》后，酒博士声称运用"鲁迅笔法"创作出"严酷现实主义"的小说《肉孩》，以及后续所谓的"妖精现实主义"的小说《神童》。尤其在所谓的仿"武侠小说"的《驴街》中，酒博士通过驴街名菜的制作，将"以丑为美"和"化丑为美"的文化淋漓尽致地表现出来。他声称严格恪守"革命现实主义和革命浪漫主义相结合"的不二法门，把驴街名菜的加工制作过程与文学艺术的创作过程等同起来。"都是源于生活高于生活嘛！都是改造自然造福人类嘛！都是化流氓为高尚、化肉欲为艺术、化粮食为酒精、化悲痛为力量嘛!"[④]其实，丑即丑，美即美，"以丑为美"或者"化丑为美"，非但"不美"，反而"更丑"。此外，还有所谓的借鉴"新写实小说"的《烹饪课》《酒城》以及号称"远离政治、远离首都"的小说《采燕》等，都显示出莫言对于当代中国文学形态与文化语境的置身其中而又超越其外。对于当代中国文学与文化而言，多的是哗众取宠的热闹，少的是回归本原的敬畏。一度痴迷文学的酒博士李一斗，也迅速地调到市委宣传部搞宣传报道了，也不过是把文学和文化作为身份转换的手段而已。甚至可以想见，"酒国"文化自身已经培养出自己的传承者和接班人。而且即便像精神强大、神志清醒如"莫言"等外来者进入酒国，也难逃被"酒国"文化深度熏陶而同流合污的轨迹。如此循环往复，同样"生生不息"。

---

① 莫言:《酒国》,第 25 页。

② 莫言:《酒国》,第 53 页。

③ 莫言:《酒国》,第 53 页。

④ 莫言:《酒国》,第 155 页。

最后，批判的终点落脚在对于“自我”的批判。作为小说中的小说和文本中的文本，酒博士兼业余作家李一斗的创作构成整部作品的核心，其中聚焦展现“酒国”的图景，强化文本作为一部文化批判之作的特征。经过对“酒精”的文化批判、对“肉孩”的买卖和杀戮、“神童”的游戏和暴力、“驴街”的吃喝哲学、“一尺英豪”的酒是“国家机器”的判断、“烹饪课”中吃的艺术、“猿酒”的酒精神、“酒城”的酒天下之后，便是作为大结局的“第十章”。在这一章中，各种主要角色悉数到场，莫言、李一斗、余一尺、金副部长等等，遂使得故事真假难辨，看似虚构实则真实。尤其是其中两个分裂的“我”，实在让“我”感到厌恶。[①] 而对“自我”的批判，才是最根本的“人性”反思和文化批判。从1918年作《狂人日记》到1927年写《答有恒先生》，在深入“诊察”“杀戮的恐怖”和“妄想的破灭”之后，鲁迅深知：“现在倘再发那些四平八稳的‘救救孩子’似的议论，连我自己听去，也觉得空空洞洞了。……我知道我自己，我解剖自己并不比解剖别人留情面。”[②]《酒国》不仅回应百年前的文化主题，其实也从内在精神上接续着鲁迅思想及其灵魂的幽深。其中的“莫言”，又何尝不是充满拷问和分裂的灵魂。“我像一只寄居蟹，而莫言是我寄居的外壳。莫言是我顶着遮挡风雨的一具斗笠，是我披着抵御寒风的一张狗皮，是我戴着欺骗良家妇女的一副假面。有时我的确感到这莫言是我的一个大累赘，但我却很难抛弃它，就像寄居蟹难以抛弃甲壳一样。”[③]对照《酒国》，这里就不仅仅是叙事视角的问题，而且还是历史、文化和人性的立场问题。

《酒国》的写作，缘起于一篇报刊文章《我曾是个陪酒员》，似乎“酒中自有黄金屋，酒中自有千钟粟，酒中自有颜如玉”。莫言说：“《酒国》动笔于一九八九年九月，原想写部五万字左右的中篇，但一写起来就没了遮拦。原想远避政治，只写酒，写这奇妙的液体与人类生活的关系。写起来才知晓这是不可能的。当今社会，喝酒已变成斗争，酒场变成了交易场，许多事情决定于觥筹交错之时。由酒场深入进去，便可发现这社会的全部奥秘。于是《酒

---

① 参见莫言：《酒国》，第311页。

② 鲁迅：《答有恒先生》，《鲁迅全集》第3卷，人民文学出版社2005年版，第474页。

③ 莫言：《酒国》，第311页。

国》便有了讽刺政治的意味，批判的小小刺芒也露了出来。"①从广阔外在的社会批判到鲜明自觉的文化批判，终极点还是更为深沉的人性批判和更为内在的自我批判。从这个意义上说，《酒国》的确是一部多层面、全方位的"批判"之作。

第四节 结构：从分离到汇合

莫言重视长篇小说，又极为注重长篇小说的结构问题，《酒国》的创作也是如此。在他看来，"《酒国》首先是一部小说，最耗费我心力的并不是揭露和批判，而是为这小说寻找结构。目前这小说的结构，虽不能说是最好的，我自认为也是较好的了。语言也让我挖苦心思"②。那么，《酒国》的结构好在哪里？为什么对于最为基本的语言也要"挖苦心思"？其实，二者恰恰相辅相成，互为主体。《酒国》的结构从三线分离到汇合一体，语言的语境变化及其相应转换也伴随其中。这就是所谓的结构的"较好"和语言的"挖苦心思"，否则也就可能流于一般性创作了。

《酒国》的结构由三条线索构成：第一条线索是特级侦察员丁钩儿奉命赴酒国市调查"红烧婴儿"案件，这是作家的正常叙事。其间，侦察员在与女司机、矿长、党委书记、金刚钻副部长等人的关系纠缠中，总是南辕北辙，事与愿违。不仅无法进入"酒国"、无法接近"酒国"的真相，而且无法抗拒的诱惑如影随形，最终在精神的极度焦虑中崩溃，而淹死在茅坑中，或者被阴谋淹死在茅坑中。第二条线索是酒博士兼业余作家李一斗与著名作家莫言的通信，主要是关于文学创作与文坛现状的对话，充满莫言的"夫子自道"，显示出反讽式的文化批判。第三条线索是李一斗的一系列富有自觉借鉴和探索意识的作品，是小说中的小说、文本中的文本，甚至已经超越所谓的"正文"，可以作为整个文本的核心。或者说，丁钩儿一直无法看清的"酒国"图景，在李一斗提供的这条线索中清晰地显现出来。

三条不同的线索，三种叙事的立场，莫言同时采用不同的笔法进行同一个故事的讲述，实现所谓结构上的"匠心独运"和语言上的"挖苦心思"。

① 莫言：《酒后絮语——代后记》，《酒国》，第 343 页。

② 莫言：《酒后絮语——代后记》，《酒国》，第 344 页。

甚至可以认为，正是“结构”决定着“语言”。三条线索看似分离，实则具有互文性，而且大致从接近于小说的中部开始，作者便有意识地呈现出融合不同线索的倾向。在小说的第四章，在与李一斗的第四次通信中，“莫言”提到自己正在创作的长篇小说《酒国》，表示“困难重重，头绪繁多”[①]。到小说的第六章“正文”中，怎么也摆脱不掉女司机的丁钩儿，为了让自己的调查继续下去，不得不接受女司机的帮助。那就是，被带领去找一尺酒店的老板余一尺，而且走上所谓的“驴街”。至此，小说中的人物与小说中的小说人物和小说中的小说场景融为一体，并开始发生联系。到小说第七章的“通信”中，三条线索开始汇合。“莫言”在信中告诉李一斗自己目前的写作境况：“我正在创作的长篇小说已到了最艰苦的阶段，那个鬼头鬼脑的高级侦察员处处跟我作对，我不知是让他开枪自杀好还是索性醉死好，在上一章里，我又让他喝醉了。因为创作的痛苦无法排解，我自己也喝醉了，没有飘飘成仙之愉悦，却饱览了地狱里的风景。风景那边最差。”[②]小说内外的各层界限不再明确，而是互相跨越，混合在一起。在小说第八章的“正文”中，丁钩儿又和李一斗小说中的“猿酒”联系起来。[③] 直到小说第九章，丁钩儿末日来临之时，眼前闪现的也是突破各层界限的并非一个叙述层面的人物。[④]

小说第十章，是“酒国”故事的大结局，也是故事结构的大一统。两个本来分裂的但又迅速合为一体的“莫言”，也受邀来到酒国，同时想象着自己小说的主人公丁钩儿在酒国的经历。酒国车站具有侦探小说的意境，丁钩儿在铁路隧道中获得重要的线索，因为场景的独特性是小说成功的重要因素。尤其即将见面的李一斗，对“莫言”及其《酒国》的创作产生了不可逆转的影响。“李一斗，这个稀奇古怪的人，究竟是什么模样？我不得不承认，他一篇接一篇的小说，彻底改变了我的小说模样，我的丁钩儿本来应该是个像神探亨特一样光彩照人的角色，但却变成一个彻头彻尾的酒鬼窝囊废。我已经无法把丁钩儿的故事写下去，因此，我来到酒国，寻找灵感，为我的特级

---

① 莫言：《酒国》，第 133 页。

② 莫言：《酒国》，第 238 页。

③ 参见莫言：《酒国》，第 289 页。

④ 参见莫言：《酒国》，第 308 页。

侦察员寻找一个比掉进厕所里淹死好一点的结局。”[①]这里，现实与虚构、虚构与更深层的虚构自然地融合，小说结构也从三线分离达到汇合一体。接下来，本属于不同叙述层面的不同时空的人物同时走到前台。李一斗和自己笔下的人物余一尺同时出面迎接莫言，让莫言心头一震。“关于余一尺的许多描写源源不断在他脑海里闪过。这个原本与侦察员毫不相干的侏儒竟然死在了侦察员的梦中，事情发展到这步田地只能说是神使鬼差。”[②]当和余一尺见面握手时，莫言竟产生内疚感。“他想起了自己在小说里让丁钩儿打死他的情景。为什么非要他死呢？……应该让他成为丁钩儿的朋友，一起侦破食婴大案。”[③]当莫言看到开车女司机时，也不由得暗暗吃惊：“这个女司机，宛如他小说中那位把丁钩儿折磨得死去活来的女司机的孪生姐妹。”[④]丁钩儿是莫言笔下的人物，余一尺是李一斗笔下的人物，甚至李一斗还是莫言笔下的人物，再加上不同角色定位的“莫言”，统统融合在一起。或者说，对小说中的实地场景的考察已经与小说创作本身融为一体。

对于“莫言”而言，进入“酒国”，难道不是重温丁钩儿的故事吗？丁钩儿所遇到的酒色诱惑，同样在“莫言”这里上演。丁钩儿被推入宴席的场景，马上就要被“莫言”经历和体验。“半个小时后，莫言就头晕眼花，嘴唇发了硬”，“金副部长……想不到您是个这么优秀的人……我还以为您真是个……吃小孩的恶魔呢……”[⑤]接下来，又是如出一辙的劝酒和拼酒。当看到“那迎面走来的王副市长四方大脸，又白又嫩，双眼流波，宛若秋水，衣裙翩翩，恍若人物汉唐时”[⑥]，“莫言”想站起来表示礼貌，却不由自主地钻到桌子底下去了。当被拖出来又被仙人一样的王副市长灌下一大碗酒之后，“莫言”甚至嗅到王副市长胳膊上散发出来的肉香，竟然心中充满感激并且泪流不止。当温柔的目光盯过来时，“他克制着冲动的心情，嗓子发着颤说：‘我好像在恋爱！’”[⑦]这是故事的结局，也是一个活脱脱的丁钩儿的再现。为什

---

① 莫言：《酒国》，第 313 页。
② 莫言：《酒国》，第 314 页。
③ 莫言：《酒国》，第 315 页。
④ 莫言：《酒国》，第 316 页。
⑤ 莫言：《酒国》，第 333 页。
⑥ 莫言：《酒国》，第 335 页。
⑦ 莫言：《酒国》，第 336 页。

么“莫言”闻到胳膊的肉香，并且产生恋爱的感觉？其实，丁钩儿就是这样的。丁钩儿食用的正是红烧婴儿的胳膊，丁钩儿意识到的最糟糕的事情正是“恋爱”，和那个女司机——“自己已经爱上了这个魔鬼一样的女人，好像一根线上拴两个蚂蚱一样”①。凡进入“酒国”者，无论特级侦察员丁钩儿、著名作家莫言还是其他一切人，都无法摆脱“酒国”文化。正是在这个意义上，“酒国”社会后继有人，“酒国”文化源远流长。至此，不仅是文本整体性结构的完善，更是对“酒国”“吃人”主题的再次深化和强力回应。

第五节　从《狂人日记》到《酒国》

李一斗在给“莫言”的通信中，自称《肉孩》的写作运用鲁迅笔法。“剥去了华丽的精神文明之皮，露出了残酷的道德野蛮内核”，“是对当前流行于文坛的‘玩文学’的‘痞子运动’的一种挑战，是用文学唤起民众的一次实践。我的意在猛烈抨击我们酒国那些满腹板油的贪官污吏，这篇小说无疑是‘黑暗王国里的一线光明’，是一篇新时期的《狂人日记》”。② 这里，虽不无调侃成分，却也不无真实因素。很明显，《酒国》的确从《狂人日记》获得了思想启蒙和精神资源。

《狂人日记》中的“狂人”时刻处于“被吃”的精神恐惧中，甚至感觉会被所有人分而食之。而且他们“吃人”的手段鬼鬼祟祟，就连自己的大哥也加入吃人的行列，所以“我自己被人吃了，可仍然是吃人的人的兄弟！”③《酒国》中的丁钩儿，一进入酒国就敏锐地感到“吃人”的信息，而且同样感觉到“吃人”的手段深不可测。在调查“吃人”的过程中，也自觉不自觉地加入到吃人的行列，所以虽然自己还没有被吃，但也“仍然是吃人的人的兄弟”。因此，也就不难理解《酒国》的扉页上，为什么特别突出丁钩儿的墓志铭：“在混乱和腐败的年代里，弟兄们，不要审判自己的亲兄弟。”兄弟们，不仅合伙“吃人”，也相互“被吃”。

“狂人”敏锐地意识到已经普遍存在的一种“自己想吃人，又怕被别人

---

① 莫言：《酒国》，第 220 页。

② 莫言：《酒国》，第 54～55 页。

③ 鲁迅：《狂人日记》，《鲁迅全集》第 1 卷，人民文学出版社 2005 年版，第 448 页。

吃了"的焦虑处境，因为"吃人的人，什么事做不出；他们会吃我，也会吃你，一伙里面，也会自吃"[①]。丁钩儿同样面临焦虑而危险的处境，虽然调查"吃人"，但也时刻警惕"被吃"。即便如此，最终也无以逃脱"被吞噬"的命运，或者说只是另一种"被吃"的方式。"狂人"宣布"将来容不得吃人的人，活在世上"[②]，却也未必无意之中不吃了妹子的几片肉，现在轮到自己了；丁钩儿宣布"退出你们这吃人的宴席"[③]，却也未必无意之中已经吃了"红烧婴儿"的一片胳膊，最后也终于轮到自己了。按照"狂人"的逻辑，"一片吃得，整个的自然也吃得"，"四千年来时时吃人的地方，今天才明白，我也在其中混了多年"。[④] 而丁钩儿同样面临着对手们设定的逻辑结果："如果我们是吃人野兽，那么，你也是吃人野兽了！"[⑤]既然自己"吃人"，那么也就自然难免"被吃"。

《狂人日记》从"狂人"的感觉"被吃"到反思自己的"吃人"，而《酒国》则从自己的感觉"吃人"到精神崩溃的"被吃"，"吃"与"被吃"的关系成为二者共有的文本模式和主题构成。当然，《狂人日记》和《酒国》所指涉与反思的焦点又有所差异。前者聚焦于"历史"及其背后的"伦理道德"，"凡事总须研究，才会明白。古来时常吃人，我也还记得，可是不甚清楚。我翻开历史一查，这历史没有年代，歪歪斜斜的每页上都写着'仁义道德'几个字。我横竖睡不着，仔细看了半夜，才从字缝里看出字来，满本都写着两个字是'吃人'！"[⑥]更进一步，便是发出"从来如此，便对么"[⑦]的历史质疑。后者则聚焦于"现实"及其表征的"社会腐败"。在与大江健三郎的对话中，莫言曾谈到《酒国》的"题材的挑战性"："写当前社会的吃人现象，揭露干部的腐败，写到这么大胆、深刻确实不太多。当然说到吃人的问题从鲁迅先生就开始，我在《酒国》里所描写的吃人和鲁迅先生所描写的吃人都是一种象征意义的，真正描写吃人是没有什么文学价值的。《酒国》里的象征意义还不光是指腐败

① 鲁迅：《狂人日记》，《鲁迅全集》第1卷，第452页。

② 鲁迅：《狂人日记》，《鲁迅全集》第1卷，第453页。

③ 莫言：《酒国》，第78页。

④ 鲁迅：《狂人日记》，《鲁迅全集》第1卷，第454页。

⑤ 莫言：《酒国》，第167页。

⑥ 鲁迅：《狂人日记》，《鲁迅全集》第1卷，第447页。

⑦ 鲁迅：《狂人日记》，《鲁迅全集》第1卷，第451页。

现象，也描写了人类共同存在的阴暗的心理和病态的现象，对食物的需求已远远超出了身体需要的程度。”①

正如有研究者所指出的，莫言在《酒国》中也试图像鲁迅那样涉及国民性改造的问题，但进行的依然是早期的“种”的改造的神话。“《酒》第七章旁逸斜出的《采燕》叙述了一个家族(李一斗岳母袁美丽的家族)不畏风险采集燕窝的生活历程。从作家在这里极尽渲染‘采燕’的危险和‘采燕人’不畏艰险的精神，我们也似乎寻到了某种精神重建的气息，然而故事似乎刚开始便戛然而止，不仅没有达到预设的目的，反而破坏了文本的完整。正如小说中李一斗的自我解嘲：‘这是一篇远离政治、远离首都的小说。’正道出了作家的思想尴尬。这种文本尝试的失败虽然存在，我们却不能因此而忽略了整部小说的价值和意义。”②从《狂人日记》的“被吃—吃人—救救孩子”的结构模式到《酒国》的“救救孩子—吃人—被吃”的结构模式，莫言以自己的创作回应百年以来的中国文化命题，表达对于鲁迅及其现代小说开山经典之作的致敬。“《狂》和《酒》虽然在社会批判反思和改造的具体路径上不同，但两者都是以中国社会的现代化为旨归的。前者寻求的是‘国民性’的改造，以期建立健全国民性格；后者则是注重社会政治现实的转变，以期建立健全合理的社会体制。前者着眼于人，后者则着眼于社会。前者追寻的是人的现代化，后者重视的是社会的现代化。虽然道路不同，但目标却是一致的。”③从鲁迅的《狂人日记》到莫言的《酒国》，也可以寻绎出中国文学现代性精神在当代文学与文化语境中得以承续和回响的某种线索。

---

① 莫言：《碎语文学》，第50～51页。

② 张磊：《百年苦旅：“吃人”意象的精神对应——鲁迅〈狂人日记〉和莫言〈酒国〉之比较》，《鲁迅研究月刊》2002年第5期。

③ 张磊：《百年苦旅：“吃人”意象的精神对应——鲁迅〈狂人日记〉和莫言〈酒国〉之比较》，《鲁迅研究月刊》2002年第5期。

第五章

《食草家族》的"文明"挽歌及其焦虑

从 2012 年 10 月获得诺贝尔文学奖，时隔五年，随着 2017 年 9 月开始陆续问世的莫言新作[①]，莫言研究再度引发新的关注。以发表于 2017 年第 11 期《人民文学》的短篇小说《天下太平》为例，虽然编者作出了全新的阐释——"以少年心肠体察社会世相，乡村的生活和观念变化、人在新时代有所建立有所卫护有所顾忌有所敬畏的心性和行止，被童真的镜子照出了形形色色的模样。既质朴又轻灵、有含量也有向度，这时代乡村文明的新生态和新风俗，活润于其中"[②]，但仍然让我们不禁想起那部发表于 20 世纪 80 年代后期的争议十足的《食草家族》。在《天下太平》中，一个名字叫马迎奥的儿童被鳖咬住指头，后来警察用猪鬃伸进鳖的鼻孔，趁其喷嚏之时拽出手指。显然，其中的核心情节和结构模式直接来源于《食草家族》的"第五梦"《二姑随后就到》中的"二姑"儿时情景：二姑从小就会咬人，牙齿锋利，爷爷左手的食指弯曲着难以伸直，就是被她咬的。"她咬住东西轻易不肯松口，像沼泽地里那种黄盖的鳖，牙床上打着狠狠，耸动着耳朵，眼睛里闪烁碧绿的光线，那样子可真叫吓人，那样子谁见了谁怕。父亲说他杀猪一般地嚎叫

① 2017 年第 9 期《人民文学》发表戏曲文学剧本《锦衣》和组诗《七星曜我》，2017 年第 11 期《人民文学》发表短篇小说《天下太平》，2017 年第 5 期《收获》发表以"故乡人事"命名的三个短篇小说《地主的眼神》《斗士》《左镰》，2018 年第 1 期《十月》发表短篇小说《等待摩西》和诗歌《高速公路上的外星人》，2018 年第 1 期《花城》发表短篇小说《诗人金希普》《表弟宁赛叶》和诗歌《雨中漫步的猛虎》。

② 《人民文学》2017 年第 11 期"卷首语"。

着，痛楚深入骨髓，甩动手臂，带动着那小妖精像皮球一样滚来滚去，但终究无法甩掉她。父亲说你们的老爷爷闻声起来，高叫着我父亲的名字：武儿，武儿，别硬拽，别强拽，当心把指头弄断。我有法子对付她。父亲说我们的老爷爷折了一根草棍儿，轻轻地戳着她的鼻孔，终于戳出了一个大啊啾，趁着这机会，我们爷爷血淋淋的手指才从她的嘴里解放了。那年她才三岁多一点，就恁般厉害，家族中人谁不惧她！你们的老爷爷说：都躲着她点，她是个属鳖的，咬住东西不松嘴。”[①]毫无疑问，二者之间的情节大同小异，细节如出一辙。那么，为什么时隔五年后的新作又回到三十年前的“旧作”？这不得不让我们重新面对并仔细审视《食草家族》。

第一节 《食草家族》的发生及其相关阐释

《食草家族》创作于1987～1989年，由《红蝗》《玫瑰玫瑰香气扑鼻》《生蹼的祖先们》《复仇记》《二姑随后就到》《马驹横穿沼泽》六个“梦境”故事连缀而成。原名拟为《六梦集》，后改为现名。最初由花山文艺出版社1992年出版，1993年又由华艺出版社出版，后由上海文艺出版社分别于2005年、2009年、2012年再版。的确如作者所言，这是一部“痴人说梦般的作品”。虽然断断续续写作，但是一个完整长篇；虽然形式上各自独立，但是思想上内在统一。“‘六梦’是我整个创作中的一种特殊现象，是我自己也难以说清的现象。这实际上是一大堆纠缠着我的问题，是很多无法解决的矛盾。我承认本书中很多思想是混乱不清的，我可能永远解不开这些混乱。这本书里，处处都有我个人的影子，是我把自己切出了一个毫不掩饰的剖面。”[②]

作为作者创作中的“特殊现象”，关于《食草家族》的专业评论和整体研究相对薄弱，大多停留在印象式的批评层面，而且负面性评价占据主导。比如，有的针对其中的《红蝗》，批评其“毫无节制”，并且呈现出“堆砌”和“做作”的“毛病”。[③] 有的认为从《透明的红萝卜》《红高粱》到《红蝗》，发生了“红色的变异”，显示出作者的“农业文明对城市文明的狭隘”和“自然生命对

---

① 莫言：《食草家族》，上海文艺出版社2012年版，第311页。

② 莫言：《食草家族》“圆梦——代后记”，第352页。

③ 参见贺绍俊、潘凯雄：《毫无节制的〈红蝗〉》，《文学自由谈》1988年第1期。

自觉理性的狭隘"。[①] 有的认为作者以丑为美,"把人们厌恶的大便不厌其烦而又毫无节制地加以颂扬,真有点痴人说梦的味道……这样的作品必将是昙花一现的,势必受到广大读者的唾弃"[②]。有的将其笼统地描述为"反文化的失败"[③];有的则将其概括为"亵渎的神话",认为《红蝗》的意义在于打破传统的审美定势。[④] 还有的针对其中的《复仇记》《马驹横穿沼泽》,肯定作者所具有的"福克纳"精神,认为这是"鬼才写鬼事"。[⑤] 或者认为其以传统审美趣味作为对照,充分肯定莫言小说对丑恶的描写所具有的参考价值。[⑥] 相对而言,最有价值的研究是试图对《食草家族》进行综合性把握:"在高密东北乡的凝重背景上,以食草家族各色人等的际遇兴衰、悲欢离合为线索,创造了一个深藏着人生之谜,浸透着作者对人生本原意义的探寻与思索的梦幻世界。"具体来看,又表现在两个方面:在思想形态上,作者"以梦幻与现实、科学与童话、过去与现在、呈现与剖析等错综交织的艺术视角,通过感性文明与理性文明、乡村文明与城市文明、原始文明与现代文明的尖锐对立,深刻地揭示了人生宿命般的悲剧困境"。在艺术形态上,作者"以自由洒脱的笔调,纵横汲取,将'意识流'、'魔幻现实主义'、'童话'、'传说'以及中国传统文学中的'意象'营造等艺术手法组接改装,融为一体,从而使作品呈现出变幻莫测、奇异多姿、孕含丰富的色彩"。就此总体而言,在中国新时期文学十年发展的背景下,《食草家族》充满着开拓精神和创造性。[⑦] 显然,在莫言研究整体状况中,对于《食草家族》的研究还不够充分,尤其对《食草家族》的文本细读还不够深入,也就无从谈论其在莫言整体创作中应有的意义。

从另一个角度来说,既然是连作者自己也难以说清的现象,是无法解决的矛盾,是永远解不开的混乱,那么最好的方式还是回到"六梦"本身。深

---

① 参见夏志厚:《红色的变异——从〈透明的红萝卜〉、〈红高粱〉到〈红蝗〉》,《上海文论》1988年第1期。

② 谢馨藻:《这样的东西能"化大众"吗?——〈红蝗〉印象》,《理论与创作》1990年第2期。

③ 王干:《反文化的失败——莫言近期小说批判》,《读书》1988年第10期。

④ 参见丁帆:《亵渎的神话:〈红蝗〉的意义》,《文学评论》1989年第1期。

⑤ 参见李洁非:《鬼才写鬼事——莫言〈五梦集〉之四、之五》,《青年文学》1988年第11期。

⑥ 参见张学军:《莫言小说与西方现代主义文学》,《齐鲁学刊》1992年第4期。

⑦ 参见杨守森、贺立华:《说梦:人生之谜的沉思——莫言〈食草家族〉序》,《山东社会科学》1992年第5期。这是花山文艺出版社1992年版《食草家族》的序言。

入每一个梦境之中，即便做不到“解梦”，至少对《食草家族》的误读也不会偏高太多。也只有回归“六梦”本身，才能理解把自己切出了怎样的“毫不掩饰的剖面”，进而看清究竟呈现出怎样的含混性意义。

第二节 “三次”蝗灾、“文明”进程与“食草家族”的终结

在“第一梦”《红蝗》中，由一只画眉鸟引出遛鸟的老人，再由老人引出蝗灾。其实，蝗灾不仅发生在当下，也曾经发生在过去。作为故乡人的遛鸟老人，就是在几十年前的大蝗灾后为生计所迫而流浪进城。伴随着蝗灾发生的，还有“食草家族”的爱恨情仇和欲望纠葛。如果说蝗灾决定着“食草家族”命运走向的外在境遇，那么决定其内在变迁的恰恰是与生俱来的欲望和情感。整体而言，“食草家族”曾经面对着三次蝗灾，而每一次蝗灾经历又都伴随着奇特的家族秘史及其复杂的人性内涵。

第一次蝗灾发生在所谓的“四老爷”时期。

作为乡村知名中医的四老爷，在出诊返回的途中发现蝗虫。平地上凸出团团暗红色的蚂蚁大小的小蚂蚱，万头攒动，膨胀爆炸，四散飞溅，并且迅速地具备跳跃的能力。四老爷骑驴路过的除了麦田就是高粱田，田间持续不断地响着爆炸声，到处都是蝗虫。他“在驴上反复思考着这些蝗虫的来历，蝗虫是从地下冒出来的，这是有关蝗虫的传说里从来没有听说过的”；他“想起五十年前他的爷爷身强力壮时曾闹过一场蝗虫，但那是飞蝗，铺天盖地而来又铺天盖地而去”；他明白了，“地里冒出的蝗虫，是五十年前那些飞蝗的后代”。[①] 面对蝗灾及其族人们的束手无策，四老爷根据自己的梦境来应对蝗灾的发生——兴建蚆蜡庙。因为按照四老爷的说法，吃草家族的首领遇上了更加强大的吃草家族的首领。以四老爷为代表的食草家族，遭遇到更强大的以蝗虫为代表的食草家族。如果不修庙，蚂蚱王会率领着他的亿万万兵丁，把高密东北乡啃得草芽不剩。于是，在四老爷的主持下，大家凑钱修庙。

伴随四老爷发现蝗虫并主持修庙的过程，还发生了对家族伦理关系影

① 莫言:《食草家族》，第 28 页。

响深远的"捉奸事件"。四老爷曾经劝告四老妈像所有嫁到食草家族里的女子一样学会咀嚼茅草,却遭到四老妈断然拒绝。及至后来的彼此奸情,纵有家族遗风的隔阂,更有人性深处的欲望。四老爷捉奸四老妈并泄愤伤害锔锅匠,却也与邻村小媳妇相好,并且涉嫌为情杀人,而且采用行医专业手艺的隐蔽手段。捉奸之后的四老爷,除了继续看病行医,还要筹集银钱购买砖瓦、木料、油漆一应建庙所需材料,而且起草休书把四老妈打发回娘家。在行医的过程中,不能排除用蝗虫尸体炮制骗人的药丸以谋取钱财的可能;在修庙的过程中,又伴随着四老爷涉嫌贪污公款的用人技巧;在休妻的过程中,则伴随着食草家族的传奇故事。四老爷和四老妈都很清楚休妻的致命结果,如四老妈所说的:"休回娘家的女人,连条狗都不如。老四,你的心比狼还要狠,到了这个份上,我什么都要挑明,你跟流沙口子那个女人的事,我早就知道;我跟锔锅匠的事,也是你定下的圈套。这就叫'只许州官放火,不许百姓点灯'。老四,你绝情绝意,我强求也无趣,只不过要走了,什么话都该说明白。老四,你没听说过吗?休了前妻废后程,往后,你不会有好日子过,你毁了一个女人,你迟早也要毁在一个女人身上。我死了以后,我的灵魂也不会让你安宁!"①举行祭蝗典礼的那一天,护送因犯通奸罪被休掉的四老妈回娘家的光荣任务落到素以胆大著称的九老爷头上。在四老妈撕碎休书的同时,也顺势把四老爷和九老爷之间的恩怨情仇揭示出来,制造了食草家族兄弟反目的一个侧面。

当四老爷出现在祭蝗大典之时,九老爷牵着毛驴驮着因与众妯娌侄媳们告别时哭肿了眼睛的四老妈走向村口。四老妈个性张扬,不避众人,毛驴的突然脱缰迅速成就她的出神入化和光彩照人。"九老妈胆最大,她跳到胡同中央,企图拦住毛驴,毛驴龇牙咧嘴,冲着九老妈嘶鸣,好像要咬破她的肚子。九老妈本能地闪避,毛驴呼啸而过,九老妈瞠目结舌,不是毛驴把她吓昏了,而是驴上的四老妈那副观音菩萨般的面孔、那副面孔上焕发出来的难以理解的神秘色彩把九老妈这个有口无心的高杆女人照晕了。"②在母亲她们看来,四老妈在驴上挥手告别的一瞬间,其实已经登入仙班,所以骑在毛驴上的已经不是四老妈而是一个仙姑。"既然是仙姑,就完全没有必要像一

---

① 莫言:《食草家族》,第61页。

② 莫言:《食草家族》,第64页。

个被休掉的偷汉子老婆一样灰溜溜地从河堤上溜走，就完全有必要堂堂正正地沿着大街走出村庄，谁看到她是谁的福气，谁看不到她是谁一辈子的遗憾。”[①]显然，这是神性的解释，其实更是人性的需要。即便出于对死者的尊敬，出于对四老妈悲惨命运的同情，母亲她们是对事情进行艺术性加工，即便“我”要去探究事情的本质，也不得不再度面对独具特色的“家族秘史”。“归总一句话，四老妈是家族故去人中一个被蒙上了神秘、传奇色彩的人物，我怀疑这个过程的真实性，我又相信母亲们的实事求是精神，那么多德高望重的女前辈，难道会平白无故地集体创作一个神话？何况神话也不是无本之木无源之水，它总要有一点事实根据；而且，四老妈骑驴跑胡同的事情刚过去五十年，母亲她们都是亲眼目睹者，她们一谈起这件事时脸上的表情都如赤子般虔诚和严肃，她们叙述这件事的过程达到了相当高度的庄严程度，是一个庄严的叙述过程，我没有太多的理由否定这件事情的真实性。”[②]“食草家族”的丰富历史，不仅是男人创造的，也是女人创造的；不仅是当事者创造的，也是讲述者创造的；不仅是家族内创造的，也是家族外创造的。即使深受其害的锔锅匠，也展现出英雄侠义的性格，最终为四老妈而殉情，以此而同步实现雪耻，也为食草家族的复杂历史涂抹上浓墨重彩的一笔。

在四老爷的主导下，一老一少两个公鸡长相的泥塑匠人制作蝗神塑像，“公鸡”与“蝗虫”的对照异常醒目。祭神活动本来威严神圣，但四老爷领导的祭祀仪式不仅受到灵魂出窍的四老妈的冲击，而且本身就是权宜之计，况且明显包含着损人利己的成分。在四老爷高声诵读的祭文中，一方面自诩食草家族敬天敬地、畏鬼畏神，不敢以万物灵长自居，甘愿与草木虫鱼为伍，拳拳之心皇天可鉴；另一方面则祈求对方率众迁移，“河北沃野千里，草木丰茂，咬之不尽，啮之不竭，况河北刁民泼妇，民心愚顽，理应吃尽啃绝，以示神威”[③]。不仅明确挑动蝗虫过河就食，而且不留后路。这在讲究仁义道德的食草家族历史上，不能不说是呈现出其狭隘、自私甚至恶毒的一面。

四老爷自身和以其为代表的食草家族的两面性，及其呈现出的种种迹象，无疑预示着面对蝗灾的无力和失败，也预言着整个家族的混乱和衰颓。

---

① 莫言：《食草家族》，第 64 页。

② 莫言：《食草家族》，第 65 页。

③ 莫言：《食草家族》，第 78 页。

第二次蝗灾发生在所谓的"九老爷"时期。

仿佛祭祀成功见效，蝗虫迁移到河北。但蚂蜡庙前残存的香火尚未散尽，冰雹却来到食草家族的上空。大旱之后是冰雹，野蛮而疯狂地发泄着对人类和食草家族的愤怒。还没有来得及被蝗虫扫荡的大地，提前遭受冰雹的洗礼。仿佛是对食草家族的愚弄，三天后蝗虫大军就从河北飞来。此时，因为兄弟反目而把四老爷打翻在地的九老爷自然成为食草家族的领袖，蝗灾随之进入"九老爷时代"。"他彻底否定了四老爷对蝗虫的'绥靖'政策，领导族人，集资修筑刘将军庙，动员群众灭蝗，推行了神、人配合的强硬政策。那群蝗虫迁移到河北，与其说是受了族人的感动，毋宁说它们吃光了河南的植物无奈转移到河北就食；或者，它们预感到大冰雹即将降临，寒冷将袭击大地。迁移到河北，一是就食，二是避难，三是顺便卖个人情。"[①]不同于四老爷的委曲求全和转移目标，九老爷发动群众利用一切农具采取一切手段进行灭蝗，甚至采取置之死地而后生的火烧策略。

然而当更大的烈火燃烧起来的时候，食草家族遗传下来的对火的恐惧中止了他们对蝗虫的屠杀。食草家族的另一段"家族秘史"再次呈现出来。那就是，为了制止近亲交媾导致家族衰败而采取的惨无人道的生命牺牲。手脚粘连蹼膜的孩子不断出生，向家族发出警告信号，也就有了严禁同姓通婚的规定。对家族的延续具有革命性意义的族规，具体到正在热恋着的一对手足生着蹼膜的青年男女而言，则成为剥夺生命的事例。他们被架上家族祭坛承受火刑，近亲爱情导致生命的惨烈牺牲。家族的生命延续却是以个体的生命消逝为代价，这样的悖论选择冲击着一代代族人的每一根神经。"这场轰轰烈烈的爱情悲剧、这件家族史上骇人的丑闻、感人的壮举、惨无人道的兽行、伟大的里程碑、肮脏的耻辱柱、伟大的进步、愚蠢的倒退……已经过去了数百年，但那把火一直没有熄灭，它暗藏在家族的每一个成员的心里，一有机会就熊熊燃烧起来。"[②]曾经照亮过祖先们的烈火，一直照耀着家族成员们的灵魂。在无情地剥夺生命的同时，也萌发着对于生命的敬畏。因此，当面对蝗虫而诉诸火刑的时候，也就刹那间转向对于神力的祈求。

与四老爷根据梦境而修建蚂蜡庙抵御蝗灾如出一辙，九老爷于火光之

---

① 莫言:《食草家族》,第 107 页。

② 莫言:《食草家族》,第 38 页。

夜也被托梦而修建刘猛将军庙以抵御新的蝗灾。所以在九老爷的主导下，清扫蝗虫与修筑刘将军庙的工作同时进行。虽然还是没有保住庄稼和树木，只余下一片空荡的大地，但毕竟出了一口恶气，也是强硬抵抗路线的胜利。

根据小说开篇的遛鸟老人的回忆："我流浪出来时十五岁，恍恍惚惚地记着你们村里有两座庙，村东一座蚆蜡庙，村西一座刘猛将军庙。"[①]显然，四老爷时代的绥靖政策和九老爷时代的抵抗策略，其实都没有解决蝗灾问题。当第三次蝗灾发生的时候，"我"也就成为家族历史的见证者。

第三次蝗灾发生在食草家族的衰败期。此时的四老爷已经风烛残年，再也没有当年的威仪；此时的九老爷已经沉迷邪趣，再也没有当年的果敢。人种退化的同时，蝗种也在退化。当蝗灾再次发生的时候，政府派遣蝗虫考察队，部队参加灭蝗救灾。告别了食草家族的梦境时代，迎来了科学治理的新时代。当农业飞机盘旋在高密东北乡食草家族上空的时候，蝗虫们也失去了它们祖先预感灾难的能力，躲得过冰雹却躲不过农药了。四老爷时代没能灭蝗，九老爷时代也没能灭蝗，只有到了新时代才彻底解决了蝗灾。殊不知，咀嚼着茅草的食草家族的命运本就伴随着蝗虫的兴风作浪，消灭了蝗灾也就同时终结了食草家族的存在。

伴随着食草家族的爱恨情仇和欲望梦想，"三次蝗灾"串联起食草家族的历史和兴衰。"用火刑中兴过、用鞭笞维护过的家道家运俱化为轻云浊土，高密东北乡吃草家族的黄金时代已经一去不复返，我面对着尚在草地上疯狂舞蹈着的九老爷——这个吃草家族纯种的孑遗——一阵深刻的悲凉涌上心头。"[②]为什么蝗灾总会发生在食草家族的上空，因为蝗虫本就是食草家族的种类。食草家族本就与蝗虫打成一片，某种寓意上说，蝗虫的消失也就表征着食草家族的消亡。这是对一种家族历史的梦幻般还原和呈现，更是对一种文明失落的留恋和对一种文明断裂的哀挽。

---

① 莫言：《食草家族》，第 19 页。

② 莫言：《食草家族》，第 79 页。

第三节 多重复仇、野蛮杀戮与"食草家族"的另一种终结

如果说"第一梦"还是不断地从"野蛮"走向"科学"和"理性"的进程,那么从第二梦开始,则是不断回归"野蛮"和"杀戮"的"非理性"进程。

"第二梦"《玫瑰玫瑰香气扑鼻》其实非常简单,以"食草家族"的后裔——舅舅和外甥对话的讲述方式呈现出一种欲望与报复的循环。支队长一再拜托黄胡子将自己的红马喂胖养好,与高司令的黑马一决高低。赛马的背后,则是对对方女人的占有。支队长的目标是高司令那儿的"夜来香",高司令的目标则是支队长那儿的"玫瑰"。玫瑰香气扑鼻,不仅吸引着支队长,也吸引着高司令,更吸引着养马的黄胡子。当黄胡子从玫瑰房间跑出来的时候,遭到支队长的咒骂、羞辱与鞭打。虽说后来也相安无事、按部就班,但黄胡子却在赛马前夕对支队长的红马做了手脚,以至于支队长输于高司令的黑马,进而输掉了玫瑰。黄胡子以此实现了对支队长的报复。其实赛马前他已经烧掉钞票,已经不留退路。待到被支队长识破,二人扭打纠缠,黄胡子在卡死支队长后也随即栽倒在地,实现了同归于尽的复仇。

在这一梦中,除了欲望与报复的因素,也涉及食草家族的历史侧面。一百年前的一片荒草滩,家畜野禽成群结队。五十年前的二十户人家,与吃青草的家族有亲戚瓜葛,纠缠不清。"大外甥,小老舅舅粗人不说细语,人其实比兔子繁殖得还要快,一眨眼的工夫,路上行人肩碰肩啦。不过你也别担心,天生人,地养人,周文王时人比现在还多,可也没人饿死。麦秀双穗,马下双驹,兔子一窝生一百,吃不完的粮食吃不完的肉,搞什么计划生育!"[①]显然,在对传统家族文明的追溯中,也有着对现代社会进程的质疑。这里,其实也流露出后来的《蛙》的创作端倪。

在"第三梦"《生蹼的祖先们》中,更是梦境的连环及其圈套。不仅有通神入玄、仿佛看穿人世的儿童青狗儿,更有起死回生、生死绵延的爷爷,还有那来去莫测并生着蹼膜的梅老师、县政府资源考察队的男女队员,尤其以"小话皮子"为代表的万物有灵的展现。这一切的梦境以及梦境中的梦境,

① 莫言:《食草家族》,第117页。

又都发生在如梦似幻的“红树林”。“有好事者曾想环绕一周，大概估算出红树林子的面积，但没有一人神志清醒地走完一圈过，树林子里放出各种各样的气味，使探险者的精神很快就处于一种虚幻状态中，于是所有雄心勃勃的地理学考察都变化为走火入魔的、毫无意义的精神漫游。”[①]正是在这片神秘的红树林里，发生了皮团长对于“生蹼的祖先们”的“阉割”。这里，是否也有后来的《红树林》写作的某种激发因素？

面对以“生蹼”为标志的“食草家族”的衰败，在梦境中见过千百遍的、像太阳一样照耀着食草家族历史的皮团长，开始以革命的名义用暴力的方式对待“生蹼的祖先们”。“从今之后，凡手脚上生蹼者，一律阉割。有破坏革命者，格杀勿论！”[②]并进而被上升界定为“律法”的性质，“通过代表大会的反复讨论，我们决定：今后凡有生蹼者出生，一律就地阉割；本族男女，有奸情者，一律处以火刑；若干年后，红头发的洋人必来修筑铁路，到时，我们要跟他们血战经年，凡有贪生怕死、通敌叛变者，一律斩首。这三项决议，将镌刻在石碑之上”[③]。其实在这里，也有后来的《檀香刑》的某些创作因素。

对于手脚粘连蹼膜的恋人，皮团长能从一千个方面来论证火刑的必要性，并切实付诸实施；对于手脚生着蹼膜的幼年男孩，则毫不留情地实施“阉割”。他们把赤身裸体的恋爱者涂上黄牛油，架上高粱秸秆筑成的高台，充满仪式地执行“火刑”判决；他们把男孩从篱笆胡同里拖出来，按在门板上，按住胳膊和腿，手持牛耳尖刀，神情麻木呆板，干净利索地进行“阉割”处理。据说，这种为杜绝生蹼现象的集体阉割连续进行了四年，每年阉割一百人，四年共阉割四百人。尽管单单依靠阉割男孩并不能解决根本问题，但是战争的爆发破坏了皮团长的长远规划。那些被阉割过的男孩逐渐长大，那个童年时代的巨大耻辱像一道永远难以愈合的深刻伤痕铭刻在记忆中，一旦回忆就怒火冲天。“这种情绪导致我们逢佛杀佛、遇祖灭祖，连老天爷都不怕。”[④]于是，“我们”发起杀死皮团长而报仇的“革命”行动。正所谓，“领袖

---

① 莫言：《食草家族》，第181页。
② 莫言：《食草家族》，第178页。
③ 莫言：《食草家族》，第185页。
④ 莫言：《食草家族》，第216页。

是革命的产物，革命是形势的产物，形势是阉割男孩觉醒"[①]。皮团长是以革命的名义进行"阉割"，这里同样以革命的名义进行"阉割造反"。双方都是以"革命"的名义，只要有了"革命"的名义，所有的行为也就都具有合法性。"这是亘古未有的奇耻大辱。就是因为我们多生了一层蹼膜吗？这是人种退化的标志吗？……这是人种的进步！这是人类的骄傲！亲爱的生蹼的弟兄们！它赋予我们征服大海的力量，我们的同族兄弟已走向大西洋！要知道，当贪婪的人类把陆地上的资源劫掠净尽后，向海洋发展就是向幸福进军！……皮团长是个刽子手，向刽子手讨还血债的日子终于到了！"[②]"生蹼的祖先们"天生就是水中的能手，甚至代表着人类进步的力量，却在"净化"的旗帜下惨遭屠戮。哪里有压迫哪里就有革命，哪里有革命哪里就有镇压，哪里有镇压哪里就有自相残杀。准备起义像开玩笑，起义被镇压也像开玩笑，但生命的死亡却是真实的不是开玩笑。不管枪决、绞刑、活埋还是被逼冲锋陷阵，最后通通死在旷野。以至于这一切是真是假都令人生疑，而这个世界上什么又是真实的呢？

通灵而又冷酷的青狗儿说："人都是不彻底的。"[③]其实，人性就是矛盾的。人与兽之间、生与死之间、爱与恨之间，人在无数的对立两极之间，藕断丝连，犹豫徘徊。"如果彻底了，便没有了人。因此，还有什么不可以理解？还有什么不可以宽恕？还有什么不可以一笑置之的呢？"[④]然而，"阉割"的文化或者"被阉割"的文化却是亘古存在，"我究竟被阉割过还是没被阉割过？是仅仅从精神上被阉割了还是连肉体加精神都被阉割了？"[⑤]即便没有肉体上的被阉割，又有谁能摆脱精神上的被阉割呢？从某种意义上说，后者更为触目惊心。

"第四梦"《复仇记》讲述的是儿童幻想中的"复仇"故事，讲述的更是权力话语和伦理生活的复杂关系。

在恶劣社会环境和畸形家庭关系中成长的大毛、二毛两兄弟，始终被

① 莫言:《食草家族》,第 217 页。
② 莫言:《食草家族》,第 218 页。
③ 莫言:《食草家族》,第 226 页。
④ 莫言:《食草家族》,第 226 页。
⑤ 莫言:《食草家族》,第 221 页。

复仇的情绪所充满。面对父亲的冷酷、残忍和乖张，兄弟两个展现出超常的生存能力。当父亲虐猫、杀猫、煮猫、吃猫的时候，也一并进行着对两兄弟的语言恐吓和肢体暴力。耳刮子、拤脖颈、提拎、摔跌等等，仿佛与猫的遭遇并无二致。当然，他们也进行着孩子式的报复，一边续柴烧火一边往锅里撒土和牛粪。在极度恐惧中，却也享受着恶作剧般的欢乐。父子之间格格不入，仿佛存在难以排解的宿怨。"无恨不结父子，无恩不结父子，无仇不结父子！爹是什么呢？拳打脚踢，臭气熏天，深仇大恨，爹和儿子是这种可耻的关系……"[①]父子间的爱恨恩仇，又与村书记老阮密切相关。

其实，大毛、二毛的实际父亲恰恰是阮书记，这就带来权力与伦理的错综关系。正因如此，在那"大养其猪"的年头，名义上的父亲才被阮书记选来做饲养员的美差。在这里，关于养猪的情节以及后面的关于那头成精母猪的描写，其实已经预演了后来的《生死疲劳》"猪撒欢"的相关情景。

在煮死猪肉的间隙，孪生兄弟又承受着来自两个父亲的身心折磨。名义上的父亲对抗着实际的父亲，进行着刻意的刻毒的羞辱，并暴力强迫他们去舔着后者的脚后跟。当他们在梦境中张大嘴巴咬下去的时候，又遭到新一轮的暴打。然而此时，"爹悠闲地抱着膀子，看着双脚流血的阮书记，看着正遭受着沫洛会毒打的孪生兄弟，完全是一脸微笑，好像一切都与他没有关系"[②]。名义上的父亲体验着复仇的快感，而实际的父亲虽痛苦不堪却又无从争辩。"爹的眼闪闪出绿光，逼着阮书记；阮书记的眼闪闪出红光，逼着爹。红光碰绿光，迸溅出仇恨的火星。好像两只冤恨深重的狗在一条狭窄的小巷子里迎面相撞。他们僵持着，僵持着。红光渐渐减弱、下垂，啪哒一声落在地上，紧接着消逝啦。绿光喷射一阵，终于也消逝啦。"[③]就在这样的成年人的仇视和对抗中，无辜的孩子们却在承受着无尽的苦难。

在接下来的吃肉环节中，更加充分展示了阮书记的权力力量。不禁暗示出阮书记对于知青身份的赤脚女医生的威逼利诱和趁火打劫——"什么都不要发愁一切有我给你做主入党啦回城啦上工农兵大学啦一切都包在

① 莫言:《食草家族》，第 239 页。
② 莫言:《食草家族》，第 245 页。
③ 莫言:《食草家族》，第 246 页。

你阮大叔也就是我老阮的身上啦"[①],也从侧面的王先生之口暴露出特殊权力对于乡村伦理的践踏——"狗东西啊狗东西!大公鸡大公鸡!把一村的母鸡都踩遍啦!"[②]这里对于吃肉场景的描写极为醒目——扑着抢着猪头猪腿,忍着热度激烈吞咽,吸骨髓,喝猪油,接近于撑破胃的限制,吃肉吃累了,吃肉吃醉了。那种不顾一切的疯狂状态,既是物质匮乏的现实,也是权力压抑的表征。其实在这里,也已经隐含了后来的《四十一炮》的写作因素。

除了玩弄权力话语于股掌,阮书记还善于赤裸裸地诉诸暴虐和滥杀。对于像老七头这样的所谓的"坏分子",可以当场定性并且命令吊起来直至摔死,还要求将其煮烂后埋在树下当肥料。对于像"我"这样的"小杂种",则无需定性,可以直接拉到白杨树下去枪毙,因为"留着也是祸害"。[③] 既然权力为所欲为,"吃人"也就自然而然、司空见惯。这一切的一切,再加名义上的父亲的临终遗言,促使孪生兄弟竭力报仇。于是,也就有了儿童视角和幻想中的"复仇记"。

在儿童的世界里,你死我活的报仇也只不过是一场东躲西藏的游戏。一切都是按照幻想中的计划而进行,一切也就不可能实现。按计划进仓库、偷钥匙、钻狗洞、偷皮袄、放毒药,如此的复仇逻辑,看起来周密细致,实际上拖延时间,也只能在无力复仇的儿童世界得以发生,而且发生在梦幻中。于是在无法更无力报复肉体的情况下,首先要去对付老阮的魂灵,于是也就有了登门去借九姑法术以实施复仇计划的虔诚:"九姑披散着头发,仗着剑,嘴里吐着白沫。喝一口碱水,喷到桃木剑上。然后运气,眼睛冒绿光,咿咿呀呀唱着:我是那黎山老母下凡尘……吃了饺子有精神……全心全意为人民……帮大毛二毛斩仇人……"[④]当孪生兄弟问九姑阮书记是否死了的时候,九姑说:"他的魂死了!肉还活着,你们放心大胆地砍去吧,剁去吧。"[⑤]这不仅是对于恐惧心理的安慰,其实也是又一次的延宕。待到终于逼近阮书记家的漂亮住宅之时,却没想到复仇对象已经被赶下台而要接受任意处置了。

---

① 莫言:《食草家族》,第 260 页。

② 莫言:《食草家族》,第 261 页。

③ 莫言:《食草家族》,第 279 页。

④ 莫言:《食草家族》,第 287 页。

⑤ 莫言:《食草家族》,第 287 页。

“我们忽然听到喇叭里说:统治村庄四十年的阮大头被撤销了官职。他无恶不作,鱼肉乡里,欺男霸女,恶贯满盈。保卫他家宅院的民兵队即刻撤退,新任书记号召全体村民有仇的报仇,有冤的伸冤。……我们走进老阮家的大院时,满院子乱糟糟的人正在抄家。抄出了胡椒一麻袋,大蒜两千头,香油一瓮,绫罗绸缎不计其数。……老阮坐在一个方凳上,背靠着新用石灰刷过的雪白的粉壁,耷拉着眼皮,不言不语,任凭着人们把他的家财抢掠一空。”[①]冠冕堂皇的革命,也不过是复仇的转换。即便罪大恶极、穷奢极欲的阮书记,好像至多只限于日常性农产品的范畴。昔日耀武扬威的阮书记,如今已经末路穷途,所以当孪生兄弟从墙角跳出来要求伸冤和报仇之时,老阮是以欢迎的态度积极主动地响应他们。当孪生兄弟想要砍腿而又不敢动手的时候,阮书记骂道:“笨蛋!老子下得虎狼种,生出了两块窝囊废!”[②]所以只能自己动手,并且量好尺寸,主张砍齐才好看。当两条腿被剁下来并在一起时,孪生兄弟落荒而逃。仇人坐等复仇,复仇者处心积虑;仇人自行了断,复仇者狼狈逃窜。这是怎样的复仇,恰恰是对复仇的瓦解或者复仇的严重错位。

不知过去几年几月,街上一个无腿的疯子唱戏乞食。“他的头脸干瘦,但庞大的骨骼上残留着当年曾经肥头大耳过的痕迹。双眼里往外流黄水,但目光依然逼人。他的膝盖上绑着两块黑胶皮,手上扶着两只小板凳。小板凳的腿磨得很短了。”[③]昔日的英雄王八蛋,如今一样风烛残年、可怜不堪,而且已有经年。这里没有幸灾乐祸的揭露批判,有的只是一视同仁的悲悯情感。白天遭到围观,夜晚则是传言:“这一夜家家户户都不安宁,他们议论那断腿的人,他们在讲述一个报仇雪恨的故事。他们说很古很古的时候,村里有过一对孪生兄弟,练就一身硬功……他们说很古很古的时候,有两个精通法术的孪生兄弟,在这村里报了仇……他们说孪生兄弟拉着手,高唱着歌儿,钻到村前那一大片芦苇地里去了……他们说村后曾有过一堵白粉墙,墙上又是血又是脓,抹画得乱七八糟,也有人说墙上画着一只纺锤……这一

① 莫言:《食草家族》,第290页。
② 莫言:《食草家族》,第291页。
③ 莫言:《食草家族》,第292页。

夜村里十分黑暗,黑暗中家家都有老人在讲述这吓人的复仇故事。"[①]这是发生过的"复仇记",更是讲述中的"复仇记";这是梦境加传说里的"复仇记",更是儿童幻想中的"复仇记"。离开儿童视角,也就无以理解《复仇记》,也就无以理解其中的复仇情结及其伦理关系。

显然,《食草家族》不仅是"复仇"的集大成者,而且呈现出"复仇"的不同层面,甚至由浅入深而且环环相扣。

相对于"第四梦"《复仇记》中的"复仇"的幻想及其错位,"第五梦"《二姑随后就到》则进一步推及至非理性的赤裸裸的杀戮。其中的"二姑"也仅仅构成复仇的一个引子,这里的杀戮不需要任何的理由。如果"二姑随后就到",杀戮或许能够停止,但关键是最终也没有等到"二姑"的出现,也就意味着杀戮无休无止,甚至代代相传而不断循环下去。

高密东北乡出现北虹的那年秋天,应验了杀人如麻的可怕的民谚。而这一切又是与二姑的两个儿子密切相连,甚至那年的高密东北乡历史也是他们用食草家族的鲜血写成的。二姑的两个儿子,一个叫天,一个叫地。"天地之大德曰生"[②],而这一天一地带来的却是食草家族的恐惧和死亡。

天和地的出场不同寻常。一个穿着黑制服,另一个穿着白制服;一个别着德国匣子枪,另一个挂着俄国机关炮;一个身材高大、头发金黄、嘴唇鲜红,大眼睛蓝汪汪,另一个个头矮小、驼背弓腰、五官不正、牙齿焦黄。虽然都年轻,但是一个英挺一个猥琐。虽然不明来路、不明身份,但是来者不善、杀气腾腾。他们毫不犹豫地逼近既是族长又是村长的大爷爷,说是二姑的两个儿子,并且宣布"二姑随后就到"。

"二姑"何许人也?当高密东北乡曾经盛极一时的食草家族走向衰落的时候,二姑的传奇形象为这个神秘家族注入异端的力量。十六个叔叔们生了四十八个女孩,男孩却只有四个,而且其中一个是哑巴,一个是瞎子,一个是痴呆儿。即便依然坚守着咀嚼茅草的家族传统,但仍然无力挽回家族衰退的命运。除了种的退化外,那些昔日防匪的武器装备也已经素面朝天、狼狈不堪,可见家族的衰落已经不可逆转。就在这样的背景下,又出生了双手生着粉红蹼膜的"二姑"。这是食草家族的独特返祖现象,"她更像我们的

① 莫言:《食草家族》,第293页。

② 周振甫:《周易译注》,中华书局1991年版,第256页。

祖先——不仅仅是一种形象，更是一种精神上的逼近——所以她的出生，带给整个家族的是一种恐怖混合着敬畏的复杂情绪”[①]。带蹼婴儿的每次降生，都标志着家族史上一个惨痛时代的开始。那些与蹼膜直接或间接关联着的鲜血和烈火展现在族人面前，然而时代变迁，过去的酷刑不能再用。于是只有遗弃山野荒庙，并预备着、期盼着被葬身野兽。出乎意料的是，二姑命大，又被完好如初地送回家中。尽管自然而然成为邪恶的象征，却禀有异常顽强的生命力。尽管被无情地扔进狗窝，却依然茁壮地成长，而且成为狗窝的首领，并让家族中人噩梦连绵。当爷爷对狗窝大开杀戒、斩草除根之后，却突然间“放下屠刀，立地成佛”。“父亲说本来你们的老爷爷是下了狠心要像杀狗一样把你们的二姑奶奶杀掉的了，但那条老母狗的自绝不知道从什么角度击中了他的要害。从此后他无疑是一具行尸走肉，好像他活着的目的，就是等待着你们二姑奶奶那一枪。”[②]家族的“净化”，非但无法凭借杀戮而解决，反而致使更加污秽。只有良心发现，也才能够为家族并代家族忏悔赎罪。而离开狗世界的二姑，却难以重新进入人的世界。所以又以儿童游戏的方式亲手枪杀亲爹，之后便消失踪影。“家族中曾派出过十几个人四处明察暗访，想把她抓回来用最严厉的酷刑活活烧死，但都空手而归。”[③]于是，对其去向的传言乃至其投胎来路的猜测便一直萦绕于家族深处。“其实，家族中每个人都知道，这个趾间生着蹼膜的小妖精肯定没有死，她不可能死掉，她正在某个神秘的地方修炼着，一旦她长丰满了羽毛，就会飞回来。她好像生来就是为了和这个在红色沼泽周围繁衍了数百年的食草家族做死对头的。”[④]果然，二姑带人在深秋的夜晚袭击大老爷爷家，结果被抵抗和打退，只留下将来报仇的誓言。“大家都在等待着二姑奶奶卷土重来。一天天等过去，一年年等过去，一等等了二十年。二姑奶奶没到，她的两个儿子，却如两位天神，伴随着北虹到来，当天晚上，就给了我们一个下马威。”[⑤]家族的伤害与报复、报复与反报复，仿佛贯穿食草家族的每一个时空。我们猜

① 莫言:《食草家族》，第 305 页。
② 莫言:《食草家族》，第 314 页。
③ 莫言:《食草家族》，第 315 页。
④ 莫言:《食草家族》，第 315 页。
⑤ 莫言:《食草家族》，第 317 页。

测着二姑奶奶面若银盆，身披大红猩猩斗篷，手使双枪，骑着黑马驰骋。不管如何修正着、创造着、确立着传说中的二姑奶奶的形象，其实这里，二姑的在与不在以及来与不来都不重要，重要的是已经拉开杀戮的序幕。

虽然大奶奶素以吝啬而闻名，但为了突然降临的不速之客——天和地，也是倾其所有地招待和讨好。就在族人的众目睽睽之下，天、地二人旁若无人、心安理得地狼吞虎咽，饥饿难耐并且吃相难看。一位聚精会神地啃着鸡头上那层浅薄的油皮，另一位则持续不断地把一块块的鸡肉、一团团的鸡蛋、一段段的带鱼、一圈圈的单饼、一节节的青葱、一摊摊的蒜泥，没命地捣到嘴里去。尽管如此，他们也没有忘记自己随身的武器。标志着死亡与威严的枪，始终挂在他们的腰间和脖子上。其实在这里，"吃"和"枪"已经为后续的疯狂杀戮做好铺垫。

咀嚼茅草是食草家族的独特标志，所以当大奶奶向天和地敬献茅草的时候，看起来是礼遇，实际上是考验。"凡与食草家族有亲缘的人，当然应该知道这吃草的重要。所以，请你吃草，就变成了一次对你的身份的验证。"[①]而在天和地看来，这无异于贬低和侮辱，所以拒绝吃草。而这同时又成为"冒牌货"的见证，也再次引起对他们真实来历和真实意图的质疑。所以当大爷爷怒吼着质问"你们的母亲""派你们来干什么"并且追问"她什么时候回来"时，几乎同时遭到对方的枪击。伴随着"她随后就到"的庄严宣告、严厉警告和振聋发聩的提醒，"我听到了对于食草家族的最后判决，像红色淤泥一样暖洋洋甜蜜蜜的生活即将结束，一个充满刺激和恐怖、最大限度地发挥着人类恶的幻想能力的时代就要开始，或者说：已经拉开了序幕"[②]。其实这里，天和地的来历已经不重要，重要的是他们已经迅速进入杀戮的角色。在悲痛和愤怒中咒骂的大奶奶手握炸弹准备与之同归于尽，结果却被天和地所纠集的几个男孩取笑并俘获，从而任人宰割，进而开始再一次的杀戮循环。如果说天和地的作恶来源于人性深处的嗜血成性的一面，那么这几个男孩的自始至终的积极参与作恶，则既摄于天和地的暴行和淫威，也有弑父的潜在意识。当大爷爷的脑袋被割下来展示之时，大奶奶已经被捆绑，被剜掉眼睛，并被押到桥头堡前。此时，他们直接宣判大奶奶的罪行，并强

---

① 莫言：《食草家族》，第 302 页。

② 莫言：《食草家族》，第 303～304 页。

制路人必须参与对大奶奶的刑罚执行。面对路过的杀猪内行的屠夫，他们指着疯叫不止的大奶奶，作出更加暴力的判决。“我们判了这个老婆子凌迟罪，我要你一刀从她身上割下四两肉来，割多了，我们就割你的肉，割少了，你再从老婆子身上割，一直割足四两为止。”[①]在这里，显然已经具有后来的《檀香刑》中的关键元素。

当屠户磕头哀求着说“祖爷爷们，饶了我吧。我是个杀猪的，割猪肉行，割人肉不行”之时，天说：“你不要太谦虚了。猪和人都是哺乳动物，能杀猪就能杀人，会割猪肉，就没有不会割人肉的道理。问题在于你没把道理想清楚。你总认为人是杀不得的，其实这是陈腐的偏见。人生来就是被杀的，你不杀她，我就杀你。”[②]在杀人者眼中，已经没有人的存在。这就是他们的杀人之道，并且付诸实施。当屠户因精神崩溃而逃跑时，自然遭到无情射杀。“随后那些来赶集的，有被逼割了大奶奶肉的，有下不了手想逃跑的——逃跑者都跟屠户同样下场——有当场被吓死的——虽然表现形式人人各异，但有一点是共同的，这就是——恐惧。”[③]天和地的到来，本质上就是为了制造恐惧，而且已经制造恐怖。而暴力虐杀带给他们的竟然是无聊，而无聊则又激发他们进一步实行暴力虐杀，这才是最可怕的杀戮。这里已经不是什么所谓的“复仇记”，而是复仇之外的血腥延伸。

杀死大老爷爷和大老奶奶后，作为家族尊长的七老爷爷和七老奶奶便成为他们杀戮的下一个目标。虽然天不怕地不怕、诸多恶事都沾边的七爷爷和善良慷慨的七奶奶同样地倾尽所有来接待他们，但连恶狗都被两个杀人魔头镇住的场景显然暗示着、铺垫着更加疯狂的杀戮。“二位老人，你们俩年纪不小了，活够了没有？”“活够了活够了，活得够够的了！”“那为什么还不想法死？”“大外孙，虽说是活够了，但阎王爷不来催，也就懒得去。”“阎王爷这就来了。”“好外孙，饶我一条老命吧……你娘的事我真的没插手……”“起来，起来，横竖逃脱不了的事。”“大外孙，皇帝老子也不杀无罪之人，要杀我们，总得有个讲说。”“好一个糊涂老婆子，要杀你就是要杀你，还要什么讲

---

① 莫言：《食草家族》，第323～324页。

② 莫言：《食草家族》，第324页。

③ 莫言：《食草家族》，第325页。

说。""你不说明白,我死也不闭眼。""那你就睁着眼死吧。"[①]……杀人就是杀人,杀人既是目的也是手段,杀人既是过程也是结果。杀人的本质,没有任何原因,更没有道理可讲。接下来,便是对七老奶奶的剁手、剁脚、割掉眼皮,目睹这一切而被吓傻的七老爷爷直接遭到活埋。至此,老爷爷这一辈就这样被杀戮殆尽。

把老爷爷辈屠杀之后,是与叔伯们的激战。把叔伯们几乎全部杀死后,便是对四十八个以花卉命名的姐妹们的刑罚。比此前的杀人手段更胜一筹,对姐妹们开始实施更新的花样杀法。那就是被强迫每人从鹿皮口袋中摸出一张标着特殊刑法的骨牌,再按照骨牌的刑名来执行。在摸骨牌之前,先对各种刑法作了解释,共有"彩云遮月"(剥额头皮肤)、"去发修行"(沸水浇头)、"精简干部"(切割耳鼻)、"剪刺猬"(剪碎皮肉)、"虎口拔牙"(钳子拔牙)、"油炸佛手"(油炸十指)、"高瞻远瞩"(滑车吊人)、"气满肚腹"(身体充气)、"步步娇"(赤脚走鏊子)等四十八种酷刑。把杀戮当游戏,是最可怕的杀戮,而且被赋予冠冕堂皇的名义,甚至被赋予并非一般的恩惠。"你们别怕,执行刑法时,你们的二姑姑会来观看……你们的二姑姑不忍伤了你们的性命,这些刑法,只要施刑方法得当,保证死不了人。所以希望你们要积极配合,不要反抗、挣扎,否则会更难受,弄不好还有性命危险。你们的二姑姑说:食草家族的女孩子,都不是平凡人物,都是注定横行世界的角色。只要你们能咬牙熬过这一关,往后,世上的人就奈何不了你们了。"[②]这哪里是什么不忍伤害性命,而且现场观摩,并且已经分头准备各种施刑的器具,分明是残酷至极、无耻至极的杀戮游戏和本色演出。施加这样的刑罚,倒不如直接剥夺生命更显人道。对照而言,尽管后来的《檀香刑》惨烈无比,但也不及如此多的花样。这里的游戏和杀戮互为本质,与后来《檀香刑》的表现已经并无二致。

在接下来的等待二姑的时刻,即将充满血腥的场面乱作一团。"二姑的出现必将是一个辉煌的时刻,我知道不仅仅我在盼望着、不仅仅我的那几个堂哥们盼望着、连那些手握刑名骨牌的姐妹们也在盼望着。"[③]一再声称

---

① 莫言:《食草家族》,第332页。
② 莫言:《食草家族》,第339页。
③ 莫言:《食草家族》,第340页。

"二姑随后就到"的二姑，最终也没有出场。这样，连同此前的一系列杀戮也就师出无名。其实，也就在本质上否定了杀戮的"历史性"，而强化了其得以发生的"人本性"的层面。

《二姑随后就到》将人的杀戮本性表现得淋漓尽致。即便这个世界上没有无缘无故的爱，也没有无缘无故的恨，但却有无缘无故的杀戮。退一步说，伴随着"食草家族"以"二姑"为代表的叛逆者和以"天和地"为代表的后续复仇者的出现，伴随着外来势力的入侵和屠杀以及内部的家族子孙的反戈一击，绵延不绝的食草家族再一次走向没落、瓦解乃至于灭绝，终究消逝于现代文明进程所同步伴随的野蛮和杀戮的非理性。

第四节　家族兴衰、"文明"断裂与文本的含混性意义

在"第六梦"《马驹横穿沼泽》中，再次集中回应食草家族的兴衰秘史。在马驹横穿沼泽的流传故事中，男孩与马驹相濡以沫，不离不弃，终成眷属；男孩长成"男人"，马驹变成"草香"，男人和草香开疆拓野，繁衍生息，创世家族。却又因伦理纠葛而拿起屠刀、说破秘史，终究回归原初，以悲剧告终。"兄妹交媾啊人口不昌——手脚生蹼啊人驴同房——遇皮中兴遇羊再亡——再亡再兴仰仗苍狼……"[①]其间由生出蹼膜而引发的火刑和阉割，也根本无法决定食草家族的兴亡。甚至由此而发生的遗弃及其恩怨，也能导致后续的不可控制的复仇与杀戮。如有研究者所指出的，"蹼膜作为祖先基因有形的残留物，追溯它就是追溯人类崇拜的始祖，而追溯的结果却是：发现自己原来是始祖乱伦的后裔。异类结合也罢，乱伦也罢，都是人类繁衍的特定时代曾经有过的现象，即使在后代身体上留下痕迹，也不是什么原罪，而是人类作为动物的本真。但是，许多身上留有祖先痕迹的人，却因此被歧视、被残害、被虐杀，这就展示了人类社会极其残酷的一面"[②]。如何面对如此的个体的、家族的乃至人类的悖论式困境，只能寄托于传说中的苍狼之鸟。"苍狼啊苍狼，下蛋四方——声音如狗叫飞行有火光——衔来灵芝啊

---

① 莫言：《食草家族》，第 351 页。

② 弓晓瑜：《"蹼膜"：〈食草家族〉中的一个原型意象》，《名作欣赏》2012 年第 6 期。

筑巢于龙香——此鸟非凡鸟啊此鸟乃神鸟——得见此鸟啊万寿无疆——"[①]传唱着苍狼之歌四处游荡，也就寄托着对于食草家族的无限想象和兴亡惆怅。这是一曲理想之歌，更是一曲哀伤挽歌的绝唱。

就《食草家族》整体而言，如果说"第一梦"《红蝗》中，食草家族终结于"文明"的"科学理性"，那么，到"第五梦"《二姑随后就到》，食草家族则终结于"野蛮"的"杀戮非理性"。不管面对文明还是面对野蛮，或者面对文明伴随野蛮的历史进程，食草家族终将走向终结。这是个体和家族的困境，也是民族和人类的困境；这是民族进程的隐喻，也是文明断裂的焦虑。

至此，再度回到开头提出的问题，莫言为什么说《食草家族》的创作属于"思想混乱""难以说清""问题纠缠""无法解决"？而且到底是把自己切出怎样的"毫不掩饰的剖面"？之所以产生如此情绪，其实是因为写作灵感的集中爆发和巨大爆炸，有太多的创作资源及其元素集中涌现，是因为如此多的创作线索无法在这样一部作品中得以呈现，还需要后续的众多作品来加以扩展、延伸和深化，甚至于已经迫不及待。显然，《食草家族》已经隐含或者奠定了莫言后来创作的诸多元素。比如后来的《红树林》，对应于"第三梦"《生蹼的祖先们》中同样神秘的"红树林"，其中的秦书记父子的盛宴对应于"第四梦"《复仇记》中的"吃肉"；比如后来的《檀香刑》，对应于"第三梦"《生蹼的祖先们》中"洋人修铁路"的预言，对应于"第五梦"《二姑随后就到》中"刑罚"的集大成展示，甚至直接对应于"游戏"与"杀戮"互为本质和文化特质；比如后来的《四十一炮》，对应于"第四梦"《复仇记》中的"吃肉"情结，其中的疯狂既是物质匮乏的反映，更是权力压抑的表征；比如后来的《生死疲劳》，对应于"第四梦"《复仇记》中"大养其猪"及其对猪精的描写；比如后来的《蛙》，对应于"第二梦"《玫瑰玫瑰香气扑鼻》中的"家族繁殖"及其对"计划生育"的质疑。可以说，如果没有《食草家族》的创作，就不会有后续的诸多长篇的产生。甚至于莫言创作"间歇期"五年以来的新作《天下太平》，如前所述，其中的核心情节和结构模式也直接来源于"第五梦"《二姑随后就到》中的"二姑"儿时情景。归根结底，《食草家族》在莫言的创作中具有里程碑式的启后价值，而这也正是其含混性意义之所在。

---

① 莫言:《食草家族》,第 351 页。

莫言在谈及《食草家族》时说，它是“疯狂与理智挣扎的纪录”[1]。所谓的“疯狂”，是不是可以理解为创作灵感的大爆发；所谓的“理智”，是不是可以理解为相对具体的写作线索。“所以本书除是一部家族的历史外，也是一个作家的精神历史的一个阶段。所以读者应在批判食草家族历史时，同时批判作家的精神历史，而后者似乎更为重要。”[2]从“六梦集”的整体而言，《食草家族》表现的不仅仅是独特的家族兴衰的秘史，也是对文明与野蛮交替的历史进程的文化批判，更是个体精神的深层焦虑和主体意识的充分自觉的象征。每一种文明都有其自身的过程，没有一种文明可以作为判断另一种文明的尺度。进一步而言，《食草家族》是对一种曾经的人类文明的衰落和断裂唱出的一曲满怀焦虑的挽歌。

① 莫言:《食草家族》,第 353 页。

② 莫言:《食草家族》,第 353 页。

第六章◢

《丰乳肥臀》的“历史”转换与“生命”意识

在逐步确立了“高密东北乡”的文学旗帜后，莫言提出新的困惑和新的问题：“我发现一味地写自己的亲身经历和家乡那点子事也不是个办法，别人不烦，我自己也烦了。我想我的‘高密东北乡’应该是一个开放的概念，而不是一个封闭的概念；应该是一个文学的概念而不是一个地理的概念。我创造了这个‘高密东北乡’实际上是为了进入与自己的童年经验紧密相连的人文地理环境，它是没有围墙甚至没有国界的。如果说‘高密东北乡’是一个文学的王国，那么我这个开国王君应该不断地扩展它的疆域。在这种思想的指导下我写了《丰乳肥臀》。”[①]如果说这是基于作家创作意识的层面，那么母亲的苦难和离世及其产生的愧疚感以及在地铁口亲眼面对的哺乳母亲形象及其瞬间的“热泪盈眶”，则直接激发了作家的创作灵感。“我决定从生养和哺乳入手写一本感谢母亲的书”[②]，“谨以此书献给母亲在天之灵”，这便是著名的毁誉参半的《丰乳肥臀》。用莫言自己的话说，《丰乳肥臀》超越了“高密东北乡”，是站在人类立场上的写作。[③]

---

① 莫言：《用耳朵阅读》，第 21 页。

② 莫言：《用耳朵阅读》，第 32 页。

③ 参见莫言：《用耳朵阅读》，第 33 页。

第一节　围绕《丰乳肥臀》的两极评价

《丰乳肥臀》初刊于《大家》杂志1995年第5、6期，并获得当年度的首届"大家·红河文学奖"。当时的"评委会评语"认为，"《丰乳肥臀》是一部在浅直名称下的丰厚性作品，莫言以一贯的执著和激情叙述了近百年来中国社会的历史进程，深刻地表达了生命对苦难的记忆，具有深邃的历史纵深感。文风时出规范，情感诚挚严肃，是一部风格鲜明的优秀之作。小说篇名在一些读者中可能会引起歧义，但并不影响小说本身的内涵"①。尽管这样的评价实事求是，这部小说的问世却还是引发极大的争议，而且不仅仅是篇名层面，其实直接涉及这部作品的整体定性。

《丰乳肥臀》问世之初，几乎是一边倒的负面评价。有研究者认为其"阅读的总体感受令人失望，它似魔幻而非魔幻，似传奇而不够奇，似厚重而单薄，似现代而陈旧，似丰富而杂沓，反映了一种急于求成的浮躁"②。有研究者认为《丰乳肥臀》里的人物都是一些充分莫言化的人物，"人物形象单薄而不够丰满，毫无个性而极端平面化，整部小说充斥的是莫言一个人的行为和莫言一个人的声音。……在莫言这部小说里看到的都是没有'深度'的东西：缺乏内涵的行为和空洞的声音构成了一部冗长而无聊的闹剧"③。还有研究者认为，"阅读《丰》这部小说，接受者很少能感受到审美的轻松和愉悦，却时时感到疲劳和厌倦。从小说艺术体式这个角度衡量，《丰》实在算不得一座建造精美的宫殿，而只是一个胡乱堆砌的土堡。……《丰》不论在思想上还是在艺术上，都是一部失败的作品。它不仅没有突破以往作品的成就，反而扩展了以往的失误"④。

如果说上述批评属于学理层面的话，那么《丰乳肥臀》还面对着更为直接的政治批判。1996年，以《中流》月刊为代表陆续发表多篇旗帜鲜明的批判文章。部队老作家彭荆风的文章《莫言的枪投向哪里》，较为集中地说明

---

① 《首届"大家·红河文学奖"·评委会语语》，《大家》1996年第1期。

② 唐韧：《百年屈辱，百年荒唐——〈丰乳肥臀〉的文学史价值质疑》，《文艺争鸣》1996年第3期。

③ 楼观云：《令人遗憾的平庸之作——也谈莫言的〈丰乳肥臀〉》，《当代文坛》1996年第3期。

④ 陈淞：《迟到的批评——莫言〈丰乳肥臀〉择谬述评》，《河南大学学报》1998年第3期。

了问题之所在:"过去国民党反动派诬蔑共产党是共产共妻,灭绝人伦,也只是流于空洞的叫嚣,难以有文学作品具体地描述,想不到几十年后,却有莫言的《丰乳肥臀》横空出世,填补了这一空白。"[①]或许正是由于非文学性的批评,除了莫言承受巨大的压力外,学界并未发生反响性回应,也就逐渐冷却而不了了之。或许意犹未尽,1997 年第 9 期的《中流》又发一文,试图对此作一总结和延伸,认为"不了了之"并不是问题的真正解决。"《丰乳肥臀》的错误倾向,留在白纸黑字间,不因当事人的缄默而消解。同样,对《丰乳肥臀》的批评,也可谓言之凿凿,更不会随时间的流逝而淡化。"于是,在论争冷却下来之后,该文作者反倒思绪难平:"《丰乳肥臀》的出现,难道是一种偶然吗?一个身为共产党员的作家,竟然在自己的小说中,肆无忌惮地丑化共产党领导下的抗日武装,美化国民党还乡团,这究竟是为了什么?一个国家的出版社,竟肯将《丰乳肥臀》这样有严重的政治错误的作品出版,并大张旗鼓地发给十万元的重奖,这又是为了什么?对《丰乳肥臀》的错误,长期无人觉察,无人批评,一旦批评起来,又处处掣肘,这到底为什么?"更进一步,作者似乎找到了答案,那就是文艺界出现的"告别革命""消解主流意识"的思潮使然。"《丰乳肥臀》也和这股思潮一样,在鼓动人们'告别革命',在'消解'人们对共产党的信赖,'消解'人们对抗日的正义性的确信。"[②]因此,它既是这一思潮影响下创造出来的艺术标本,也是对这股思潮的一种艺术化的诠释。时至今日反观来看,这何尝不是另一种错位的过度的诠释呢?

面对争议带来的种种压力,莫言始终坚信自己写的是严肃的作品,甚至视其为"高密东北乡"的"圣经"。对于《丰乳肥臀》的"政治批判"作出学术回应,应该是到了 2000 年 9 月。易竹贤、陈国恩的文章《〈丰乳肥臀〉是一部"近乎反动的作品"吗?》通过商榷何国瑞先生的论断,进而评价其文学批评中的观念与方法。文章认为,即便作品中存在问题,都是可以探讨的,"但不能重复历史的错误,用政治批判代替学术讨论,扣一顶'反动'的政治帽子把作家和作品一棍子打死。如果只允许存在一种战争题材的创作模式,即使它绝对的'正确',我们认为也是要不得的。因为历史经验已经证明,一花独

① 彭荆风:《莫言的枪投向哪里》,《求是·内部文稿》1996 年第 12 期。

② 李丛中:《批评〈丰乳肥臀〉之后的感慨》,《中流》1997 年第 9 期。

放只能断送社会主义文艺的前途”[1]。文中总结出发生“政治批判”的表现和原因：“一是主观性：把具体的人当作某种类型的抽象符号，用先验的标准要求作品里的人物，而不是从作品所揭示的客观实际社会关系出发分析人，研究人物塑造的成败得失。二是片面性：只根据自己的需要，截取作品里人物的某一阶段的表现，把他们与特定的环境割裂开来，与他们的整个人生道路割裂开来，加以曲解。三是教条化：抱着一套 20 多年前曾经流行的理论，用政治批判代替实事求是的学术批评，甚至上纲上线，把问题简单化、绝对化。这三个方面的问题又是相互联系的，其总的思想根源不外乎一种流行过的文学观念。这种观念把人当作实现某种政治目的的手段，抹杀了人的具体性、丰富性和复杂性；同时把文学当作为具体的政治任务服务的工具，抹杀了文学自身的价值和特点。”[2]这虽是针对何国瑞先生的批评和判断，但同样适合上述所有对《丰乳肥臀》的言辞激烈的政治批判模式，也进一步从理论上理清争论的焦点问题之所在。某种程度上，也为《丰乳肥臀》的重新进入“文学研究”奠定了基础。

与负面评价和政治批判有所不同，新世纪以来的《丰乳肥臀》研究明显转向肯定性及高度赞誉的层面。有研究者认为，“《丰乳肥臀》那深厚莫测的文化意蕴，无与伦比的语言风格，近乎‘极乐文本’（巴尔特）的令人震撼的审美效果，使它无论对于莫言个人还是对于中国当代文学界来说都堪称一部具有标志意义的天才杰作。但人们对于这部重要的、为莫言本人也极为推重的天才杰作，似乎还远没有充分地认识”[3]。更有研究者称其为“通向伟大的汉语小说”，“《丰乳肥臀》是莫言迄今最好和最重要的一部小说，但现在关于这一点还远没有形成‘共识’，甚至它还是莫言迄今受到最严重的误读的一部小说。即便在专业的批评家和研究者中，也存在着广泛的粗暴而简单化的误读。我不知道是什么原因造成了这种局面，是低能，还是浮躁？这样一部真正具备了‘诗’和‘史’的品质、一部富有思想和美学含量的磅礴和

---

① 易竹贤、陈国恩：《〈丰乳肥臀〉是一部“近乎反动的作品”吗？——评何国瑞先生文学批评中的观念与方法》，《武汉大学学报》2000 年第 5 期。

② 易竹贤、陈国恩：《〈丰乳肥臀〉是一部“近乎反动的作品”吗？——评何国瑞先生文学批评中的观念与方法》，《武汉大学学报》2000 年第 5 期。

③ 赵奎英：《一个可逆性的文本——〈丰乳肥臀〉的语言文化解读》，《名作欣赏》2003 年第 5 期。

宏伟的作品，为什么没有得到人们耐心的阅读和公正的承认？……它是新文学诞生以来迄今出现的最伟大的汉语小说之一——至少它已经具备了某些这样的品质。就思想的深度和艺术的容量而言，不管是在当代，还是在整个二十世纪的新文学中，能够和它媲美的作品可以说寥寥无几。……《丰乳肥臀》对二十世纪中国历史的充满血泪和诗意的波澜壮阔的书写是无人可比的；它对人民和知识分子命运的深切关注和感人描写，它的秉笔直书的勇毅与遍及毛孔的锐利，在所有当代文学叙事中堪称是首屈一指的；它在把历史的主体交还人民、把历史的价值还原于民间、在书写人民对苦难的承受与消化的历史悲剧方面，体现出了最大的智慧”①。

面对毁誉参半、褒贬不一的外界争议，莫言也不断发出自己的声音：“我想小说题目里边的‘丰乳’是歌颂像母亲样的伟大的中国女性，怎样熬过了战争、饥荒、病痛和种种的灾难，坚强地活下来。不仅自己活下来，而且抚养自己的儿女活下来，不但养大了自己的儿女，还要继续抚养自己儿女的儿女。这样的母亲就像大地一样的丰厚，能够承载万物。进入九十年代社会物欲横流，所有的人好像都在围绕着女性的身体旋转。所以我想起这个书名中的‘肥臀’本身就包含着讽刺的意义。”②即便一看书名就引起巨大风波，但莫言同样清楚，引起最大争议的还是这本书里面的内容：“我是站在一个比较超阶级的立场和观点上的，对我们的过往的历史，进行了个性化的描写。……不是站在这个阶级或是那个阶级的立场，而是站在全人类的立场上。不但把共产党当成人来描写，而且也要把国民党当作人来写，不但要把好人当人来写，也要把坏人当人来写。”③其实这里已经点出争议和问题的关键，不应当是政治立场的评判，而是回归文学立场的评判。那么，《丰乳肥臀》又是表现了怎样的丰富历史和复杂人性，还需要进一步从文本本身进行一番还原性阐释。

---

① 张清华：《莫言与新历史主义文学思潮——以〈红高粱家族〉〈丰乳肥臀〉〈檀香刑〉为例》，《海南师范学院学报》2005 年第 2 期。

② 莫言：《用耳朵阅读》，第 255 页。

③ 莫言：《用耳朵阅读》，第 255 页。

第二节　众生平等与生命苦难意识

《丰乳肥臀》开篇，从生育写起，这也是生命的开始和开篇。即使在兵荒马乱的气氛和"日本鬼子就要来了"的恐惧中，人和牲畜的生育依然同步进行。作为一家之主的上官吕氏，不慌不忙，有条不紊，不仅为即将生产的儿媳上官鲁氏做着准备，也在侍候着即将生产的黑驴。在她看来，儿媳的生产轻车熟路，可以自己慢慢进行；而黑驴则是初生头养，需要专门照应。在她心中，期盼着儿媳生个男孩，"要是再生个女孩，我也没脸护着你了！"[①]为什么说"护着"，上官吕氏显然明白上官鲁氏一众女儿们的来路。面对孱弱不堪的上官父子，上官吕氏非但不曾点破真相，反而竭尽全力维护家庭。另一方面，上官吕氏同样盼望着自己的黑驴也能够顺利生产，这不仅是家庭生产资料的增加，更是能够解决具体的生产生活任务。在自给自足的小农业时代，驴子的价值并不比人的价值小，反而更大。我们可以说，在上官吕氏的意识中，人竟然不如牲畜；我们更可以说，在她的朴素的存在意识中，众生平等，对任何生命都一视同仁。她一面不停地虔诚祈祷，一面积极地付诸行动。"看你这肚子，大得出奇，花纹也特别，像个男胎。这是你的福气，我的福气，上官家的福气。菩萨显灵，天主保佑，没有儿子，你一辈子都是奴；有了儿子，你立马就是主。我说的话你信不信？信不信由你，其实也由不得你……"[②]即便强势如上官吕氏，也不得不认同男尊女卑的现实；既是一种社会性的婆媳关系，更是女人间的同病相怜。上官吕氏泪眼婆娑，"菩萨显灵，天主保佑，上官家双喜临门！来弟她娘，你剥着花生等时辰吧，咱家的黑驴要生小骡子，它是头胎生养，我顾不上你了"。上官鲁氏同样感动，"娘，您快去吧。天主保佑咱家的黑驴头胎顺产……"[③]并非上官吕氏抛却儿媳，即便有些焦虑甚至嫌弃，而实在是无法分身，甚至后者比前者更加关心黑驴的生产，超过关心自己的命运。即使考虑到现实生活中大型牲畜的作用更大，主要还是朴素的生命敬畏，毕竟都是生命。其实，这也为后面的上官鲁氏对待

---

① 莫言:《丰乳肥臀》，上海文艺出版社 2012 年版，第 5 页。

② 莫言:《丰乳肥臀》，第 8 页。

③ 莫言:《丰乳肥臀》，第 8 页。

女儿们的不同来路的儿女们的“众生平等”和“一视同仁”做出铺垫。

令上官吕氏没有想到的是，黑驴和儿媳都遇到威胁生命的“难产”情形。于是，一向精打细算的一家之主，竟然不惜代价，试图力挽狂澜。面对黑驴的难产，上官吕氏抚摸驴脸，无比动情：“驴啊，驴，豁出来吧，咱们做女子的，都脱不了这一难！”“驴啊，忍着点吧，谁让咱做了女的呢？咬紧牙关，使劲儿……使劲儿啊，驴……”[①]精神安慰加上身体力行，也是事与愿违。“驴啊驴，你这是咋啦？怎么能先往外生腿呢？你好糊涂，生孩子，应该先生出头来……”[②]驴的失去光彩的眼睛里涌出泪水。在上官吕氏的心目中，驴和人平等，众生平等。这里恐怕早已经忘却驴子作为牲畜的生产资料性质的功能考虑，而是出于本能意识，对于生命的敬畏和一视同仁。于是，该花的钱省不下，上官吕氏甘愿付出丰厚报酬邀请兽医樊三大爷。面对奄奄一息的黑驴，樊三表示爱莫能助，而上官吕氏则态度鲜明：“别走，怎么说也是两条性命，种马是你的儿，这驴就是你的儿媳妇，肚里的小骡，就是你孙子。拿出你的真本事来，活了，谢你，赏你；死了，不怨你，怨我福薄担不上。”[③]这里，人畜一命，更是人畜一理。面对上官鲁氏的难产，上官吕氏同样想起兽医樊三：“我的孩子，你可要挺住，咱家的黑驴，生了一匹活蹦乱跳的骡驹子，你要是把这孩子生下来，咱上官家就知足了。孩子，接生婆不分男女，我把你樊三大爷请来了……”[④]虽然樊三无能为力，虽然上官吕氏不惜拿出珍藏二十年的大洋，虽然请来孙大姑拯救危难，虽然最终被日本军医所救治，但其中闪光的仍然是醒目难掩的众生平等的朴素观念。

也正是在上官吕氏和上官鲁氏一脉相承的生命意识中，才有了后续的面对一切生命来路的平等接纳和包容博爱。当二姐上官招弟在危难中救回司马库的儿子交给母亲的时候，母亲恼怒地说：“从哪里抱来的，还给我抱到哪里去！”当二姐祈求母亲发发慈悲，提及“他家的人都被杀了，这是司马家的一条根”[⑤]，母亲的反应是冒险收留。当大姐上官来弟和沙月亮的孩子

---

① 莫言:《丰乳肥臀》，第 11 页。

② 莫言:《丰乳肥臀》，第 12 页。

③ 莫言:《丰乳肥臀》，第 28 页。

④ 莫言:《丰乳肥臀》，第 42 页。

⑤ 莫言:《丰乳肥臀》，第 108 页。

送到母亲面前的时候，母亲一边咒骂一边接受。“你们只管生不管养，你们以为扔给我就会给你们养？你们做梦吧！我要把你们的野种扔到河里喂鳖，扔到街上喂狗，扔到沼泽里喂乌鸦，你们等着吧！”不是咒骂，其实是最实际的问题，生存本就异常艰难，多一张嘴就多一份风险。“不是姥姥心狠，姥姥是没有办法啊。”[①]即便如此，还是义无反顾地接受。与其说是孩子的哭声把母亲征服了，不如说是母亲的博爱情怀和母爱本能使然。当后来形势变化，大姐回来领孩子时，母亲说：“我糊涂了半辈子了，千军万马万马千军我都不管，我只知道枣花是我养大的，我舍不得给别人。”[②]当鲁立人的爆炸大队和五姐上官盼弟被司马库的抗日别动大队赶出村镇之后，五姐又把自己的孩子鲁胜利送到母亲这里。母亲吼叫着：“你们生出来就往我这儿送，连狗都不如！”[③]五姐的理由是一碗水要端平，义正词严并且蛮横地要求母亲必须好好养着。母亲的反应则更为强烈：“我给你养？我把你的私孩子扔到河里喂王八，扔到井里喂蛤蟆，扔到粪里喂苍蝇！”[④]如此过后，依然如故，竭尽全力地抚养。即便艰难困苦无以复加，也没有落下一个。母亲躺在炕上的样子就在“我”的眼前，“她的双臂伸展开，两只肿胀的、骨节突出、皮肤皲裂的手，左边那只，碰着上官领弟那两个极有可能都是哑巴的孩子，右边那只，触及上官招弟那两个疯疯癫癫的漂亮女孩。月光照着她苍白的嘴唇”[⑤]。至此，大姐之女沙枣花，二姐之女司马凤和司马凰，三姐之子大哑和二哑，五姐之女鲁胜利，以及司马库之子司马粮，统统聚在母亲这里，由母亲抚养。再加上后来的大姐上官来弟和鸟儿韩之子鹦鹉韩，也由母亲抚养成人。在母亲心中，这些都是自己的孩子，如同自己的生命一样。不管他们来自何处，革命的与反革命的，正义的与反动的，英雄的、土匪的还是汉奸的，都是自己生命的一部分，甚至超过自己的生命。当司马库、巴比特和六姐上官念弟被鲁立人爆炸大队袭击，被俘并要押送到军区之时，母亲表示要为他们送行。“她的身后，跟随着沙枣花，她双手抱着一捆碧绿的大葱。大葱后

---

① 莫言：《丰乳肥臀》，第125页。
② 莫言：《丰乳肥臀》，第149页。
③ 莫言：《丰乳肥臀》，第175页。
④ 莫言：《丰乳肥臀》，第176页。
⑤ 莫言：《丰乳肥臀》，第176页。

边，是司马库的双生女儿司马凤和司马凰，凤凰后边，是哑巴和三姐的双生子大哑和二哑。双哑后边，是刚刚能走路的鲁胜利，鲁胜利后边，是脸上涂满脂粉的上官来弟。"[①]在这支送行的队伍里，不同立场甚至敌对双方的女儿、女婿的儿女们又再次汇聚在母亲身边。也只有在母亲这里，他们才是平等的生命，才能够得到一视同仁的对待和照顾，才能得到他们普遍缺失的母爱。

伴随着超越一切的"母爱"，生命的苦难更为触目惊心。在日本人洗劫村庄之后，母亲带着孩子们钻出地窖，家中一无所有。连曾经风风火火的打铁女人上官吕氏，也已经濒临死亡的边缘。绝望的母亲找出珍藏的砒霜，准备一同赴死。面对孩子们的凄惨哭泣，母亲选择置之死地而后生，扔掉破碗里的砒霜汤。"不死了！死都不怕了，还怕什么呢？"[②]母亲带领孩子们走上大街，走出村子，寻找食物。挖草根，掘田鼠，捞鱼虾，很快开始了全村的饥荒。村人们先是流亡，又重新返回。还有外乡人的加入，以及双方的流血冲突，甚至付出生命，其间又伴随着三姐上官领弟和铺鸟专家鸟儿韩的情感波折，无一不是为了最卑微的生存。尤其当鸟儿韩被突然捉走之后，三姐的命运急转直下，毫无过渡性地变为"鸟仙"，设坛占卜指点迷津。这里是真是假已经并不重要，重要的是人的命运在苦难中的变化。对母亲的打击亦可想而知，犹如五雷轰顶，心中百感交集，千言万语涌到嘴边却说不出一个字来。饥寒交迫的人们迎着死亡走向施粥行善的教堂，连一向英雄仗义的樊三大爷也未能幸免于难。

面对死亡的绝境，一家大小来到"人市"，生命的苦难浸入骨髓。七姐上官求弟被卖之后，母亲随即病倒。"她的身体烫得像刚从淬火桶中提出来的铁器，冒着腥臭的热气。我们坐在母亲周围，大眼瞪着小眼。母亲闭着眼睛，嘴唇上全是透明的水泡，许多吓人的话从她嘴里冒出来。她一会儿大声呼叫，一会儿窃窃私语；一会儿用欢愉的腔调说，一会儿用悲哀的腔调说。上帝、圣母、天使、魔鬼、上官寿喜、马洛亚牧师、樊三、于四、大姑姑、二舅舅、外祖父、外祖母……中国鬼怪和外国神灵、活着的人和死去的人、我们知道的故事和我们不知道的故事，源源不断地从母亲嘴里吐出来，在我们眼前晃

① 莫言：《丰乳肥臀》，第229页。

② 莫言：《丰乳肥臀》，第111页。

动着、演绎着、表演着、变幻着……理解了母亲的病中呓语就等于理解了整个宇宙，记录下母亲的病中呓语就等于记录下了高密东北乡的全部历史。”[①]这种极度痛苦后的反应，无以言表。接下来还有更大的苦难，为了拯救母亲和弟妹，四姐上官想弟把自己卖进妓院。此情此景，母亲身体摇晃，跌倒在地。每一个女儿的命运，都转化成母亲的一次次受难。“母亲尽管生了八个女儿，但来弟疯了；招弟和领弟死了；想弟卖身进了火坑，差不多也等于死了；盼弟跟着鲁立人在枪林弹雨里钻来钻去，说死也就是一眨眼的事；求弟卖给了白俄，跟死了也没有多少区别；只有一个玉女天天跟在母亲身边，但可惜她是个瞎子，也许正因为她是瞎子，才能在母亲身边待得住。如果念弟再有个三长两短，那上官家的这八仙女，就真正七零八落了。”[②]现实的确残酷，生命逐一消逝。大姐上官来弟，因为和鸟儿韩的关系而在与哑巴孙不言的搏斗中打死对方，而被判处决。二姐上官招弟，追随司马库，在被鲁立人领导的独立纵队的突袭中，中弹身亡。三姐上官领弟，转世成“鸟仙”，在模仿司马库和巴比特的飞翔练习中摔死于悬崖下。四姐上官想弟最为悲惨，为拯救全家而卖身妓院，被遣返回家后，毕生心血换来的财物被洗劫一空，遭受残酷批斗并被百般凌辱，加上旧病发作而亡。五姐上官盼弟，革命工作二十多年，历经多重角色，甚至改名马瑞莲，也在“文革”期间自杀身亡。六姐上官念弟，追随巴比特，被鲁立人领导的独立纵队抓为俘虏，在逃亡中被一黑脸女人诱至山洞，引爆手榴弹与巴比特一起同归于尽。七姐上官求弟，早年被卖，后改名乔其莎，毕业于省医学院，而后又被打成“右派”到农场劳动改造，即便敢于以科学精神对抗荒唐政治，也无以抵抗因为饥饿而带来的致命伤害。不仅被伙夫张麻子凌辱，更因为多吃了分得的豆饼而活活胀死。动物本能的生存和极度饥饿的反弹，在最注重尊严和人格的上官求弟这里，反差得最为触目惊心。八姐上官玉女，天生失明，一直追随着母亲，艰苦卓绝地生存着，三年灾难时期不愿再度拖累而投河自尽。即便女儿们的儿女们，也命运多舛，所剩无几。沙枣花身染恶习，流浪江湖，最终殉情；司马凤、司马凰作为替罪者而被虐杀；大哑、二哑在逃难中被炸身亡；鹦鹉韩创办“东方鸟类中心”，骗取银行贷款而被判刑；鲁胜利曾经风光一时，

① 莫言:《丰乳肥臀》,第 132 页。

② 莫言:《丰乳肥臀》,第 240 页。

后因贪污受贿被判死刑。面对着儿孙们的命运，母亲除了抗争，也只有祈祷"老天爷爷，主上帝，圣母玛丽亚，南海观世音菩萨"，"把天上地下所有的灾难和病痛都降临到我的头上吧，只要我的孩子们平安无事"。[①] 母亲的苦难已经无法诉诸哪一位神仙，而是希求于诸路神灵的眷顾，可见苦难之深重。这又是怎样的呼号！眼看着孩子们事与愿违地走向生命的反面，这又是怎样的刻骨铭心！

母亲不再哭泣，而是"把她的两只小脚变成了两个小撅头，抓着地，步步踏实，往前走"[②]。历经一次次的灾难、逃难、返乡，历经一次次的死亡，母亲已经成为生命力不灭的象征。"这十几年里，上官家的人，像韭菜一样，一茬茬地死，一茬茬地发，有生就有死，死容易，活难，越难越要活。越不怕死越要挣扎着活。我要看到我的后代儿孙浮上水来那一天，你们都要给我争气！"[③]这是苦难中的母亲的坚定信仰，是历尽劫难仍然活下去的精神支柱。也就不难理解，为了已经剩余不多的老小的活命——"当初上官家人多得像羊圈里的羊一样成群结队，现在，就剩下这么几个了"[④]，母亲宁愿冒着被惩罚和羞辱的危险，把自己的胃改造成装粮食的口袋。盲女八姐上官玉女的感觉异常敏锐，她的细腻的感受反衬着母亲承受的巨大苦难。"在那些沉闷多雨的夏季的傍晚，她悲伤地谛听着母亲呕吐的声音。雷在天边隆隆滚动，风把树叶吹得哗啦啦响，闪电的气味焦香扑鼻，但所有的声音都压不住母亲呕吐的声音，所有的气味都不如母亲呕吐的气味浓烈。那些粮食落入水中的刷啦啦的声响，令她的心阵阵战栗。她盼望着这声音赶快结束，又企盼着这声音长久地持续。她厌恶母亲呕吐时那股胃液混合着血液的气味，又感激着这股难闻的气味。母亲用蒜臼子捣食，砰砰啪啪，好像捣着她的心。母亲把一碗散发着生冷的豆腥气的生面糊糊递给她时，热泪从她盲目中滚出，美丽的大嘴痉挛着，每吃一勺面糊她就滚出一串泪珠。她心中凝聚着感激母亲的千言万语，却一个字也说不出来。"[⑤]相对于粮食的珍贵，母爱

① 莫言：《丰乳肥臀》，第 240 页。
② 莫言：《丰乳肥臀》，第 267 页。
③ 莫言：《丰乳肥臀》，第 342 页。
④ 莫言：《丰乳肥臀》，第 419 页。
⑤ 莫言：《丰乳肥臀》，第 419 页。

则永远伟大，以至于"母亲的肚子成了口袋"。"只要一跪在木盆边，一低头，勿用再探吐，粮食便全倒出来了。鹦鹉韩胖了，八姐你皮下有了单薄的脂肪，母亲却瘦了，母亲的胃已经盛不住任何东西了。"[①]除了忍受饥饿的生存挣扎，还有恶劣环境中接二连三的生育、超出正常的体力劳动及其家庭夫权制下的精神冷漠和暴力压迫。莫言说："我想困扰了我母亲一生的第一是生育，第二是饥饿，第三是病痛，当然，还有她们那个年龄的人都经历过的连绵的战争灾难和狂热的政治压迫。"[②]因为怀念自己的母亲，而创造出历史动荡和命运波折中的母亲形象，以此"献给天下母亲"，以表达和寄托自己的复杂情感。就基本意义而言，《丰乳肥臀》整体上是一部生命苦难史、一部女性受难史。用母亲的话说："不是我们怕死，而是死怕我们了。"[③]面对无尽的苦难，母亲表现出来的不是软弱、逃避和解脱，而是无比坚定地活下去、不顾一切地活着。正像她的大姑姑所劝说的："凡事往天上想，往海里想，最不济也往山上想。"[④]言外之意就是不能往地上想，更不能往地里想，否则，也就只能往死路上走了。这不仅仅是个体人生的生命体味，也是中华民族生生不息的精神力量。

第三节　历史转换与革命反思意识

《丰乳肥臀》开篇即是日本侵略的背景，在福生堂大掌柜司马亭的"日本鬼子就要来了"的警告声中，在乡亲们无比惊恐的混乱中，上官吕氏依然按部就班地忙碌着自己的生活，正在为儿媳妇和黑驴的生育而不遗余力地准备着。面对孱弱不堪的丈夫上官福禄和一事无成的儿子上官寿喜的慌乱及其逃跑念头，作为一家之主的上官吕氏镇定自若。"上官家打铁种地为生，一不欠皇粮，二不欠国税，谁当官，咱都为民。日本人不也是人吗？日本人占了东北乡，还不是要依靠咱老百姓给他们种地交租子？"[⑤]与这种普遍

① 莫言：《丰乳肥臀》，第 586 页。
② 莫言：《用耳朵阅读》，第 30 页。
③ 莫言：《丰乳肥臀》，第 276 页。
④ 莫言：《丰乳肥臀》，第 103 页。
⑤ 莫言：《丰乳肥臀》，第 10 页。

的生存状态和朴素的生存意识相伴随的，是各路抗日队伍或者以抗日为名的各路队伍的兴起，呈现出历史转换的不同形态。

首先是司马库的抗日。他在谷草上倒酒，放火烧桥，抵挡日军。结果自己队伍损失惨重，而且自身也被烧伤屁股。也因如此，其兄司马亭被迫充当日本人的维持会长。司马库质问他："你浑蛋，你太浑蛋了，这维持会长是日本人的狗，是游击队的驴。老鼠钻到风箱里，两头受气的差事，别人不干，偏你干！"司马亭则满腹委屈："王八羔子才稀罕这差事。日本兵用刺刀顶着我的肚子，日本官儿通过马金龙马翻译官对我说，'你弟弟司马库勾结乱匪沙月亮，放火烧桥打埋伏，使皇军蒙受重大损失，皇军本想把福生堂一把火烧了，念你是个老实人，放你一马。'我这个维持会长，有一半是你替我挣来的。"[①]即便如此，司马库又带领爬犁队进一步组织"毁桥战役"，创造了毁铁路的英雄壮举，甚至巨大的爆炸气浪使他们的耳朵全部失聪。"司马库带着队员们又去了一趟铁桥，拉回了一些扭曲成麻花状的铁轨，还有一个刷着红漆的火车轮子，还有一堆谁也叫不出名字的破铜烂铁，在教堂大门外的大街上摆开，向乡亲们炫耀战绩。他嘴角挂着两朵小泡沫，一遍又一遍地向观众宣讲他毁坏桥梁、颠覆日本军列的经过。他每讲述一遍，便增添一些活灵活现的细节，越讲越丰富，越有趣味，讲到后来，竟跟《封神演义》差不多了。"[②]这既是司马库的抗日传奇，也是吸引二姐上官招弟毅然追随司马库的契机。而且，司马兄弟还请来戏班，现身说法进行抗战教育："各位乡党，大爷大娘大叔大婶大哥大嫂大兄弟大姊妹们，俺兄弟扒铁桥打了胜仗，好消息传遍了四面八方，七大姑八大姨都来祝贺，送来了嘉奖令二十多张。为庆祝这一个特大胜利，俺兄弟请来了戏子一帮。他自己也将要粉墨登场，演一出新编戏教育乡党，元宵节不能忘英勇抗战，绝不让小鬼子占我家乡。司马亭是一个中国男儿，决不再当这维持会长！乡党们，咱是中国人，不侍候日本人这帮狗娘养的。"[③]接下来便是通过高密东北乡的茂腔，上演一出嬉笑怒骂的"抗日神剧"。戏里戏外，真真假假，既是历史的现实演义，更是民间的艺术狂欢。然而，代价却异常惨重。第二天凌晨，日本人包围并洗劫村庄，司马家

---

① 莫言：《丰乳肥臀》，第 70 页。

② 莫言：《丰乳肥臀》，第 101 页。

③ 莫言：《丰乳肥臀》，第 105 页。

惨遭报复，十九条生命更是惨遭屠戮。随后，司马库流亡，直至抗战胜利后再率领抗日别动大队重新返乡。其别动大队由骑马中队、自行车中队、骡子中队和骆驼特别小队组成，还带来美国人巴比特。继而，把鲁立人领导的爆炸大队驱逐出镇，同时又埋下后续的被报复的命运。“如果他们要消灭爆炸大队，足可以杀得人芽儿不剩。但他们施行恐吓战术，仅仅打死打伤了爆炸大队十几个人。几年之后，当爆炸大队改编成一个独立团杀回来时，司马支队那些被枪毙的士兵和军官，无不生出悔不当初之感。”[①]然而，这就是历史。

其次是沙月亮的抗日。沙月亮率领黑驴鸟枪队打伏击战，同样引起日本人的疯狂报复。问题在于，不同于司马库的抗日队伍，沙月亮的抗日队伍声称“不糟蹋老百姓”，实则却是以抗日之名纠结起来的一群“流氓无产者”，不仅为了觊觎大姐上官来弟而把上官家院子作为队部，而且羞辱马洛亚后把神圣教堂作为驴圈。鸟枪队员用最恶毒的语言侮辱着热爱高密东北乡的马牧师，取笑其为“猴子”。当他抗议“教堂圣地，上帝的净土，怎能让你们养驴”的时候，鸟枪队员手指耶稣，这个人“是出生在马厩里的，驴是马的近亲，你们的主欠着马的情，也就等于欠着驴的情，马厩可做产房，教堂为什么做不得驴圈？”[②]这样的“乌合之众”加上他们无知无畏的无稽之谈，也就构成可怕的场景，什么罪恶也都能发生。难怪连一向仁慈的马洛亚也痛哭祈求：“主啊，惩罚这些恶人吧，让雷电劈死他们吧，让毒蛇咬死他们吧，让日本人的炮弹炸死他们吧……”[③]此时此刻，在马洛亚的内心深处，这支所谓的“抗日队伍”已经无法获得任何救赎的可能，甚至不如“雷电”“毒蛇”和“日本人的炮弹”。向来奉行以善抗恶、以德报怨的笃信基督的马洛亚，此时也要以暴制暴了，或许感到彻底的绝望。可见对方恶之程度已经无以复加。鸟枪队员们有恃无恐，无所顾忌，轮番蹂躏母亲，暴打并开枪伤害牧师，直接致使在高密东北乡生活几十年、处处留下生活足迹的“上帝之子”马洛亚自杀。如此以抗日之名作恶多端，而几无抗日民族立场，也就注定其摇摆不定的生存选择。正如困境中的沙月亮所表达的原则：“妈的，有奶便是娘，先投日本

---

① 莫言：《丰乳肥臀》，第171页。
② 莫言：《丰乳肥臀》，第77页。
③ 莫言：《丰乳肥臀》，第77页。

吧，好就好，不好再拉出来。"[①]出于生存实利性考虑，由抗日而投日，也就顺理成章。当沙月亮成为渤海城警备司令时，蒋政委和鲁队长率领的铁路爆炸大队企图以扣押人质的方式对其收编。沙月亮的回答是："老子愿抗日就抗日，愿降日就降日，谁能管得着？"[②]而最终，又以失败被困而自杀。正如母亲对大姐所言："平心而论，姓沙的不是孬种，就凭着他给我挂那一树野兔子，我也得认这个女婿。但他成不了大气候，就凭着那一树野兔子，我就知道他成不了大气候。你们俩加起来，也斗不过姓蒋的，姓蒋的是棉花里藏针，肚子里有牙。"[③]这是母亲的人生体验和朴素判断，也是历史的外在变迁和内在转换。

再次是鲁立人的抗日。蒋政委和鲁队长率领爆炸大队进驻上官家，试图以沙月亮之女沙枣花为人质收编沙月亮。在两支队伍的冲突中，鲁队长被打死，蒋政委为表达纪念之意遂改姓鲁，即鲁立人。爆炸大队声称从解放妇女开始，自力更生、艰苦奋斗，建立巩固的敌后根据地。其间，却也发生了以"盗卖子弹"的罪名而枪毙小号兵马童的事件。当马童的爷爷被告知要"挥泪斩马童"时，老人对着鲁队长的脸喷出一口唾沫，"盗钩者贼，窃国者侯。抗日抗日，抗成一片花天酒地"[④]。是"贼"还是"侯"，或者"贼"与"侯"之间的不断转化和交替更迭，似乎也是历史发展的某个侧面。历史总是呈现出不同的表现形式，却也总是惊人的相似。无论如何，马童事件动摇了爆炸大队的根基。"虚假的安定幸福感破灭了，枪毙马童的枪声告诉我们，战乱年代，人的命如同蝼蚁。听起来颇似治军有方、执法如铁的马童事件，在爆炸大队内部也产生了消极作用。"[⑤]相对于生命外在的朝不保夕，内心深处的人人自危更为可怕。当王班长公然发牢骚"马童不过是个替罪羊"时，转瞬即被揭发并被带走，难怪他会冷笑着说："这样闹下去，哑巴也要开口说话。"[⑥]"你们推完磨就杀驴吃，忘了我爆炸铁甲列车的时候了。"[⑦]其实，"卸

① 莫言：《丰乳肥臀》，第130页。
② 莫言：《丰乳肥臀》，第139页。
③ 莫言：《丰乳肥臀》，第154页。
④ 莫言：《丰乳肥臀》，第143页。
⑤ 莫言：《丰乳肥臀》，第143页。
⑥ 莫言：《丰乳肥臀》，第144页。
⑦ 莫言：《丰乳肥臀》，第144页。

磨杀驴”仿佛也是历史发展的常态。历史和现实总是变幻莫测，所谓的“十年河东，十年河西”[①]，无非表面上争夺天下，实际上生灵涂炭。无论号称怎样规模的外在解放，也难以消除甚至哪怕减少一点内在欲望。不仅一直作为流氓无产者身份的不怕死的哑巴英雄孙不言趁机奸污三姐上官领弟，就是抗日队伍领导人鲁立人的注意力也不忘聚焦于司马家大宅院的豪华和排场。及至抗战胜利，历史也就进入另一番革命景象了。

沙月亮曾说：“现在抗日游击队像蘑菇一样遍地冒出，我们黑驴鸟枪队要以自己的独特风貌压住别的游击队，最终占住高密东北乡这块地盘。”[②]无论沙月亮的黑驴鸟枪队、司马库的毁路大队及其后来的抗日别动大队，还是鲁立人的爆炸大队，都是以抗日的名义不断刷新历史舞台，甚至投日也是以抗日之名。为了争夺一己之利益，毫不顾忌，各种手段无所不用其极，甚至自相残杀。在这样的历史转换中，《丰乳肥臀》尤其呈现出鲜明的革命反思意识，那就是一切转化为以革命的名义。

第一，作为十七团团长的鲁立人以革命的名义对司马库围剿。鲁立人领导的爆炸大队的爆炸特长，在抗日中未见发挥多大的作用，却在同类相残中表现突出。不仅布置地雷阵打败沙月亮，而且用爆炸方式突袭司马库，直接炸死二姐上官招弟，并活捉司马库。此情此景，鲁立人似乎无动于衷：“对于尊夫人的不幸遇难，鲁某也深感悲痛，但这是没有办法的事，革命好比割毒疮，总要伤害一些好皮肉，但我们并不能怕伤皮肉就不割毒疮，这个道理，希望您能理解。”[③]问题的关键在于，皮肉可以再生，而生命却是唯一。当鲁立人组织押送司马库、巴比特、上官念弟时，母亲以互为亲戚之名乞求放人。在母亲看来，这一切都是瞎折腾、乱折腾，折腾来折腾去也就把命折腾没了。无论正方还是反方，都是母亲的孩子。而鲁立人的理论是：“种瓜者得瓜，种豆者得豆，种下了蒺藜就不要怕扎手。”[④]在革命话语面前，伦理力量自然失效。面对前来送行的司马粮，司马库百感交集、意味深长：“你爹吃亏就吃在心慈手软上。你小子记着，要做恶人就得铁石心肠，杀人不眨眼。要做善人

---

① 莫言：《丰乳肥臀》，第222页。
② 莫言：《丰乳肥臀》，第65页。
③ 莫言：《丰乳肥臀》，第223页。
④ 莫言：《丰乳肥臀》，第231页。

走路也要低着头，别踩死蚂蚁。最不要做的是蝙蝠，说鸟不是鸟，说兽不是兽。你记住了吗？"[①]司马库的善恶观，何尝又不是中国文化性质的某一侧面呢？革命历来重结果而不看手段，像司马库对鲁立人所言："不管用什么手段，你胜了，你就是王；我败了，我就是寇。现在，你是刀我是肉，是切是剁都随您了。"[②]"胜者为王败者寇"，"人为刀俎我为鱼肉"，古今似乎没有根本改变。

第二，作为高东县县长的鲁立人以革命的名义判决司马库儿女死刑。鲁立人就地转业后上任新成立的高东县县长兼县大队队长，上官盼弟被任命为大栏区区长，哑巴被任命为区小队队长。在著名的土改专家的亲自指导下，一场全新的革命运动开始了。开棺材铺的、卖炉包的、开油坊的、卖香油的、私塾先生等等，都被游街示众。其实大家都没有看清革命的实质，所以卖炉包的赵六拧着脖子说："弟兄们，这是为了啥？你们欠我的包子钱一笔勾销行不行？"而一个干部抬手就是一巴掌，厉声骂道："妈拉个巴子！谁欠你的包子钱？你的钱是哪儿来的？"[③]于是，被押解的人再也不敢说话，都灰溜溜地低着头。显然，革命者的目标不是否认欠钱，也不是简单的"一笔勾销"，而是另有深意。那就是发动群众，诉苦伸冤，"劫富济贫"，追根溯源，革命启蒙，激化矛盾，制造恐怖。于是，在"磕头虫"张德成的"表演"下，花白头发的私塾先生秦二被揭发后啃泥巴。区长上官盼弟则顺势启发："张德成揭露出了一个尖锐的问题，为什么秦二不敢惩治司马库？因为司马库家有钱，司马库家的钱是哪里来的？他不种麦子吃白馍，他不养蚕穿绫罗，他不酿酒天天醉，乡亲们，是我们的血汗养活了这些地主老财。我们分他家的地，分他家的浮财，实际上是取回我们自己的东西！"[④]"磕头虫"接着说："就说这司马库，他一个人娶了四个老婆，我连一个老婆也没有，这公平吗？""这才诉到我的苦根上，我磕头虫也是个男人是不是？"[⑤]县长鲁立人则又顺势启发："乡亲们，张德成的话虽然粗鲁一些，但却揭示出了一个道理。为什么

---

① 莫言：《丰乳肥臀》，第232页。
② 莫言：《丰乳肥臀》，第237页。
③ 莫言：《丰乳肥臀》，第242页。
④ 莫言：《丰乳肥臀》，第245页。
⑤ 莫言：《丰乳肥臀》，第245～246页。

有的人可以娶四个五个甚至更多的老婆,而像张德成这样的小伙子,却连一个老婆也娶不上呢?"[①]就在"磕头虫"下台之时,还顺手打了赵六的耳光并进行揭发,直接加快了赵六的死亡。其实一切都在革命掌握中,正像鲁立人摸出的那张纸条,"查富农赵六,一贯靠剥削为生。日伪期间,他曾为伪军提供过大量食品。司马库统治时代,他也多次为匪兵送包子。土改以来,他散布大量谣言,公然与人民政权对抗,似此死硬顽固分子,不杀不足以平息民愤。我代表高东县人民政府,宣判赵六死刑,立即执行!"[②]试想,一个卖炉包谋生的,他不提供食品又能做什么?提供食品前还要分清接受对象吗?他又能分得清吗?又是残忍至极、性情变态的哑巴孙不言,对着赵六的后脑勺开枪,杀一而震慑全体。

接下来瞎子徐仙儿的哭诉,则把革命性质转换到另一个方向。瞎子声泪俱下地编造谎言,别有用心地控诉司马库逼死自己老婆、气死自己老娘。在司马库逃脱的情况下,请求"大人物"和政府枪毙其儿女。瞎子说:"司马库是满天飞的鹞子,你们逮不住他,俺求政府,一命抵一命,把他的儿子和女儿枪毙了吧。县长,俺知道您跟司马库沾亲带故,您要真是青天大老爷,就准了俺的状,您要是徇私情,俺徐瞎子回去就上吊,免得司马库回来折腾俺。"[③]鲁立人张口结舌,声明一人做事一人当,孩子无罪。瞎子则针锋相对,指责其包庇亲戚。上官盼弟恼怒回应其胡搅蛮缠。本是革命的启蒙者和群众的发动者,却陷入自己设计的陷阱,为自己准备了掘墓人。革命的极端化,带来意想不到的连锁反应和负面效应。瞎子说:"盼弟姑娘,你们上官家可真叫行。日本鬼子时代,有你沙月亮大姐夫得势;国民党时代,有你二姐夫司马库横行;现在是你和鲁立人做官。你们上官家是砍不倒的旗杆翻不了的船啊。将来美国人占了中国,您家还有个洋女婿……"[④]而且虽然他瞎,却能准确地对着"大人物"下跪,并哭嚎着乞求做主。上官盼弟不再顾忌区长的威仪,反唇揭露却无能为力。鲁立人重申孩子无罪,引出瞎子的反驳:"赵六有什么罪?"原来他们是表兄弟关系。不管私仇还是公愤,原来都

---

① 莫言:《丰乳肥臀》,第246页。
② 莫言:《丰乳肥臀》,第246页。
③ 莫言:《丰乳肥臀》,第248页。
④ 莫言:《丰乳肥臀》,第248页。

是冤冤相报，都是血债血还，只不过披上革命的外衣。鲁立人试图进行最后的挣扎，把一线希望寄托于大众的举手表决，然而所谓的"人民大众"本就没有立场，无所谓同意或者不同意，无所谓举手或者不举手。"大人物"阴险狡诈，凶残暴虐，而又深谙中国文化之道，深谙中国"乌合之众"。在"大众"面前，尤其在"大人物"面前，即便最后一丝良心未泯的鲁立人也根本无济于事，绝望地宣判司马库儿女的死刑。又是哑巴孙不言，冲破上官家的层层障碍，无所顾忌地执行所谓革命的命令。为了革命，大义灭亲是最好的成就。难得鲁立人的政治敏锐和自知之明，他悲凉地说："穷苦的老少爷们，你们说，我鲁立人还是不是个人？枪毙这两个孩子我心里是什么滋味？我心里痛啊，这毕竟是两个孩子，何况她们还跟我沾亲带故。但正因为她们是我的亲戚，我才不得不流着泪宣判她们的死刑。老少爷们，从麻木的状态中苏醒过来吧，枪毙了司马库的子女，我们就没退路了。我们枪毙的看起来是两个孩子，其实不是孩子，我们枪毙的是一种反动落后的社会制度，枪毙的是两个符号！老少爷们，起来吧，不革命就是反革命，没有中间道路可走！"[①]这就是革命的本质，革命没有退路，否则就是反革命，即便处于令人恐惧的虐杀和非理性的疯狂中也在所不惜。报复和杀戮的循环一旦开始启动，也就永远没有终结。

第三，以革命的名义清除以"雪集"主持者门圣武道人为代表的"反动派"。高密东北乡奇妙的"雪集"，仍然吸引着苦难中的人们。"雪集"既是雪上的集市、雪中的交易、雪的祭祀和庆典，更是一种神圣的仪式。在"雪集"上，只能用眼睛看，用鼻子嗅，用手触摸，用心思体会揣摩，但是不能说话。至于说话究竟会带来什么样的后果，没有人问，没有人说，仿佛彼此心照不宣。"雪集"的主持者，是半人半仙的门圣武老道士。他的特殊任务，还要为一年一度的"雪集"或者"雪节"选择一位"雪公子"。作为"雪公子"的上官金童，忠实履行着自己的神圣职责；作为主导者的门老道，严肃维护着民间的伦理秩序。"雪集"上发生的一切，最终都指向门老道的被镇压。本是民间社会公序良俗的敬畏者和传承者，最终却被作为反革命的典型而被剥夺生命。"三个月后，反动道会门头子，暗藏的、经常站在高坡上打信号弹的特务

① 莫言：《丰乳肥臀》，第251页。

门圣武被枪毙在县城断魂桥边。他的盲狗在雪地上追逐吉普车时被车上的神枪手打碎了头盖骨。”[①]“雪集”一方面展示了底层生存的艰难挣扎和精神寄托，另一方面更是为了交代门圣武老道人的命运。在政治意识形态笼罩一切的革命信仰的语境中，所谓的民间社会及其信仰意识自然被赋予“莫须有”的反动性。

第四，以革命的名义进行的阶级教育展览及其对司马库的诱捕和公审。莫言曾说：“当众人都哭时，应该允许有的人不哭。”[②]而在阶级教育展览中，又有谁能够被允许不哭呢？其间的情景设计，又主要是以司马库为代表，包括以他为代表的反动地主阶级的残酷剥削和穷奢极欲，以他为代表的还乡团的疯狂报复和滔天罪行。面对人性内在深处的公报私仇和冤冤相报，即便具有真实成分，也同样充满闹剧性。郭马氏现身说法，详细讲述还乡团的小狮子如何活埋共产党的进财一家老小，没想到最后的结论却是对司马库的肯定：“说一千道一万，司马库还是个讲理的人，要不是司马库，我就被小狮子那个杂种给活埋了。”[③]显然，郭马氏的讲述不合时宜，适得其反。而且，“与郭马氏富有权威的现身说法相比，图片和讲解显得那样虚假、缺乏感情色彩”[④]。无疑，所谓的阶级教育展，其主导意识还是以革命的名义来激化阶级矛盾、制造阶级对立。当然，也与接下来的对于司马库的诱捕密切相关。上官家庭被指控窝藏人民公敌司马库、书写反动标语破坏阶级教育展览，而被公安局抓捕、审问、用刑。由于深知司马库的秉性，以此迫使其前来自首就范，果然如愿以偿。于是，也就自然以人民的名义公审司马库。公审大会，面对的又是永远的看客。“据很多从未见过司马库的外乡百姓后来说，他们心目中的杀人魔王司马库，是一个青面獠牙、半人半兽的怪物，当他们见到真正的司马库时，不由得感到失望。这个被剃成光头的高个子中年人，两只凄凉的大眼里没有一丝丝凶气。他的样子显得朴实而憨厚，使没见过司马库的百姓产生了深深的疑惑，甚至怀疑公安局捉错了人。”[⑤]

---

① 莫言：《丰乳肥臀》，第 292 页。

② 莫言：《用耳朵阅读》，第 316 页。

③ 莫言：《丰乳肥臀》，第 330 页。

④ 莫言：《丰乳肥臀》，第 330 页。

⑤ 莫言：《丰乳肥臀》，第 343 页。

为革命的需要,往往丑化对立阶级,殊不知反而降低了革命效果。临刑前的司马库,竟然再次被利用,用来恐吓司马亭。村干部逼问:"福生堂的地下宝库在什么地方?不说就让你一起上路!"司马亭凄惨地辩解:"没有宝库啊,土改时都掘地三尺啦!"公安干部训斥村干部"一点政策观念都没有",村干部明白无误地说:"我们顺便搭车,看能不能榨出点油来!"[①]以革命的名义,手段和目的之间的关系就变得极为复杂。用以对抗革命名义的,往往表现为一种民间的伦理。正如母亲对于司马库的态度:"都收拾收拾,去送送这个人吧,他是浑蛋,也是条好汉。这样的人,从前的岁月里,隔上十年八年就会出一个,今后,怕是要绝种了。"[②]这是对个体生命的判断,也是对历史变迁的洞察。"浑蛋"和"好汉"往往并列在一起,也能够互相转换。面对反常的时代、恶劣的人性和"小人"的嘴脸,这又不能不说是"种的退化"的某个侧面。

第五,以革命的名义对历史和人的双重戏弄。首先是母亲命运的"大起大落"。当母亲用"新社会"思想劝说哑巴不要继续纠缠而痛苦不堪时,区长带队宣布了上官家的"六喜临门":

> 大婶,我们重新复核了土改时的材料,认为把您家划成上中农是不妥当的,您家在遭难之后破落,实际上是赤贫农。现在我们把错划的成分改正过来,您家是贫农了,这是第一喜;我们研究了一九三九年日寇屠杀的材料,认为您的公婆和丈夫均有与日寇抗争的事实,他们是光荣牺牲的,应该恢复他们的历史地位,您家应享受革命难属的待遇,这是第二喜;由于上述两个问题得到纠正和恢复,因此,中学决定招收上官金童入学,耽误的课程,学校将安排专人给他补课,同时,您的外孙女沙枣花也将得到学习的机会,县茂腔剧团招收学员,我们将全力保送她,这是第三喜;这第四喜嘛,自然是志愿军一等功臣、您的女婿孙不言同志荣归故里;第五喜是荣军疗养院破格聘任您的女儿上官来弟为一级护理员,她不必到院上班,工资按月汇来;第六喜是大喜,祝贺人民功臣与结发妻子上官来弟破镜重圆!他们的婚事由区政

① 莫言:《丰乳肥臀》,第346页。

② 莫言:《丰乳肥臀》,第343页。

府一手操办。大婶啊,您这个革命的老妈妈今天可是六喜临门啊![1]

所谓的"六喜临门",又有多少是顾及了当事者的感受,又有多少是不带有强制性的成分,又有多少是在继续歪曲事实,又有多少是掩盖了不可告人的目的。被否定、被批判、被侵害时,同样是以革命的名义;被肯定、被赞扬、被褒奖时,同样是以革命的名义。都是在革命的旗帜下,命运截然不同且迅速转换,以至于母亲无所适从、惶恐之至。果然好景不长。上官金童因为撞伤学校的小树而被开除学籍,沙枣花因为偷盗行为而被茂腔剧团开除回家,上官来弟因为与鸟儿韩的畸形恋情而致使孙不言死亡进而使三人统统毁灭。所谓的"六喜临门",刹那间走向反面。

其次是荒唐年代的荒唐行为。不仅重现"打右派""大跃进""炼钢铁""除四害"的情景,更表现了恶作剧式的杂交试验。此时,鲁立人已经成为农场场长李杜,五姐上官盼弟已经成为农场的马瑞莲队长,毕业于医学院的七姐上官求弟改名乔其莎并作为右派在农场改造做配种员。当马队长命令配种员乔其莎进行荒唐的"杂交试验"时,二人发生针锋相对的冲突。后者拒绝执行命令,并提出政治和科学的绝对界限:"科学和政治,是两码事,政治可以翻云覆雨,可以朝秦暮楚,可以把白的说成黑的黑的说成白的,但科学却是严肃的。"[2]而前者却强调政治是一切工作的生命线,"脱离了政治的科学就不是科学,在无产阶级的辞典里,从来就没有超阶级的科学。资产阶级有资产阶级的科学,无产阶级有无产阶级的科学"[3]。后者则孤注一掷,反唇相讥:"如果无产阶级的科学硬要逼着绵羊和家兔交配并期望着产生新的物种,那么我说,这无产阶级的科学就是一堆臭狗屎!"[4]宁做"右派"也要坚持真理的七姐乔其莎,其高贵的灵魂终究毁灭于饿殍遍野的大饥荒。"在每天六两粮食的时代还能拒绝把绵羊的精液注入母兔体内的乔其莎在每天一两粮食的时代里既不相信政治也不相信科学,她凭着动物的本能追逐着馒头,至于举着馒头的人是谁已经毫无意义。"[5]本能性的求生意识,被作

---

① 莫言:《丰乳肥臀》,第355～356页。

② 莫言:《丰乳肥臀》,第391页。

③ 莫言:《丰乳肥臀》,第391页。

④ 莫言:《丰乳肥臀》,第391页。

⑤ 莫言:《丰乳肥臀》,第411页。

恶多端的炊事员张麻子再次利用并疯狂作恶。即便对立者如五姐马瑞莲，具有无比坚定的无产阶级革命性，也在"文革"中自杀身亡。在革命的氛围中，对立各方不仅互相伤害，更为可怕的是共同走向毁灭。这是对人性的揭示，更是对历史的控诉。

只要是以革命的名义，一切的剥夺都有理由。就连那个在逃难路上被强行征用小车的无产者剃头匠王超，也只能选择自绝于世。等到"文革"来了，以革命的名义行事达到登峰造极。上官家的命运在其中再度翻转：曾经的"六喜临门"被红卫兵钉上一串新的牌子——汉奸之家、还乡团巢穴、妓院等；先被剥夺血汗钱又被进行阶级教育展览的四姐上官想弟，看清人性丑恶之极致，哭诉着走向生命的终点；五姐上官盼弟始终裹挟在革命的洪流中，最终却在蛟龙河农场自杀身亡；生性孱弱的上官金童清扫大街，被红卫兵踢破脑袋而且被戴上高帽游街；母亲被连续踢倒、踩踏并以羸弱之躯承受着"把阶级敌人打翻在地，然后再踏上一只脚"的流行口号。红卫兵敲锣打鼓，用棍棒教训着牛鬼蛇神们游街示众，肆意妄为地剥夺着一个个鲜活的生命。善良仗义、威仪无比的司马亭即便早已经风烛残年，也没有逃脱非人的折磨，当摔倒之时被红卫兵活活踩踏而死。当一切都是以革命的名义的时候，革命也就走向其反面，甚至连所谓的革命派别之间也一再发生武斗事件。及至走出"革命"阴影的时候，历史已经进入 80 年代。

第四节　以善抗恶与文化对话意识

基于天然的众生平等意识，基于人生苦难的各种承受，面对历史环境的变迁和革命时代的动荡，母亲依然选择心目中的善，通过"以善抗恶"而超越人生苦难、走向自我救赎。而母亲的本能伦理观念，又潜移默化地影响着上官金童的生命走向。上官金童的"恋乳"，纵然有个体存在、知识分子乃至国民整体的精神特性或者负面文化因素，其实更有天然的血缘或者基因联系。延伸开来，作为中西人性的混血儿，上官金童的孱弱不堪的生存处境表明文化对话意识的发生及其表现。

当日本人侵略而来的时候，母亲选择随遇而安；此后的多次逃难，母亲选择毅然返乡。母亲始终立身于自己的故乡，而生命体验的却是整个世界。

母亲因为没有生养而被婆婆和丈夫辱骂，刚刚生完孩子即刻加入繁重劳动，又因为只生女儿而被鄙视挖苦，恍惚中打破一只碗便引来婆婆和丈夫的残酷虐打。母亲体会不到一点家庭的温暖，只有身体的受伤和内心的憔悴。自觉不久将离世的母亲，被教堂的钟声唤醒，冥冥之中接受神的指引。马洛亚牧师手捧《圣经》，诵读着《马太福音》的片段，使精神绝望的母亲找到灵魂皈依的契机。“母亲听到这里，泪水落满了胸襟。她扔掉拐棍，跪在了地上。仰望着悬挂在铁十字架上的干裂的枣木耶稣那木呆呆的脸，泣不成声地说：‘主啊，我来晚了……’”[①]在马洛亚牧师的安慰及其提供的信仰支撑下，不堪重负的母亲开始超越苦难，走向宽恕和宽容，并以其“以善抗恶”的言行而成为动荡历史和苦难人生中的光亮。被通缉和逃亡中的司马库复仇心切，母亲说：“走吧，走吧，远走高飞吧，什么仇，什么怨，越报越深啊……”[②]冤冤相报何时了，也只有放弃仇恨，才能彻底消除仇恨。看到司马库的机关枪和子弹后，母亲呼喊的是“你听我一句话，远走高飞，不要滥杀人！”[③]面对恶的力量，如果以恶抗恶，只能运用更大的恶，也必然产生更大的恶。母亲劝说司马库放弃报仇、不要滥杀，其实只有以善抗恶、以德报怨，才能真正终止恶的无限蔓延和怨的继续滋长。对于心目中的英雄人物，母亲是非分明；对于日常生活中受到的屈辱，母亲同样胸怀博大。那个打母亲耳光的庄稼看守房石仙，在落入冰冷池塘后，母亲不仅谴责围观者见死不救，而且第一个伸出援手。“母亲从卖竹笤帚的摊子上扯过一把笤帚，走到滑溜溜的池塘边，喊着：‘房家大侄子，房家大侄子，你这是犯什么傻呢？快点，抓住笤帚，我把你拖上来。’……母亲脱下自己的大棉袄，披到房石仙身上。……母亲说：‘大侄子，穿上鞋，往家跑，快跑，跑出汗来才行，要不你就死定了。’”[④]耶稣号召门徒要“爱你的仇敌”，这才是真正意义上的博爱。母亲深知人性之恶，即便众人需要解恨，她却仍然选择以德报怨，不能不说具有耶稣精神的写照。

面对着各种苦难，母亲坚持着信念，正如母子对话中所说的：“金童，还

---

① 莫言：《丰乳肥臀》，第579页。

② 莫言：《丰乳肥臀》，第320页。

③ 莫言：《丰乳肥臀》，第320页。

④ 莫言：《丰乳肥臀》，第427页。

是那句老话，越是苦，越要咬着牙活下去，马洛亚牧师说，厚厚一本《圣经》，翻来覆去说的就是这个。你不要挂念我，娘是曲蟮命，有土就能活。"[①]及至后来，即使眼睛哭瞎还是往前奔。母亲从走进教堂、听着讲经而超越苦难、彻悟人生，自觉弥留之际再次走进教堂、再次听着讲经，仿佛生命的轮回。老牧师声音嘶哑："人们哪，你们要与人为善，哪怕他是你的仇敌……人们哪，你们勿贪口腹之欲……人们哪，你们要忍耐……人们哪，不可贪图钱财……人们哪，不可贪恋女色……人们哪，你们要战战兢兢……"[②]母亲双手扶膝，端坐闭眼，安然离世。满树的槐花散落，覆盖母亲全身，生命获得善终。当初走进教堂，聆听马洛亚牧师的传道，不仅自我得救，而且有了金童玉女；最后走进教堂，聆听名为马洛亚长子实为马洛亚化身的传道，不仅自我善终，而且为金童铺设出全新的生命之路。此时此刻，上官金童"好像看到了传说中的父亲"，而且也听到让其一生最温暖的话语："兄弟，我一直在等待着你！"[③]如何安顿好没有任何生存能力的金童的后续生活，显然是母亲离世之前最后的心事。面对着一众儿女们及其自身所承受的苦难，母亲的生命历程及其醒目的以德报怨和以善抗恶的品质，不能不说与自身得着灵魂的信仰及其精神寄托有着密切关系。"母亲与墙上那个几乎赤裸着身体的名叫玛利亚的圣母有着一模一样的神情。庄严、忧愁、宁静，逆来顺受地、自觉自愿地奉献。"[④]这是作为"圣母"的母亲形象的最直观的表现。当然，以"善"为核心的人性追求也是华夏文化的伦理旨归，而在这里，则更有基督教文化的宗教信仰意义和精神特质。

莫言在《丰乳肥臀》的"新版自序"中，首先谈及的是"母亲"，另外一个就是上官金童。他认为，这样的"精神侏儒"形象，注定要被误读和引发争议。"作为著者，我比较同意把上官金童看成当代中国某类知识分子的化身。我毫不避讳地承认，上官金童是我的精神写照……"而且他还专门强调了邓晓芒先生的阐释："中国当代知识分子灵魂深处，似乎都藏着一个小小的上官金

① 莫言：《丰乳肥臀》，第 395 页。
② 莫言：《丰乳肥臀》，第 534 页。
③ 莫言：《丰乳肥臀》，第 537 页。
④ 莫言：《丰乳肥臀》，第 141 页。

童。”[1]不可否认著者和研究者阐释的有效性，而更为明显的是，必须注意“母亲”和上官金童之间天然具备的血缘和基因关系。即便抛开儿子的“恋母情结”，也不能否认母亲的特殊溺爱。如果没有母亲，也就没有上官金童；或者说，如果没有母亲的精神影响，也就没有上官金童的精神病症。延伸开来，作为混血儿的上官金童恰恰是中西文化发生交流、对话及其效应的缩影和表征。

当马洛亚牧师在黑驴鸟枪队的羞辱和暴行的逼迫下纵身跳下钟楼的时候，受洗后的“金童玉女”也就开始了苦难人生。从一出生起，金童就在排斥玉女，仿佛玉女就是多余。玉女的命运悲惨无比，“多少往事涌上你的心头，你是不睁眼看破了世上风情，人都说盲目人心如明镜。你二十年里沉默寡言，心中长存着愧疚，饭不吃饱你认为自己是家中的拖累，衣不穿新大家认为你分不清新旧。其实盲人也有爱美之心，你心里有我们凡夫俗子看不见的风景”[2]。作为双胞胎，与之紧密相连、密切相关的金童的命运同样受难。而且，一度让金童痴迷的“娜塔莎”，正是玉女的影子。

在漫长的岁月里，上官金童一直无法正常进食，而只能依靠微薄的母乳维持生命。“恋乳癖”虽然与生俱来，其实也是自卑心理和压抑情绪的独特表征，尤其令母亲和自己无地自容。万般无奈中，母亲教育金童面向现实：“儿啊，当年，娘也是没有办法了。但上天造了你，就得硬起腰杆子来，你十八岁了，是个男人啦，司马库千坏万坏，但到底是个好样的男人，你要向他学！”[3]在医疗小组的干预下，上官金童的恋乳厌食症得以缓解，却同时患上对于“娜塔莎”形象的痴迷和幻觉而更加痛苦不堪。在革命风行的年代，上官金童显然不合时宜，终以杀人嫌犯之名而被判刑、被劳改。

历史到了20世纪80年代，时代发生巨大变迁，上官金童的生命历程转向另一个阶段。刑满释放后的上官金童，面对完全变化了的世界，非但没有消解心理负担，反而有被抛弃的感觉，因为百无一用而更加无所适从。人民公社解散了，阶级斗争过去了，一切都是向“钱”看。在“破烂王”老金的帮助下，上官金童逐渐康复；因为天性的软弱和善良，又被老金咒骂驱逐。在鹦鹉韩的邀请下，上官金童被聘为“东方鸟类中心”公关部经理；还是由于天性

---

① 莫言：《丰乳肥臀》“新版自序”，第1页。

② 莫言：《丰乳肥臀》，第587页。

③ 莫言：《丰乳肥臀》，第353页。

的软弱和善良，而再被耿莲莲嘲讽驱逐。"狗屎""死猫""笨蛋""跳蚤""臭虫""虱子""狗"等等不堪入耳的称谓，将上官金童彻底击垮。在自轻自贱、自怨自艾中，他接近那条失语的街道。"沉默是黄金。在这里，你的嘴巴只具备吃的功能，而不具备说的功能。……卖者和买者，都处在庄严的游戏状态中。上官金童一踏入这条失语的街道，心中陡然升起回归家园般的温馨感。他暂时忘记了饥饿和白天所受的屈辱，在沉默的街道上，他感到人和人之间反倒拆除了隔阂的篱笆。至高无上的，是有意识地克制自己，让嘴巴变成一种不招惹是非的、功能单一的器官。"[①]上官金童可以讲述私人化的故事，却在公共空间无话可说，本身就是失语者。再到被剥掉衣物，他感到自己已经落入地狱最底层，成为真正的行尸走肉。在眼花缭乱的街道上，上官金童撞向商场玻璃，毁坏模特，而被送进精神病院。从"恋乳癖"到"失语症"再到"精神病"，上官金童仿佛找到归宿。"我不否认我有精神病，但我的精神病只有面对着女人的乳房时才发作，其余的时间我是没病装病。因为，我深深地体会到了扮演一个精神病人的乐趣。你想说什么就说什么，你满嘴胡言乱语，别人会一笑置之。精神病人的胡言乱语嘛，谁要当真谁也是精神病人。"[②]在司马粮的成功运作下，上官金童人尽其才，出任"独角兽大世界"董事长，殊不知又遭精心算计，不仅劳动成果付诸东流，而且再次被彻底抛弃。面对着90年代开始的社会风气和文化景观，上官金童无时无处不狼狈不堪，还是回到母亲身边才能获得心灵的安然。随着母亲的仙逝，在同父异母的牧师哥哥的帮助下，上官金童谋得教堂的差事，把风烛残年献给上帝，无意间实现了生命的回归。从哪里来，就会到哪里去，而不管过程如何，其实这就是善始善终。如果说母亲的受难涵盖的是民族的历史，那么上官金童的"恋乳"，则潜藏着民族的文化心理乃至集体无意识。

从微观的生命个体而言，上官金童进退失据，无法融入社会，革命时代如此，改革时代亦如此。"国民内在的灵魂、特别是男人内在的灵魂中，往往都有一个上官金童，一个永远长不大的婴儿，在渴望着母亲的拥抱和安抚，

---

① 莫言：《丰乳肥臀》，第483页。

② 莫言：《丰乳肥臀》，第496页。

在向往着不负责任的‘自由’和解脱。”[①]就宏观的文化精神而言，上官金童又表征着中西融合的状态。而这种融合也仅仅发生在表面，其内在层面则极为尴尬。中西文化之间的对话意识始终没有形成良性循环，而是处于严重错位甚至产生不良效应。或者更进一步说，基督教文化永远无法在儒家文化语境中落地生根。像金童一样，根本找不到存在根基和生存理由，既不能融入西方，也不能立足本土。这样的对话意识及其效应，或许暗含着作者对于中西文化发生关系的某种思考。

第五节 “改变革命历史小说的写法”

从《红高粱家族》中就表现出来的“阳刚之气”和“杀人如麻”，到了《丰乳肥臀》这里，变成“阴盛阳衰”“恋母恋乳”和“心理残疾”。作为祖先辈的司马大牙和上官斗，成立虎狼队，摆下粪尿阵，和德国人的恶战令人啼笑皆非，完全追求热闹式的游戏化人生。即便不是传统的英雄形象，也算践行着生命存在的真谛。到了如今的一代代，则是女人抡锤打铁、当家作主，而男人却猥琐无能、孱弱不堪。母亲的九个孩子来自七个男人，固然不合伦理道德，却也恰恰构成对于伦理秩序的控诉。唯一的男性后代，非但不能成为顶天立地的英雄，反而连最基本的生存能力也不具备，甚至无法长大。母亲和儿子的生命历程，既有时代因素，也有人性特征，更有隐喻性质。

按照莫言的说法，《丰乳肥臀》的写作，除了关于“母亲”的缘起，还有一个明确的意识，“就是要改变一下过去我们那种历史小说和革命历史小说的写法”[②]。如果说革命历史小说的特征是具有鲜明的阶级立场，那么《丰乳肥臀》则是超越阶级分析的观点，“把历史感情化、个性化”[③]。母亲生下金童和玉女的时候，日本人占领村庄，在杀死公公和丈夫的同时，又救活金童和玉女。母亲和孩子们的命运，一直经历着战乱、饥荒和动荡。解放战争时期的逃亡、土地改革运动、三年困难时期、“文化大革命”、改革开放时期、90

① 邓晓芒：《灵魂之旅——90年代以来中国文学的生存意境》，上海文艺出版社2009年版，第163页。

② 莫言：《用耳朵阅读》，第290页。

③ 莫言：《用耳朵阅读》，第291页。

年代商品经济时期，历史脉络大同小异，而阐述历史的视角和表现人的方式却迥然不同。“因为我站在了超越阶级的高度，用同情和悲悯的眼光来关注历史进程中的人和人的命运。”[①]如上官来弟所言：“繁华易逝，富贵如烟。”[②]这岂不是《红楼梦》的感伤和哀叹？更何况本就不曾有过繁华和富贵。

① 莫言：《用耳朵阅读》，第33页。

② 莫言：《丰乳肥臀》，第600页。

第七章

《红树林》的“权力”关系和人的对照

莫言说，就创作过程的曲折复杂而言，《红树林》首屈一指。这部小说构思于1995年底，缘起于对一篇报告文学的准备工作，却聚焦于对珍珠养殖的浓厚兴趣。“有两组画面经常出现在我的脑海里：一组是青春健美的渔家姑娘裸着身体、冒着生命危险潜入海底采集珍珠；一组是高贵的女人裸着肩头、脖子上戴着璀璨的珍珠项链在灯火辉煌的大厅里翩翩起舞。”[①]于是，1996年春天动笔《珍珠奇谈》，并写出大约5万字。1997年，莫言转业至《检察日报》影视部工作，受命写一部反映检察官生活的电视剧《马叔的故事》，大概写到20集时感觉不满意。所以在创作过程中，逐步考虑把未完成的小说《珍珠奇谈》和《马叔的故事》融合在一起，又因为在广西北海体验生活时发现一片独特的红树林，所以最终形成18集电视剧剧本《红树林》。剧本完成后，应出版社的要求，便将剧本修改扩充为长篇小说，在1999年1月由海天出版社出版。对于这部小说，莫言谈论得很少，并称之为自己最不满意的作品。[②] 一方面，写作过程最为曲折；另一方面，又表示最不满意。那么《红树林》写了什么内容，又带来什么意义，值得深入地进行分析。

其实，《红树林》的故事比较简单。南江市副市长林岚面临着棘手的问题：儿子大虎因涉嫌强奸罪而面临被拘捕，而办案人员恰是自己年少时的恋人、后来却分道扬镳的检察院起诉科科长马叔。于是，亲情与爱情、婚姻与

---

① 莫言：《碎语文学》，第1页。

② 参见莫言：《用耳朵阅读》，第261页。

家庭、伦理与法律等等因素纠结在一起，同时又穿插作为生物意义上的贝壳珍珠的生长过程和作为人性意义上的少女珍珠的生活过程，并且把主人公过去的单纯情感和目前的复杂状况进行交替叙述，从而呈现出历史变迁和人性转换的某些独特层面。相对于故事线索和情节的明晰，《红树林》的价值更在于文本中流露出的或显在或潜在的对权力关系的思考、对人性善恶的关注、对历史与革命的反思以及对叙述视角的新探索。

第一节　权力关系中的情感变迁

林岚的父亲林万森和马叔的父亲马刚曾经是生死之交的战友，却因秉性不同和环境变化而经历着迥异的人生命运。前者做了令人瞩目的县长，后者则是被人遗忘的烈士陵园管理员。权力关系的变化，带来爱情、婚姻、亲情等系列情感的对比和变迁。

当地委书记逼着县里搞"浮夸"时，遭到曾经的抗日英雄、如今的副县长马刚的坚决抵制。在受到一系列的批评和"上纲上线"之后，马刚一拳打掉了地委书记的两颗门牙，于是被连降三级。接着又遭遇离婚，加上一些莫名其妙的错误，最终成为红树林烈士陵园的管理员。与此关联，马叔的生活异常艰难，并且与父亲马刚的关系紧张无比，以至于面对林岚的诚挚感情而不断采取回避和逃避的态度，始终无法摆脱痛苦的处境和自卑的心境。与此同时，他仿佛又继承了父亲刚直不阿的性情，在对待林岚儿子大虎的案件方面坚决不徇私情，终究秉公执法。自始至终，马叔处于情感的纠葛和矛盾中：一方面感慨感动于林岚的丰富情感，另一方面又坚守着道德底线和职业原则。在感情和理性的对峙中，马叔终于表达出对于林岚的复杂情怀，那就是不论何时何种境遇中，一直心存爱意。

与马叔的命运相对照，林岚的命运则是另一番景象。在副县长马叔和地委书记发生冲突时还是县农业局局长的林万森，后来成为县长以至县委书记。与此关联，林岚的生活较为优越。不仅很快加入红卫兵，而且还飒爽英姿地展现在田径运动场上。尤其在那个"知青年代"，也成为最早返城的一员。虽然和马叔青梅竹马，却已经处于不同环境，属于不同阶层。即便已经心心相印，也必然难成眷属。最终阴差阳错，在被马叔爸爸打掉门牙的那位地委书记的多重关怀下，在自己爸爸潜在的“高攀”意识和“复出”还情的劝说中，在看清婚姻与政治的交易后，最终林岚嫁给了地委书记的智障儿子。至此，林岚的社会舞台及其后续角色已经明晰。从红树林养珠场回到县城不到一个月的林岚，迅速被调到地区广播局做播音员。进而在秦书记的考察和关照下，获得步步高升——从广播局副局长，到地委宣传部常务副部长，直到如今的副市长。“你走起路来，不自觉地风风火火了；你说起话来，不自觉地声色俱厉了；在你面前点头哈腰的人越来越多了。在一次要求各县第一把手参加的宣传工作会议上，你坐在主席台上作主题报告，秦书记和众常委在后边坐镇。你不经意地一抬头，看到爸爸坐在前排。他戴着一副老花眼镜，手里拿着一个笔记本，恭恭敬敬地记录着。”[①]这就是权力的魔力，不仅异化自身，也异化包括亲情在内的一切感情。及至后面的父女相见，更加异化为例行公事。“爸爸”变成沉重的称谓，而且挂着巴结的表情，父女之情完全成为领导和下级的关系。明知说的不是人话，但又不得不去说这些。甚至在权力的掩盖下，与傻孩子结婚的悲剧也成为“革命”时期的正剧。

通过林岚的命运波折和人生选择，《红树林》对于权力文化及其权力关系的挖掘异常深刻，并且同时呈现出鲜明的情感变迁轨迹：

> 你越在官场上飞黄腾达，对父亲的仇恨便越来越淡。官升一级，恨减一分。当官得到的荣耀越多，越感到个人的感情问题轻如鸿毛。当你在主席台上居高临下地看着台下那些县级干部时，心里竟然羞羞答答地产生了对父亲的感谢之情。如果不是爸爸逼我嫁到秦家，哪会有我的今天？当然你不愿意承认这种感情，你更愿意相信，眼下你得到的一切，都是凭着自己的才干和奋斗得来的。你恨不得对着台下的人大喊：即使不是秦家的儿媳妇，我也会坐在今天这个位置上！你需要用这种信念来安慰自己。多少年后，每当想起那一段生活，你就感叹不已，权力，真是一个可怕的魔鬼。它可以使爱情贬值，它可以使痛苦淡化，它可以使感情变质……毒瘾还可能用强迫手段戒除，但官瘾呢？历朝历代因为当官丢了脑袋的人比吸毒死了的人还要多，但想当

① 莫言：《红树林》，上海文艺出版社2012年版，第303页。

官的人依然如过江之鲫络绎不绝。尤其是那些尝到了当官甜头的人，如果突然把他的官给免了，就等于要了他半条命。[①]

权力操纵的不仅仅是外在行为，更包含内心世界。尤其在"官本位"的文化传统中，权力问题始终是关键环节，权力关系的发挥往往登峰造极。但是，这样的权力文化体制又显然存在着瓦解自身的因素和逆转性的力量。如同权力之路一样，林岚在生活之路上也同时陷入秦书记精心编织的网络中，而被迫与之生下儿子大虎，则又将自己置于终生的焦虑状态。再加上爱珠成癖所导致的贪婪及其权力贪腐，最终也就终结了她自身的政治生命乃至生命整体。

一旦进入权力关系的网络，就已经身不由己地旋转，自身变异的同时，所有的情感都会变迁。在这一方面，《红树林》表现得非常明显。

第二节　人性善恶的另类彰显

《红树林》中，处于权力漩涡中的林岚，与所有人物的命运都息息相关，诸如马叔、大虎、珍珠、万奶奶、秦书记等等，构成人性善恶的另类彰显。

马叔本与林岚青梅竹马，曾经有过纯真深厚的感情，却因家庭变故而落魄无助，又因为一场情感的误会和错位而各奔西东。在当年的红树林养珠场，当台风来袭时，林岚坚守一线报道英雄事迹。面对被巨浪卷走的危险，马叔在林岚和恋人曲圆圆之间下意识地舍弃后者，而向前者伸出救援之手。"后来，他娶了曲圆圆腿有残疾的姐姐。这个女人生下了马驹后，不幸因病去世。"[②]显然，马叔对于林岚的一再拒绝，除了因为金大川介入这段情感而产生的误解之外，更来源于马叔内心深处的对于曲圆圆的愧疚、忏悔与赎罪。尽管面对大虎的案件不徇私情，尽管多次拒绝林岚的爱意表达，但马叔依然保存着那份真正的感情。所以当林岚在宣泄压抑之后遇到麻烦的时候，还是让马叔出面解决问题、脱离险境，即便是以报复的姿态伤害着后者。哪怕完全明晰林岚的政治生命、感情纠葛及大虎出身的来龙去脉，马叔依然心存善良，在林岚最为潦倒之时表达出最为深沉的爱意。

---

① 莫言：《红树林》，第303～304页。

② 莫言：《红树林》，第302页。

林岚和马叔之间在当年红树林中的纯真感情，至今又因为大虎案件而不断闪回。也是因为作为起诉科科长的马叔接手大虎案件，而与作为副市长的林岚再次关联。作为纨绔子弟的大虎，虽说不学无术，却也并非大奸大恶之徒，而是常常游走于违法的边缘，其中不无游戏人生的成分。不仅凭借其母亲的权势而开办珍珠公司谋取利益，而且低俗地接受风流宴，不择手段地斗蟋蟀，甚至组织团伙报复对手、调戏女工乃至参与强奸，最终走上违法犯罪的道路。为了抵消罪责，为了逃避刑罚，在母亲及其权力圈子的精心策划下，试图以和珍珠的婚姻作为掩护，企图蒙混过关。然而，马叔公事公办，最终将其绳之以法。在大虎这里，流露着特殊环境中成长的畸形状态及其由此带来的"恶行"因素。

与大虎的"恶行"相对应，《红树林》中的陈珍珠则自始至终流露着天然的"性善"。在红树林边长大的珍珠，出生在采珠世家。作为采珠人的后代，珍珠很清楚苦不堪言的采珠人的生活——"不是被鲨鱼咬死，就是被海水呛死，或者被官府逼死。"[①]正像古老的《采珠歌》传唱的那样："一颗珍珠，万滴泪珠。"昔日打鬼子的天然屏障红树林，今日面临着严酷的生存挑战。本来以采珠为生，但是海里的野生珍珠越来越少，未婚夫大同的人工养珠场也是难以为继。为了生存下去，也为给弟弟小海治病，海边姑娘珍珠去城里打工。于是，也就有了与经营珍珠公司的大虎之间的复杂关系。同时，也把副市长林岚的生活自然地牵扯进来。珍珠的天生丽质以及自然之美，引起大虎的关注和爱慕。大虎不仅为其提供丰厚的物质条件，还要把陈珍珠打造成珍珠和珍珠节的象征以及珍珠城南江的象征。面对大同的穷困潦倒和狭隘自私，此时的珍珠仍然以爱情为重。面对大同的心中仇恨和过激行为，珍珠依然怀抱感恩之心，不惜失去最为珍视的尊严来拯救大同。即使明晰自己不幸遭遇的真相，依然忍辱负重，仍然选择宽恕和善良。

在肉体受辱的痛不欲生中，珍珠将灵魂得救的希望寄托于红树林的保护神珍珠仙子和红树林边饱经沧桑的万奶奶。

> 万奶奶用一扇破了边的水瓢，舀起桶里的水浇到珍珠的头上。她一边浇水一边念叨着：闺女，珍珠仙子刚才对我说了，只要你的心是干

---

① 莫言：《红树林》，第115页。

净的,什么样的脏物也沾不到你的身上……就像雨水永远打不湿鲜荷叶,就像海水永远浸不湿白鹭……仙子说,有的人自以为身子脏了,其实是她自己的心先脏了。只要你的心不脏,即便有人把满桶的污水浇到你的头上,你也是干净的……仙子让我给你洗浴,从此后,你的身体,就像光滑的玉石,从里到外都是干净的了……从此之后,什么样的污秽也不能玷污你了……珍珠的眼泪,和着一道道的清水,汹涌地流下来。她的心里感动极了,她在不知不觉中发出了大声的抽泣。一桶水浇罢,万奶奶望空念叨了几句,然后说:起来吧,孩子,一切都过去了。奶奶活了九十九岁了,什么样的事也见过了,什么样的人也见过了,奶奶琢磨出了一个道理:世上没有过不去的河,你记住我的话。[①]

显然,这是神圣的施洗和心灵的净化,是人类向上的希望和向善的力量。这里,甚至已经完全具备宗教意义上的形式和内涵。其实,所谓的"忏悔"和"救赎"不也正是心灵的"净化"吗?

相对于大虎的"恶行"和珍珠的"性善"以及万奶奶的"救赎",地委秦书记表现出来的则是天然的"恶性"。在那个极度"跃进"的年代,秦书记顺应潮流,逼迫县里搞"浮夸",甚至将质疑者定性为"反党分子",结果被副县长马刚一怒之下打掉两颗门牙。马刚的结局可想而知,他最终沦落为当年浴血战斗过的红树林的烈士陵园管理员。秦书记尤其善于使用权力,甚至精心谋划,把目标瞄向美丽天真的林岚以满足自己的欲望。再利用林岚的父亲希望"复出"和"上位"的机会,提出将林岚嫁给自己的智障儿子。结果同样可想而知,婚嫁只是遮人耳目,终将林岚掌控在手并据为己有。而且以权力的游戏规则作为筹码,为自己的作恶及"恶性"清除障碍、铺平道路。一切的清规戒律,都是针对老百姓,"当官的荣耀成了治疗你的心理创伤的灵药,是啊,与当大官比起来,个人的那点事就显得没有分量了。市里官场上那些想当官的女人哪个干净呢?"[②]至此,也只能不断地寻求借口,何况还有更进一步的历史逻辑和现实结论:"这样的事情,发生在老百姓身上,当然是不道德,是'爬灰',是丑闻,但是这样的事发生在我们这样的人身上,就是浪漫,

① 莫言:《红树林》,第259页。

② 莫言:《红树林》,第318页。

我们的官当得越大，这件事就越显得是小事一桩。"[1]显然，在秦书记眼中，道德和法律只是针对普通百姓，对于领导干部没有任何约束力。"当然我们没有李世民和武则天那么尊贵，但我们是唯物主义者，我们的世界观比他们先进，他们敢做的事，我们为什么就不能做呢？当然，在目前这个时期，我们必须考虑到老百姓和一般干部的愚昧和落后，我们不得不干一些违心的事，说一些违心的话，在外人面前，这孩子还得叫我爷爷，但在心里面，我知道他是我的儿子，这就足够了。"[2]如此为自己的"恶行"寻找到冠冕堂皇的理由并作出如此厚颜无耻的解释，就已经不是"恶行"，而成为人性深处的"恶性"了。当智障儿子用一根细细的红头绳奇怪地吊死在窗棂上后，也就不难理解秦书记的反应和处理方式了。"为此，秦书记专门召集家里的厨师和保姆开会，要求他们严格保守秘密，对外统一口径，就说是小强死于肥胖引起的并发症。如果胆敢说出去小强真正的死因，就让谁吃不了兜着走。"[3]深谙权力之道的秦书记，自始至终把权力抓在手中，并运用得得心应手、淋漓尽致。伴随其疯狂的纵欲和猝死，一个狂热的"革命时代"走向终结，其中不仅呈现着批判的意识，更是暗含着历史的隐喻。

《红树林》善于表现人性之善恶对照，把人生处境和人性之善结合起来，把权力本质与人性之恶结合起来，彰显出某些另类的特质。

第三节　历史与革命的另一层面

除了权力关系和人性善恶，《红树林》还着力展示历史与革命的另一层面，这又主要表现在卢家大院的历史命运和对"文化大革命"的革命反思。

《红树林》通过大虎与"蟋蟀王子"卢面团斗蟋蟀的故事，引出卢家大院的历史和卢氏家族的命运。卢家堂号"兼济"，时称"先有兼济堂，后有南江府"。[4] 卢家组织着全省的蟋蟀大赛，车马喧闹，冠盖如云。卢家还开着全省最大的震圜鞭炮厂，碾火药的骡子全通人性，有条不紊地庄严换班，成为

① 莫言:《红树林》，第 320 页。

② 莫言:《红树林》，第 323 页。

③ 莫言:《红树林》，第 338 页。

④ 参见莫言:《红树林》，第 81 页。

江南一景。震圜牌烟花爆竹闻名天下,其中的"九重塔"更是独树一帜,从不轻易示人。辛亥革命成功,中华民国成立,高祖震圜公兴奋异常,宣布制造"九重塔"。其科学配方和严谨工序令世人仰慕,其燃放消息不胫而走,吸引了世界客商。甚至一度疯传,将邀请中山先生前来观看。祖父南风公,求学于日本早稻田大学,思想进步开放,事迹更加丰富。"不知卢南风,枉做南江人。"①民国时期,卢家大院击退土匪;抗战时期,鞭炮厂实际上成为红树林游击队的兵工厂。"所以尽管我祖父南风公历史上有污点,但公道地说他是功大于过。如果没有我卢家的参与,就没有南江地区的抗日斗争。"②卢家这样的铜墙铁壁,没有被亡命之徒的土匪打开,没有被日本人的山炮弹打开,却在内战时被共产党领导的八路军打开了。原因当然是出了叛徒,而这个叛徒正是共产党派来的内线马刚,所谓的"孤身打入虎穴、端了最坚固的反革命土围子"③。中华人民共和国成立后,卢家大宅让位于小学,而且因为传说中的"七十二只金牛",又不断遭受挖掘,甚至包括祖坟。改革开放后,卢南风作为爱国华侨重回红树林,通过捐建学校得以换回老宅。显而易见,卢家大院的命运伴随着历史和时代而变迁。

与时代和历史密切关联的,更是人生的命运及其转换。作为林万森和马刚老战友的卢南风,是当年红树林游击队的队副。他从毁家组织抗日到最终流亡日本,说汉奸不是汉奸,说英雄不是英雄,其间又有多少的人生错位。"先有卢家堡,后有南江县。""从广西,到广东,无人不知卢南风!"④所谓的"叛徒"和"汉奸",又是超越多少界限的历史判断。"闺女,你错了,日本人给我腿上压杠子,往我胸膛上搁烙铁,把我的十根手指上钉了竹签子,我全都咬牙挺过来了。你知道我为什么投降吗?他们不知从什么地方打听到我有洁癖,就硬往我身上抹大粪,还往我嘴里灌屎汤子……说着他就哇哇地吐起来。吐完了,他含着眼泪说:妈的,我这个叛徒当得真窝囊……"⑤当然,这里不无戏谑和反讽,却也不无人生的无奈和悲凉。

---

① 莫言:《红树林》,第 87 页。

② 莫言:《红树林》,第 87 页。

③ 莫言:《红树林》,第 95 页。

④ 莫言:《红树林》,第 151 页。

⑤ 莫言:《红树林》,第 151 页。

《红树林》通过林岚和马叔的情感波折，侧面表现出"文化大革命"的革命景象，延伸出另一层面的革命反思。"文革"初期，人们兴奋异常。林岚和马叔先是编写诗歌批判"三家村"，继而加入红卫兵组织，一起参与"破四旧"。砸掉房屋上的瓦当，烧毁市剧团的服装，剪掉女人脑后的发髻，扫荡所有的庙宇，焚烧紫檀木雕成的孔夫子像，奔向红树林边上的珍珠娘娘庙……以革命的名义就可以砸庙放火、无所顾忌了。然而，革命的狂热迅速被冷酷的现实所取代。两人的母亲忍辱自杀，两人的父亲遭受残酷批斗。母亲被医院的造反派一巴掌打得身体像陀螺一样旋转，市政府造反的司机为了打掉马刚的不屈服而将一颗爆竹插在他的耳朵里点燃，造反派使用崭新的、性能良好的打气筒往人体里充气……暴力和罪名以及刑罚的滥用让人性彻底丧失，人性之恶借助革命的力量更是无以复加。

经过"文革"，有的变得更加不谙世事，比如马刚；也有的变得更加聪明世故，比如林万森。"为了革命，什么样的事情都可以做。为革命说谎不算说谎，为革命造谣也不算造谣，为革命欺骗老百姓也不算不道德……"[①]只要是以革命的名义，一切的反面行为都能得到逻辑合理的正面解释。从"文革景象"延伸开来，对于革命及其革命者的反思在《红树林》中更为突出，这又主要表现在地委秦书记的革命言行和革命目标中。在那个物质极度匮乏的年代，在地委书记的家里，"看不出肉类短缺的迹象，也看不出鸡蛋需要凭票供应，更看不出粮食紧张，这里不缺乏维生素，更不缺乏蛋白质，这里基本上实现了共产主义"[②]。革命的目标就是为了吃喝，其他的一切都可能归于他人，只有吃喝永远归于自己。所以获得权力后的短时间内，秦书记的肚皮便有了长足的进步，其吃喝的丰富程度也极尽奢靡。"经过文化大革命，伯伯已经想明白了，人生在世，食色性也，食是第一位的，只有吃好了身体才能好，而身体是革命的本钱。"[③]除了所谓的"食"，"色"也是其精心追求的目标。而要能够保证这一点，就必须拥有权力，所以革命的目的就是抓住权力。"'大手抓草，小手抓宝'，伯伯的手也不抓草，也不抓宝，伯伯的手只抓

---

① 莫言:《红树林》，第 309 页。

② 莫言:《红树林》，第 276 页。

③ 莫言:《红树林》，第 280 页。

印把子，只要把印把子抓在手里，要什么就会有什么。"[①]秦书记谙熟权力的本质，并将其运用到极致，也将自己的欲望满足到最大化。革命的终极目标，已经停留并被转换为权力与情、政治与性、革命与食色关系的并置。

就《红树林》的整体而言，除了作为核心的"珍珠事件"，发生在"红树林"中的"抗日故事"和"文革故事"及其延伸景象，让我们看到历史和革命的另一层面。

第四节 叙述视角的二位一体及其交替

除了执着于人性的丰富性和历史的多元性，莫言的写作在艺术层面总是不断地进行新的探索，《红树林》也不例外。这又主要表现在叙述视角的二位一体及其自然交替，也就是以林岚为核心的"你"和"我"的交替叙述。

《红树林》开篇表现林岚的焦虑情绪及其分裂型的人格，一方面是"你"的行为，另一方面是"我"的内心。"林岚，其实你不必这样；你的心情我可以理解，但你其实不必这样。我低声地劝告着她。"[②]显而易见，这里表面来看是两个人的对话，而其实并非存在林岚和另外一个人，恰恰是两个林岚之间的自我对话。其中，"你"是外在的林岚，"我"是林岚的内心。或者说，正是自己的行为和内心构成的互动。综观《红树林》全篇，均以此为基调，进行"红树林故事"的讲述。人的外在行为往往充满欺骗，需要他人的判断，而内在的心灵世界则只有自己能够真正体验，自我与内心的对话才是最为真实的表达。对于林岚而言，"我从你的身体里听到了一个不祥的信号，为了你的儿子大虎，为了你的遭受了严重挫折的爱情，你的身体已经不堪重负，衰老，可怕地、不可阻挡地开始了"[③]。只有自己才能从自己的身体里判断自身的生命状态，尤其包括所涉及的自我隐私领域，显然不是他人所能把握的。林岚正是如此，其生命焦点和生存问题集中于两个方面：一是儿子大虎的处境，二是自己的情感选择。而这两个方面的出路，都与马叔有关。前者需要马叔的徇私和留情，后者需要马叔的决断和接受。而马叔对大虎案件

① 莫言：《红树林》，第 280 页。

② 莫言：《红树林》，第 1 页。

③ 莫言：《红树林》，第 5 页。

的公事公办和对林岚情感的犹豫不决,致使两者事与愿违,也就将林岚推向两难的境地。因此,二位一体的讲述也就顺理成章地与人物经历和命运协调一致。

所谓的如影随形,实则一体才能表现。林岚面对的所有现实问题及其焦虑情绪,几乎都是矛盾地统一于一身:

> 林岚,我知道你心里不痛快——大虎遇到麻烦,金大川狼子野心,陈小海神神鬼鬼,陈珍珠包藏祸心,马叔与牛晋暗中取证,欲把大虎置之死地——遇到这么多烦心事如何能痛快?但兵来将挡,水来土掩,这是你挂在嘴边上的话。你是女中豪杰,巾帼男儿,大风大浪都经过,决不会在小河沟里翻了船。在这种艰难时刻你尤其要爱护自己的身体,留得青山在,不怕没柴烧。……你吃了很多别人没有吃过的苦头,才赢得了今天的荣耀,不容易,所以你一定要珍惜抓到手里的东西,不能轻易放弃。还没到山穷水尽的地步呢![①]

这里的"我"和"你",又是一体的两面。其实是自己面对自己,自己解剖自己,自己劝说自己。后续的为缓解压力而寻求刺激,更是把一体两面推向极致,因为其中异常隐私,并且充满内心和行为的辩驳与对抗。"咱们俩是谁跟谁?耻笑你就等于耻笑我自己。"[②]你就是我,我就是你;你中有我,我中有你;你我形态表现有异,但根本上归于一体。"我"是一个隐藏的林岚,代表其内心世界;"你"是一个显露的林岚,代表其外部世界。而每一个人,又何尝不是面对这样的两个世界?

当然不可否认,《红树林》有着其他各种不同的叙述视角,但其中二位一体的互为对话或者说一体两面的交替讲述,却是最为鲜明的特色。

第五节 "重新栽了一棵树"

对于长篇小说创作,结构问题尤为重要,并且非常关键。其实,莫言一直非常重视小说的结构构思。从一部长篇小说的整体结构中,可以看出作家创作意识的主导层面。《红树林》从林岚的焦虑不安、爱恨起伏和拼力抗

---

① 莫言:《红树林》,第56~57页。

② 莫言:《红树林》,第149页。

争开始写起，终结于“尾声”的命定认同、爱恨消弭和一切归于平静，尽管各色人物轮番登场，但主角显然是林岚无疑。小说“卷首语”所谓的“在欲火如炽的红树森林里，烦躁不安的叙述，犹如东奔西突的马驹……”，显然也是针对林岚而言。围绕“欲望”的“叙述”，不仅构成主人公林岚的生命历程，也是整部《红树林》的写作基调。

虽然小说《红树林》脱胎于电视剧本，但莫言对此具有清醒的意识：“电视剧本与长篇小说的创作不是一回事，但也不是绝对地没有关系。长篇小说好像一棵大树，而电视剧本则像一套家具。用大树造成家具比较容易，但要把一套家具复原成一棵大树几乎是不可能的。我的这次创作就有点像把家具复原成大树的妄想，虽是妄想，但也充满恶作剧般的乐趣。搞到一半时，我不得不把那些家具全部劈碎，圈成了一个栅栏，然后在栅栏里重新栽了一棵树。”[①]在剧本的“栅栏”里重新栽了一棵小说的“树”，从这个层面来说，《红树林》仍然具有独立的和独特的意义。

① 莫言：《碎语文学》，第2页。

第八章◢

《檀香刑》的"刑""戏""情"

1984年,莫言有幸考入解放军艺术学院文学系学习。在这期间,莫言接触到大量的西方现代派小说,从根本上冲击了他固有的文学理解,尤其颠覆了旧有的小说观念。莫言认为,一个作家对另一个作家的影响,关键在于激活或者唤醒的意义。他以马尔克斯的《百年孤独》为例,认为其"犹如一束强烈的光线,把我内心深处那片朦胧地带照亮了"。"我匆匆拿起笔来,过去总是为找不到可写的东西而发愁,现在是要写的东西纷至沓来。"①接下来的两年时间内,他陆续写出《透明的红萝卜》《爆炸》《球形闪电》《金发婴儿》《筑路》《红高粱家族》等八十多万字的小说。

与此同时,莫言又意识到一个更为严重的问题,"就是必须从马尔克斯、福克纳这些西方作家的阴影里摆脱出来,不能满足于对他们的模仿"②。因为即使主要起到触媒的作用,也仍然具有可怕的影响。"马尔克斯唤醒的是我心中固有的那部分与他的气质相合的东西,但一个作家的影响犹如一种渗透力极强的颜料,会把我内心里那些原本与他不同质的东西,也染上他的颜色。"③所以莫言说,马尔克斯和福克纳是"两座灼热的高炉",而自己是"冰块",必须要逃离这两个高炉而去开辟自己的世界。从马尔克斯那里,莫言体会到其独特的认识世界、认识人类的方式。"我认为他在用一颗悲怆的

---

① 莫言:《用耳朵阅读》,第152页。

② 莫言:《用耳朵阅读》,第153页。

③ 莫言:《用耳朵阅读》,第153页。

心灵，去寻找拉美迷失的温暖的精神的家园。”[①]从福克纳那里，莫言意识到“过去的历史与现在的世界密切相连”，“历史的血在当代人的血脉中重复流淌”。[②] 显然，莫言对于的文学特色的创造已经具有自觉意识，那就是他所谓的让自己的文学“不死的保障”：“一、树立一个属于自己的对人生的看法；二、开辟一个属于自己领域的阵地；三、建立一个属于自己的人物体系；四、形成一套属于自己的叙述风格。”[③]

在接下来的十几年时间里，莫言声称“一直怀着叛逆之心写作”。“一直到了2000年写作《檀香刑》时，才感觉到具备了一些与西方文学分庭抗礼的能力。”延伸至后续的《四十一炮》《生死疲劳》等，都是“大踏步撤退，向民间文学学习，向中国传统小说学习”。[④]《檀香刑》是莫言在新世纪以来的第一部重要的小说，不仅在创作时间节点上承前启后，更是在创作思维转换上继往开来。

《檀香刑》表层讲述一个发生在晚清时期的历史故事及其惊心动魄的刑罚表现，实则揭示一种刑罚施行过程中的内在心态及其异常隐秘的现代寓言。而这种表层与深层的结合，又是通过事件发生的不同主体的反应及其意识来实现的。

第一节 人生如“刑”，“刑”如人生

《檀香刑》中，以赵甲为代表的刽子手把“刑罚”这门手艺创造、发挥到极致状态，把人生和“刑罚”紧密结合在一起，达到人生如“刑”和“刑”如人生的自然之境界。在接手“檀香刑”之前，赵甲从17岁时参与腰斩偷盗库银的库丁到60岁时凌迟刺杀袁世凯的钱雄飞，已经具有整整44年的专业训练和职业生涯。在小说中，赵甲或者目睹或者参与或者主导的行刑过程有六次，演绎的刑罚手段有五种。

第一次是在童年时期，由于父母双亡而进京投亲，受母亲灵魂的指引

① 莫言：《两座灼热的高炉》，《世界文学》1986年第3期。

② 莫言：《两座灼热的高炉》，《世界文学》1986年第3期。

③ 莫言：《两座灼热的高炉》，《世界文学》1986年第3期。

④ 莫言：《用耳朵阅读》，第153页。

而目睹刽子手处决“舅舅”的场景，此时的用刑手段是“斩首”。“我尾随着行刑队，出了宣武门，走上通往菜市口刑场去的那条狭窄低洼、崎岖不平的道路。那是我第一次踏上这条天下闻名的道路，现在这条路上层层叠叠着我的脚印。”[①]在这次行刑中，赵甲亲眼目睹了刽子手的纯熟技艺，尤其亲眼目睹了看客们在其中所扮演的重要角色。行刑前，观刑的人们不满意囚犯的窝囊表现而起声鼓噪；行刑后，观刑的人们满意于刽子手的高超技术而齐声欢呼。正是由于这一次独特的亲身经历，赵甲在走投无路之际于冥冥之中遇到自己未来行业的师傅余姥姥，为后续的直接参与各种刑罚乃至最终的“檀香刑”提供了必要的条件并且奠定了坚实的基础。

第二次是咸丰七年(1857)，面对的对象是偷盗皇家银库的库丁，采用的刑罚是用斧头(而不是大刀)进行的“腰斩”。“执行那天，菜市口刑场人山人海，百姓们看砍头看腻了，换个样子就觉得新鲜。”[②]受刑者越闹，看客们越喝彩。“姥姥举起大斧时，看客们全都鸦雀无声；姥姥斧头落下时，人群里一阵欢呼。”[③]当斧头砍偏之时，看客们便喝起倒彩。此时的赵甲急中生智，用备用的大刀完成执刑。虽然受刑者的身体断为两截，但前半截依然支撑着跃动。如此残酷的刑罚以及公开执行，是为了惩罚犯人，更是为了警告和震慑观者，然而却成为看客们的盛宴。每一次刑罚，似乎都离不开执刑者、受刑者和看客们的全程参与，三者互为主体、缺一不可。

第三次是咸丰十年(1860)，大内太监小虫子因为偷盗皇帝的七星鸟枪，而被处以酷刑“阎王闩”。为了显示皇权、杀鸡儆猴，那些传统的刑罚——打板子、压杠子、卷席筒、闷口袋、五马分尸、大卸八块等，已经统统过时而弃之不用。专门研究用刑的职业刽子手余姥姥，深得上司旨意，着眼于犯人的“有眼无珠”而贡献出一种新型的酷刑——“阎王闩”。赵甲也在这次执刑中名利双收，而且用划拨的银钱买房置地娶妻生子。为了让全新制造的刑具万无一失并取得“不得好死”的最佳效果，甚至直接用两个刑犯来提前试验。如其顶头上司所言：“千言万语一句话，只许成功，不许失败！你们要是

---

① 莫言：《檀香刑》，上海文艺出版社 2008 年版，第 55 页。

② 莫言：《檀香刑》，第 88 页。

③ 莫言：《檀香刑》，第 89 页。

出了差错,砸了刑部的牌子,这'阎王闩',就该你们自己戴了。"[①]真是行行有规矩,刽子手们也严格遵守。在他们出门执刑前,先要敬拜祖师爷神像以获得保佑,再以鸡血涂面而转换角色。"执刑杀人时,我们根本就不是人,我们是神,是国家的法。"[②]而且,也不必下跪皇帝,因为已经不再是人了。其实在某种意义上说,面对受刑者,执刑者和观刑者都已经不再属于人,无论过程中还是过程后。一切都在掌握之中,赵甲和余姥姥配合默契、心领神会,把"阎王闩"的效果发挥到极致,也把宫廷上下的各色人等震慑得无以复加。"还是刑部的刽子手活儿做得地道！有条有理,有板有眼,有松有紧,让朕看了一台好戏。"[③]这里,惨无人道的刑罚已经转换为赏心悦目的大戏。这不仅仅是专制统治的一个侧面,更是人性深处的一个缩影。

第四次是面对着"戊戌六君子",采用的刑罚是"斩首"。其实,六君子中的刘光第似乎早就预想到自己的命运结局,这在腊八期间偶遇赵甲以及在其后的交往中已经表露无遗。腊八节期间,刑部大堂首席刽子手赵甲遵循祖训前往庙中领粥喝粥,显然不是果腹问题,而是为了警醒自己的身份。"历代刽子手在腊月初八日来庙里领一碗粥喝,是为了向佛祖表示,干这一行,与叫花子的乞讨一样,也是为了捞一口食儿,并不是他们天性喜欢杀人。所以这乞粥的行为,实际上是一种对自己的贱民身份的认同。所以尽管狱押司的刽子手可以天天烧饼夹肉,但这碗粥还是年年来喝。"[④]这不仅仅是老辈儿传下来的规矩,更是杀人行为的某种心理补偿。令赵甲意想不到的是,在这样的乌合之众的队伍里,竟然还有刑部大堂主事刘光第。当赵甲把雪地中摔倒的刘光第送回家的时候,二人之间仿佛建立起某种生命的联系。后者不仅认出前者,而且赋予其职业以同等的意义:"其实,你干得活儿,跟我干得活儿,本质上是一样的。都是为国家办事,替皇上效力。但你比我更重要。""刑部少几个主事,刑部还是刑部;可少了你赵姥姥,刑部就不叫刑部了。因为国家纵有千条律法,最终还是要落实在你那一刀上。"[⑤]这是赵甲

① 莫言:《檀香刑》,第 39 页。
② 莫言:《檀香刑》,第 40 页。
③ 莫言:《檀香刑》,第 49 页。
④ 莫言:《檀香刑》,第 201 页。
⑤ 莫言:《檀香刑》,第 204 页。

及其所代表的刽子手的角色和位置，也是清王朝及其所代表的中国社会的制度和本质。而赵甲又绝非一般的刽子手，相反，却是对自身具有异常清醒的自觉意识："刘大人，您的话，真让小的感动，在旁人的眼里，干我们这行的，都是些猪狗不如的东西，可大人您，却把我们抬举到这样的高度。"[①]到了第二年的正月初一，刘光第身穿官服来到刽子手居所一起喝酒过年。当他看到刑具陈列室的大刀时感慨万千："赵姥姥，咱们也算是老朋友了，有朝一日，我落在了你们手里，你可要把这把大刀磨得快一些。"[②]赵甲尴尬非常，顺势应对"您清正廉洁，高风亮节"，然而历史总是无常得相似，"清正廉洁活该死，高风亮节杀千刀！""赵姥姥，咱们就这么说定了！"[③]而且，历史并不新鲜，也不久远。

当"戊戌六君子"被押上执刑台时，一向淡定和冷漠的赵甲竟然感到了紧张。

> 在往常的执刑中，只要红衣加身、鸡血涂脸后，他就感到，自己的心，冷得如深潭里的一块黑色的石头。他恍惚觉得，在执刑的过程中，自己的灵魂在最冷最深的石头缝里安眠着；活动着的，只是一架没有热度和情感的杀人机器。所以，每当执刑完毕，洗净了手脸之后，他并不感觉到自己刚刚杀了人。一切都迷迷糊糊，半梦半醒。但今天，他感到那坚硬的鸡血面具，宛如被急雨打湿的墙皮，正在一片一片地脱落。深藏在石缝里的灵魂，正在蠢蠢欲动。各种各样的情感，诸如怜悯、恐怖、感动……如同一条条小小溪流，从岩缝里汩汩渗出。他知道，作为一个优秀的刽子手，站在庄严的执刑台上时，是不应该有感情的。如果冷漠也算一种感情，那他的感情只能是冷漠。除此之外的任何感情，都可能毁掉他的一世英名。他不敢正视六君子，尤其是不敢看到与他建立了奇特而真诚友谊的原刑部主事刘光第大人。[④]

虽然已经把那把大刀磨得锋利无比、吹毛可断，但仍然需要强大的心理力量作为支撑。即使优秀的刽子手也不是没有情感——哪怕刹那间的，

---

① 莫言：《檀香刑》，第 205 页。

② 莫言：《檀香刑》，第 207 页。

③ 莫言：《檀香刑》，第 207 页。

④ 莫言：《檀香刑》，第 209 页。

然而其优秀之处正在于能够克服情感，赵甲就是如此，他再一次显示出无与伦比的刽子手素质和清醒的自我意识。那就是要排除私心杂念，让屠刀和人融为一体，把活干好干利索，而不使受刑者多加受罪和痛苦。所谓的"践约"，如当年刘光第的预言，赵甲用自己高超的技艺，向"六君子"表示自己的敬意。这场撼天动地的大刑，又引发民间的各色传说。如一贯的看客们所为，他们关注的焦点总是刽子手和受刑者在刑场的特殊表现，而从来没有想起过受刑者因何受刑，也从未意识过刑罚何以发生。也正是因为高超的技艺，为赵甲带来巨大声誉，"使刽子手这个古老而又卑贱的行业，第一次进入人们的视野，受到了人们的重视"。同时，这些民间话语也吹进宫廷，"传进了慈禧皇太后的耳朵，这就为即将降落到赵甲身上的巨大荣耀铺平了道路"。[①] 显然，执刑"戊戌六君子"不是《檀香刑》的主体，但却为紧接着的"凌迟"刑罚的发生提供了前提，更为后续的赵甲得以告老还乡而有恃无恐、进而主导旷世奇绝的"檀香刑"奠定了基础。

第五次刑罚便是紧接着"戊戌六君子"事件而来。六君子喋血京城，激怒了一腔改革、满腔热血的本是袁世凯骑兵卫队长的钱雄飞。他决定铤而走险、孤注一掷，为六君子报仇而刺杀袁世凯，但事与愿违，功亏一篑。这一次刑罚面对的是刺杀袁世凯未遂的钱雄飞，赵甲被动出京执刑，采用的手段是"凌迟"。这不仅再次成为成全赵甲的"杰作"，更是承前启后而进一步借机实现了对于刽子手复杂心理的深刻挖掘和集中呈现。

不同于以往在京城的惯性动作，赵甲这次来天津执刑，深感责任重大，心中惶恐不安。尤其面对新军的阵营和不同寻常的受刑对象，久经刑场的赵甲再次感到紧张。他想起恩师余姥姥的话："一个优秀的刽子手，站在执刑台前，眼睛里就不应该再有活人；在他的眼睛里，只有一条条的肌肉、一件件的脏器和一根根的骨头。"[②]如果不能秉持这样的职业理念和职业精神，也就难以完成职业使命，也就谈不上什么"敬业"了。显然，之所以施加如此的刑罚，如袁世凯所言，就是"杀鸡给猴看"，以实现"为朝廷尽忠，为大人效命"的目的。[③] 但对于赵甲而言，他要再一次克服哪怕一闪念的心理障碍。

① 莫言：《檀香刑》，第 213 页。

② 莫言：《檀香刑》，第 181 页。

③ 参见莫言：《檀香刑》，第 185 页。

当他觉察到视死如归的钱雄飞在一瞬间流露出掩饰不住的恐惧之时，自身的职业荣耀得以迅速恢复。“面对着的活生生的人不见了，执刑柱上只剩下一堆按照老天爷的模具堆积起来的血肉筋骨。”[①]对赵甲而言，已经无需其他，只需打碎模具即可。在这里，虽未执刑，其实已经执刑完毕。面对百里也难挑一的钱雄飞，赵甲感到自己的至高无上：“我不是我，我是皇上皇太后的代表，我是大清朝的法律之手！”[②]本来已经习惯犯人们凄惨号叫的赵甲，面对着默不作声的硬汉钱雄飞，反而感到心神不安，这让他更加聚精会神。

按照传统，“凌迟”的执刑要求极高，具有精确的衡量标准。天才的高手不是用刀用手而是用心用眼进行切割。时至今日，已经大打折扣，功夫如赵甲者可谓凤毛麟角。按照规矩，每割一刀，刽子手都要向监刑官员和观刑群众进行展示。在赵甲看来，其中大有深意：“一，显示法律的严酷无情和刽子手执行法律的一丝不苟。二，让观刑的群众受到心灵的震撼，从而收束恶念，不去犯罪，这是历朝历代公开执刑并鼓励人们前来观看的原因。三，满足人们的心理需要。无论多么精彩的戏，也比不上凌迟活人精彩，这也是京城大狱里的高级刽子手根本瞧不起那些在宫廷里受宠的戏子们的根本原因。”[③]相对于前两者意义的直观性和普遍性，第三个层面的意义虽然具有特殊性但却以其真实性而更加触目惊心。这里已经把“执刑”等同于“演戏”，为后来的“檀香刑”的极致化“表演”进行了“彩排”。

而且，赵甲更是通过师傅的话语进一步集中描述刽子手的职业精神和“刑罚”等同于“大戏”的本质表现：

> 师傅说刽子手对犯人最大的怜悯就是把活儿做好，你如果尊敬她，或者是爱她，就应该让她成为一个受刑的典范。你可怜她就应该把活儿干得一丝不苟，把该在她的身上表现出来的技艺表现出来。这同名角演戏是一样的。……如果不全心全意地认真工作，就是造孽，就是犯罪。你如果活儿干得不好，愤怒的看客就会把你活活咬死……这实际上就是一场大戏，刽子手和犯人联袂演出。在演出的过程中，罪犯过分地喊叫自然不好，但一声不吭也不好。最好是适度地、节奏

① 莫言：《檀香刑》，第 185 页。

② 莫言：《檀香刑》，第 186 页。

③ 莫言：《檀香刑》，第 187 页。

分明的哀号,既能刺激看客的虚伪的同情心,又能满足看客邪恶的审美心。师傅说他执刑数十年,杀人数千,才悟出一个道理:所有的人,都是两面兽,一面是仁义道德、三纲五常;一面是男盗女娼、嗜血纵欲。……师傅说,观赏这表演的,其实比我们执刀的还要凶狠。[①]

如此看来,每一次刑罚的实现,都离不开执刑者、受刑者和看客们,三者互为主体,联袂演出。

赵甲凌迟钱雄飞,惊心动魄的场景让人魂飞魄散,以至于参与执刑的徒弟晕倒、围观刑场的士兵跌倒。虽然如期所愿,取得巨大成功,但却把大名鼎鼎的首席刽子手累得站脚不稳,而且增添了一个双手动辄灼热如被火烧的怪症。无论从刽子手职业的精神理念还是实践经验方面,"凌迟"钱雄飞都为后来的"檀香刑"孙丙进行了铺垫,做了预演。

第六次刑罚便是着力要表现的主体和核心——"檀香刑"。因为执刑"戊戌六君子",赵甲名声大振;因为天津执刑钱雄飞,赵甲受到袁世凯接见并被举荐到皇太后和皇上面前。赵甲不愧是赵甲,即便心想告老还乡,也还要为自己终生从事的职业去争取最大的生存空间。面对皇太后,赵甲张弛有度。

小的认为,刽子手虽然下贱,但刽子手从事的工作不下贱。刽子手代表着国家的尊严。国家纵有千条法规,最后还要靠刽子手落实。小的认为,应该把刽子手列入刑部的编制,让刽子手按月领取份银。小的还希望朝廷能建立刽子手退休制度,让刽子手老有所养,不至于流落街头,小的……小的还希望能建立刽子手世袭制度,让这个古老的行业成为一种光荣……[②]

赵甲不是有勇无谋的一介屠夫,而是有思想、有见解的杰出刽子手。他深知权力护身符的意义,在被皇太后称为"刽子手行当里的状元"之时,一下子就意识到其中的无上荣耀和将来生存的底气。获得皇太后的佛珠和皇上的龙椅,又为其返乡后的人生创造了条件和资本。

告老还乡后的赵甲,即便仍然沉浸于自己的职业荣耀中,恐怕也不会再有作为。但是,家乡发生的孙丙抗德事件,让他敏锐地预感到自己职业生

① 莫言:《檀香刑》,第 191 页。

② 莫言:《檀香刑》,第 301 页。

涯的再次辉煌，甚至可能成为职业巅峰的千古绝唱。他乞求“洗手”的动作，已经预示着新的机会的到来：

你爹我原本想金盆洗手，隐姓埋名，糊糊涂涂老死乡下，但老天爷不答应。今天早晨，这两只手，突然地发热发痒，你爹我知道，咱家的事儿还没完。这是天意，没有法子逃脱。……俺不杀你爹，也有别人杀他。与其让一些二把刀三脚猫杀他，还不如让俺杀他。俗言道，“是亲三分向”，俺会使出平生的本事，让他死得轰轰烈烈，让他死后青史留名。儿子，你爹我也要帮你正正门头，让左邻右舍开开眼界。……这刽子手的活儿，也是一门手艺。这手艺，好男子不干，赖汉子干不了。这行当，代表着朝廷的精气神儿。这行当兴隆，朝廷也就昌盛；这行当萧条，朝廷的气数也就尽了。[①]

在赵甲看来，这次执刑可谓一举多得：一是为朝廷尽忠，报答皇太后的恩赐；二是打压县令钱丁，报答巡抚袁世凯的赏识；三是打击“红杏出墙”的儿媳孙眉娘——“咱家的媳妇是个人精，与那钱丁明铺热盖，让咱家蒙受了耻辱。真是苍天有眼，让她的爹落在了咱家手里”[②]；四是在家乡证明自己的身份和地位；五是成全孙丙的同时进一步巩固自我的一世英名；更为重要的还在于，可以提携自己的杀猪的儿子——“咱家千方百计地要告老还乡就是因为咱家思念儿子。咱家要把他培养成大清朝最优秀的刽子手”[③]——向自己提出的刽子手职业世袭制迈进，如其所言：“我的儿子，你就准备着改行吧，同样是个杀字，杀猪下三烂，杀人上九流。”[④]显然，孙丙抗德，事出有因，但原因已经不重要，重要的是刑罚本身。

和“凌迟”钱雄飞的性质如出一辙，袁世凯再次出面邀请赵甲执刑孙丙。他明确表达这次执刑的因果：“人心似铁，官法如炉。自去岁以来，拳匪骚乱，仇教灭洋，引起国际争端，酿成弥天大祸，现北京已被列强包围，形势万分危急。孙丙虽然被擒，但其余党，还在四乡蠢蠢欲动。东省民风，向称彪悍，高密一县，更是刁蛮。值此国家危难、兵荒马乱之际，非用重刑，不足

① 莫言：《檀香刑》，第 50 页。
② 莫言：《檀香刑》，第 286 页。
③ 莫言：《檀香刑》，第 286 页。
④ 莫言：《檀香刑》，第 69 页。

以震慑刁民。本官今日请你前来，一是叙叙旧情，二是要你提出一种能够威慑刁民的刑罚来处死孙丙，以儆效尤。”[①]按照胶澳总督克罗德的意思：“希望能有一种奇特而残酷的刑罚，让犯人极端痛苦但又短时间死不了。”否则，起不到震慑刁民的作用。“他希望执刑后，还能让犯人活五天，最好能活到八月二十日，青岛至高密段铁路通车典礼。”[②]于是，在克罗德提出的“欧洲桩刑”或者钉“十字架”刑罚的启发下，赵甲想到几近失传的“檀香刑”并获得认可。在赵甲看来，“檀香刑”的出现才是自己职业生涯的顶峰。其复杂环节，其精致讲究，其排场程度，足以称雄世界、无与伦比；其执刑之人，其受刑之人，乃至其围观之人，足以福气冲天、名垂青史。“要知道天下的戏，没有比杀人更精彩的；天下的杀人方式，没有比用檀香刑杀人更精彩的；全中国能执檀香刑的刽子手，除了咱家还有何人?”[③]这里，全中国的也就是全世界的了。

最终，孙丙被施加“檀香刑”，如受难的耶稣一样被固定于“十字架”上。耶稣本来可以顺利逃生，但是主动选择自我牺牲，以爱的行动赦免和救赎生而有罪的世人，进而开创人类文明的新时代，同样具有了普遍性价值。孙丙本来可以被人代替，以假乱真，脱离酷刑，但是主动选择自我承受，除了令人敬畏和警醒世人，还要成就自我以流芳百世，仍然拘泥于独特性的范畴。在此，固然历史语境有别，其实也是中西文化差异之所在。

总而言之，在所有的这些残酷刑罚执行过程中，至于受刑者的什么罪名已经不重要，也无人提及，重要的是刑罚本身及其影响。以赵甲为代表的执刑者，其人生过程就是执刑的过程，其人生意义就是刑罚的意义。其人生如“刑”、“刑”如人生的背后，又寄寓着一个民族的特性和一种文化的特质，如局外者克罗德所言：“中国什么都落后，但是刑罚是最先进的，中国人在这方面有特别的天才。让人忍受了最大的痛苦才死去，这是中国的艺术，是中国政治的精髓……”[④]从这个意义上完全可以说，《檀香刑》不是为了展示刑罚，而是为了批判承载刑罚的民族心理和文化体制。刑罚的场景由施刑者、

① 莫言：《檀香刑》，第 85 页。
② 莫言：《檀香刑》，第 90 页。
③ 莫言：《檀香刑》，第 288 页。
④ 莫言：《檀香刑》，第 91 页。

受刑者、观刑者组成，而其背后则是无孔不入的权力渗透和不容置疑的权力集团。况且，哪一次刑罚又不是在合法的名义下而实施的暴力行为呢？显然，试图以暴力而维系的统治仍然并不可靠，否则又怎么会发生如此多的暴力循环。即便是针对暴力而言，也不过是“以暴制暴”的报复；即便是合法的针对暴力，也不过是另一种形式的暴力而已。从本质上来说，这一切都没有摆脱“复仇”的原始意义，也就谈不上真正的现代文明意识的发生。

第二节　人生如“戏”，“戏”如人生

相对于执刑者赵甲的人生如“刑”、“刑”如人生的意义，作为受刑者的孙丙，则自始至终呈现为人生如“戏”、“戏”如人生的意义。

孙丙本是猫腔的传承人、第二代祖宗和戏班班主，把猫腔这样一个原来的民间小戏发扬光大为四州十八县都有名的大戏。他在酒后失言并与知县钱丁“斗须”失败之后，彻底改行而成为孙记茶馆掌柜。刚刚过上安稳甚至不无幸福的生活，却被突如其来的事件改变轨迹。孙丙抗德事件的背景其实源于德国人修建胶济铁路。其原因是：第一，铁路横贯高密东北乡，被认为破坏风水。第二，在占地赔偿方面，又出现克扣赔银的腐败事件。第三，更有被剪去辫子及其丢掉灵魂的魔法传言。许多男人，一觉醒来，辫子被剪，头晕眼花，四肢无力，精神恍惚，言语不清，成为废人。“德国人把中国男人的辫子，压在了铁路下面。一根铁轨下，压一条辫子。一根辫子就是一个灵魂，一个灵魂就是一个身强力壮的男人。你们想，那火车，是一块纯然的生铁造成，有千万斤的重量，一不喝水，二不吃草，如何能在地上跑？不但跑，而且还跑得飞快？这么大的力量是从哪里来的？你们自己想想吧！”[①] 显然，这是中外文化碰撞和冲突的原因，也是关键性的观念因素。第四是导致事件发生的直接的导火索，即德国技师的无理伤害。孙丙的妻儿在集市被侮辱的消息传来，修建铁路以来乡民们心中累积的不满和恐惧由此变成愤怒和仇恨。于是在众人的追随下，发生孙丙打死德国技师的事件。继而引发德国兵的疯狂报复，不仅孙丙妻儿遭到杀害，而且民众遭到屠杀。面对

① 莫言：《檀香刑》，第151～152页。

这种局面，知县钱丁痛心疾首，虽欲讨还公道、为民请命，而终究不得。所以在乡民看来，"祖先的坟墓就要被镇压，泄洪的水道就要被堵塞，千年的风水就要被破坏，割辫子索灵魂垫铁路的传说活灵活现，每个人的头颅都不安全。父母官都是洋人的走狗，百姓们的苦日子就要来临"[①]。结果便是孙丙在众人的支持下，远赴鲁西南，结交义和拳，回乡设神坛，挑头来造反，扒铁路，烧窝棚，杀洋人，做英雄，最终被捉拿而施加"檀香刑"。

猫腔班主孙丙本来过的就是戏中人生，及至走向反抗道路直到最后受刑，则完全是戏里戏外分不清。正如孙眉娘所说："连当朝的慈禧老佛爷，也知道了您的大名；连德意志的威廉大皇帝，也知道了您的事迹。您一个草民百姓，走街串巷混口吃的臭戏子，闹腾到了这个份上，倒也不枉活了这一世。就像那戏里唱的：'窝窝囊囊活千年，不如轰轰烈烈活三天。'爹，你唱了半辈子戏，搬演得都是别人的故事，这一次，您笃定了自己要进戏，演戏演戏，演到最后自己也成了戏。"[②]其实孙丙一直沉浸在戏中，人生如戏，戏如人生，难分难离，融为一体。

如果说刚刚开始的茶馆经营可能让孙丙努力从戏中回归现实人生的话，那么从走上反抗之日起则重新而彻底地进入戏剧人生的境界。这种人在戏中的状态，分别在其反抗、被捕、受刑的各个环节中表现出来。

在众乡亲的支持下，孙丙坚定反抗的决心，即刻用自己的本行加以表达。他唱道："美莫美过家乡水，亲莫亲过故乡情。俺孙丙没齿不忘大恩德。搬不来救兵俺就不回程。"众人同样以唱腔回应："此一去山高水远你多保重，此一去你的头脑清楚要机灵。乡亲们都在翘首将你等，盼望着你带着天兵天将早回程。"[③]这里，也就奠定了孙丙此后的戏中人生的命运历程。二十天后，孙丙返乡，其形象则已经完全属于戏中人物："穿着白袍，披着银甲，背插着六面银色令旗，头戴着银盔、盔上簇着一朵拳大的红缨，脸抹成朱砂红，眉描成倒剑锋，足蹬厚底靴，手提枣木棍，一步三摇，回到了马桑镇。"[④]身后跟着所谓的"两员虎将"，一个似齐天大圣孙悟空，一个似天蓬元帅猪悟

① 莫言：《檀香刑》，第 166 页。
② 莫言：《檀香刑》，第 10 页。
③ 莫言：《檀香刑》，第 166 页。
④ 莫言：《檀香刑》，第 167 页。

能，这已经完全是登台演戏的角色和情境了。接下来，孙丙的亮相、唱腔、展示功夫、附体岳飞等，都带有浓厚的表演性质，以至于难辨真假。在设立神坛、聚众练拳之后，便趁着清明节期间攻打德国人的筑路窝棚。“镇上的精壮男子，都入了神团，拜了神坛，练了神拳。……习拳之日，人人都选了自己心目中最敬佩的天神地仙、古今名将、英雄豪杰，做了自己的附体神祇。……总之凡是戏里的人物，书上的英雄，传说中的鬼怪，都出了洞，下了山，附在马桑镇人民的身上，大显了神通。孙丙，也就是抗金的名将大大的忠臣岳飞，麾下聚集了天下的英雄豪杰，人人报忠义之心，个个怀绝代武艺，都在短短的十天内练成了金刚不坏之躯，要跟德国鬼子见高低。”①显然，孙丙率领的乌合之众，不是在准备上战场，而是在准备上戏场。或者他们本身就一直生活在戏场中，或者他们从来都是把战场当作戏场，因为在他们那里，戏场完全可以承载战场的内容。虽然战场上变幻莫测、残酷真实并且各有伤亡，但对他们而言，仿佛仍然沉浸在戏场的氛围中。

对于孙丙来说，设立神坛，造反有理，事出有因；而对于钱丁来说，则是左右为难，焦虑不堪，欲寻短见。经过深思熟虑，尤其加上夫人的条分析缕，更是为避免德国人的再次疯狂报复，钱丁决定铤而走险营救人质，决定为顾全大局而抓获孙丙。在这个过程中，面对异常清醒的钱丁，孙丙依然迷恋在混沌的戏中。“破城”一章，从对话到行为无不淋漓尽致地展现了二人一个戏外一个戏内的鲜明场景和对照性反差。戏外的钱丁，明察形势，深明大义，晓之以理，动之以情；戏内的孙丙，一言一行、一招一式，一丝不苟，张弛有度，完全符合演出程式。面对操练枪炮的德国军队和被孙丙妖术迷惑的无知乡民，胜败分明，无需检验，钱丁拯救民众的责任感油然而生：“孙丙啊，你这个混蛋，你为了一己的私仇，要把马桑镇数千良民诱导到水火之中，本官不得不收拾你了。”②而孙丙仿佛完全置身事外，依然沉浸于乡村野戏台子所遵循的演出规范中。他装模作样，嗓音沙哑，拖着长腔，满口戏文，一直处于说唱状态。

在孙丙这里，戏文就是生活，生活就是戏文，仿佛与生俱来，无需后天培养。及至人质交换并且发生冲突之时，孙丙一直采取的也都是戏文中流

---

① 莫言：《檀香刑》，第 174 页。

② 莫言：《檀香刑》，第 260 页。

传下来的理论指导和实际操作，不仅充满恶作剧的精神，也有其实用性的一面。想到马桑镇被破之后的在劫难逃，钱丁决定只身前往，试图通过擒获孙丙而平息德国人的挑衅和威胁。一向声称“刀枪不入之体、金刚不坏之躯”的孙丙及其拳民们的虚假意志，被善于寻找时机的知县钱丁迅速瓦解。知县深谙孙丙的戏中角色意识，劝服对方要像戏中人物那样：“孙丙，你是一条好汉，不能为了你一人，让全镇的乡亲们去送死，本官已经说服了德国总督，只要你投降，他就下令撤军。孙丙，你已经干出了让全世界都吃惊的大事情，如果你能牺牲自己，保全乡亲们的性命，你就会流芳千古！”[①]这与其说是知县的计谋，倒不如说是孙丙的追求，也为后续的孙丙拒绝被替换而亲自承受檀香刑做铺垫。孙丙已经别无选择，在观念认识上将其归结为“天意”，在实际行动上将集合起来的拳民们解散。同时，仍然以唱腔来回应反抗的失败：“割地输金做儿臣……忍弃这中原众黎民，十年功业一朝尽，求和辱，覆巢恨，只怕这半壁江山也被鲸吞。休欺我沉沉冤狱无时尽，天下还有我岳家军……”[②]从反抗时的自身附体岳飞及其带领的民众聚集附身岳家军，至此表现出来的清醒乃至觉悟，其实仍然或者说一直就来自于戏文中。虽然孙丙的被捕并没有实现钱丁的预期，更没有阻止德军的疯狂屠杀，但却从另一面更加强化了孙丙抗德的客观原因和主体自觉，也为钱丁的心理绝望、意识转变和彻底觉悟提供了条件。

在受刑的环节中，不仅刽子手赵甲要极尽排场之能，而且受刑者孙丙也要竭尽讲究。如此的排场，既是人性之一种，也是表演到位的需要。如赵甲说给眉娘听的话：“好媳妇，俺会让你的爹流芳百世，俺会让你的爹变成一场大戏，你就等着看吧！”[③]进入戏中的人物，往往流芳百世，孙丙本就是唱戏之人，如此更是成全自身。赵甲断言，这是“全世界从来没有过今后大概也不会再有的好戏了”[④]。这是乡亲们的福气，也是他赵甲对乡亲们的独特贡献；这是孙丙的福气，也是他赵甲对孙丙的特别恩赐。一切如在戏中，仿佛自然而然，没有突兀。赵甲道白，一切都是为自己的亲家：“亲家，你也是

① 莫言：《檀香刑》，第 276 页。

② 莫言：《檀香刑》，第 276 页。

③ 莫言：《檀香刑》，第 286 页。

④ 莫言：《檀香刑》，第 288 页。

个有福的,用上了这样的刑具。……亲家,你也算是高密东北乡轰轰烈烈的人物,尽管俺不喜欢你,但俺知道你也是人中的龙凤,你这样的人物如果不死出点花样来天地不容。只有这样的檀香刑、只有这样的升天台才能配得上你。孙丙啊,你是前世修来的福气,落到咱家的手里,该着你千秋壮烈,万古留名。"[①]这里,刑罚的意义不再是惩罚,而是成就;执刑的目的不再是警示,而是表演。几乎与此同时,唱才绝顶、技艺超群、生在戏中、"能把死人唱活,还能把活人唱死"的孙丙也正在等待着这样一场大戏的到来。

其实从接受钱丁劝降的那一刻起,孙丙就已经做好赴死的准备。但是,戏子、花子原本一家,况且作为戏子首领的孙丙又有恩于叫花子群体,他不仅毫不保留地教给他们猫腔以增加生存能力,而且为他们生计着想而促成"花子节",尤其花子们又敬重着他的绝世猫腔,所以也就有了叫花子营救孙丙并且试图偷梁换柱、瞒天过海,计划用替身代其赴刑场的悲壮插曲。同时,这样就能破坏克罗德和袁世凯的精心设计的既定意图。叫花子们不惜牺牲自我生命,大义凛然,舍身成仁,准备周全,计划周密,试图以己之死换取孙丙之生,尤其是以容貌相似的小山子的实际受刑而将成全孙丙的万古英名。然而事与愿违,就在功成之时却遭遇孙丙断然拒绝。其实不难理解,一直沉浸在戏中英雄角色中并深受影响的孙丙不可能接受这样的安排,他的决绝姿态完全处在情理之中,只是因此带来营救队伍的惨烈牺牲。不仅葬送四条生命,而且如果没有知县夫人的出手相救,甚至连眉娘的生命也难保全。在眉娘眼里不能理解的事件,在孙丙那里却是自然而然。单举人带领众乡绅为孙丙请愿,也不过是进一步突出孙丙选择自己命运的志愿:"孙丙闹事,事出有因。妻女被害,急火攻心。聚众造反,为民请命。罪不当诛,法外开恩。释放孙丙,以慰民心……"[②]其实,孙丙又何尝不明白其中的缘由?但他仍然选择生为英雄、死也是英雄,为了名节甘愿受刑。如其在猫腔戏中所唱的那样:"好戏开场了啊——有孙丙站囚笼大街游行,中秋节艳阳照天地光明。站在那囚车上举目四望,但见得众乡亲伫立在大街两旁。但见得车前头衙役们鸣锣开道,但见得车后头兵马猖狂。刀出鞘剑上弦子弹上膛,德国鬼中国兵个个紧张。都因为昨夜晚朱八率众劫了牢房,巧设计出

① 莫言:《檀香刑》,第289～290页。

② 莫言:《檀香刑》,第334页。

奇谋换柱偷梁。若不是俺打定主意要上刑场，此时刻，神不知，鬼不晓，只有那小山站在这囚车上。朱八哥哥呀，俺孙丙辜负了你和众弟兄一片心意，害得你们命丧黄泉，首级挂在了衙墙上。但愿得姓名早上封神榜，猫腔戏里把名扬。”[①]孙丙本就打定主意上刑场，一则要让乡亲们觉醒，二则要让洋鬼子震惊，最终把自己变成真正的戏中人物。在他看来，声名远扬远远大于苟且偷生，前者是戏中人生，后者是现实人生。于孙丙而言，其终极选择还是生活在戏里。接下来的真假孙丙的表演，也如同戏里一般。即便也有沉痛的反思，最终仍然遵从当初的信念。“俺为了功德圆满，俺为了千古留名，俺为了忠信仁义，竟毁了数条性命。罢罢罢，挥手赶去烦恼事，熬过长夜待天明。”[②]甘愿受刑，千古留名；甘愿受罪，万世流芳。这一切，必将也只能在戏中实现。孙丙一直沉浸在自编、自导、自演的戏中，临刑之前仍在给小山子说戏，已经完全无视现实的处境。而且，已经明确意识到自己正在演出的是猫腔的看家大戏——《檀香刑》[③]。

在孙丙那里，虽然明知受刑，却依然如在戏中，而且完全融为一体。他形容自己的受刑是“一场大戏，隆重开场”，仿佛期待已久。“囚车行进在大街之上，路边的看客熙熙攘攘。演戏的最盼望人气兴旺，人生悲壮，莫过于乘车赴刑场。俺孙丙演戏三十载，只有今日最辉煌。”[④]只有把自己演进戏里，成为戏中主角，才能达到生命的巅峰。尽管想起妻儿，想起自己命运的悲怆，也只能把这一切化作苍凉的猫腔来演唱。在自己的猫腔声中，在小山子和众乡亲的猫叫声中，孙丙本身已经成为千古绝唱。孙丙把受刑当作人生喜事，在受刑过程中一直伴随着猫腔演唱，这不但瞬间吸引着看客们的情感高涨，甚至促成诞生一个新的猫腔戏班，而且戏文中已经有了自己的形象。如知县钱丁所言：“孙丙忍受了这样的酷刑，他已经成了圣人，余不能违背圣人的意志。”[⑤]孙丙的人生轨迹和特殊事迹，也已经被高度概括在“义猫”的演唱中。在这里，演出和被演出正在同步进行，戏里和戏外已经完全

① 莫言：《檀香刑》，第 336 页。

② 莫言：《檀香刑》，第 342 页。

③ 参见莫言：《檀香刑》，第 350 页。

④ 莫言：《檀香刑》，第 350 页。

⑤ 莫言：《檀香刑》，第 387 页。

没有应该的界限。

对孙丙而言，与其说是生活在现实中，不如说是生活在戏剧中。仿佛宿命一般，从戏中角色回归短暂的现实时空，又迅速地从现实沉入绝对的戏中人生，直到生命的消逝才算“戏演完了”[①]。人生如戏、戏如人生的存在图景，不能不说具有生命意识的某种普遍意味。

第三节 “夹缝”中的“错位”人生

相对于赵甲的“人生如刑”和孙丙的“人生如戏”以及贯穿其中的“刑戏不分”，钱丁面对的则是“夹缝”中的“错位”人生。

作为两榜进士、朝廷命官的知县钱丁，已经敏锐地意识到大清朝的气数到了尽头。太后专权，皇帝傀儡，小人得志，妖术横行，这样的朝廷已经走向败落。而且，象征着暴力专制统治之工具的刽子手，竟然得到皇帝和皇太后的接见并被赐予龙椅和佛珠以至于有恃无恐。更进一步，自己竟被迫屡次对着拥有佛珠和龙椅的刽子手下跪行礼。如其所意识到的，堂堂高密知县颜面扫地，还不如一个刽子手值钱。再加上对洋人的一味迎合，地方官员斯文辱没，大清王朝尊严无存。目睹德国人的滔天罪行，眼见民众们的悲惨景象，钱丁的身体迅速发生变化：一贯挺直的腰板佝偻起来，一贯喜笑的脸抽搐起来，一贯潇洒的胡须凌乱不堪，一贯清澈锐利的眼睛晦暗而迟钝。[②]他的双手一会儿攥成拳头，一会儿拍打额头，受到前所未有的触动。作为父母官，乡亲们的悲痛也成为自己的悲痛，所以即刻决意为民请命、讨还公道，即便面对师爷的“为上司当官而不是为老百姓当官，当官不能讲良心”[③]的劝言，依然在所不辞。明知王朝末日，也要力挽狂澜，甚至一度为自己的星夜奔驰和狼狈不堪而感动不已，甚至想到自己的风餐露宿会成为美谈而被添油加醋地编进猫腔戏中得以传唱。[④] 待到被知府接见，“为民请命”的强烈诉求瞬间转换为“捉拿孙丙”的唯一出路。“死几个顽劣刁民，算不了什么

---

① 莫言:《檀香刑》，第413页。

② 参见莫言:《檀香刑》，第164页。

③ 莫言:《檀香刑》，第227页。

④ 参见莫言:《檀香刑》，第236页。

大事……如果德人能就此消气，不再寻衅，也未尝不是一件好事。""本府没有什么是非给你，你即便找到谭道台，找到袁巡抚，找到皇上皇太后，他们也不会有什么是非给你。""如果你尽心办事，早将那孙丙擒获，送交德人，德人就不会发兵，也就不会出那二十七条人命！""当务之急不是为老百姓请命，而是速速地将那孙丙捉拿归案，抓住孙丙，对上对下对内对外都好交代，抓不住孙丙，对谁都不好交代！""掉了帽子事小，掉了脑袋事大！"[①]如此地急转直下，令钱丁别无他路，并且直接意识到自己的生命即将走到尽头："无官一身轻，无头烦恼清。皇上，太后，臣不能为你们尽忠了；袁大人、谭大人、曹大人，卑职不能为你们尽职了；夫人，为夫不能为您尽责了；眉娘，我的亲亲的人儿，本官不能陪你尽兴了；孙丙，你这个混账王八羔子，本官对得起你了。"[②]人在官场，身不由己。身处"夹缝"中的钱丁走投无路，报国的使命和爱民的抱负非但无从施展，反而把自己逼上绝境。出于对自身和时局的自觉意识、清醒判断及其幡然醒悟，钱丁决心自寻短见，从而结束自己的错位人生。殊不知，即便如此也是事与愿违。

获救后的钱丁，在异常纠结中接受夫人的分析和建言，决定捉拿孙丙，以使民众免于涂炭。"知县想起了正在县城通德书院校场上操枪演炮的德国军队，再看看被孙丙的妖术煽动得如痴如狂的马桑镇无知的乡民，一种拯民于水火的责任感油然而生。他的心中响亮着铿锵的誓言：夫人言之有理，值此危难之际，无论是为国还是为民，我都不能寻死，这个时候寻死，其实是一种无耻的懦夫行为。大丈夫生于乱世，就当学曾文正公，赴汤蹈火，挽狂澜于既倒，拯万民于倒悬。孙丙啊，你这个混蛋，你为了一己的私仇，要把马桑镇数千良民诱导到水火之中，本官不得不收拾你了。"[③]为了无辜的民众免遭屠戮，为了繁华的市镇免受血洗，钱丁凭借一己之力、擒获孙丙。然而更大的事与愿违接踵而至：克罗德背弃信义，并没有因为孙丙的投降而撤军，而是变本加厉。百姓的哭叫惨不忍闻，繁华的市镇不复存在，不仅刺激甘愿受刑的孙丙的悲愤觉醒，更加刺激满腔热血的钱丁的彻底转变。一直处于"夹缝"中的钱丁，开始走上独特的自我反抗之路。他暗中打黑枪，试图

---

① 莫言：《檀香刑》，第 237～238 页。

② 莫言：《檀香刑》，第 251 页。

③ 莫言：《檀香刑》，第 259～260 页。

射杀执刑的赵甲以求努力挽回残局，结果却击中馋嘴的衙役宋三。前功尽弃之时，钱丁决定铤而走险奔赴刑场，面对当事各方，用最直接的手段来终止惨绝人寰的“檀香刑”。

“檀木原产深山中，秋来开花血样红”，那些美丽的象征和善良的传说，如今变成血淋淋的非人化现实。“檀木橛子把人钉，王朝末日缺德刑。”[①]面对即将施加的“檀香刑”，本来作为参与者和配合者的钱丁决定独辟蹊径进行中断，从而阻止赵甲的名利双收，不让克罗德的阴谋得逞，打破袁世凯的如意算盘。一直生存于“夹缝”中的钱丁，其实已经做好自我牺牲的准备，不仅为洗刷自身遭受的耻辱，更是为维护民族应有的大义。穷途末路的大清王朝，只能依靠残酷刑罚来维持。八国联军肆意横行，国都陷落，大清的命运仿佛掌握在袁世凯手中。直面此情此景，钱丁不禁反躬自省：“论勇气余不如戏子孙丙，论义气余不如花子小山。余是一个唯唯诺诺的懦夫，是一个委曲求全的孱头。有时壮怀激烈，有时首鼠两端，余是一个瞻前顾后的银样镴枪头。在百姓面前耀武扬威，在上司和洋人面前谀言谄笑，余是一个媚上欺下的无耻小人。窝窝囊囊的高密知县钱丁，你虽然还活着，但是已经成了行尸走肉。”[②]何以如此，“夹缝”中生存的真实写照，“错位”人生的分裂人格。立志于做个亲民好官的钱丁，梦想着收获一柄万民伞的钱丁，终于不得不面对无法改变的反面现实。及至夫人自杀殉国，则进一步促成钱丁的“不敢苟活”，并进而促成其最终的选择。“难道你们就不怕余把孙丙杀掉吗？你们知道，如果余想活，孙丙就不会死；但是你们不知道，余已经不想活了。余就要追随着夫人去殉大清国了，孙丙的性命就要终结了。余要让你们的通车典礼面对着一片尸首，让你们的火车从中国人的尸体上隆隆开过。”[③]此时的升天台，已经不仅仅属于孙丙，也是赵甲的，更是钱丁的。最终的刺杀行为，不仅成全孙丙的“戏演完了”，也同时成就自身的“戏演完了”。终结孙丙的艺术人生，自我的生命也走到现实尽头，也就彻底实现了自身的神圣使命。

综观《檀香刑》，知县钱丁始终周旋于各方势力之间，也一直处于诸类

① 莫言：《檀香刑》，第 379 页。
② 莫言：《檀香刑》，第 380 页。
③ 莫言：《檀香刑》，第 410 页。

事件的漩涡中。虽有建功立业之条件和资本，也有报国安民之雄心和壮志，然而生不逢时。时局动荡不安，内外交困循环，致使其总是处于“夹缝”中，不得不面对着“错位”的人生。其实袁世凯高深莫测的评价，恰恰还原一个真实的钱丁：“高密县啊，你是一个坦率的人，一个正派的人，一个不趋炎附势的人，一个有情有义的人，但也是一个不识时务的人。”[①]或许正是其中的“不识时务”，带来人性的真正回归，进而扭转既有的历史进程。

第四节　人生为“情”所困

在刽子手赵甲、戏班班主孙丙和知县钱丁三者之间的关系中，还有一个重要的联结纽带，那就是始终为情所困的孙眉娘。对于公爹赵甲，眉娘又惧怕又憎恨；对于亲爹孙丙，眉娘又孝敬又悔恨；对于干爹钱丁，眉娘又爱恋又怨恨。清明时节，“三个爹”同步登台——干爹巡游逢场，亲爹造反抗德，公爹告老还乡，孙眉娘面临多重情感的困境和纠缠。

眉娘出场不凡，虽说七天后将要杀死刽子手赵甲，但依然对其作为公爹的身份感到异常恐惧。她觉察到赵甲身上散发的刺骨凉气，“公爹偶尔上一次街，连咬人的恶狗都缩在墙角，呜呜地怪叫。那些传说就更玄了，说俺的公爹用手摸摸街上的大杨树，大杨树一个劲儿地哆嗦，哆嗦得叶子哗哗哗响”[②]。在不知道公爹的刽子手身份之前，眉娘一心想的还是索要银票；在确认公爹还并非一般的刽子手之后，眉娘陷入了恐慌。当知道公爹要为亲爹创造性地施加“檀香刑”的时候，眉娘先是寄希望于花子队伍而多方营救，继而怒斥公爹为“畜生”，最终走上刑场并在危急时刻手刃赵甲。[③]

想起亲爹孙丙，眉娘感到凶多吉少、性命难保，但仍然充满复杂情感。无论如何不满，还是自己的亲爹。眉娘不满于孙丙的离妻抛子和另寻新欢，不满于他的胡言乱语和好胜逞强，不满于他的意气用事和挑头反抗，因为枪打出头鸟、擒贼先擒王，正所谓“炒熟黄豆大家吃，炸破铁锅自倒霉”[④]。除

---

① 莫言：《檀香刑》，第93页。

② 莫言：《檀香刑》，第6页。

③ 参见莫言：《檀香刑》，第286页。

④ 莫言：《檀香刑》，第8页。

了不满和悔恨，还有对亲爹的孝顺：不仅想方设法，忍辱负重，进行营救，更是身体力行，努力延缓其脆弱的生命。除了孝顺，更有特别的敬重：一则敬重亲爹对猫腔的发扬光大，二则敬重亲爹敢于奋起抗德，三则敬重亲爹不惧强暴而甘愿以身试刑。显然，在眉娘心中，亲爹孙丙一样是英雄。

想起干爹钱丁，眉娘的情感更为复杂多变。从遇见其作为知县的那一刻起，眉娘就全身心地投入自己所有的爱恋，不管众人的流言蜚语，也不管家庭的伦理纲常，甚至不惜面对诸如与夫人“比脚”难堪、治疗相思遭受奇特绝方、翻墙探望遭遇粪便并被鞭打等此类的自取其辱的处境。而且，本来要为父报仇，结果却投怀送抱、羽化成仙。另一方面，她又不时地把钱丁看作“翻脸不认人的老猴精”[①]，尤其在面对如何处理亲爹案件的事情上，钱丁所表现出来的举棋不定的选择和犹豫不决的彷徨。对眉娘来说，一方面爱恋着钱丁的精神气质和德才兼备，另一方面也怨恨着其作为知县的前瞻顾后和恪尽职守。

面对眉娘心中的悲酸，钱丁说：“心中越是痛，脸上要越是欢，不能把窝囊样子给人看。”[②]于是继续竖起高大的秋千，让眉娘尽情地表演。“死了的人活不了，但活着的人，更要欢气！你哭哭啼啼，没有几个人真心同情你，更多的人是在看你的笑话。你如果硬起来，挺起来，比他们还硬，比他们还挺，他们就会服你。那些编书的唱戏的，就会把你写到书里，把你编进戏里。你在那秋千架上，把本事都施展出来吧！过上个十年八载，你们的猫腔里，没准就会有一出‘孙眉娘大闹秋千架呢’！”[③]钱丁深谙世事之深和人性之道，所以被眉娘称之为“那是俺的药”[④]。其实，从眉娘和钱丁及其丈夫赵小甲的关系中，不难发现《水浒传》与《金瓶梅》中的潘金莲和西门庆及其丈夫武大郎之关系的影子。眉娘和潘金莲，一个大脚一个小脚，都是极尽风流、美貌如花而委屈下嫁；眉娘遇见钱丁欲罢不能，“大闹秋千架”并称钱丁“那是俺的药”。而潘金莲遇见西门庆同样欲罢不能，“大闹葡萄架”并称西门庆为“医奴的药”。钱丁和西门庆都是风流倜傥、气宇轩昂，一个是堂堂知县，另

---

① 莫言：《檀香刑》，第 6 页。

② 莫言：《檀香刑》，第 16 页。

③ 莫言：《檀香刑》，第 19 页。

④ 莫言：《檀香刑》，第 20 页。

一个则官商合体。赵小甲和武大郎，一个“小甲”一个“大郎”，一个屠夫一个炊夫，又都是心智欠缺、手艺卑贱，最终又都死于非命并且与情敌密切相关，如此之高度对应性同样显示出相似性。可见，莫言所谓《檀香刑》写作的“一次有意识地大踏步撤退”[①]，不仅包括像茂腔这样的显在的民间说唱艺术的资源，还有潜在的话本故事传统及其文人世情创作的元素。

除了对钱丁的爱恋，也有对其作为知县的怨恨。虽然知县曾经网开一面，故意送信并放走孙丙，但最终还是权衡利弊、恩威并施而将其抓获。“眉娘，眉娘，我不抓你爹，袁大人可就要抓我了。”[②]虽然清楚地知道孙丙抗德事出有因，本来无罪，但“官命难违”。“眉娘啊，今年的清明，我还在这里演戏，明年的清明，我就不知道在什么地方啦！”[③]钱丁非常明智，清醒地意识到自己的官运已经到头，也已经做好慷慨赴死的准备。面对夫人代表着的理智、仕途和冠冕堂皇，面对眉娘所代表的感情、生活和儿女情长，自己必须作出选择。“如果不把人质救出来，如果不把孙丙捉拿归案，一切都将化为乌有。眉娘啊，你爹是你爹，你是你，为了你我必须抓你爹，我抓你爹也是为了你。”[④]在对峙孙丙的过程中，钱丁被折磨得狼狈不堪，不仅被后者的恶作剧和谎言所欺骗，甚至于被淋狗血、浇大粪。而这一切，对于眉娘而言，效果可能恰恰相反，因为她想的还是如何保全亲爹的性命。直到执刑的最后阶段，眉娘仍然极力延续着亲爹的生命，即便对知县满怀怨恨，也最终毅然走向刑场而手刃刽子手，从而使钱丁的危险处境得以缓解。

在眉娘的生存关系中，除了“三个爹”之外，还有其名义上的丈夫赵小甲。虽然小甲尚且处于生命的蒙昧阶段，但恰恰是这样天真简单的所谓“傻子”思维却也揭示了社会众生相的某些真实层面。小甲念念不忘的“虎须”不过是作品的插诨打科，真正要表现的则是小甲眼中的“动物世界”和“人生本相”：自己是一只山羊，自己的老婆是白蛇，自己的爹是黑豹子，岳父孙丙是熊，知县钱丁是白虎精转世，刁师爷是大刺猬，衙役是灰狼，轿夫是驴子，袁世凯是大鳖，克罗德是狼头人身的怪物，校场上全是猪狗马牛、狼虫虎豹，

① 莫言：《大踏步撤退——代后记》，《檀香刑》，第 418 页。

② 莫言：《檀香刑》，第 249 页。

③ 莫言：《檀香刑》，第 250 页。

④ 莫言：《檀香刑》，第 257 页。

还有诸如大尾巴狼、秃尾巴狗、野狸子、狗混子……总而言之,这是一个弱肉强食、暴行肆虐的丛林世界,其中"一个人种也没有了"[①]。"这样的构思与《聊斋志异》著名故事《梦狼》极其相似。白翁在梦中看到儿子官衙站着坐着都是狼,要吃饭时,狼就叼进个人'聊充庖厨'。在金甲使者面前,白翁做县令的长子变成一只老虎。蒲松龄据此提出'官虎吏狼比比也'的著名判断。在莫言笔下,大清朝廷封疆大吏是鳖,俗称'王八';七品父母官是虎;金发碧眼的侵略者狼头人身,说德语。传统花样仍在耍,各有巧妙不同。"[②]在向"祖师爷"及其《聊斋》致敬的同时,或者也可以说,基于动物性这样的层面,所有的人都没有什么差异,不管是正面的还是反面的,都是动物层面的。更进一步,通过"一个女人三个爹"而不能展示的世界角落和隐秘人性,通过"小甲傻话"得以充分而真实地表现出来。尤其是需要呈现的刑罚细节和刑场插曲,小甲又是亲历亲为者,其客观性描述非他人所能代替。"爹爹说杀人要比杀猪好,乐得俺一蹦三尺高。"[③]所谓的"小甲放歌"也是独此一曲。最终,小甲用自己的身体挡住钱丁刺向孙丙的匕首,以生命为代价践行其父执刑的"檀香刑",也实现了从"傻话"到"放歌"的转换。为什么"凤头部"中的"小甲傻话"到"豹尾部"却成了"小甲放歌",其实原因也在这里。

在《檀香刑》中,一直为情所困的眉娘是最早出场的人物,也是最终能够保全性命而得以全身退场的人物。进一步说,其实也是"檀香刑"事件当事者中的唯一幸存者,再加上其有孕在身的处境,于此是不是也可以认为,这是极度压抑的统治语境中的生命希望之所在呢?

第五节 "鲁迅精神"的延伸与"两种声音"的交替

显而易见,《檀香刑》深受"鲁迅精神"的影响和启发。莫言很早就读到过鲁迅的《药》《阿Q正传》等,认为"鲁迅最大的一个发现就是发现了这种看客心理。但是我觉得鲁迅还没有描写刽子手的心理"[④]。只有受刑者和

① 莫言:《檀香刑》,第352页。
② 马瑞芳:《诺贝尔文学奖和〈聊斋志异〉》,《光明日报》2013年4月8日第5版。
③ 莫言:《檀香刑》,第352页。
④ 莫言:《用耳朵阅读》,第292页。

看客,而没有执刑者的表现,则是不完整的舞台。“鲁迅先生在他的作品里,批评了那些冷漠无情的看客,侧面也表现了受刑人的表演心理。我是在他的这个主题上的进一步延伸和拓展。我认为刽子手、死刑犯和看客,是三位一体的关系。”[①]因此,《檀香刑》中特别塑造了一个刽子手赵甲的形象,并且重点挖掘作为刽子手的奇特心理甚至变态性。当然,激发这种创作的还有对某些真实历史的现实反思:那种非人的酷刑是如何产生的?那些执刑者的心理状态是怎样的?事后有没有哪怕一丝的内疚或者忏悔?《檀香刑》看起来写的是晚清事件,实际上揭示的是现代心态。那些以人民的名义、以革命的名义施加酷刑、残害同类的人,是如何迈过内心深处的那道门坎的?所以莫言说:“从某种意义上,或在某些特殊情况下,我们大多数人,都会做刽子手,也都会成为麻木的看客。几乎每个人的灵魂深处,都藏着一个刽子手赵甲。”[②]在现代心理意义的层面上,“檀香刑”作为刑罚的存在或者消失并不重要,重要的是,作为一种黑暗的精神状态或者意识形态,却会在现代人心中长久地存在下去。所以“《檀香刑》是一个巨大的寓言”[③]的说法,应该恰如其分。其实在当事者的名字中,也能略见一二,“赵钱孙”“甲丙丁”不正是芸芸众生吗?

在《檀香刑》的诸多细节表现层面,也与“鲁迅精神”息息相关。鲁迅笔下充分揭示过的“看客”,在《檀香刑》每次执刑场面中几乎都有表演,甚至直接类似于鲁迅先生原汁原味的表现。诸如“汉子,汉子,说几句硬话吧”“砍掉脑袋碗大个疤”“二十年后又是一条好汉”,如此等等。[④] 此外,还有等待着上台剥死囚衣服的看客、喝倒彩的看客、怀有虚伪同情心和邪恶审美心的看客,还有像衙役宋三那样的除了感官满足和心理满足之外能够同时获利的看客,还有独特的“戏迷”形象的看客……鲁迅笔下的看客,“颈项都伸得很长,仿佛许多鸭,被无形的手捏住了的,向上提着”[⑤]。莫言笔下的看客,“都瞪着眼,张着口,如同一群浮到水面上吸气的鱼”[⑥]。在“看客文化”方

① 莫言:《用耳朵阅读》,第 154 页。
② 莫言:《用耳朵阅读》,第 155 页。
③ 莫言:《用耳朵阅读》,第 88 页。
④ 参见莫言:《檀香刑》,第 55 页。
⑤ 鲁迅:《药》,《鲁迅全集》第 1 卷,第 464 页。
⑥ 莫言:《檀香刑》,第 288 页。

面，显然可以见出莫言对于鲁迅的借鉴、继承与发展。

除了“看客文化”的表现，莫言最为推崇的《铸剑》也对其创作产生深刻的影响。鲁迅在《铸剑》中的“身首分离”状态及其“头颅形态”的描写，也在《檀香刑》中多次变形出现。比如，开篇的“眉娘浪语”中，眉娘在噩梦中看到孙丙的头颅被砍掉，在大街上滚动着，被脚踢，被追打，跳台阶，被狗咬，直至头颅自身奋起反抗。[①] 比如，赵甲流落京城，寻亲中看到自己的舅舅被砍头，被砍掉的头颅仍然能够留下最后的嘱托。[②] 比如，在对盗银库丁执刑腰斩的时候，已经成为两段的身体还可以在台子上乱蹦。[③] 更有甚者，处斩“六君子”的时候，脑袋已经与脖子分离，“他们无头的身体，有的往前爬行，有的猛然跃起，他们的头脸上的表情更是栩栩如生。……他们的脑袋还在敏锐地思想着”[④]。而且，谭嗣同的无头身体竟然扇了监刑官一个耳光，刘光第的头颅则在滚动中吟诗一首。[⑤] 如此等等，都有鲁迅《铸剑》的影子。

无论从内在思想还是艺术形式，《檀香刑》都表现出“鲁迅精神”的某种延伸，或者说，是“沿着鲁迅开辟的道路向前探索”[⑥]。

莫言说，构思、创作《檀香刑》的最早起因是“因为声音”：一种是节奏分明、铿锵有力的火车的声音，一种是婉转凄切、旋律悲凉的猫腔的声音。“火车和猫腔，这两种与我的青少年时期交织在一起的声音，就像两颗种子，在我的心田里，总有一天会发育成大树，成为我的一部重要作品。”[⑦]显然，正是火车的声音引发孙丙抗德的故事，继而成为“檀香刑”得以发生的缘起；又是猫腔的声音激发“檀香刑”大戏的编排，继而成为“檀香刑”得以进展的形式。“这是一部戏剧化的小说，也是一部小说化的戏剧。”[⑧]“两种声音”的交替，也代表着“官方历史”和“民间伦理”的互应，或者说，构成所谓“现代文明”与“传统精神”的交替和转换，促成《檀香刑》的创作和呈现。如果说“声

---

① 参见莫言：《檀香刑》，第 5 页。

② 参见莫言：《檀香刑》，第 57 页。

③ 参见莫言：《檀香刑》，第 89 页。

④ 莫言：《檀香刑》，第 198 页。

⑤ 参见莫言：《檀香刑》，第 199 页。

⑥ 莫言：《用耳朵阅读》，第 291 页。

⑦ 莫言：《大踏步撤退——代后记》，《檀香刑》，第 417 页。

⑧ 莫言：《用耳朵阅读》，第 88 页。

音”很重要，那么声音背后的“历史”更为重要。至于所谓的“大踏步撤退”，不仅是作者的主体意识的自觉，也是文本自身特质和文学发展历程的选择。“看起来是撤退，实际上是前进，向创作出具有中国特色的、具有个性特征的文学作品大踏步地前进！”[①]《檀香刑》采用“凤头—猪肚—豹尾”的结构模式，把小说叙事和民间戏曲相嫁接，独特地创造出一种文体的新气象，同时深刻地挖掘出历史和人性的另一面。

① 莫言：《用耳朵阅读》，第223页。

第九章

《四十一炮》的“时代”和“欲望”

少年时期的莫言，时常在集市上听艺人说书，并且痴迷于此。这种不自觉的、非功利性的学习，无意中为后来的创作生涯做了准备。莫言自称把说书人当成祖师爷，并且继承着说书人的传统。“这种继承，起初是无意的，到写《檀香刑》的时候，就成为明确的追求。”①某种意义上可以说，“《檀香刑》就是一部说书的小说”②。此后，莫言沿着这一民间传统继续前行，这就是写作并出版于2003年的《四十一炮》。小说写的是20世纪90年代中国乡村社会的生活，而这又是通过一个酷爱“吃肉”的“炮孩子”说出来的。“这个炮孩子其实就是个说书人。这也是我对当年那些在集市上说书的人的一次遥远的致敬。”③让莫言念念不忘的，还是那富有永恒生命力的民间形式。至于这一形式所承载的内容，已经二位一体化地内含于所讲述的故事和人物中。总体来说，《四十一炮》主要写的是一个大约1980年出生的孩子罗小通，在经历了大约从十岁到二十岁之间的十年人生颠沛流离之后，返回来再以少年亲历者的身份“诉说”他眼中的90年代中国社会的景象。其间，所讲述的故事动荡起伏，所描绘的人物奇异莫测，而叙述方式又是随机转换，但无论进行怎样的梳理、评论和判断，究其实质表现的还是时代的变革及其不择手段、农村的变革及其伦理变迁、“肉”的欲望表征及其本体意义等

① 莫言：《用耳朵阅读》，第144页。

② 莫言：《用耳朵阅读》，第291页。

③ 莫言：《用耳朵阅读》，第156页。

方面的内容，而这又是通过“肉神”口吻和“炮孩子”视角相结合的方式讲述出来。所谓的“肉神”口吻和“炮孩子”视角，看起来似是而非，实际上却似非而是。

第一节 时代的变革及其不择手段

20世纪90年代的中国社会发生了巨大变革，《四十一炮》中的屠宰专业村就是这一时代进程的缩影。“我们村成为屠宰专业村后，土地基本上荒芜；面对着屠宰行当中因为注水等等违法行为带来的暴利，只有傻瓜才去种地。”[①]传统农民的曾经浓厚的土地意识，已经自然而然地让位于新型的逐利模式。当然不排除其中存在着合理渠道，但更多的却是充斥其间的不择手段。

土地荒芜之后，原先的打谷场不知不觉地成为肉牛的交易场，传统的农民也已经经营上形态各异的“生意”。有所谓的“赊小鸡”“赊小鸭”的，更有所谓的“牛贩子”和“屠户”。在少年罗小通眼中，“父亲不会像老兰他们那样白刀子进去红刀子出来地去赚流血的钱，父亲也不会像村子里那些莽汉子到火车站上去当装卸工赚流汗的钱，父亲用他的智慧赚钱”[②]。所谓的“智慧”，就是去做新式的牛市经纪人。凭借着专业水平、敬业精神和公正形象，罗通赢得买卖双方的绝对信任和无比尊重，成为“牛贩子”和“屠户”之间的必需环节。及至后来因为“野骡子”，再加上村长老兰自认为自身权威的被动摇，而发生罗通与老兰交恶的事件。面对老兰的公然挑衅和极度羞辱，甚至面对儿子的轻视和不满，罗通选择的是忍耐和付出。当老兰的尿液四处喷溅，当老兰扔下钞票的时候，罗通擦拭着并高高举起，说出“钱是没有错的，错误都是人犯下的”[③]这样的话。其实，忍耐有时候比勇敢更为艰难，忍耐有时候比对抗更有力量。当鲁西大黄牛被激怒而疯狂攻击老兰的时候，罗通却在危急关头挺身而出。如此的付出，不亚于以德报怨，即使是对手老兰也感到无地自容而有所愧疚。只有到了谈及“野骡子”，并且当众以此羞

---

① 莫言：《四十一炮》，上海文艺出版社2008年版，第30页。

② 莫言：《四十一炮》，第27页。

③ 莫言：《四十一炮》，第40页。

辱到自己儿子的时候，罗通才爆发出不可遏制的反应。是可忍孰不可忍，就在短暂的接触中，“老兰折断了我父亲的一根手指，我父亲咬掉了老兰半个耳朵”[1]。这里，双方结怨的同时，也为后续的弥合及其合作甚至罗小通的“四十一炮”式的“复仇”提供了前提。

相对于罗通式的“赚钱”模式，老兰采用的却是日益更新的不择手段，而且显然处于主导地位。通过高压注水法、硫磺烟熏法、双氧水漂白法、福尔马林浸泡法，堪称“屠户翰林”的老兰领导着村民走上发财道路，并且在村子里享有无上权威。“老兰是兰氏家族的后人，他的祖上，曾经出过好多个杰出人物。明朝的时候，出过举人。清朝的时候，出过翰林。民国的时候，出过将军。新中国成立后出过一群地主分子反革命。不搞阶级斗争后，兰氏所剩不多的后裔，慢慢地直起腰来，出来一个老兰，兰继祖，当了我们的村长。”[2]真是“时势造英雄”，90 年代的中国社会自然而然地造就了老兰这样的人物。

因为卖掺水肉而发财的老兰，在致富的道路上不断探索。“他发明了用高压水泵从动物肺动脉里往动物尸体里强力注水的科学方法，用他的方法，一头二百斤重的猪，就可以注入满满的一桶水，而用旧的方法，一头牛也只能注入半桶水。这些年来，城里那些精明的市民用买肉的价格买了我们村里多少水？统计出来很可能是个惊人的数字。”[3]等到他当上村长后，就毫不保留地将高压注水法传授给众乡亲，成为黑心致富的带头人。而且，老兰的肉里不仅注水，还注入福尔马林液，以延长保鲜时间而不会腐败变质。甚至为保鲜保色，还要在注水之后用硫磺烟熏。由于有关部门的腐败，黑心缺德肉得以源源不断地生产并合法销售。“在一般的情况下，同行是冤家，但我们村的屠户在老兰的组织领导下，变成了一个团结友爱、共同对敌的战斗集体。老兰通过向屠户们传授注水法建立了自己的威信，暴利和非法把这些人聚合到了一起。”[4]不能不说，这是当代中国社会的某个侧面，甚至构成极为突出的一种社会特征。在这样一个急剧转型的社会阶段，“暴利”和

---

① 莫言:《四十一炮》,第 43 页。
② 莫言:《四十一炮》,第 2 页。
③ 莫言:《四十一炮》,第 17 页。
④ 莫言:《四十一炮》,第 35 页。

“非法”的确比合法经营更有凝聚力和吸引力。

当然，这一切的发生也不能忽视曾经巨大的城乡差距所带来的反差和反弹。“咱们农民，窝囊了几十年，结果弄得我们自己都瞧不起自己了”，被歧视、羞辱的老兰，开始走上另一条道路。“当时我就立下志气，总有一天，乡下的土鳖要整治一下你们这些城里的洋鳖！”①老兰仿佛找到问题的核心，并展示出其雄心壮志的一面和宏伟规划的蓝图：“我们必须好好赚钱，现在这个时代，有钱就是爷，没钱就是孙子。有了钱腰杆子就硬，没钱腰杆子就软。这个小小的村长，我老兰根本就没看在眼里，翻翻我们兰家的家谱？只要是当官的，最小也是个道台。我是不服这口气，我要领着大家富起来。我不但要让大家富起来，我还要让村子里富起来。我们已经修了路，拉了路灯，修了桥，下一步我们还要建学校，建幼儿园、养老院。当然，建设新学校，我有私心，但也不完全是私心。我要把我们兰家的庄园腾出来，恢复它的原貌，对外开放，吸引游客，创造的收入，自然归我们村所有。……不光是我们村往肉里注水，全县、全省甚至全国，哪里去找不注水的肉？大家都注水，如果我们不注水，我们不但赚不到钱，甚至还要赔本。如果大家都不注水，我们自然也不注水。现在就是这么个时代，用他们有学问的人的话说就是‘原始积累’，什么叫‘原始积累’？‘原始积累’就是大家都不择手段地赚钱，每个人的钱上都沾着别人的血。等这个阶段过去，大家都规矩了，我们自然也就规矩了。但如果在大家都不规矩的时候，我们自己规矩，那我们只好饿死。”②正如村里的那个著名的谜语：“在屠宰村里什么东西不能注水？”“只有水里不能注水。”③这就是90年代的复杂社会形态，时代的变革伴随着原始的罪恶，已经不是简单的注水问题，而是弥漫开来的“注水文化”。老兰的洞察世事虽然不乏邪恶，却也不失其真实状况并持久地大行其道。所谓的“原始积累”及其“强盗逻辑”，甚至一度深深地影响到罗小通的思维转换，曾成为其行动指南。

“在我们这里，无论你是猪瘟、牛丹毒还是什么口蹄疫，都有办法把它们加工处理成看上去很美的食品。贪污不是犯罪但浪费是极大的犯

① 莫言：《四十一炮》，第197页。

② 莫言：《四十一炮》，第197～198页。

③ 莫言：《四十一炮》，第79页。

罪——这是我们村长老兰发表的反动言论。"[①]老兰还说过:"中国人民的身体有着超强的化腐朽为营养的能力。"[②]其不择手段和生存理念已经触目惊心,但关键还有后续的远见卓识。他不仅成为市政协常委,而且敏感地意识到行业联合、产业升级的重要性和迫切性。"我已经听到了可靠消息,城里人对注水肉意见很大,市里要搞'放心肉工程',下一步,重点要整治个体屠宰户,我们屠宰村的好日子马上就要结束了。我们必须在人家整治我们之前,把肉类联合加工厂建起来。"[③]其实不管怎么评价,老兰的思考和实践都带有浓厚而鲜明的时代印记。所谓的"穷则变,变则通,通则久",在这里也不无针对意义。面对着社会的变革或者改革,到底应该如何判断这样的现象,至今仍然是不可回避却又难以确认的问题。"往肉里注水,往水里加药",肉类检疫站的韩站长比谁都清楚地知道。"老兰,你的不凡就在于你能看清大局,你知道这样偷鸡摸狗的干活,终究成不了大气候,所以你在政府动手之前,自己把村子里的个体屠宰户全部取缔,成立了这家肉类联合加工厂。"[④]这样的"大手笔",不仅需要不断地贿赂老韩这样的趁火打劫者,并且彼此心照不宣;而且,更加体现在肉类联合加工厂开业大典那样的公开场合所需要的有条不紊的官方阵势及其冠冕堂皇的游戏规则。各级领导、各类媒体和各种人员相互配合,充分彩排并联袂演出,展示着所需要的显规范与潜规则。"假以时日,我们要把这里建成全省最大的肉类生产基地,为人民群众不断地提供优质的肉类。我们还要争取在比较短的时间内,冲出亚洲,走向世界,让世界各地的人都能吃上我们生产的肉……"[⑤]一个被大领导命名的"农民企业家"形象呼之欲出,并且以当场销毁"注水肉"的现场表演向外界表示决心。这样的场景并不陌生而且屡见不鲜,岂不是更为不择手段?现场突发的傻子"十月"的真诚表演,不仅反讽式地映衬着典礼的极度虚假,也预示着后续问题更为复杂。

果然,关键的问题总是发生在"第二天",那就是"表演"之后的如何选

---

① 莫言:《四十一炮》,第 92 页。

② 莫言:《四十一炮》,第 93 页。

③ 莫言:《四十一炮》,第 199 页。

④ 莫言:《四十一炮》,第 224 页。

⑤ 莫言:《四十一炮》,第 239 页。

择，一切的问题仿佛在瞬间回到原点。此前，注水的行为义无反顾；而今，却又重新纠结。“没有办法，眼下的市场就是这样，你不愿意往肉里注水，我也不愿意往肉里注水。但我们不注水，别人注水，我们就要赔，就要倒闭。”[①]针对罗通的坚持规则和反对意见，我们的确也不能否认老兰的真诚：“我确实很想堂堂正正地干点事情，如果你有好的办法，我们坚决不注水。”[②]经过激烈的争论和相互的妥协，结果还是要注水。而且在罗小通的提议下，注水的方式从屠宰后转向屠宰前。“死后注水，是真的注水。”“但生前注水算不上注水，生前注水，是为了清洗它们的内脏，连它们的每根血管都清洗一遍。我相信，这不但可以达到你们提高产肉量的目的，还会相应地提高肉的质量。”[③]这样的变换，被老兰美其名曰“洗肉”。的确不在于做了什么，而在于怎么去解释。说来说去，其实仍然是注水，时至今日不是依然继续着吗？“我们不是往肉里注水，我们是在洗肉。往肉里注水，会败坏肉的品质，降低肉的质量，但我们这样做，会提高肉的质量，即便是那些病牛、老牛，经过我们这样长时间的清洗，也会使它的肉变得又嫩又软、营养丰富。”[④]虚假制造的意识支配着仿佛正当的行为，带来的却是真正的实利，这是多么可怕的场景，又是怎样的不择手段？再加上匪夷所思的吃肉比赛和对暗访记者软硬兼施的控制及其威逼利诱的收买，屠宰村的致富道路已经畅通无阻。只是，这样的“原始积累”何时才能完成？何时才能终止？况且，其示范意义又是如此鲜明而强烈。正如罗小通面对大和尚的诉说：“这个社会，勤劳的人，只能发点小财，有的连小财也发不了，只能勉强解决温饱，只有那些胆大心黑的无耻之徒才能发大财成大款。像老兰这种坏蛋，要钱有钱，要名誉有名誉，要地位有地位，你说还有公道在人间吗？”[⑤]对此，大和尚的反应是“微笑不语”。

“屠宰村”的故事世人皆知，农业的凋敝败落和疯狂肆虐的逐利却被包装得冠冕堂皇；罗小通的“诉说”真实可鉴，貌似荒诞的背后却是触目惊心的

① 莫言：《四十一炮》，第 251 页。
② 莫言：《四十一炮》，第 251 页。
③ 莫言：《四十一炮》，第 253 页。
④ 莫言：《四十一炮》，第 263 页。
⑤ 莫言：《四十一炮》，第 140 页。

发现;大和尚的"微笑不语"仿佛稳如泰山,又何尝不是对现状的司空见惯却又无力改变。这是90年代中国社会的某个层面,变革的时代伴随着不择手段,如此严重的"注水"行径又表征着某种普遍的历史内涵。以此来看,《四十一炮》表面上是现实批判,本质上却是文化寓言。简而言之,"注水"已经超越生活实践,而成为时代文化的反观。

第二节　农村的变革及其伦理变迁

如果说《四十一炮》中的"社会变革及其不择手段"主要体现在老兰那里,那么所谓的"农村变革及其伦理变迁"则主要体现在罗通和杨玉珍这样一对具有相互对照性的人物身上。

在叙述者罗小通的眼中,父亲罗通和母亲杨玉珍是完全不同的两类人,从观念到行为,自始至终针锋相对:当父亲不安分的时候,母亲恪守着本分;当父亲回乡准备安分守己的时候,母亲已经不再安分。当父亲和"野骡子"私奔之后,母亲发奋图强,艰苦创业,用极度的节俭和拼命的劳作,建成全村最高、最壮观的大瓦房,活出自己的志向和尊严;当父亲落魄还乡之时,本打算埋头苦干以弥补前嫌,但母亲已经追随着老兰开始转向另一条道路。即便二人勉强合作,也是非常短暂并且矛盾不断。本就分属于完全对立的生活态度和行为方式,尤其加上世俗眼光的恶意偏见及其民间伦理的推波助澜,最终导致悲剧结局也就在所难免,继而引发"四十一炮"式的"炮打"老兰。农村的变革带来伦理的变迁,伴随其中的所有人物的命运都要发生改变。

《四十一炮》从"吃肉"引出历史。由于父亲的好吃,致使和母亲的吵闹不断,甚至大打出手。母亲出身中农,接受的是勤俭持家、量入为出、攒钱盖房置地的教育,即便遭受耻辱也是痴心不变;父亲出身流氓无产者,人生信条奉行的是得过且过和及时行乐。"他常常教育我的母亲,世间万物都是虚的,只有吃到肚子里的肉才是真实。他说你把钱换成新衣穿到身上,人们很可能会把你的衣服剥去;你把钱盖成房子,几十年后很可能被斗争,兰家的房屋够多了,还不是变成了学校?兰家的祠堂够堂皇了,还不是被生产队当成了加工地瓜粉丝的作坊?你把钱置成金银,很可能为此丢了性命;但你把钱变成肉吃进肚子，那就万无一失了。”[①]这里，与其说是简单的人生信条，倒不如说是深刻的历史教训。按照母亲所继承的生活逻辑，“人的嘴，其实就是个过道，鱼肉和糠菜通过这个过道之后，其实都一样。人可以惯骡子惯马，但不能自己惯自己，要过好日子，必须与自己的嘴作斗争”[②]。母亲的理论是：“住在茅草棚里，即便满肚子肥脂，又有什么用处？”[③]所以才有可能盖起大瓦房。而父亲的理论截然相反：“满肚子糠菜，即便住在高楼大厦里又有什么意思？”[④]所以把日子过成“抽风”一样。用以当作借口的第二次“土改”并没有再来，况且即便来了也于事无补或者没有关系。在孩子的眼中，父母的立场迥然不同，但实际的情形却都是忍辱负重。那受苦受难的父辈生活，无不让人心酸感动。其实在这里，无论如何的表面对立，内在充盈的还是家庭的温情，还是传统的伦理。

而伦理的变迁则以父亲和“野骡子”的私奔为转折，尤其是父亲的落魄归来之后更为明显。

父亲和“野骡子”私奔后，母亲的生活至为简单却更为艰辛。说简单，指的是目标；说艰辛，指的是过程。父亲走后，母亲为盖起五间大瓦房而努力节俭、拼命干活，同时也更为暴躁，喜怒无常。自然，“我”也就面对着物质和精神的双重贫困。如果不是生病买药贵，母亲绝不会买煤生炉子；在电灯照亮全村十几年后，大瓦房里竟然没有敷设电路；房子外边贴着马赛克，里面却是沙灰抹墙，裸着房笆，地面坑洼，只有炉渣；为了生存，母亲试图当屠户，后来选择收破烂，被取外号“破烂女王”，几乎一切的生活资料都是收来的废品。也像往肉里注水一样，母子二人往纸壳里泼水以增加重量。而且，母亲一直坚持最低的生活水准，致使“我”始终抱怨不断。即便买了老兰的拖拉机并学会驾驶，也是生存使然，而且还要去忍受无尽的谣言。其实，这一切都无一不在表现那种活着的艰难和内心的悲酸。

父亲离乡时无限风光，返乡时却落魄无常。突如其来的生活变化，激起母亲的激烈反弹。而归来的父亲虽然狼狈不堪，但仍不失其应有的尊严。

---

① 莫言：《四十一炮》，第8页。

② 莫言：《四十一炮》，第17页。

③ 莫言：《四十一炮》，第17页。

④ 莫言：《四十一炮》，第17页。

其间流露出来的生活细节,同样让人动容感叹。那沾着麦秸的头发、浮肿的脸、冻疮的耳朵、拴着搪瓷缸的挎包、掉了纽扣的油腻的黄大衣,还有随同而来的扎着白头绳的小女孩,都给人以无限的想象。回想起估牛时的表现和吃肉时的情景,人生的反差清晰可见。变化的是生活境遇的外观,不变的是父子情深的一面。“几年不见,你长这么高了……”“看你们过得这样好,我就放心了……”“玉珍,我对不起你……我这次回来,是向你赔罪的……”“我这次回来,想跟你好好过日子。事实证明,你们老杨家过日子的路数是正确的,而我们老罗家的家风是错误的。如果你能原谅我……我希望你能原谅我……”“小通,你和你娘好好过吧,我走了……”“小通,你已经长大了,你比爹有出息,有了这门大炮,爹就更放心了……”①如此等等,本是平常的父子见面,却被渲染得情感饱满,甚至让人无比心酸。尤其是父亲的转变,充满对于世事的理解和判断:“即便有了炮弹,也别乱轰,老兰家也别轰。”②后续的情节足以表明,父亲的话不再是油滑和调侃,而是真诚和向善。“大约过了抽袋烟的工夫,父亲和女孩的背影消逝在大街的拐弯处;大约又过了抽两袋烟的工夫,从与父亲背着的方向,母亲提着一个白里透红的大猪头,急匆匆地走了过来。”③人生总是这样的错位,不知道何时才能真正回归?而等到回归的时候,殊不知却是更为致命的错位。

重新回归的父亲发生彻底的角色置换,同步出现的还有母亲的鲜明变化。“我”的饭量和吃饭的速度让父亲吃惊,“妹妹”的饭量和吃饭的速度也让母亲吃惊。“我们的贪婪吃相不但没让他们反感,而是让他们感到了深深的悲哀和自责。我想,很可能就在那一刻,父母亲做出了不离婚的决定。他们要好好过日子,给我和妹妹创造出丰衣足食的幸福生活。”④当母亲要煮猪头的时候,却遭到父亲的阻拦,理由竟然是当年母亲坚持的生活准则:“这猪头,还是卖了吧,人的肚子,就是一条破麻袋,填上糠菜是饱,填上鱼肉也是饱……”这不禁让母亲都惊诧不已:“这是你说的话吗?”⑤其实,置换了角

---

① 莫言:《四十一炮》,第67～73页。

② 莫言:《四十一炮》,第73页。

③ 莫言:《四十一炮》,第73页。这里的时间表达很有意思,鲁迅《铸剑》中曾经出现过“经过煮熟一锅小米的时光……”“约略费去了煮熟三锅小米的功夫……”

④ 莫言:《四十一炮》,第111页。

⑤ 莫言:《四十一炮》,第113页。

色的不仅是父亲，也有母亲："我也是个人，我也是红口白牙凡胎肉身，也知道肉好吃，以前我不吃，那是我傻，那是我不明世，人活着，想来想去，最重要的，其实也就是为了一张嘴。"[①]这道理，显然又是当年父亲生活信条的翻版。殊不知，如今的父亲已经落伍保守，而母亲却思想开放了。当父亲盼望着明年有个好收成的时候，母亲冷冷地回应"你的脑筋该换了"；当父亲提出农民种地才是本分的时候，母亲嘲弄地说"真是日头从西边出来了"；当父亲尴尬地提出要跟着妻儿收破烂的时候，母亲坚决拒绝道："你不是干这种事的材料。干这种事要没脸没皮，半偷半抢。"[②]并且表示，自己也不再从事这个行当了。面对母亲曾经的忍辱负重、如今的好胜争强，尤其是时事的变迁，父亲无所适从并自惭形秽到极点，甚至已经毫无选择。其实母亲早有打算，也就为随后安排父亲去追随老兰奠定了基础。

相对于父亲的单纯善良和不谙世事，老兰确实眼光长远而且深谋远虑。为了与老兰和好，"我"奉母亲之命邀请老兰到家中做客。老兰的到来，让父亲、母亲受宠若惊。父亲表示后悔之意，老兰表示重归于好。这里，其实都是人情和人性的回归。老兰又的确是一个复杂的人物，他谈笑风生，从容面对可能发生的尴尬，自然地将其转换成一个和谐的场面。不仅主动为孩子们夹上已有的鸡腿，还迅速添加了没有的鲫鱼汤、鲨鱼饺；不仅真诚地夸赞孩子们的未来，还执意奉送两个大红包。显然，自始至终都由其主导着这个夜晚。通过做客罗家，既展示他的神通广大和威严无比，又表现他的人生经验和老谋深算。紧接着，老兰又派人拉上难得的电灯，送来昂贵的海鲜。"在耀眼的灯光下，在母亲感念老兰恩德的唠叨声中，在每逢母亲感念老兰恩德时父亲脸上必定出现的尴尬表情中，我们度过了春节。"[③]这突如其来的一切，自然地让母亲感激涕零，也不由得让父亲五体投地。那个夜晚，尤其在罗小通的回忆中一直念念不忘。"这个夜晚对于我们一家的重大意义在后边的岁月里将会越来越清晰地显示出来。"[④]

接下来一反一正的两件事让父亲逐步走上追随老兰的道路。第一是

---

① 莫言：《四十一炮》，第 113 页。
② 莫言：《四十一炮》，第 117 页。
③ 莫言：《四十一炮》，第 179 页。
④ 莫言：《四十一炮》，第 164 页。

姚七带着揭发材料来联合父亲扳倒老兰，而被母亲揭穿真相并当场拒绝："你别装蒜了，你当了村长，就比老兰干得好吗？你是个什么人难道我们还不知道吗？老兰贪，只怕你比老兰还要贪。不管怎么说，老兰还是个孝子，不像有的人那样，自己住着大瓦房，却把老娘撵到草棚子里去。"[①]这里，既揭示着农村的政治生态，也包含着农村的伦理状况。

第二是"我们"跟着父亲、母亲去给老兰拜年的经历，不仅再次显示出父亲、母亲的对立状态，而且更加显示出老兰的非同一般。在是否要去拜年这件事情上，父亲瞻前顾后、犹豫不决，母亲则毅然决然、义正词严。母亲说："我知道你要脸，要面子，但去拜个年也小不了你。人家是村长，咱们是村民，村民给村长拜个年不是很正常嘛?"父亲则担心会被人家说。"我不愿意让人家说我舔老兰的屁股。"母亲反唇相问："去拜个年就是舔屁股?""那人家老兰，派人来给你拉电，给你送年货，给你的儿子女儿送红包，不成了舔你的屁股了吗?"而父亲却觉得"这不是一回事"[②]。平心而论，父亲和母亲的说法都没有错，但的确又"不是一回事"。而"我"则认为"老兰是个人物"，"老兰很有意思，我们应该和他交朋友"。[③] 母亲更进一步地现身说法："你走了之后，真正对我们好的，还是老兰。姚七他们，只是看我们的热闹。在那样的时候，好人坏人才看得分明。"[④]显然，父亲纠结于乡村的复杂政治和内心的进退失据，而母亲则认同于乡村的朴素伦理。因此，当"我们"走在翰林大街上的时候，父亲不自然，母亲却很坦然。"我知道父亲的心理，他怕这些灯火。他希望这条胡同里一团漆黑，遮蔽住我们一家四口的身影。他希望我们在黑暗中完成给老兰拜年的任务，不要让任何人看到。我知道母亲的心理恰恰相反，母亲就是要让人看到，我们去给老兰家拜年了，我们已经与老兰建立了亲密友好的关系……"[⑤]很明显，父母完全属于两路人，都已经不再是原先的自己。尤其当我们看到老兰的生活状态的时候，即刻感到"他哪里还像个农民？分明是个吃公家饭的干部"[⑥]。面对母亲要求孩子们

---

① 莫言:《四十一炮》,第 184 页。
② 莫言:《四十一炮》,第 189 页。
③ 莫言:《四十一炮》,第 189 页。
④ 莫言:《四十一炮》,第 190 页。
⑤ 莫言:《四十一炮》,第 191 页。
⑥ 莫言:《四十一炮》,第 195 页。

行使的拜年礼仪，老兰婉言谢绝："我们这些人，再怎么折腾也是河沟里的泥鳅，成不了龙，可他们就不一样了。"[①]面对父亲的唯唯诺诺，老兰则直言不讳："我希望你还是那个去东北之前的罗通，我不希望你这样窝窝囊囊的。老哥，挺起腰板，长期弯着腰，养成习惯，想直也直不起来了。"[②]相对于父亲出走前后的判若两人，老兰表现出非凡的胸襟和过人的胆识。仿佛此前的恩怨从来也没有发生过，或者说一切的恩怨都是为了更好地向前看。

仿佛一切水到渠成，前后都已经变化的父亲和母亲重新走到一起。罗小通的眼睛敏锐地抓住了其中的变化："父亲归来后这半年，我们家的生活发生的巨大变化真可以说是天翻地覆，过去在梦中都想不到的事情已经成为了现实。我的母亲和父亲，已经不是过去的那两个人。过去的岁月里导致他们争吵的问题已经显得非常可笑。我知道使我们的父母发生了这些变化的根本原因是他们跟上了老兰。"[③]接下来也就顺理成章，父亲被任命为肉联厂的厂长，母亲是厂里的会计，后来又做总公司办公室主任和总经理助理。即使有了共同的目标，但相对于母亲的与时俱进，父亲依然疑虑重重。当小通表示弃学想要进厂之时，父亲苦笑着说："前几年是爹的问题，耽误了你上学，现在，你要好好珍惜，如果你想做一个有出息的人，不像爹这样窝囊一辈子，就要好好上学。上学，是正路；别的，都是歪门邪道。"[④]其实，当年老兰也曾经严肃地提出要让孩子上学念书。然而，世事变迁，即使饱经沧桑的罗通也已经无能为力，哪怕面对着自己的孩子。

面对老兰的依然如故，面对妻子的紧跟形势，尤其面对儿女的辍学进厂甚至荒诞至极的吃肉比赛，历经世事而有所顾忌的罗通已经希望破灭而无路可走，他把自己逼上所谓的"超生台"。搭建这个台子本来是为了让被屠杀的牲畜早日超脱，却在冥冥之中为回乡之后的父亲准备了人生反思和肉体超脱的寄居之所："我可怜的父亲把超生台当成了他的吸烟台，沉思台，孤独台，每天的大部分时间都呆在上边，工厂里的事情，基本上不管不问

① 莫言：《四十一炮》，第196页。
② 莫言：《四十一炮》，第199页。
③ 莫言：《四十一炮》，第213页。
④ 莫言：《四十一炮》，第232页。

了。"[①]在"超生台"上，父亲回顾自己的生命历程，或许后悔自己的回乡之路——"孩子们，爹这辈子，真是窝囊"[②]，并且希望把自己火葬。面对母亲的怒目鄙视和冷嘲热讽——"这人，经常自己得罪自己"[③]，面对老兰的安慰和劝说——"老罗，其实，人生这样短暂，什么女人，钱财，名誉，地位，都是身外之物，生不带来，死不带去"[④]，父亲在进行着艰难的思想斗争，成为最痛苦的灵魂。而且显而易见的是，母亲竟然还不如老兰更理解父亲的处境。或者说，母亲和父亲始终处于错位的状态。及至为老兰老婆举办葬礼时，母亲响应老兰让小通扮成孝子的提议，父亲的尊严彻底丧失。再加上那个外号叫"四大"的包工头的恶意调侃、苏州的大闹葬礼、姚七的讽刺挑拨，父亲的精神彻底崩溃，用斧头劈进母亲脑门。老兰与范朝霞、与黄彪媳妇乃至与杨玉珍的关系，显然表现了传统的乡村伦理秩序的瓦解。所谓的"罗大嫂"还是/既是"兰大嫂"、"黄大嫂"还是/既是"兰大嫂"，表面上的戏谑之言，实则又揭示着真实的伦理失范和道德内涵。

母亲被杀，父亲被捕，"我"该如何？"一切都像一场梦，转眼之间，命运发生了重大变化。是谁造成了这场大悲剧？是父亲？是母亲？是老兰？是苏州？是姚七？谁是我们的敌人？谁是我们的朋友？我很迷茫，我很犹豫，我的智力经受着空前的考验。"[⑤]归根结底，农村的剧烈变革及其引发的伦理变迁所带来的一切变化，让人不可捉摸、无法把握。当小通不得不确定老兰是自己的仇人的时候，竟然遭到妹妹的否认，难怪"四十炮"总是偏离目标，其实并非不能直接命中，而是有意为之地拖延。即使把老兰拦腰打成两截的"第四十一炮"也并非出自小通之手，而是老太太的举手之劳。为此而远走他乡的罗小通后来在五通神庙中向大和尚诉说的时候，还曾经提到，好像老兰非但没有被打死，反而事业更加辉煌，身体更加健康。所谓的"复仇"，其实无需追求结果。或者说，这又是一次儿童幻想中的"复仇记"，依然是想象中的产物。

---

① 莫言：《四十一炮》，第 327 页。
② 莫言：《四十一炮》，第 328 页。
③ 莫言：《四十一炮》，第 330 页。
④ 莫言：《四十一炮》，第 330 页。
⑤ 莫言：《四十一炮》，第 364 页。

历史和伦理就是这样纠结在一起，人也置身其中的漩涡之中。杨玉珍从固守传统转向追随形势，罗通则从反叛传统回归伦理道德，看似关系最为密切的两人，实则演绎着完全相反的人生轨迹。正是在彼此的对照关系中，《四十一炮》揭示了农村的巨大变革以及由此带来的伦理秩序的混乱和变迁。

第三节　“肉”的欲望表征及其本体意义

《四十一炮》开篇即充满“肉”的现实与想象。关于父亲和“野骡子”私奔后的生活状态，屠宰专业村里的所有谣言都围绕着“吃”而展开，而且最后都归结于“肉”。或者在东北大森林煮狍子肉，或者在内蒙古炖肥羊肉，或者在朝鲜吃肥狗肉。当然，在吃饱喝足之后，还要有性行为。这里，开篇就已经奠定小说整体的主旨。相对于时代变革及其不择手段的反映，相对于农村变革及其伦理变迁的揭示，《四十一炮》更是写尽人与“肉”的交流关系。这里的“肉”既是具体的吃肉的生活，又是肉体的性的欲望，属于“食”与“色”的结合体和象征体。“食色，性也”，这也是莫言文学的一贯命题。如果说时代变革及其不择手段主要通过老兰反映出来，农村变革及其伦理变迁主要通过罗通和杨玉珍的对照关系揭示出来，那么人与肉的交流则主要在罗小通和大和尚的对照、融合关系中表现出来。

少年罗小通具有“吃肉”的天赋，又生长在屠宰专业村，所以满眼里都是肉的形象。因为贫困而充满对肉的渴望，因为馋肉而常常独自垂泪。当想到肉的时候，当嗅到肉的时候，一切就都不再存在。“在我的脑子里，肉是有容貌的，肉是有语言的，肉是感情丰富的可以跟我进行交流的活物。”[①]及至有条件面对肉、吃到肉的时候，人与“肉”的交流彻底展开。“我听到它们呼唤着我的名字，对我诉说，诉说它们的美好，诉说它们的纯洁，诉说它们的青春丽质。”[②]它们有思想，有灵魂，有感情，有表情。它们呼唤着、期待着被“我”拥有。“如果你不来吃我们，就不知道什么卑俗的人来吃我们了。……这个世界上，像您这样爱肉、懂肉、喜欢肉的人实在是太少了啊。罗小通，亲

---

① 莫言：《四十一炮》，第208页。

② 莫言：《四十一炮》，第217页。

爱的罗小通,您是爱肉的人,也是我们肉的爱人。我们热爱你,你来吃我们吧。……你不知道,天下的肉都在盼望着你啊,天下的肉在心仪着你啊,你是天下肉的爱人啊……"[①]"我"被肉们的情深意切所感动,我们一起失声痛哭。"一个人,对某种事物,即便是对一块肉,也应该发自内心地爱着,才会得到回报,才会真正理解其中的美好。"[②]从过去的"馋肉"到现在的"爱肉",仿佛已经超越肉体而得到灵魂的净化。"哭泣着的我吃着哭泣的肉,我感到吃肉的过程,变成了一种精神上的交流。这是我从前没有体验过的啊,从此之后,我对肉的认识发生了根本的变化。从此之后,我对人的看法也发生了变化。"[③]吃到头晕,依然是舒服的感觉;到了人间,注定是为吃肉而来;吃肉的同时,更有精神的交流。对于罗小通来说,这里不仅为后续的因为吃肉、爱肉的登峰造极而被尊为"肉神"奠定了基础,也为进一步地因为物极必反而超越"肉欲"准备了条件。

如果说往日的吃肉是与肉的彼此欣赏和交流,是全身心的投入,那么吃肉比赛时则带着表演和焦虑,需要表现出吃肉的尊严。当竞争对手们从吃肉的快乐逐渐变为吃肉的痛苦并最终不得不承认失败的时候,罗小通获得的却是"肉神"的感觉。通过吃肉比赛,"我"不仅彻底超越父亲,而且感觉连老兰也不值得崇拜了。"我明白了一个道理:世界上的事情看起来很复杂,其实很简单。世界上其实只有一个问题,那就是肉的问题。世界上人很多,但其实都可以用肉来划分,那就是:吃肉的人和不吃肉的人,能吃肉和不能吃肉的人。能吃肉但是捞不到吃肉的人,能捞到吃肉但是却不能吃肉的人。还有就是吃了肉感到幸福的人和吃了肉感到痛苦的人。在众多的人当中,像我这样想吃肉能吃肉爱吃肉而且随时都可以吃肉而且吃了肉就感到幸福的人并不是很多,这就是我对自己充满了自信的最主要的原因。"[④]罗小通的吃肉的行为,一方面是肉体饥饿的反弹,另一方面也是恐惧饥饿的反弹,其实更是精神压抑的宣泄。他与这个世界没有什么实质性的沟通,而只有在与肉的交流中,才能找到存在的支点。

---

① 莫言:《四十一炮》,第217～218页。

② 莫言:《四十一炮》,第219页。

③ 莫言:《四十一炮》,第219页。

④ 莫言:《四十一炮》,第312页。

除了罗小通的吃肉及其与肉的精神交流,《四十一炮》还淋漓尽致地展示了屠宰专业村与肉相关的另类景象。比如肉食节及其肉食大宴、吃肉比赛、谢肉游行……牛彩车、鸡彩车、骆驼队、鸵鸟队、猪彩车、羊彩车、驴彩车、兔彩车,不一而足。“肉食节游行中出现的所有的动物图像,象征着的都是血腥的屠戮。”①所谓的“肉食节”,除了杀戮之外,就是官员们谋求政绩的“劳民伤财节”②。甚至,肉食节原本计划与“肉神庙”的奠基同时进行。正如那位中年干部对塑神工匠们所说的:“你们负责看护好肉神像,肉神庙还是要建的,这不是迷信,这是人民群众对美好生活的向往。天天吃肉,是小康社会的一个重要标准。”③从“肉食节”到“肉神庙”,并且由副省长亲自题写匾额,“肉神”的民间色彩和官方意义也就同时突显出来。

在勉强确认老兰作为仇人之后,罗小通便开始儿童式的复仇计划。尽管获得村里人心照不宣的最大支持,依然是荒唐可笑的结局。万般无奈之下,兄妹二人玩起“妙计”:请求老兰杀死自己。没想到,老兰的“以其人之道,还治其人之身”迫使兄妹二人逃离家乡、开始流浪。饥饿状态的妹妹因饱食肉类而死亡,这促使罗小通彻底地弃绝吃肉。等到炮轰老兰,或者说在幻想中炮轰老兰之后,罗小通为了避祸或者说为了想象中的避祸而远走他乡,最终流落在五通神庙,得以与大和尚交流诉说。如果说罗小通象征的“肉神”代表着“吃”的层面,那么大和尚象征的“五通神”则代表着“性”的层面。正如副省长所明确指示的:“五通神崇拜,说明了人民群众对健康幸福的性生活的向往,有什么不好?赶快拨款修复,与建设肉神庙同步进行!这是拉动你们双城市经济增长的两个亮点,可不要让别的省市抢了先啊。”④欲望,就这样名正言顺地呈现出来。有研究者指出,“《四十一炮》一条贯穿始终的叙事线索就是紧紧围绕食色欲望这一带有普遍性的人生、人性问题而展开故事情节的”。同时,“兰老大之于性,如同罗小通之于食一样,是另一种过度欲望的寓言化、形象化呈现,对人性而言,也具有一种普遍的警示

① 莫言:《四十一炮》,第119页。
② 莫言:《四十一炮》,第174页。
③ 莫言:《四十一炮》,第177页。
④ 莫言:《四十一炮》,第237页。

意义”。[①]

放弃“吃肉”的罗小通，诉说成为其重新存在的理由。在诉说的过程中，依然面对着欲望的问题，比如那个如影随形的神秘的女人，显然又是心理欲念的难以根除。“你以为不吃肉就能减轻你的罪过吗？……你虽然几年没有吃肉，但是你一刻也没有忘记过肉……”[②]拒绝了“吃肉”的欲望，是否会萌生肉体的“性”的欲望呢？况且在诉说的过程中，也一直在幻想着兰老大所拥有的丰富的性生活，所以大和尚一直沉默不语。除非像兰老大的身体庞大的儿子那样，尽享人间肉食后虽在幼年却无疾而终，否则，置身于“食”“色”交相汇合的五通神庙，试图凭借诉说来超越本能和欲望，不知能否行得通？

《四十一炮》写尽人与“肉”的交流，“肉”本身就包含着“吃肉”的生活和肉体的“性欲”。罗小通的“吃肉”登峰造极，放弃“吃肉”后被尊为“肉神”；大和尚的“性欲”登峰造极，放弃“性欲”后被尊为“五通神”；从来没有拿起过“屠刀”，也就永远没有机会“立地成佛”。这是欲望的辩证法，人类的欲望是否这样？《四十一炮》的核心所在是否本体意义上的欲望表达呢？罗小通和大和尚看起来是两个人，实则是人的一体两面。“与其说是罗小通在诉说，不如说是欲望在诉说。这诉说是想寻求解脱，但却陷入更加深层的迷恋。这看上去是罗小通的困境，也是被欲望控制了的中国社会的困境，其实也是整个人类世界的困境。”[③]

第四节 “肉神”的口吻和“炮孩子”的视角

放弃“吃肉”的罗小通，却始终无法摆脱声色犬马般的影响，甚至强烈地梦想着后者的生活。那个庙里的神秘的女人总是若隐若现，仿佛是熟悉的“野骡子”姑姑，仿佛又不是。虚无缥缈间令人真假难辨，或许又是小通记忆中的生活幻象或者纯粹就是少年的性幻想。他的诉说，经常被幻想打断：

---

① 张瑞英：《一个“炮孩子”的“世说新语”——论莫言〈四十一炮〉的荒诞叙事与欲望阐释》，《文学评论》2016年第2期。

② 莫言：《四十一炮》，第63页。

③ 莫言：《用耳朵阅读》，第148页。

幻想着有一天，出手大方，花钱如流水，被美女所包围。

从一开始的诉说目的是谋求拜大和尚为师、出家为僧，到诉说的目的变得越来越模糊，再到单纯的“诉说就是一切”。罗小通试图通过诉说来摆脱内心的欲念，或者说，用诉说来抵抗诱惑。“在适当的时候，我要跳出这欲望横流的世界。能成佛，就成佛；成不了佛，就成仙；成不了仙，就成魔。”① 而在诉说的过程中，先是以“肉神”的口吻讲故事，俯察芸芸众生，仿佛是一个具有神性的旁观者；再以“炮孩子”的视角讲故事，置身众生世界，直接是一个具有童真性的参与者。童年的罗小通已经成为庙堂一侧的“肉神”，“肉神”和“炮孩子”已经融为一体。罗小通的人性眼中的现实世界和“肉神”的神性眼中的欲望世界，也就自然合而为一。再加上其中的大戏《肉孩成仙记》的上演，不仅异曲同工，更把所谓的“诉说”推向高潮。《四十一炮》把讲故事的语境和所讲述的故事联系起来，把讲故事的前提和所讲故事的意义联系起来，把讲故事的缘起和所讲故事的结果联系起来。前者类似梦境，后者却是现实，二者相互交替并相得益彰，表现出 90 年代中国社会的一个侧面及其欲望的泛滥循环和人性的复杂多变。

民间曾有言：“胡说八道，满嘴放炮。”“炮”既是叙述的内容，更是叙事的腔调，而且在当代中国社会中还具有“性”的含义。《四十一炮》虽然出现真正的“炮”，但更重要的显然是象征意义上的“炮”。既表示着欲望的自身和循环，也是对欲望的颠覆和瓦解。“他们越来越认为我罗小通是个‘炮孩子’。在我们那里，大和尚，我必须再三对您说明，在我们那里，‘炮’，就是吹牛撒谎的意思，‘炮孩子’，就是喜欢或是善于吹牛撒谎的孩子。‘炮孩子’就‘炮孩子’，我不以为耻，反以为荣。”②“炮孩子”的“诉说”，不但创造“传奇”，而且揭示“历史”；看起来似是而非，实际上似非而是。如研究者所言：“他用诉说，来填补被分裂的自己，找寻丧失的自己。他以语言为桥，试图建立自身与历史的一种联系，填平逝去的童年与现在的巨大鸿沟。然而，罗小通的叙说不仅是在语言编织的梦境中为自己的心灵找到一个归宿，也是试图以语言为武器，讲述历史的另一种真相的尝试。”③

---

① 莫言：《四十一炮》，第 188 页。

② 莫言：《四十一炮》，第 381 页。

③ 管笑笑：《当时间化为肉身——关于〈四十一炮〉的解读》，《小说评论》2015 年第 2 期。

莫言说:“罗小通在讲述自己的故事时,从年龄上看已经不是孩子,但实际上他还是一个孩子。他是我的诸多‘儿童视角’小说中的儿童的一个首领,他用语言的浊流冲决了儿童和成人之间的堤坝,也使我的所有类型的小说,在这部小说之后,彼此贯通,成为一个整体。”[①]是“儿童”在说还是“成人”在说当然重要,但又并非根本,说到底,问题的关键在于说出了什么。历史不断地循环,人性不停地转换,“肉神庙”和“五通神庙”的遭遇也在其中起伏变迁。《四十一炮》虽然发酵于1999年的中篇小说《野骡子》[②],但却完全“膨胀开来”[③],铺展出一个时代的欲望,延伸出欲望中的人性。小说的最后一章,也是最后的一“炮”,而且在最后的一段,承载着此前的故事和场景的所有人物悉数亮相,各自的形象和各自的生命再次还原,“如同演出结束后的演员谢幕”[④]。人就是在欲望和超越欲望的无解循环中,呈现着自己的角色,或者完成或者断裂,或者完善或者残缺,或者高端或者卑微,或者本色或者雕琢,轮番登场表演又轮番退场不见,刹那间改头换面!

---

① 莫言:《诉说就是一切——代后记》,《四十一炮》,第402页。

② 莫言:《野骡子》,《收获》1999年第4期。

③ 莫言:《诉说就是一切——代后记》,《四十一炮》,第402页。

④ 莫言:《用耳朵阅读》,第148页。

第十章

《生死疲劳》的生命“转世”及其主体关系

按照莫言的说法,《生死疲劳》的写作时间短暂,但构思时间漫长。20 世纪 60 年代初那个邻村的单干户农民的形象,一直潜伏在莫言的创作心思中,却苦于找不到合适的结构方式而未能动笔;直至 2005 年夏天,在一所庙宇里“看到了六道轮回的壁画时,才感到茅塞顿开”[①]。同时,蒲松龄的《聊斋志异》以及其中的《席方平》一篇也给莫言带来直接的启发。“《席方平》是鬼故事,讲席父在阴司受豪强陷害被拷打,席方平愤赴阴司替父申冤,城隍、郡司、阎王殿一级级告上去,各级官吏都受贿,对席用尽酷刑。最后二郎神判案,将阎王殿大小受贿官员绳之以法。”[②]莫言最早就是从一册中学语文课本里读到《席方平》的,虽然读得很吃力,但却“留下了难以磨灭的印象”。“《生死疲劳》一开始就写一个被冤杀的人,在地狱里遭受了各种酷刑后不屈服,在阎罗殿上与阎王爷据理力争。此人生前修桥补路、乐善好施,但却遭到了土炮轰顶的悲惨下场。阎王爷不理睬他的申辩,强行送他脱胎转生,他先是变成一头驴,在人间生活十几年后,又轮回成一头牛,后来变成一头猪,一条狗,一只猴子,50 年后,重新转生为大脑袋婴儿。这个故事的框架就是从《席方平》里学来的,我就是要用这种方式向文学前辈致敬。”[③]

马瑞芳认为《生死疲劳》是莫言的扛鼎之作,既是小说家写作天才的井

---

① 莫言:《用耳朵阅读》,第 307 页。

② 马瑞芳:《莫言的成功在于向经典致敬》,《解放日报》2013 年 5 月 3 日。

③ 马瑞芳:《莫言的成功在于向经典致敬》,《解放日报》2013 年 5 月 3 日。

喷，又是向经典致敬的标杆。“《生死疲劳》将聊斋式画鬼绘妖、亦兽亦人的奇特想象和《三国演义》奠定的章回形式融为一体，用以包容当代社会生活，在二十一世纪将中国传统长篇小说构思形式和以《聊斋》为代表的魔幻理念推向世界。”[①]在 2000 年写作《檀香刑》的时候，莫言曾明确提出所谓的“大踏步撤退”，而且感觉到“具备了一些与西方文学分庭抗礼的能力”[②]。此后又经过《四十一炮》，到 2006 年完成《生死疲劳》的时候，莫言说自己“写出了一部比较纯粹的中国小说”，这也是“与拉美魔幻现实主义小说的正面交锋”，“动用的是中国小说技巧，使用的是中国思想资源”。[③] 显然，这里的“中国小说技巧”即章回体式，这里的“中国思想资源”即古典文学传统。以此为切入点，当然可以更为方便地理解《生死疲劳》的创作缘起，但对于文本的深层意义则需要进一步的探究和挖掘。

不可否认，《生死疲劳》立足于农民与土地的关系，但其核心却意不在此。透过农民与土地这一表层关系的变迁，其真正表现的却是在这一关系基础之上的更为广阔的历史的、伦理的和人性的内涵。其中，生命的“转世”和暴力的“轮回”与历史的荒谬清晰可见，而且所谓的历史主体又在对照关系中呈现出“变”与“不变”的属性。生命的本质在于拥有自由选择的权利，生命的终极关怀在于对个体最终去处的安排。所谓的“驴折腾”“牛犟劲”“猪撒欢”“狗精神”以及“猴戏”，都在为“转世成人”而做准备。人之所以被“转世”而成为人的关键在于放弃复仇、消弭怨恨、以善为本、向善转化。或者说，人之为人的本质特征在于与人为善，互为“性善”。进而言之，假设人因“转世”而来，那么只有修成善良之后才能真正“转世”成人。反过来说，既然已经“转世”做人，那么“善”就是前提，如果不善甚至作恶的话将不配为人，也就沦为大众通俗而言的“不是人”。应当说，这是《生死疲劳》的根本精神，同时也是民间伦理的底线和高度。

① 马瑞芳：《莫言的成功在于向经典致敬》，《解放日报》2013 年 5 月 3 日。

② 莫言：《用耳朵阅读》，第 153 页。

③ 莫言：《用耳朵阅读》，第 156 页。

第一节 生命的"转世"和暴力的"轮回"

《生死疲劳》开篇讲述冤死的西门闹在地狱中遭受酷刑而不屈服:"为了让我认罪服输,他们使出了地狱酷刑中最歹毒的一招,将我扔到沸腾的油锅里,翻来覆去,像炸鸡一样炸了半个时辰,痛苦之状,难以言表。……我焦干地趴在油汪里,身上发出肌肉爆裂的噼啪声。"①即使忍受痛苦的能力已经到达极限,甚至宁愿被研成粉末、被捣成肉酱,也依然坚定地"喊冤"。由此,也就自然引出西门闹的冤情,进而揭示出现实中的暴力。"像我这样一个善良的人,一个正直的人,一个大好人,竟被他们五花大绑着,推到桥头上,枪毙了!……他们用一杆装填了半葫芦火药、半碗铁豌豆的土枪,在距离我只有半尺的地方开火,轰隆一声巨响,将我的半个脑袋,打成了一摊血泥,涂抹在桥面上和桥下那一片冬瓜般大小的灰白卵石上……"②西门闹不仅遭受如此残酷的镇压,他的祖坟后来还被扒了。

西门闹知道历朝都有均分土地的先例,但却不清楚为什么非要枪毙自己。殊不知,这正是阶级斗争的需要,如革命者洪泰岳所言:"你是个识大体、懂大局的人,我作为个人,非常敬佩你,甚至想跟你交杯换盏,结拜兄弟,但作为革命阶级一分子,我又必须与你不共戴天,必须消灭你,这不是个人的仇恨,这是阶级的仇恨。"③这还是土地革命的需要,更是政权更新和彻底转换的需要。在革命者的朴素观念中,所谓的革命就是"倒运"和"来运"的关系,"你倒运了,我们穷哥们儿时来运转"④。欲加之罪,何患无辞,又是所谓的"罪大恶极,不杀不足以平民愤"。"不搬掉你这块挡道的黑石头,不砍倒你这棵大树,高密东北乡的土改就无法继续,西门屯穷苦的老少爷们儿就不可能彻底翻身。现经区政府批准并报县政府备案,着即将恶霸地主西门闹押赴村外小石桥正法!"⑤阴间的酷刑和世间的暴力遥相呼应,不仅奠定

① 莫言:《生死疲劳》,上海文艺出版社 2008 年版,第 3 页。

② 莫言:《生死疲劳》,第 4 页。

③ 莫言:《生死疲劳》,第 38 页。

④ 莫言:《生死疲劳》,第 37 页。

⑤ 莫言:《生死疲劳》,第 19 页。

《生死疲劳》的某种基调，而且形成不断“轮回”的多层对照。

世间无道，地狱无理，到畜生道里轮回的偏偏是一辈子没做坏事的西门闹。在一世为驴的阶段，尽管不甘为驴，却无法摆脱驴的躯体。面对村长兼支部书记洪泰岳的威逼利诱，蓝脸不屈不挠地依然坚持单干。在获得驴贩子出身的陈区长的暂时许可的同时，也为西门驴的坎坷命运埋下伏笔。1958年“大跃进”时期，单干户蓝脸被押送去参加大炼钢铁、兴修水利的集体劳动，其实也是被冠以履行国家大事的义务的名义而遭受整治。与此同时，西门驴也被驴贩子出身的陈县长驯服而征用成为其坐骑，最终又在驮着县长下乡视察时折断右蹄。虽然被主人努力救助并安装义蹄，但却没有幸免于大饥馑带来的灾难。当初提出让单干户和合作社进行生产竞赛的区长，如今也已经无法左右现实。“他们吃光了树皮、草根后，便一群恶狼般地冲进了西门家的大院子。主人起初还手持棍棒护卫着我，但人们眼睛里那种可怕的碧绿的光芒吓破了他的胆。……‘抢啊，抢啊，把单干户的粮食抢走！杀啊，杀啊，把单干户的瘸驴杀死！’……我感到脑门正中受到了突然一击，灵魂出窍，悬在空中，看着人们刀砍斧剁，把一头驴的尸体肢解成无数碎块。”[①]和当年西门闹的遭遇一样，由西门闹转世而来的西门驴也难逃同样的厄运。

单干户蓝脸始终不曾伤害过合作社，而合作社却屡屡施虐于单干户蓝脸。人民公社饥饿的社员打死其驴并分而食之，又把其余粮哄抢干净，给本就对立合作、坚持单干的蓝脸带来更大的创伤。在一世为牛的阶段，蓝脸的单干意志更加坚决。单干的理由也从感性认识上升到理性辨析，同时也从家庭单干变成彻底的个体单干。面对着耕地时如果踩到集体土地就会被铲掉牛蹄的威胁，面对着西门金龙的令人不寒而栗的对立姿态，西门牛和蓝脸密切合作，表现出非凡的毅力和深明大义的精神，令人肃然起敬。在接下来的“文化大革命”的恐怖批判气氛中，人人自危，都难以摆脱命运的捉弄，连最革命的革命者也被革命了。如何革命，问题的根本是什么，其实只有一句话：“像当年斗争恶霸地主一样斗争共产党的干部！当然，那些已经被共产党斗倒了的地主富农反革命，也不能让他们有好日子过。”[②]在那个“全国

① 莫言：《生死疲劳》，第88页。

② 莫言：《生死疲劳》，第137页。

一片红,不留一处死角"的革命氛围中,不仅蓝脸的脸被刷上红漆、几近失明,而且人和牛一起被迫游街,直至发生牛角被砍断、屠户被牛顶死的惨剧。当牛被迫无奈地纳入人民公社的时候,却发生了牛的无言反抗。如果说蓝脸继承的是西门闹的敬畏土地的传统,那么西门驴、西门牛则又都具有蓝脸的独立自主的精神。因为拒绝被役使的犟劲,首先导致一场扎鼻酷刑。当西门金龙把政治上的失意和被监督劳动的怨恨变本加厉地发泄到牛身上的时候,一系列的暴行也就开始了:先是被西门金龙的鞭子暴打,却流着眼泪纹丝不动;后是被众人比赛似的、炫技般地轮流鞭打。"牛身上,鞭痕纵横交叉,终于渗出血迹。鞭梢沾了血,打出来的声音更加清脆,打下去的力道更加凶狠,你的脊梁、肚腹,犹如剁肉的案板,血肉模糊。"[①]伴随着这暴行的,始终有诸多观看这流血悲剧的看客们。面对这样倔强的逆来顺受的牛,连施暴者都感到羞愧。"这还是头牛吗?这也许是一个神,也许是一个佛,它这样忍受痛苦,是不是要点化深陷迷途的人,让他们觉悟?人们,不要对他人施暴,对牛也不要;不要强迫别人干他不愿意干的事情,对牛也不要。"[②]在众人都动了恻隐之心的时候,西门金龙却丧失理智。"就像牛要用宁死也不站起来证明自己的意志、捍卫自己的尊严一样"[③],金龙要不惜一切代价,动用一切手段把牛弄起来以证明自己的意志、捍卫自己的尊严。因此,也就有了随后的牵拉、豁开牛鼻子,并且进行疯狂的火烧,直至牛体无完肤。而且,这一切都发生在一众旁观者的漠视中。这里已经不仅仅是个体的作恶,而是共同犯罪;这里已经不仅仅是外在的罪行,而是源自内在的罪性。不自由,毋宁死。经过酷刑和暴力之后的西门牛自由了。肩上没有套索,鼻孔没有铜环,脖子没有绳索,作为一头完全摆脱了人类奴役羁绊的自由之牛颤抖地站立起来,用牺牲换取自由的意志。在众目睽睽之下,"牛走出了人民公社的土地,走进全中国唯一的单干户蓝脸那一亩六分地里,然后,像一堵墙壁,沉重地倒下了"[④]。当年的西门闹在土地革命中被暴力镇压,转世的西门驴在大饥荒时代被暴力肢解,再次转世的西门牛则在"文化

① 莫言:《生死疲劳》,第 183 页。

② 莫言:《生死疲劳》,第 184 页。

③ 莫言:《生死疲劳》,第 184 页。

④ 莫言:《生死疲劳》,第 186 页。

大革命”时期被暴力虐杀。轮回的生命形式不同,而轮回的暴力内涵却并无差异。

如果说转世为驴、转世为牛还是历史和事件的参与者——所谓的“驴折腾”和“牛犟劲”,毕竟是与蓝脸生活在一起,并且密不可分,那么到转世为猪、转世为狗的时候——所谓的“猪撒欢”和“狗精神”,基本上就成为历史和事件的旁观者了。同时,反而恰恰提供出不同于此前的观察生活和介入历史的更为广阔的“他者”的眼界。和为驴、为牛的时代迥异,在为猪和为狗的时代,历史语境已经开始悄然发生根本性转换。在一世为猪的阶段,基本上是通过一头特立独行的猪——猪十六的经历来反映历史和时代的巨大变化。最终在沙州的人猪大战之后,西门猪由于拯救一个个落水儿童而葬身水底;在一世为狗的阶段,则基本上是通过一只爱憎分明的狗——狗小四的经历来反映时代和伦理的巨大变化。最终在蓝脸的精心安排下,西门狗进入墓圹,获得善终。从驴、牛到猪、狗的生命转化历程来看,其中的动物本身的属性不断增强,相对应的人性深处的特性则逐步减弱,尤其是附着其中的人性之仇恨意识随之淡化,也就有了后续的短暂的“猴戏”和转世成人的“大头儿”的平静讲述。

在一世为猴的阶段,则主要围绕着西门家族或者蓝脸家族的第三代人的命运和情感而展开。世事无常,曾经俊俏叛逆的庞凤凰街头卖唱,曾经县城称霸的西门欢被刺身亡。所谓的悲欢离合和世态炎凉,仿佛也是人生在世的普遍状况。尤其蓝开放和庞凤凰的情感关系令人唏嘘,幼年时的蓝开放曾经为庞凤凰“切指试发”,而今虽然走到一起,却是以悲剧收场,仿佛也是人类不可捉摸的永恒的命运遭遇。面对着家族的纠葛、爱恨的消长和生命的真相,绝望中的蓝开放疯狂地开枪,对着眼前的景象,更是对着自己已经伤痕累累的心脏。“他一枪击毙了猴子,使这个在畜生道里轮回了半个世纪的冤魂终于得到了解脱。”[①]遥想当年的西门闹,也曾经是被疯狂的枪毙,仿佛轮回的生命也难逃轮回中的轮回。如果说得绝对一点,这又何尝不是另一种形式的暴力轮回?

---

① 莫言:《生死疲劳》,第537页。

第二节 历史的荒谬及其后果

与生命的"转世"和暴力的"轮回"相提并论，又总是伴随着历史的荒谬。"我西门闹堂堂正正、豁达大度、人人敬仰。接手家业时虽逢乱世，既要应付游击队，又要应付黄皮子，但我的家业还是在几年内翻番增值……"[①]西门闹虽然是高密东北乡第一大富户，但却保持着勤俭劳动的习惯，因为"不劳动者不得食"。不仅在寒冬里拯救蓝脸的性命，而且在大灾荒里挽救无数人的生命。这样的"好地主"和开明绅士，却落得一个家破人亡的凄惨下场。天旋地转，日月运行，仿佛在劫难逃。相反地，民间伦理传统中的"社会渣滓"，却摇身一变成为"革命者"。面对着以阶级解放之名行个人私欲之实的历史境况，西门闹深明大义："我与你们每一个人，都没有具体的冤仇。如果你们不来斗争我，也会有别人来斗争我，这是时代，是有钱人的厄运势，所以，我不伤你们一根毫毛。……但我死与你说的什么阶级无关，我只是靠着聪明靠着勤奋也靠着运气积攒了万贯家财，从来没想到去加入什么阶级。我死了也不是什么烈士。我只是感到这样活下去实在是窝囊憋气，许多事想不明白，让我的心很不舒坦，所以还是死了好。"[②]如果西门闹自杀成功，还是自我选择，也就不会有后续的地狱伸冤；但结果却是自杀未遂，反而又被残酷虐杀，也就有了后续的不平则鸣。不知道西门闹是否会想起自己的忘年交郑公屯首富的话："老弟，积财积仇，散财积福，及时行乐，花天酒地，财尽福至，莫要执迷啊！"[③]这是历史的荒谬，更是历史的教训。

在20世纪50年代那个集体化的"大跃进"洪流里，当合作社里的粮食来不及收割而烂在地里时，单干户蓝脸却从容地把自家地里的粮食全部收回，以个人的清醒对抗着众人的狂热。当大食堂吃起来的时候，连伙夫都感觉到历史的荒谬之处："吃了这顿就不要管下顿，过了今天，就不要管明天，这驴日的岁月，没有几天折腾头了，早折腾完了，早吹灯拔蜡。"[④]当洪泰岳

① 莫言：《生死疲劳》，第10页。
② 莫言：《生死疲劳》，第38页。
③ 莫言：《生死疲劳》，第44页。
④ 莫言：《生死疲劳》，第84页。

指责蓝脸"走在人民公社的大街上,呼吸着人民公社的空气,照着人民公社的阳光"的时候,蓝脸的回应充满力量:"没有人民公社之前,这条大街就有,没有人民公社之前,就有空气和阳光。""这些,是老天爷送给每个人、每个动物的,你们人民公社无权独占!"[①]蓝脸和洪泰岳在入社问题上的尖锐对立,显现着朴素的伦理对于历史荒谬的抵制。在那个政治挂帅的年代,不用说人,就连生产资料也有革命与反革命之分,如洪泰岳所说的:"我告诉你,人民公社的牛是生产资料,单干户的牛,是反动的生产资料。不错,人民公社的牛即便顶了人我们也不敢打死它,但单干户的牛顶了人,我立马就判处它的死刑!"[②]

在20世纪60年代那个狂热革命的情境里,先是"四清运动",几乎把所有的干部都折腾一遍,连民兵连连长兼大队长黄瞳、村支书洪泰岳都被停职。"运动就是演戏,运动就有热闹看,运动就锣鼓喧天,彩旗飞舞,标语上墙,社员白天劳动,晚上开大会。"[③]险些落马的洪泰岳继续以阶级斗争为武器,如果没有阶级斗争,就不断地制造出"假想敌",连关系农民续命根本的"春耕生产"也被赋予革命性和阶级性:"春耕生产就是向帝国主义、资本主义和走资本主义的单干户发起的第一个战役。"[④]人民公社的舆论宣传更加罔顾事实,如西门金龙的黑板报,不仅有图画对比,更有政治总结:"与人民公社和国营农场的热火朝天、生龙活虎的春耕场面形成鲜明对照的是本屯顽固不化的单干户蓝脸一家,他们是独牛拉木犁,牛垂头,人丧气,形单影只,人如拔毛公鸡,牛如丧家之犬,凄凄惶惶,正在走向穷途末路。"[⑤]可是,"热火朝天"和"穷途末路"的历史选择并不以革命观念和主观意志为转移。殊不知,我们在全民政治革命和意识形态斗争的时候,"帝国主义"和"资本主义"却在大力发展技术革命和迅猛提高生产力。而接下来的,却是更为激烈的"文化大革命"。与蓝脸有过交情的陈县长被冠以"驴县长"的名头而游街示众,从人变为驴,也就成为"非人";不仅如此,更有荒谬至极的后续批

① 莫言:《生死疲劳》,第88页。
② 莫言:《生死疲劳》,第108页。
③ 莫言:《生死疲劳》,第121页。
④ 莫言:《生死疲劳》,第124页。
⑤ 莫言:《生死疲劳》,第127页。

判:"走资派陈光第,这个混进党内的驴贩子,反对大跃进,反对三面红旗,与高密东北乡顽固地走资本主义道路的单干户蓝脸结拜兄弟,充当单干户的保护伞。陈光第不但思想反动,而且道德败坏,多次与一头母驴通奸,致使那头母驴怀孕,生下了一个人头驴身的怪胎!"[①]怪诞之处,不仅在于肉体折磨,而且表现为人格侮辱、精神伤害。接下来类似经历的,还有被拳打脚踢并强迫吞食墨汁萝卜的公社书记范铜。西门屯的游街队伍声势浩荡:村支书洪泰岳、大队长黄瞳、伪保长余五福、富农伍元、叛徒张大壮、地主婆西门白氏、单干户蓝脸,关键是由西门金龙来全权负责。再加上和县红卫兵常天红的联袂演出,搞得煞有介事。不管什么样的口号,最终都转化成整人的行动:"低头低头再低头,红卫兵把他们的头按下去按下去,按到不能再低,屁股翘起不能再高,再一用力,扑通跪在地上,揪着头发抓着脖领子再拎起来。"[②]所谓"革命的""不革命的""反革命的",不同立场的,同样地被专政。而且,更为荒谬的表现是以西门金龙为代表的"革命狂躁症":身体状况不佳而革命精神亢奋,不仅是幻想狂,还是虐待狂和自虐狂。他们已经完全沉浸在革命的狂想中,凭借体育老师用的发令枪和戏班子演戏用的木头盒子枪就可以雄赳赳气昂昂,甚至西门金龙靠着一件军装和军帽就可以"闹革命"。革命就是演戏,革命和演戏异曲同工,在配合"革命样板戏"的过程中,更产生出荒谬至极的历史逻辑:"单干户比地主富农还要反动,地主富农都老老实实地接受改造,单干户却公然地与人民公社对抗。与人民公社对抗就是与社会主义对抗,与社会主义对抗就是与共产党对抗,与共产党对抗就是与毛主席对抗,与毛主席对抗就是死路一条。"[③]关键是,蓝脸从来也没有想过什么对抗,只是不迎合,不随潮流,或者不合时宜而已。而且在蓝脸的心目中,毛主席的命令是"入社自愿,退社自由","我虽然单干,也是毛主席的子民。我的土地、房屋,都是毛主席领导的共产党分给我的"。[④] 这样看来,不是单干户违背毛主席的命令,恰恰是人民公社及其当权者违背毛主席的命令;更进一步,不是单干户与毛主席对抗,恰恰是人民公社在与毛主席对抗;

① 莫言:《生死疲劳》,第 133 页。
② 莫言:《生死疲劳》,第 146 页。
③ 莫言:《生死疲劳》,第 168 页。
④ 莫言:《生死疲劳》,第 101 页。

继续推理,也就不是单干户死路一条,而是人民公社死路一条。如此严密的"革命逻辑",竟然不顾前提条件,也就经不起推敲,而自然演化成荒谬的"反革命逻辑"。更可怕的荒谬在于,在这样的逻辑支配下,已经有了单干户被打死的先例,所以西门金龙的话点明革命的本质:"让爹把罪行全部推到刘少奇头上,受蒙蔽无罪,反戈一击有功。如再执迷不悟,顽抗到底,那就是螳螂挡车,自取灭亡。"[①]革命的结果最终沦为嫁祸和洗白,难怪"文革"期间屡屡发生不可思议的"反戈一击"。假设历史的荒谬没有翻转,单干户蓝脸的后果可想而知。

真正的问题总是发生在革命的"第二天":"金龙司令,您是不是该安排一下农活了?人误地一时,地误人一年。工人闹革命,国家发工资;农民要活命,只能靠种地啊!"但是没有"革命"的西门金龙,已经没有任何"精神",所以他说:"种地也要种革命的地,不能只顾埋头生产、不看革命路线!"[②]革命的洪流中,往往旁观者清,但又有多少旁观者?又有多少不想成为当局者?就在金龙准备重整旗鼓之时,胸前的毛主席像章意外地掉进茅坑,迅即也就成为劳动管制对象。"革命"与"反革命"之间往往一步之遥,"革命"的极端化往往容易走向"反革命"。如果没有后续的毛主席"大养其猪"的政治路线,可能也就没有西门金龙继续"革命"的机会了。时势变迁,养猪就是政治,西门金龙被洪泰岳重新起用:"猪多肥多,肥多粮多,手中有粮,心里不慌,深挖洞,广积粮,不称霸,支援世界革命,每一头猪,都是射向帝修反的一颗炮弹。"[③]既然养的是"政治猪",那么奉行的很可能就是"猪政治"。一向善变的西门金龙再次迅速地转向,"创造出在今天看起来荒唐可笑但在那个时代里却能赢得一片喝彩的事迹"[④]。不仅被拔高成养猪模范,而且塑造出细节逼真的先进事迹:"为了抢救初生下来的窒息小猪,蓝金龙对小猪施行了口对口人工呼吸,使几乎死定了的、遍体紫绀的小猪重获生命,并发出吱吱的叫声,小猪得救了,但蓝金龙却因为过分疲倦而晕倒在猪棚里。"[⑤]英雄

---

① 莫言:《生死疲劳》,第168页。
② 莫言:《生死疲劳》,第177页。
③ 莫言:《生死疲劳》,第194页。
④ 莫言:《生死疲劳》,第193页。
⑤ 莫言:《生死疲劳》,第194页。

就是这样炼成的，这样的历史叙事也已经司空见惯。更为反讽的是当事者的政治表态："洪书记，从今之后，公猪就是我的爹，母猪就是我的娘！""我们需要的就是能把集体的猪当成爹娘伺候的青年。"[①]如果能把猪当爹娘伺候，反过来就有可能把爹娘当猪来对待。那是一个空前昌盛的"猪时代"，也同步创造了空前荒谬的人的历史。

在"大养其猪"现场会的虚假和狂欢之后，却是严酷的寒冬和死亡的降临。人素有革命和反革命之分，猪也被划成不同的阶级。"六百余头沂蒙山猪，化成了蛋白质、维生素以及其他各种维持生命必需的物质，延续了四百头猪的生命。让我们集体嚎叫三分钟，向这些悲壮牺牲的英雄们致敬！"[②]猪也？人也？人畜两道，人畜一理。那部假想的革命现代猫腔剧《养猪记》，已经淋漓尽致地揭示了历史的荒谬及其后果："让猪上场说话，让猪分成两派，一派是主张猛吃猛拉为革命长膘积肥的，一派是暗藏的阶级敌猪，以沂蒙山来的公猪刁小三为首，以那些只吃不长肉的'碰头疯'们为帮凶。猪场里，不但人跟人展开斗争，猪跟猪也展开斗争，而猪跟猪的斗争是这出戏的主要矛盾，人成了猪的配角。"[③]伴随着猪王的诞生和人间之王的消逝，荒谬的历史得以重新翻转。生产大队土崩瓦解，人民公社名存实亡，历史进入新的时期。西门金龙所规划的"文革"文化旅游村及其紧随而来的现代享乐社会图景，不仅充满强烈的狂欢式反讽意味，实际上也同步预示了完全不同于此前的历史时期的到来，甚至已经变成如今存在的现实。如果说此前的历史大致属于革命意识形态的铁板一块，那么此后的历史便是碎片化的历史无意识状态，就像西门金龙的养子西门欢用子弹击碎表壳的瞬间——"数字分崩离析，时间成为碎片"[④]。

历史是什么？其实就是一场梦，不知是悲还是喜。如同西门金龙对蓝解放所说的："还记得我们河滩牧牛时的情景吗？""那时候，为了逼你入社，我每天都要揍你一次。谁能想到，二十几年后，人民公社就像砂土堆成的房子，顷刻间土崩瓦解。我们那时做梦也想不到，你能当上副县长，而我能成

① 莫言：《生死疲劳》，第 194 页。
② 莫言：《生死疲劳》，第 252 页。
③ 莫言：《生死疲劳》，第 304 页。
④ 莫言：《生死疲劳》，第 449 页。

为董事长，当年许多神圣得掉脑袋的事情，今天看起来狗屁不是。”[①]反过来也可以说，“看起来狗屁不是”的事情，却仿佛神圣得要掉脑袋了。

生命的“转世”不可怕，人生的“轮回”也可以理解，可怕的是暴力的“轮回”和历史的荒谬。《生死疲劳》开篇就已经奠定这种荒谬的基调。西门闹质问民兵队长黄瞳“我到底犯了哪条律令”，后者的回答是“你到阎王爷那里去问个明白吧”。[②] 即便在阎王爷那里问明白了，被暴力镇压的无辜生命也已经消失。西门闹也的确践行着如黄瞳所嘲弄戏说的，不断地在阎王爷那里喊冤、明辨，也就有了不断地转世和轮回，直至最后消弭怨恨、放弃复仇，以善抗恶、以德报怨，从而转世成人，得以反观历史，进而才能以无比平静的“他者”姿态叙述那五十年间的故事。如此转化的生命意识何以发生？根本在于西门闹在转世和轮回的各个阶段都看到历史的荒谬。也就是说，不论什么样的生命形式，都无法摆脱历史的荒谬控制。既然如此，也就没有什么值得去深入追究。在荒谬的历史面前，人的存在陷入巨大的虚无和无底的深渊。唯有放弃，才能终结。

第三节　对照关系中的“变”与“不变”

《生死疲劳》中的人际关系极为复杂，但究其根本，不仅仅是表面看起来的对立关系，更是相互依存的对照关系。比如，西门闹、蓝脸和西门金龙，西门金龙和蓝解放，蓝解放和庞春苗，蓝解放和黄互助，西门金龙和洪泰岳，洪泰岳和蓝脸，西门宝凤和常天红，西门白氏、迎春和吴秋香，黄互助和黄合作，庞抗美和庞春苗，西门欢和庞凤凰，庞凤凰和蓝开放等等，莫不若此。而在种种对照关系中，又大致呈现出“变”与“不变”的两种属性。前者以西门金龙和西门闹的生命形态为代表，后者则以洪泰岳和蓝脸及蓝解放、蓝开放为代表。

西门金龙是《生死疲劳》中最为善变的人物。从劝说蓝脸入社开始，西门金龙就显示出洞察时势的能力：“爹，我们明白，我们尽管没过一天地主少爷、小姐的生活，我们尽管连西门闹是个白的还是个黑的都不知道，但我们

---

① 莫言：《生死疲劳》，第455页。

② 莫言：《生死疲劳》，第8页。

是他的种，我们身上流着他的血，他就像个魔影一样死死地纠缠着我们。我们是毛泽东时代的青年，出身不能选择，但道路可以选择。我们不想跟着你单干，我们要入社，你们不入，我和宝凤一起入。"①这里，既称呼蓝脸为"爹"，从而淡化出身并获得身份的保护，同时又坚决地走上与蓝脸不同的道路，可见西门金龙的不凡之处。蓝解放只需要把"蓝金龙"喊成"西门金龙"，就可以让后者自惭形秽、胆战心惊，可见出身至关重要。所以在他看来，与社会潮流对抗，显然是自找难看。而且，他异常敏感地意识到阶级斗争的新动向："像我们这种根不红苗不正的人，跟着潮流走也许还能躲过劫难，逆着潮流走，正是拿着鸡蛋往石头上碰啊！"②当然，西门金龙的人生选择也不能简单归因于个体因素，还有时代使然。

相对于蓝脸的不合时宜，西门金龙总是紧随形势，完全与时俱进。在"西门牛怒顶吴秋香"的时候，西门金龙挺身而出，获得洪泰岳的赏识，进而开始向后者靠拢，而且采取强迫手段试图威逼蓝脸父子入社，以取得洪泰岳的进一步认可。尤其在洪泰岳警告犁地的蓝脸不能踩到集体土地的时候，金龙则紧密配合，时刻准备着寻找机会大义灭亲，以显示自己追随合作化和响应洪泰岳的决心。或者说，为了自保和所谓的前途，西门金龙已经绞尽脑汁而完全丧失基本的人伦情感。连一向忍耐的蓝脸也禁不住感慨万千，试图用个人间的感情来对抗无理性的政治："金龙，咱们父子一场，互相担待着一点，好不好？你追求进步，我不能阻拦，不但不阻拦，而且大力支持。你亲爹虽然是地主，但他是我的恩人，批他斗他，那是形势所迫，做给人家看的，我对他的感情始终在心里藏着。我对你，一直当成亲生儿子看待，但你要奔自己的前程，我不能阻挡。我只是希望你心里有点热乎气儿，不要让自己的心冷成一块铁。"③就是这样同一个西门金龙，在"文革"时又随即摇身一变，成为奋勇批斗洪泰岳的革命先锋。而且公开的名字还是"蓝金龙"，因为出身问题依然是其考虑的重中之重。凭借道听途说和虚张声势的革命激情，西门金龙和他的"红卫兵"们不断把西门屯的"文化大革命"推向深入。甚至于不计一切手段和后果地试图完成洪泰岳所没有完成的消灭单干户的目

① 莫言:《生死疲劳》,第 101 页。
② 莫言:《生死疲劳》,第 102 页。
③ 莫言:《生死疲劳》,第 129 页。

标，以树立和巩固自己的革命权威。其实，革命已经成为满足个人私欲的名目和工具。等到自身也被罗列为管制对象的时候，西门金龙则把所有怨恨发泄到单干户的牛身上，制造出火烧牛的骇人悲剧。还是这样同一个西门金龙，在“养猪就是政治”的年代，再次向官复原职的洪泰岳表达革命的决心和行动，竟然成为养猪模范和先进典型。当毛主席逝世的时候，西门金龙再次表现出无比革命的一面；之后的农村改革和巨大变化，又随即让取代洪泰岳而接任大队书记的西门金龙迅速转向。“金龙在宣布屯里的所有坏分子摘帽的同时，也宣布他不再姓蓝而改姓西门。这一切，都暗含着意味，让忠诚的老革命洪泰岳大惑不解。”[①]固守阶级斗争革命意识的洪泰岳，无论如何也理解不了随机应变的西门金龙。洪泰岳和蓝脸几十年的对立，逐步转变为洪泰岳和西门金龙的政治论战和立场对抗。等到西门金龙要在西门屯规划并实现自己的市场经济蓝图的时候，洪泰岳的革命意识也就同步发挥到极点，不仅不断地上访以维护毛主席的革命路线，而且恰恰回归到他在革命前的摇着牛胯骨数快板的原初阶段。“牛胯骨一打咱开了腔……表一表西门金龙复辟狂……”[②]在洪泰岳看来，“把社会主义西门屯，变成帝国主义游乐场”[③]的西门金龙已经蜕变为比单干户蓝脸更为反动的反动分子，已经成为革命的敌人，当然应该彻底消灭。最终在迎春的葬礼上，洪泰岳引爆雷管，与西门金龙同归于尽，用生命的牺牲践行自己心目中的革命理想。相对于坚持革命信仰始终不变的洪泰岳，西门金龙的人生历程和人性表现异常醒目。与其称之为“金龙”，倒不如称之为“变色龙”。其人生历程，成也善变，败也善变，最终也是付出生命的代价。八面玲珑的西门金龙，终究敌不过一成不变的洪泰岳。其人性表现，甚至难以用善恶来进行判断，其实更是时代洪流裹挟和个体趋利避害中的求生存意识。

相对于西门金龙因时势变迁而迅速变化的复杂程度，西门闹的生命变化实际上要单纯得多。不仅是其轮回转世成为驴、牛、猪、狗、猴、大头儿的表面生命形态的变化，更表现为对于内在性的生命立场和生命价值及其生命存在意义的追问和探寻。从最初的鸣冤复仇的强烈诉求，到逐步地淡化

---

① 莫言：《生死疲劳》，第 334 页。

② 莫言：《生死疲劳》，第 432 页。

③ 莫言：《生死疲劳》，第 433 页。

恩怨表现,再到最终的消弭恩怨和放弃仇恨,进而得以转世成人。可以说,正是这种经由外在生命形态的变化而产生的生命内在性的变化,才真正提出并回答了人为什么要"转世"的终极命题,而这一命题又同时构成人之为人的独特属性和本质意义。

相对于西门金龙这样的"善变者"的生存形态,《生死疲劳》中的"不变者"的命运变迁其实更为悲壮。这一点,在既是对立更是对照关系的单干户信仰者蓝脸和集体化信仰者洪泰岳身上体现得最为明显。

从洪泰岳一出场就打伤蓝脸的驴子开始,二人围绕着单干还是集体和入社与否的核心问题一直争斗,直至最终的时代和人生的反转。洪泰岳教育蓝脸应该和满脸麻子的赤贫阶级苏寡妇而不应该和地主家的迎春结婚,并以此作为判断其变质堕落的危险信号。没想到却被蓝脸针锋相对地顶回去:"老洪,既然苏寡妇身上有那么多好处,你为什么不与她结婚?"[①]遭遇质问的洪泰岳转而以党和政府的名义命令蓝脸加入合作社,结束单干和独立。没想到又遭遇到蓝脸最为朴素而有力的伦理回应:"亲兄弟都要分家,一群杂姓人,混在一起,一个锅里摸勺子,哪里去找好?"[②]面对洪泰岳的动员,蓝脸坚决拒绝;面对洪泰岳始终坚持的"走集体化的道路,消灭私有制度,根绝剥削现象,是天下大势"[③]的政治革命性,蓝脸始终坚持着个体自主性:"政府章程是'入社自愿,退社自由',你不能强迫我!"[④]当合作社对外宣称粮食亩产四百斤的时候,蓝脸根本不相信,而自己的粮食亩产三百五十斤却是事实,并且鼓励西门牛一起努力,要把合作社彻底打败。在志愿军英雄、供销合作社主任庞虎的登门感谢中,在面对洪泰岳要下跪请求入社的姿态里,蓝脸仍然坚持着"你下跪我也不入"[⑤]的态度。所谓的单干到底,已经不是觉悟不觉悟的问题,而是能不能真正成为土地主人的问题。入社还是单干,就这样以如此鲜明的对立和对照关系,演绎着历史的规定性和伦理的反叛性,从而形成历史与伦理的相互制衡。

---

① 莫言:《生死疲劳》,第 21 页。
② 莫言:《生死疲劳》,第 22 页。
③ 莫言:《生死疲劳》,第 23 页。
④ 莫言:《生死疲劳》,第 22 页。
⑤ 莫言:《生死疲劳》,第 68 页。

洪泰岳和蓝脸的对立，并非个人恩怨的层面，而是政治立场和精神信仰的不同。消灭最后一个单干户，成为西门屯大队和银河人民公社的一件大事。洪泰岳动员村子里德高望重的老人、能言善辩的女人、心灵嘴巧的学童软硬兼施，试图彻底抹掉红色世界里的这一个特殊的“黑点”。殊不知事与愿违，虽然让单干户蓝脸的家庭分崩离析，却更加坚定了蓝脸的个体单干信念。从家庭户的单干逐步发展到一个人的单干，也就成为真正的“单干”，不仅没有消除这个“黑点”，反而使其更加耀眼突出。这个“黑点”不仅没有被信仰坚定的洪泰岳抹掉，甚至也没有被后续的花样百出的西门金龙抹掉。不可思议的是，反而在西门金龙领导的“文革”运动中，洪泰岳和蓝脸都被作为批斗对象而在游街队伍里走到了一起。

洪泰岳对于革命信仰的坚守，并非为了一己之私利，反而表现得大公无私。他并没有因为蓝脸的单干而把怨恨和罪责推及其家人，反而不断提供给他们改变生活的机会。他不仅成全西门金龙和黄互助、蓝解放和黄合作的婚姻，还出面提议蓝解放和黄合作去当让人羡慕的工人。只是在农民与土地的关系的观念上，洪泰岳和蓝脸表现出截然不同的立场。在养猪场举行的盛大婚礼中，只有黄瓜拌油条和油条拌萝卜两个菜就足以让人大快朵颐，从没有刷干净的氨水罐里倒出的劣质散装酒发出刺鼻的气味，但是“没有关系，农民跟地里的庄稼一样，对肥料亲切，有氨水味儿的酒，我们更喜欢”[①]。这里不仅仅是物质匮乏景象的表现，其实更是农民与土地的关系的表达。难怪蓝脸即使成为闻名全省的反面典型，也不放弃那块被人民公社的土地重重包围着的那一长条一亩六分地。那一块像大海中的礁石一样永不沉没的私有土地，恰恰是蓝脸得以活着和存在的明证。“只有当土地属于我们自己，我们才能成为土地的主人”[②]，这是蓝脸的个人生存信念，也是农民与土地的关系的宣言。即使这块土地及其所承载的一切已经被人民公社和时代大潮所淘汰也在所不辞、无怨无悔，因为这土地终究属于自己。在那个万众悲痛的日子里，蓝脸却在打磨镰刀。当受到西门金龙的指责时，蓝脸说：“他死了，我还要活下去。地里的谷子该割了。”[③]当受到洪泰

---

① 莫言：《生死疲劳》，第 272 页。

② 莫言：《生死疲劳》，第 282 页。

③ 莫言：《生死疲劳》，第 311 页。

岳的指责时，蓝脸异常悲愤地说："最爱毛主席的，其实是我，不是你们这些孙子！""毛主席啊——我也是您的子民啊——我的土地是您分给我的啊——我单干，是您给我的权利啊——"①大历史的宏观叙事和小历史的微观表达，就这样融会在一起。也有研究者指出，这恰恰是历史最荒诞的本质——"祸福同源，两无差异"。蓝脸"其半生坚持单干和洪泰岳等人坚持集体生产其实同出一辙，是同一领袖在政治经济上运筹帷幄的结果。……正反是非丧失其价值与意义，不管是站在历史浪潮起伏的哪一端，择何者固执而行，都无从幸免于历史的荒诞暴力，都为此付出了巨大沉重的惨痛代价"②。

等到农村改革进入分田到户的阶段，蓝脸两侧的土地已经分到个人名下，植桑还是种粮也完全由个人做主。国家政策发生了巨大变化，一直停留在阶级斗争为纲的意识中的洪泰岳却与之完全隔膜。他不仅怒斥各级各类的被平反者，而且自认革命运动的受挫和彻底失败。他不仅主张要对已经翻身的地主、富农、伪保长、叛徒、反革命等继续革命，而且认为已经重新发生修正主义和复辟资本主义的路线问题。尤其面对和自己对立几十年的单干户蓝脸，洪泰岳更是悲愤交加。在他的眼里，"辛辛苦苦三十年，一觉回到解放前"，铁打的红色江山已经改变颜色。"我不服，老蓝，闹腾了三十多年，反倒是你，成了正确的，而我们，这些忠心耿耿的，这些辛辛苦苦的，这些流血流汗的，反倒成了错误的……"③当蓝脸强调洪泰岳的革命经历已经被政府用退休金和补助作为回报之时，洪泰岳说："这是两码事，我不服的是，你老蓝脸，明明是块历史的绊脚石，明明是被抛在最后头的，怎么反倒成了先锋？你得意着吧？整个高密东北乡，整个高密县，都在夸你是先知先觉呢！"④不能不说，洪泰岳的确是坚定的革命者，其集体信念无论如何毫不动摇。而蓝脸的回应，仍然是那一成不变的"死理"："亲兄弟都要分家，一群杂姓人，硬捏合到一块儿，怎么好的了？没想到，这条死理被我认准了。"⑤不

① 莫言：《生死疲劳》，第311页。

② 吴耀宗：《轮回·暴力·反讽——论莫言〈生死疲劳〉的荒诞叙事》，《东岳论丛》2010年第11期。

③ 莫言：《生死疲劳》，第336页。

④ 莫言：《生死疲劳》，第337页。

⑤ 莫言：《生死疲劳》，第337页。

能不承认，蓝脸也的确是坚定地认“死理”，其个体信念无论如何也不改变。生命总是呈现出不同的特质，但又仿佛充满无穷的戏谑：“洪泰岳自从退休之后，渐渐地染上了蓝脸的症候：白天在家里闷着，只要月亮一出来就出门。蓝脸是借着月光干活，他是借着月光在屯子里晃悠。走过大街串小巷，像一个旧时的巡夜人。”[①]当蓝脸终于可以正大光明地在太阳底下种地的时候，洪泰岳则走向不断上访之路。历史仿佛再次轮回。当年的蓝脸只能在月光下种地，并且为争取单干的权利而不断地上访；如今，同样的命运仿佛落在洪泰岳身上，不仅没有集体的土地可以控制，并且为恢复合作化而不断地上访。蓝脸所坚持的单干终于迎来“分田到户”，而洪泰岳认为“分田到户”“就是要让广大的贫下中农重吃二遍苦重遭二遍罪！”[②]所以还要继续斗争，只不过斗争的矛头和重心已经由蓝脸而自然地转向西门金龙。历史的转折给蓝脸提供了转变的机会，却同时堵塞了洪泰岳的革命之路。当年西门金龙的“革命狂躁症”转化为如今洪泰岳的“革命神经病”，二者如出一辙，都无法摆脱历史的荒诞，并最终在极具反讽性的悲剧中走向共同的毁灭。

显然，蓝脸的单干并非意识到此后的历史发展，也并非有什么特别的预见，反而恰恰是走向回归之路，也就是要回归到地主西门闹的时代风貌。他所追随的不是无产者洪泰岳式的革命性，而是有产者西门闹式的地主精神，那就是拥有属于自己的土地。如果说学生是“学”的主人、教师是“教”的主人、医生是“医”的主人、护士是“护”的主人，那么所谓的地主，其实就是“地”的主人。如果顺应潮流而加入合作化，那也就没有自己的土地，也就违背地主的本质属性。不想当地主的农民不是好农民，所以蓝脸是一个好农民。当然，蓝脸的选择与坚守也有其性格本身固有的因素。其子蓝解放和其孙蓝开放，就明显继承了蓝脸的独特个性。前者为了与庞春苗的理想爱情而不顾名誉，放弃前途，不听劝阻，忍辱负重；后者为了与庞凤凰的梦想爱情而不管流言，义无反顾，换皮变脸，开枪自杀。像蓝脸用生命为代价固执地坚持着单干一样，蓝解放和蓝开放也用生命为代价而固执地坚持着爱情至上。和蓝脸选择单干一样，他们也是追寻自我的选择，而不受外界的影

---

① 莫言：《生死疲劳》，第 335 页。

② 莫言：《生死疲劳》，第 343 页。

响。如同常人所看到的,“这一家人,都是疯子!”[①]在这一点上,相对于西门闹父子的“变”,蓝脸父子们呈现出的则是“不变”。

对照关系中的洪泰岳和蓝脸,可谓一“红”一“蓝”,类似两军对垒,尖锐矛盾几十年,却主要源于自我坚持的信念永不改变。就像西门金龙所评价的,“其实是一枚硬币上的正反两面”,“泰岳难为兄,蓝脸难为弟,难兄难弟!”[②]洪泰岳狂热地留恋人民公社大集体,蓝脸则顽固地坚持单干。“这两个高密东北乡的怪人,如同两盏巨大的灯泡光芒四射,如同一红一黑两面旗帜高高飘扬。”[③]为了信仰,洪泰岳可以抛弃生命,而蓝脸却不一定能够做到。所以在坚持已见的程度上,洪泰岳可能超过蓝脸。以社会层面衡量,蓝脸的价值可能大于洪泰岳;而以文学层面衡量,洪泰岳的价值可能大于蓝脸。其实从历史的发展来看,所谓的“正反两面”已经无所谓成败得失,也已经是非难辨,物是人非事事休,是非成败转头空;但从生命的本身来看,其活着的尊严、存在的价值、信仰的执着及其命运的悲壮和凄凉,则蕴含着超越现实的人性力量和永不过时的伦理方向。

人是一切社会关系的总和,又总是在某种具体的对照关系中存在。如果把《生死疲劳》的众多人物及其复杂关系放在相互对应和参照的层面,也就容易更好地把握并理解其中的历史转换和人性内涵。

第四节 生命的本质和终极关怀

生命的本质是自由,自由的本质在于选择。《生死疲劳》的众多人物中,不同的人都进行着不同的人生选择。而在其中,似乎只有蓝脸的选择才是真正主动地自我选择。从生命本质意义上说,蓝脸争取单干就是在争取自由选择的权利。如果全部入社的话,其实也就没有什么选择,也就丧失了选择的权利,也就丧失了自由,也就谈不上还有什么生命的本质存在。

在合作化的大潮中,蓝脸之所以选择单干,实源于“亲兄弟都要分家”的朴素伦理,而与什么进步还是反动的政治立场毫无关系。但在不断地遭

---

① 莫言:《生死疲劳》,第 537 页。

② 莫言:《生死疲劳》,第 382 页。

③ 莫言:《生死疲劳》,第 431 页。

受阻挠、批判甚至不断地面临斗争的时候，蓝脸单干的理由则逐步从感性的认识基础过渡到理性的分析对策。当自由选择的权利不断地被剥夺的时候，蓝脸找到政府的政策和最高领导人的指示作为争取并保障选择权的武器，那就是“入社自愿，退社自由”。即使面临家庭成员的命运出路和反复劝说，蓝脸依然执着地坚持着自己的选择。“你们都去入社，我一个人单干。我早就发过誓要单干到底，不能自己掌自己的嘴。”[①]如果说这是自我选择的尊严问题，接下来则是自我选择的价值问题了。“我说过了，要想让我入社，除非毛泽东亲自下令。但毛泽东的命令是‘入社自愿，退社自由’，他们凭什么强逼我？他们的官职，难道比毛泽东还大吗？我就是不服这口气，我就要用我的行动，试验一下毛泽东说话算数不算数。”[②]当面临着将要被采取强制措施的时候，蓝脸并非坐以待毙，而是毅然决定上访。“所以我让你们入社，我是雇农，我怕什么？我已经四十岁了，一辈子没出过彩，想不到单干，竟使我成了个人物。”[③]他先是找到当年与黑驴有缘的陈县长，继而拿着县长的介绍信找到省委农村工作部。当再次被劝说入社的时候，蓝脸再次亮出自己的底线：“我不入，我要单干的权利。什么时候毛主席下令不许单干时我就入，毛主席没下令，我就不入。”[④]朴素的蓝脸怀有朴素的信仰，并把这一信仰发挥得恰到好处，也就得到如圣旨般的“护身符”：“尽管我们希望全体农民都加入人民公社，走集体化的道路，但个别农民坚持不入，也属正当权利，基层组织不得用强迫命令、更不能用非法手段逼他入社。”[⑤]即使基层组织仍然不断地用变通手段试图软硬兼施地消除这样一个“黑点”，但蓝脸单干的决心和信心却历久弥坚。

等到“文革”期间，陈县长被打倒，开“护身符”的部长也被打倒社会乱套，坚持单干已经没有意义。即便如此，蓝脸依然没有放弃，“是没有什么意义了，我就是想图个清静，想自己做自己的主，不愿意被别人管着！”[⑥]所谓的“人民当家作主”，在“人民”那里没有实现，却在蓝脸这里实现了。曾经一

---

① 莫言：《生死疲劳》，第 101 页。

② 莫言：《生死疲劳》，第 101 页。

③ 莫言：《生死疲劳》，第 102 页。

④ 莫言：《生死疲劳》，第 103 页。

⑤ 莫言：《生死疲劳》，第 103 页。

⑥ 莫言：《生死疲劳》，第 171 页。

度被洪泰岳逼迫入社的蓝脸，如今面对西门金龙更加险恶的逼迫，依然坚持走自己的路。"他希望我自己死。我一死，这个全县、全省、全中国的黑点就自行抹掉了！但是我偏不死，他们要弄死我我没法子抗拒，但想要我自己死，那是痴心妄想！我要好好活着，给全中国留下这个黑点！"[①]既然最终都要回归土地，那么为什么不能坚持自己？正是自己当家作主的精神的支撑，让蓝脸在单干的道路上愈挫愈勇。虽然不用化肥、不用农药、不用良种，也不跟公家犯事，但他拥有属于自己的土地，因此而成为一个古老的农民标本。

在西门金龙和蓝解放的婚礼之后，迎春为蓝脸送来一瓶酒，这里再次集中表现出蓝脸的独立个性精神和自由选择的生命意志。其实，单干不单干已经越来越不重要，重要的是承载其上的人生意义。"也许你们都是对的，只有我一个错了，但我发过血誓，错也要错到底。""不，要单干就彻底单干，就我一个人，谁也不需要，我不反共产党，更不反毛主席，我也不反人民公社，不反集体化，我就是喜欢一个人单干。天下乌鸦都是黑的，为什么不能有只白的？我就是一只白乌鸦！"[②]白乌鸦虽然不能见容于黑乌鸦的世界，但同样属于不可取代的生命。生命存在的价值不是反对他者的存在，而是坚守自我的选择；生命存在的意义不需要外在的界定，而是自我内心的追求。"月亮，十几年来，都是你陪着我干活，你是老天送给我的灯笼。你照着我耕田锄地，照着我播种间苗，照着我收割脱粒……你不言不语，不怒不怨，我欠着你一大些感情。今夜，就让我祭你一壶酒，表表我的心，月亮，你辛苦了！"[③]在万众歌颂红太阳的年代里，蓝脸却与蓝月亮建立深厚的感情。生命的本质在于自由，自由的本质在于选择，蓝脸以自己的自由选择介入没有选择机会的历史。

分田到户之后，农民自家做主，实际上恢复到当年单干的生活状态。在西门金龙为经济利益而不择手段的时候，在洪泰岳为革命信念而不断上访的时候，蓝脸已经抛弃一切纠葛，开始考虑如何规划自己与所有关系者的终极去处。这是又一次的自我选择，更是对每一个生命的终极关切。那块

---

① 莫言:《生死疲劳》,第 174 页。

② 莫言:《生死疲劳》,第 285 页。

③ 莫言:《生死疲劳》,第 285 页。

争斗半辈子的一亩六分单干地，已经或终将成为所有生命的回归之地。

在两边桃林的夹峙下，蓝脸的一亩六分地竟然种植着一种几近绝迹的庄稼，其抗旱、抗涝、耐贫瘠，生命力之顽强不逊于野草。显然，这块土地及其上面的庄稼和主人具有同样的个性。这是曾经承载生命的土地，也将成为安息生命的土地。西门闹和白氏葬在这里，虽然只是埋着他们的一个牌位；那头特立独行、舍己为人的猪葬在这里；那头驴葬在这里，虽然只是埋着一只用木头雕成的驴蹄；那头牛葬在这里，虽然只是埋着一根牛缰绳。每个安葬在这里的生命，都有一段不堪回首的历史。

生命总是生生不息，也总是不断地轮回。迎春死后，蓝脸又恢复他单干时孤独怪癖的生活。白天看不到他的身影，夜深人静的时候起来吃一把粮食，然后回到炕上躺着。就连留作种子的玉米，也已经放任老鼠啃食。"吃吧，吃吧，缸里有小麦、绿豆，口袋里还有荞麦，帮我吃完了，我好走路……"[①]一生坚持自我的蓝脸，此时已经生无可恋。除了那一亩六分地，从没有别的去处。而这块坚持五十年没有动摇的土地，几乎成为专用墓地。"没有坟墓的地方，长满了野草。这块地，第一次荒芜了。"[②]蓝脸为转世而来的狗确定位置，为即将离世的黄合作找好位置，也为自己选择位置。并且向返乡回归的儿子蓝解放留下自己的遗愿："我死之后，不用棺木，也不用吹鼓手，亲戚朋友也不用去报丧，你找张苇席，把我卷了去悄没声地埋了就行。我缸里的粮食，你全部倒进墓穴里，让粮食盖住我的身体盖住我的脸。这是我的土地里产的粮食，还应该回到我的土地里去。我死了谁也不许哭，没什么好哭的。"[③]人生本就一无所有，到头来也要烟消云散，就像从没有来过一样。农民与土地和粮食的关系至死不渝，在这块恩恩怨怨的单干土地上更加醒目而震撼。最后，狗和蓝脸几乎同步进入墓圹，像墓碑上所留下的，"一切来自土地的都将回归土地"[④]。还有，西门金龙葬在这里，上吊自杀的吴秋香葬在这里，遭遇车祸的庞春苗葬在这里，庞虎、王乐云夫妇葬在这里，服刑自杀的庞抗美葬在这里，被刺身亡的西门欢葬在这里，开枪自杀的蓝开放

---

① 莫言:《生死疲劳》,第 508 页。

② 莫言:《生死疲劳》,第 508 页。

③ 莫言:《生死疲劳》,第 510 页。

④ 莫言:《生死疲劳》,第 514 页。

葬在这里，被开枪打死的猴子葬在这里，分娩遇难的庞凤凰葬在这里……"死去的人难再活，活着的人还要活下去。哭着是活，笑着也是活。"[①]但是，活着并不比死去容易。依然活着的蓝解放和黄互助，将来也一定葬在这里。发生在这片土地上的爱恨情仇，终将随着最后的"归为一处"而"恩仇并泯"。就连昔日的代表着无产阶级专政的治保主任杨七，也都为自己曾经的言论和恶行而真诚地认罪、忏悔并以实际行动进行赎罪，还有什么恩仇不能消泯？对于生命有限的悲悯和对于生命去处的安排，或许才是真正的终极关怀。

世事无常，人亦无常，历尽劫波仿佛轮回到原点。蓝解放又和自己的初恋情人黄互助走到了一起，西门宝凤又和曾经的梦中恋人常天红走到了一起……就连蓝开放和少年心仪的庞凤凰也走到了一起，尽管以悲剧而告终。《生死疲劳》越到最后的部分，越显示出《红楼梦》精神的意义所在。尤其是庞凤凰和西门欢的人生变迁，让人自然想起《红楼梦》式的生命挽歌。"曾几何时，庞凤凰是高密县的第一公主，西门欢是高密县的第一公子。一个母亲是县里最高领导，一个父亲是县里最阔大佬。他们人物潇洒，行为风流，挥金如土，广交朋友，一对金童玉女，招了多少艳羡和嫉妒的目光啊。但转眼之间，高官大款俱成故人，荣华富贵皆化粪土。昔日的金童玉女，竟流落街头耍猴卖艺，这样的鲜明对比，怎一个感慨了得！"[②]其间又何尝没有"因嫌纱帽小，致使锁枷扛"的因素，又何尝没有"金满箱，银满箱，展眼乞丐人皆谤"的成分？[③] 当年的玉女庞凤凰和金童西门欢，如今落魄流浪，又何尝不是《红楼梦》中的"为官的家业凋零，富贵的金银散尽"[④]？而庞凤凰和蓝开放的爱情悲剧更时时闪现出《红楼梦》的影子，最纯粹的爱却又是近亲关系，"看破的遁入空门，痴迷的枉送了性命"。死的死，亡的亡，终究"落了片白茫茫大地真干净"[⑤]。扩而大之，整个西门家族的兴衰荣辱之变迁不也是如此吗？虽然不能和《红楼梦》的四大家族相提并论，也无法和其中的人

---

① 莫言：《生死疲劳》，第 539 页。

② 莫言：《生死疲劳》，第 527 页。

③ 曹雪芹著，刘世德校注：《红楼梦》，江苏古籍出版社 1994 年版，第 17～18 页。

④ 曹雪芹著，刘世德校注：《红楼梦》，第 70 页。

⑤ 曹雪芹著，刘世德校注：《红楼梦》，第 70 页。

物进行对应，但两者之间所蕴含的内在精神却异曲同工，对于生命的体验和理解却殊途同归。“富贵不是天注定——凡人都有落魄时——”[①]“富贵”和“落魄”的相互转换，不正是人生所面对的普遍境遇吗？

“浮生着甚苦奔忙？盛席华筵终散场。”[②]在人生意义和终极价值上，与《红楼梦》感同身受，《生死疲劳》也是一曲挽歌，更是一场大悲剧。

第五节　人为什么要“转世”

莫言的写作基本上是通过“民间性”的世俗伦理来超越革命伦理及其政治伦理，也就是通过最为朴素的人性思辨和终极关怀来表达人的本质存在。《生死疲劳》中热爱劳动、勤俭持家、修桥补路、乐善好施的地主西门闹在土改中被残酷镇压，于是不断向阎王鸣冤叫屈，请求转世为人探明缘由以证清白。“我不服，我冤枉，我请求你们放我回去，让我去当面问问那些人，我到底犯了什么罪？”[③]要求“回去”干嘛？难道能够避免重新“复仇”吗？忘记不也是一种放下吗？遗忘不也是一种解脱吗？当鬼卒为他端出孟婆汤并劝其喝下去以忘记所有的痛苦、烦恼和仇恨时，西门闹坚持的是这样的立场：“我要把一切痛苦烦恼和仇恨牢记在心，否则我重返人间就失去了任何意义。”[④]显然，“重返人间”却充满仇恨，其“意义”很可能就是“复仇”的发生。因此，只要心中有仇恨，就不能重返人间；只有把心中仇恨荡涤干净，才能重新做人。这是小说叙事的起点，于是就有了后面关于驴、牛、猪、狗的轮回转世。

在西门驴的阶段，“我不要当驴，我要讨还我的人身，做我的西门闹，与他们算账”[⑤]。讨还人身的目的，显然在于讨还血账。况且作为驴，最后还被暴民瓜分而食。在西门牛的阶段，亲身经历最为荒谬的时代和最为疯狂的现实，即使在土改中没有被镇压，在“文革”中也难逃脱。况且作为牛，最

---

① 莫言：《生死疲劳》，第528页。

② 曹雪芹著，刘世德校注：《红楼梦》，第3页。

③ 莫言：《生死疲劳》，第4页。

④ 莫言：《生死疲劳》，第6页。

⑤ 莫言：《生死疲劳》，第15页。

后也被折磨致死。随着灵魂脱离牛体，人的记忆重新明晰。"我是一个本不该死却被枪杀了的好人啊，连阎王也不得不承认我是被枪杀了的好人，但这错误难以挽回。阎王冷淡地问我：'是的，错了，你自己说，想怎么办？我没有权力让你作为西门闹重生，你已轮回两遭，应该清楚，西门闹的时代早已结束，西门闹的子女都已长大成人，西门闹的尸骨已经腐烂成泥，西门闹的案卷，早已焚化成灰，陈年旧账，早已一笔勾销。你为什么不能忘记这些不愉快的往事，去享受幸福的生活呢？'"①历史本就是一笔勾销的糊涂旧账，阎王的真诚劝说也是实际情况。但"我"想忘记过去，却仍然被那些沉痛的记忆死死缠绕。"使我当了驴，犹念西门闹之仇；做了牛，难忘西门闹之冤。"②即便喝孟婆忘魂汤，依然难忘。那么，冤冤相报何时了？只有再次轮回，继续历练，从而进入西门猪的阶段。"尽管这些狂热的人，赋予了猪那么多光辉灿烂的意义，但猪毕竟还是猪。不管他们对我施以何等的厚爱，我还是决定以绝食来终结为猪的一生。我要去面见阎王，大闹公堂，争取做人的权利，获得体面的再生。"③鸣冤是为了争取做人，做人又是为了报仇，而怀有仇恨之心又不能转世成人，已经形成悖论，只能继续在畜生道里体验。相对于为驴、为牛的时代，在为猪的时候，"我"越来越感到"人畜异路，沟通困难"，并且越来越意识到"天下万物，各有所司，生老病死，悲欢离合，都是规律使然，不可逆转"，所以决心"以猪的形体，挤进人的历史"。④ 相对于驴、牛时代的人性突出，如今则是动物性突出了。人的极度被压抑，人性的被损害与被剥夺，反而在动物身上获得张扬。相对于转世为驴和转世为牛而言，转世为猪的西门闹，其复仇情绪已经大大减弱。到西门狗的阶段，不仅阎王简化轮回转生的程序，"我"也深深懂得"入乡随俗"的朴素真理。"轮回四世之后，西门闹的记忆虽然没有消逝，但已经被无数的后来事镇压在底层……世事犹如书籍，一页页被翻过去。人要向前看，少翻历史旧账；狗也要与时俱进，面对现实生活。"⑤时间终将化解一切，在轮回的世界也是如此；"少翻

① 莫言：《生死疲劳》，第 189 页。
② 莫言：《生死疲劳》，第 189～190 页。
③ 莫言：《生死疲劳》，第 195 页。
④ 莫言：《生死疲劳》，第 286 页。
⑤ 莫言：《生死疲劳》，第 442～443 页。

历史旧账”，也就意味着对仇恨的逐渐遗忘。经过几度转世，亲眼目睹、亲身经历人世的无常变迁和历史的无理荒诞，不用说根本无法解决人的问题，就连自己也已经是一条时日不多的“老狗”。“有时又明白过来，知道阴阳异路，世事如烟，一切都与我这条狗没有关系了。”①至此，仿佛西门闹的仇恨才得以真正放下。

通过“驴折腾”“牛犟劲”“猪撒欢”和“狗精神”的生命历程，西门闹的仇恨意识渐次淡化，直至消弭。在这个过程中，连阎王都发生转换。在轮回为狗的阶段即将终结之时，小说是这样写的：

> 大堂上的阎王，是一个陌生的面孔。没待我开口他就说：“西门闹，你的一切情况，我都知道了，你心中，现在还有仇恨吗？”
>
> 我犹豫了一下，摇了摇头。
>
> “这个世界上，怀有仇恨的人太多太多了，”阎王悲凉地说，“我们不愿意让怀有仇恨的灵魂，再转生为人，但总有那些怀有仇恨的灵魂漏网。”
>
> “我已经没有仇恨了，大王！”
>
> “不，我从你的眼睛里，看得出还有一些仇恨的残渣在闪烁，”阎王说，“我将让你在畜生道里再轮回一次，但这次是灵长类，离人类已经很近了，坦白地说，是一只猴子，时间很短，只有两年。希望你在这两年里，把所有的仇恨发泄干净，然后，便是你重新做人的时辰。”②

在这里，连阎王都对这个世界感到悲凉，也正是对小说叙事起点的回应：“好了，西门闹，知道你是冤枉的。世界上许多人该死，但却不死；许多人不该死，偏偏死了。这是本殿也无法改变的现实。”③问题是，阎王明明知道西门闹的冤枉，而面对鸣冤时仍然使其不断轮回为牲畜却不直接让他转世为人，原因何在？就在于西门闹如果怀着仇恨来到人间，那么复仇式的恶性循环将会有始无终。轮回与转世，不仅是叙事视角的转换，更是达至终极目标的途径，那就是必须要消除仇恨，才能做真正的人。反过来说，既然做人或者已经为人，就不能有仇恨。如果作恶甚至不善的话，也就不配为人，或

---

① 莫言：《生死疲劳》，第 497 页。
② 莫言：《生死疲劳》，第 514 页。
③ 莫言：《生死疲劳》，第 4 页。

者说不是人。西门闹从当初满怀仇恨，到逐渐消弭仇恨，几度轮回而转世成大头儿蓝千岁，其间的斗争对抗日益减弱，而自由精神愈益彰显，没有仇恨，才能平静地叙述。冤冤相报何时了，要终止复仇的循环，要么选择同归于尽，要么选择彻底放弃。如果无法同归于尽，那么彻底放弃也不失为一条必由之路。否则，就难以避免"以暴制暴"的暴力循环。一部人类文明的发展史，应该是不断地消除复仇意识、终结暴力循环的历史。整体而论，这才是伦理的高度自觉和历史的真正进步。再次回应叙事起点：只有抛弃"一切痛苦烦恼和仇恨"，"重返人间"才有意义。人为什么要转世，恰恰是《生死疲劳》的关键问题。一次次的转世，不仅仅为讨回公道（事实是没有也根本无法讨回公道），更是为"向善"的转化。人为善良而转世，为修身成善而转世，尽管其间包含丰厚的历史和复杂的人性，但"善"却是内在的核心意旨。这是民间伦理的根本精神，也是世俗伦理的美好境界。

第六节 "生死疲劳"的立体对话和互为主体

如前所述，《生死疲劳》的创作起于《聊斋志异》资源之"地狱伸冤"及其延伸发生的生死轮回，兴于民间伦理之"放下仇恨"和"修身向善"，终于《红楼梦》精神之盛衰荣辱的变迁及"落了片白茫茫大地真干净"的终极虚无。所谓"生死疲劳"，实乃生也疲劳，死也疲劳；肉体疲劳，精神疲劳。所以佛经里说："生死疲劳，从贪欲起。少欲无为，身心自在。"进而言之，只有放下一切，包括欲望和冤屈，更包括仇恨，否则，连阎王也没有办法，连阎王也感到悲凉。《生死疲劳》看起来汲取佛家资源，实际上"由始至终并没有真正阐发佛家配合轮回转世的因果报应之说……是非不明，善恶乱套，生死吉凶全不由那因果报应，而是任凭变化无常的历史现实来定夺"[①]。可见，其关键点依然是历史和现实。

正如莫言所说，这部小说中的章回体是雕虫小技，不值得特别注意；其中所涉及的"土地改革"等过左政策问题，与章回体一样，也是不值得太过注

① 吴耀宗：《轮回·暴力·反讽——论莫言〈生死疲劳〉的荒诞叙事》，《东岳论丛》2010年第11期。

意的细部，“我真正要写的还是蓝脸、洪泰岳这样的人”。[①] 当然，更有西门闹生命历程的轮回转换和其终止复仇循环的心路变迁。至于如何去表现，就涉及《生死疲劳》的叙事问题。除了由西门闹转世而来的驴、牛、猪、狗的动物眼光的讲述和蓝解放作为历史见证者的讲述外，更有集各种动物特性于一身的大头儿蓝千岁的讲述——“驴的潇洒与放荡、牛的憨直与倔强、猪的贪婪与暴烈、狗的忠诚与谄媚、猴的机警与调皮”——上述因素综合而成的沧桑而悲凉的表情。[②] 显然，“沧桑而悲凉的表情”背后是沧桑的历史和悲凉的感情。作为故事的讲述者，驴、牛、猪、狗、猴、大头儿实则六位一体，形成全方位的立体对话。另外，其中的莫言作为时代旁观者的讲述也极为重要，尤其是其系列作品《苦胆记》《人死屌不死》《太岁》《黑驴记》《方天画戟》《新石头记》《养猪记》《复仇记》《杏花烂漫》《撑竿跳月》《后革命战士》《辫子》《圆月》，与文本整体形成互相阐释，起到补充和制衡的作用。作为叙事角色之一的莫言，又往往显示出滑稽的特性，调节了外在的气氛，瓦解了内在的紧张，如其所说：“极度夸张的语言是极度虚伪的社会的反映，而暴力的语言是社会暴行的前驱。”[③]这不仅是对“小文本”叙事的解释，也是对“大文本”叙事的揭示。

《生死疲劳》的叙事角色丰富多元，有动物的眼光（驴、牛、猪、狗），有历史的见证者（蓝解放），有时代的旁观者（莫言），更有生命轮回转世的集大成者（大头儿蓝千岁），再加上贯穿其间的叙事角度的不断转换，也就自然没有传统叙事的主次之分，而是在叙事的立体对话中形成“自我”与“他者”的互为主体。正是在这种互为主体的立体对话中，半个世纪的中国历史得以还原，承载其中的人性伦理得以显现。

---

① 莫言：《用耳朵阅读》，第 156 页。

② 参见莫言：《生死疲劳》，第 91 页。

③ 莫言：《生死疲劳》，第 258 页。

第十一章

《蛙》的“中国故事”和未完成的“忏悔”

1985年，莫言写过一个中篇小说《爆炸》。在这篇小说中，作为导演的“我”匆忙回乡，坚决动员怀孕二胎的妻子去医院做手术，结果被年老的父亲动手打了“犹如气球爆炸”般的耳光。[①] 在写于1986年的短篇小说《弃婴》中，也触及计划生育问题。尤其反映了当时普遍存在的抛弃女婴的现象，揭示了外在事件背后的内在观念。“医生和乡政府配合，可以把育龄男女抓到手术床上强行结扎，但谁有妙方，能结扎掉深深植根于故乡人大脑中的十头牛也拉不转的思想呢?”[②]“计划生育”这一影响深远的当代事件，恐怕在世界范围内也是独具特色的“中国故事”。时隔近二十年后的2002年，莫言以《蝌蚪丸》之名动笔，再次关注这一事件。但在写作过程中，由于自我感觉陷入重复性的荒诞夸张之旧套路，并且结构方式也有过分刻意之嫌，所以选择暂时搁置。[③] 直到2007年再次开始写作这部小说，采用书信体的自由结构，并且加上一部与正文相互补充的九幕话剧，这就是问世于2009年的长篇小说《蛙》。

从1985年的《爆炸》到2009年的《蛙》，莫言的思考和写作经历了并不短暂的时期。虽然在《爆炸》中已经出现作为妇科医生及手术负责人的“姑

---

① 参见莫言:《欢乐》，作家出版社2012年版，第193页。

② 莫言:《白狗秋千架》，作家出版社2012年版，第354页。

③ 参见莫言:《听取蛙声一片——代后记》(作者为2009年台湾麦田出版社繁体字版《蛙》写的序言)，《蛙》，上海文艺出版社2012年版，第342页。

姑”,也出现了回乡动员妻子执行计划生育的当事者“我”,但其主导精神仍然是一种“爆炸”式的感觉和情绪。这也是莫言在那个特殊的中国文学时段所表现的主要特色。其中,计划生育事件至多是展开叙事的一个虚化的背景。而在《蛙》中,计划生育事件已经走上前台,成为所要反映的对象本身;其主旨在于“写人”,作为妇科医生的“姑姑”和返乡的“我”也已经成为所要表现的主角。

2011 年 8 月,《蛙》获得第八届茅盾文学奖。在 9 月 19 日的颁奖典礼上,莫言作了《在剖析中寻找自我》的获奖感言。他说,这部小说“写的看似一个人,实则是一群人”;还是写自己的,是一次“将自己当罪人写”的实践。① 这部小说以剧作家蝌蚪给日本作家杉谷义人通信的方式作为结构,与写作内容相得益彰。既然是给一个外国人讲述中国,那么最好就是去讲述那些不属于他们的、为他们所陌生的但却为我们所熟悉的独具特色的“中国故事”,而计划生育无疑具有代表性。同样的关键问题还在于,生育本是再平常不过的自然事件,是人类存在与发展的根基,而在当代中国,计划生育却成为影响国人生存的异常醒目的政治事件和全民轰动的社会事件。综合起来看,《蛙》所讲述的正是“计划生育”中的“中国故事”,所表现的正是“计划生育”中的“中国人”。“中国故事”以其独特性不一定融入“世界”,而“中国人”必将凭借普遍价值而融入“人类”。

第一节 从“食”“色”说起的“中国故事”

“食”“色”,性也,《蛙》就从“食”开始切入历史时代和伦理问题。在当代中国的饥饿年代,最深刻的事件大都与吃有关。

当学校伙房前的煤堆渐渐高起来的时候,“我们”都不约而同地嗅到一种奇异的香味。“仿佛是燃烧松香的味儿,又仿佛是烧烤土豆的味儿。我们的嗅觉把我们的目光吸引到那一堆亮晶晶的煤块上。”②接下来的自然是吃煤的场景:陈鼻、王胆、王肝乃至所有同学进入吃煤的盛宴。先用舌头舔一

---

① 莫言获奖感言《在剖析中寻找自我》,摘录自 2011 年 9 月 20 日 14 时 56 分《新浪读书》频道。

② 莫言:《蛙》,第 7 页。

下，再用门牙啃下一点，然后又咬下一块，猛烈地咀嚼着。"兴奋的表情，在他们脸上洋溢。陈鼻的大鼻子发红，上边布满汗珠。王胆的小鼻子发黑，上面沾满煤灰。我们痴迷地听着他们咀嚼煤块时发出的声音。我们惊讶地看到他们吞咽。他们竟然把煤咽下去了。……陈鼻大公无私，举起一块煤告诉我们：伙计们，吃这样的，这样的好吃。他指着煤块中那半透明的、浅黄色的、像琥珀一样的东西说，这种带松香的好吃。……我们每人攥着一块煤，咯咯崩崩地啃，咯咯嚓嚓地嚼，每个人的脸上，都带着兴奋的、神秘的表情。"[①]面对此情此景，伙夫老王惊呆了：他手上竟然沾着面粉跑出来。面粉是供给校长、教导主任和公社干部的，而孩子们却在吃着煤块。黑色煤块和白色面粉形成巨大的反差，莫言对于苦难的展现触目惊心。而且第二天吃煤的场景继续上演，转换到课堂，一边听课一边吃煤，满嘴乌黑地朗读课文。伙夫老王的女儿却吃得最欢，"现在想起来她大概患有牙周炎，因为吃煤时她满嘴都是血"[②]。这是怎样的历史情境？即便没有牙周炎，也一定会满嘴是血，莫言对于苦难的表现深入骨髓。

在饥荒的岁月里，紧随饥饿而发生的便是国民生育能力的下降，公社村庄里竟然没有一个婴儿出生。而在地瓜丰收之时，也就迅速而自然地出现了一批"地瓜小孩"。"我们吃饱了，我们终于吃饱了，吃草根树皮的日子终于结束了，饿死人的岁月一去不复返了。我们的腿很快就不浮肿了，我们的肚皮厚了，肚子小了。我们的皮下渐渐积累起了脂肪，我们的眼神不再暗淡无光了，我们走路时腿不再酸麻了，我们的身体在快速地生长。"[③]显然，饥饿的时候正好对应着与此相反的身体状况。"在饱食地瓜两个月后，村子里的年轻女人几乎都怀了孕。1963 年初冬，高密东北乡迎来了建国之后的第一个生育高潮，这一年，仅我们公社，五十二个村庄，就降生了 2868 名婴儿。这一批小孩，被姑姑命名为'地瓜小孩'。"[④]莫言的叙事总是力图回归人的本性——饥饿，带来生育率的降低；而饱食——哪怕是饱食地瓜——也会带来生育高潮。抓住"食"与"色"，也就抓住有限生命存在的根本。

---

① 莫言：《蛙》，第 8 页。

② 莫言：《蛙》，第 9 页。

③ 莫言：《蛙》，第 50 页。

④ 莫言：《蛙》，第 50 页。

全民饥荒刚刚过去，全民“文革”就来了。在“文革”文化语境中，人性之扭曲、人性之恶劣得以充分表现。“文革”只是创造环境机会和诱因，而“恶”却是永恒。运动初期，姑姑亦曾十分狂热。对保护过自己的老院长毫不客气，对自己敬佩的黄秋雅更是残酷无情，其实原因只有一个，那就是内心恐惧，只想以这种方式来保护自己。而实际结果却是使自己既成为迫害者，也成为受害者。老院长因不堪凌辱而自杀，姑姑显然难辞其咎；然而，事与愿违，黄秋雅揭发出姑姑的两大罪状：一是与叛逃台湾的飞行员王小倜秘密联络，无疑是国民党特务，这一条就足以致姑姑于死命；二是与同样在被残酷批斗的“走资派”县委书记杨林素有奸情。“群众中蕴藏着丰富的创造力，也蕴藏着邪恶的想象力。”[①]如果说“反革命”和“特务”的罪名还可以让姑姑忍受的话，那么“通奸”的罪名和“破鞋”的称号是绝对不能让姑姑容忍的。然而，人民群众最为感兴趣的却不是前者，而恰恰是后者。“反革命”这样的流行罪名已经无法吊起人们的胃口，而“通奸”才能最大限度地满足人们的内心渴望，这是所有参与者释放自己的恶念的最为正大光明的渠道。姑姑的结局可想而知，她被猛烈地批斗，被拽掉头发，直到鲜血流进眼睛。她被打趴在台上，并被脚踩着背——所谓的“把阶级敌人打翻在地，再踏上一只脚”[②]。这不禁让我们想起铁凝的《大浴女》中的“捉奸”场景和“吃屎”场面。[③] 这是人性罪恶的释放与暴露，更是人性遭践踏的沉痛和悲剧。人是一切社会关系的总和，更是自己的选择的总和，如果没有选择心中的善，就会被周围的邪恶所吞蚀。人类在历史发展中已经由无知之罪性而变成故犯之罪行，文学便是探究人类的罪性和罪行。

姑姑连同奶奶和母亲被驻扎平度城的日军杉谷司令扣作人质，姑姑虽然对杉谷没有坏印象，但仍然声称面对严刑拷打和威逼利诱而毫不动摇；虽然对于姑姑父亲万六府医生牺牲的说法不一，但姑姑坚信自己的父亲是抗日英雄、革命烈士。这样，姑姑的家庭出身就是根红苗正。但是即便拥有如此光荣的革命血统，当恋爱对象王小倜驾机飞往台湾时，姑姑还是受到了严重牵连。虽然终获解脱而重回岗位，但仍然战战兢兢，一张传单就让姑姑毅

① 莫言：《蛙》，第 70 页。

② 莫言：《蛙》，第 69 页。

③ 参见丛新强：《人性的勘探——读铁凝新作〈大裕女〉》，《名作欣赏》2001 年第 2 期。

然割腕自杀,而且写下血书:"我生是党的人,死是党的鬼!"[①]可见这一事件对其人生影响程度之深。姑姑被救,但受到留党察看处分,理由不是怀疑她与王小倜真有关系,而是她以自杀方式向党示威。卫生院院长心地善良,希望姑姑放下思想包袱,用工作的实际行动证明自己的清白和对党的忠诚信仰。姑姑在"文革"初期的"害人"表现尽管是为了自保,但也与这一政治立场有关;姑姑在"文革"中被批斗、被迫害的经历,无形中更加强化了这一政治立场。至于在后续的计划生育工作中,姑姑为什么能够义无反顾、残酷无情甚至大义灭亲、不惜流血,哪怕面对一连串的生命死亡也毫不动摇,其实除了对于国家政策的深刻理解和坚决贯彻外,也可以从姑姑的革命出身、蒙冤受屈、血书明志、平反回归、感恩戴德、践行血书这样的生命历程中找到端倪。所以姑姑说:"我告诉你们,姑姑尽管受过一些委屈,但一颗红心,永不变色。姑姑生是党的人,死是党的鬼。党指向哪里,我就冲向哪里!"[②]这里,显然是对"血书"的再次重复和强调。计划生育事件中的当事人也都体会到这一点。蝌蚪的妻子王仁美在被迫同意去做手术的时候,面对部队来的杨心主任,和姑姑发生了下面的对话:

"我哪里能跟姑姑相比?"王仁美说,"姑姑是共产党的忠实'走狗',党指向哪里,她就咬向哪里……"

"别瞎说了!"

"我哪里瞎说了,"王仁美道,"这不是明摆着的事吗?党让姑姑爬刀山,姑姑就去爬刀山;党让姑姑去跳火海,姑姑就去跳火海……"

"好啦,好啦,"姑姑道,"别说我了,我做得还很不够,还得继续努力呢……"[③]

对于姑姑来说,如果做不到这一点,那么当年的"血书"也就成为一纸空话和谎言,也就很可能会再次遭遇革命出身受怀疑、蒙冤受屈被迫害的经历,这是姑姑内心深处最为恐惧的情形。所以连蝌蚪的父亲都无法理解姑姑所表现出来的职业行为:"责任心强到了这种程度,你说她还是个人吗?

① 莫言:《蛙》,第 49 页。

② 莫言:《蛙》,第 87 页。

③ 莫言:《蛙》,第 133 页。

成了神了,成了魔啦!"[①]或许,只有自己成神成魔才能避免被神魔操控的命运,其实又何尝不是对神魔的恐惧?《蛙》以姑姑为中心,铺陈人物和事件,展开当代世界独具特色的"中国故事"——中国生育史的时代画卷。

第二节 从"活菩萨"到"活阎王"的人生转换

《蛙》创造了当代中国文学中的独特的女性形象——姑姑,这是一个处于历史语境与伦理叙事裹挟中的悲剧式人物。本是接生过无数新生命的妇产科医生,而在当代中国计划生育国策的历史叙事中,姑姑的角色却成为不断限制甚至扼杀新生命的"计生主任"。相应地,姑姑也就从一个让人有口皆碑的"活菩萨"转换为令人毛骨悚然的"活阎王"。

从卫生学校毕业的姑姑,又接受新法接生培训班的学习,便与这项神圣工作结下不解之缘。由于姑姑坚决摒弃野蛮、愚昧、充满风险的"老娘婆"式的获利性接生,而采取新式的科学、人性、安全的接生方法,尤其是屡次拯救母亲和胎儿于危难之际,故而名声大振,成为新生命的救星。"姑姑是天才的妇产科医生,她干这行儿脑子里有灵感,手上有感觉。见过她接生的女人或被她接生过的女人都佩服得五体投地。……姑姑差不多被乡里的女人们神化了。"[②]连那头难产的母牛,见到姑姑后都前腿下跪,可见其非同一般。"老娘婆"式的接生,目的是索要产妇家的财物;而姑姑的接生,则是源自纯粹的喜悦和对新生命的敬畏。"姑姑把陈鼻和我接生出来之后,陈鼻的母亲和我的母亲,成了姑姑的义务宣传员。"[③]在 50 年代风调雨顺的那几年,再加上国家政策的鼓励生育,妇女们争先恐后地怀孕、生产。"每条街道、每条胡同里都留下了她的自行车辙,大多数人家的院子里,都留下了她的脚印。"[④]那是姑姑的"黄金时代"。相对于接下来的计划生育时代,姑姑感慨万千:"那时候,我是活菩萨,我是送子娘娘,我身上散发着百花的香气,成群的蜜蜂跟着我飞,成群的蝴蝶跟着我飞。现在,现在他妈的苍蝇跟着我

---

① 莫言:《蛙》,第 150 页。
② 莫言:《蛙》,第 17～18 页。
③ 莫言:《蛙》,第 21～22 页。
④ 莫言:《蛙》,第 22 页。

飞……"[①]蜜蜂和蝴蝶变成苍蝇，时代发生变迁。中国社会进入计划生育国策主导下的全民计划生育的时代，同时也是造成姑姑人生转折的特殊阶段。

在计划生育作为国策主导中国社会的历程中，姑姑从公社卫生院妇产科主任变换为公社计划生育领导小组副组长，实际上成为公社计划生育工作的领导者、组织者、实施者，成为人见人怕、人见人恨的"计生主任"。面对群众的质疑，姑姑说这是"党的号召，毛主席的指示，国家的政策"。[②] 面对群众的抵制，则开始强制执行：对一般群众实行"无产阶级专政"，停止劳动权，进而扣掉口粮。"干部抗拒，撤销职务；职工抗拒，开除公职；党员抗拒，开除党籍。"[③]公社党委书记秦山带头执行，村里的车把式王脚被公安和民兵强制执行，粮库保管员肖上唇被作为公社反面典型执行。这里，已经为后续计划生育的"土政策"和"无政策"做了铺垫。

计划生育高潮的时代，没有规范的政策可言，一切手段都是合理的，都是可行的，甚至根本不问手段。全民动员，株连九族，家庭残缺，把生命扼杀在萌芽状态，更有甚者直接导致母子双亡。在蝌蚪与杉谷义人的通信中，杉谷义人评价自己的父亲时说，如果没有战争，"他将是一位前途远大的外科医生，战争改变了他的命运，改变了他的性格，使他由一个救人的人变为一个杀人的人"[④]。沿着同样的逻辑，我们完全可以认为，如果没有计划生育，姑姑将是一位前途远大的妇科医生，计划生育改变了她的命运，改变了她的性格，使她由一个救人的人变为一个杀人的人。

面对超生者张拳的暴力抗法，采取的完全是暴力执法，姑姑甚至不惜身家性命；面对张拳妻子耿秀莲的跳水逃亡，姑姑乘船追击，任其漂流，最后导致死亡的发生。虽然耿秀莲患有先天性心脏病，但姑姑仍然难辞其咎。

面对蝌蚪妻子王仁美的计划外怀孕，姑姑费尽心机，一方面发电报给蝌蚪的部队寻求支援，另一方面大义灭亲，不惜动用一切手段逼其就范。即便蝌蚪产生为此放弃党籍和职务的想法，也不能动摇姑姑的决心："这不是你一个人的事！我们公社，连续三年没有一例超计划生育，难道你要给我们

① 莫言:《蛙》,第 22 页。

② 莫言:《蛙》,第 55～56 页。

③ 莫言:《蛙》,第 58 页。

④ 莫言:《蛙》,第 77 页。

破例?"[①]面对当事者的寻死觅活,也一样采用"土政策"来解决:"喝毒药不夺瓶!想上吊给根绳!"[②]即便野蛮无比,也是在所不辞。"姑姑是忠心耿耿的共产党员,'文化大革命'时受了那么多罪都没有动摇,何况现在!计划生育不搞不行,如果放开了生,一年就是三千万,十年就是三个亿,再过五十年,地球都要被中国人给压扁啦。所以,必须不惜一切代价把出生率降低,这也是中国人为全人类做贡献!"[③]姑姑念念不忘"文革"时被批斗的情景,也不惜采用"文革"式的野蛮手段做计划生育工作。为引出躲藏在娘家的王仁美,姑姑指挥特别工作队从拉倒邻居的大树和房屋开始,"王金山家的左邻右舍都听着!根据公社计划生育委员会的特殊规定,王金山藏匿非法怀孕女儿,顽抗政府,辱骂工作人员,现决定先推倒他家四邻的房屋,你们的所有损失,概由王金山家承担。如果你们不想房屋被毁,就请立即劝说王金山,让他把女儿交出来"[④]。这种连带左邻右舍的方法,通过制造对立面并激化矛盾,虽然有效,但已经和"阶级斗争扩大化"没有什么区别。甚至让人想起日本鬼子逼迫人民群众交出八路军、国民党反动派逼迫人民群众交出共产党的模式,仿佛如出一辙。当然,姑姑对于计划生育国策的理解以及对于计划生育意义的宣传确实也没有什么错,但却不可避免地在导致着不可控制的连锁性后果。当肖上唇首先被牵连而痛哭流涕的时候,姑姑声色俱厉地质问道:"'文化大革命'时打人整人时那股子凶劲儿哪里去了?"[⑤]可见,姑姑对"文革"时挨整的经历记忆犹新。而且按照姑姑的说法——"人民群众的眼睛是雪亮的,哪怕你藏在地洞里,藏在密林里,也休想逃脱……"[⑥]——这不就是历次政治运动中的鼓励告密、互相揭发吗?人性之恶谁也逃脱不了,在计划生育运动中再次鲜明地表现出来。通过软硬兼施、株连无辜、威逼利诱、各路出击,终于迫使王仁美走出藏身之地。性格开朗、心地善良、顾全大局、积极向上的王仁美,似乎还没有来得及把所有的幸福和未来都憧憬一遍,就在手术室中不幸死亡。虽然鉴定为符合操作程序,定

① 莫言:《蛙》,第120页。

② 莫言:《蛙》,第121页。

③ 莫言:《蛙》,第123页。

④ 莫言:《蛙》,第128页。

⑤ 莫言:《蛙》,第128页。

⑥ 莫言:《蛙》,第126页。

性为偶然事件，但计划生育过程中表现出来的非法手段和野蛮行为、急功近利和好大喜功、只看目标速度而罔顾安全意识的做法，难道不是导致不幸发生的直接因素吗？难道不需要承担责任吗？虽然宣称“计划生育就是要以小不人道换取大人道”[①]，但却是活生生的生命在瞬间的消失，况且所谓的“小不人道”就合理并且可以吗？即便发生如此可怕的“人命”事件，也丝毫未能影响计划生育的进程，就像公社书记所宣布的：“计划生育是根本国策，决不能因为发生了一起偶然事件就改变政策。那些非法怀孕的人，还是要自动地去做人流；那些妄图非法怀孕的人，那些破坏计划生育的，都将受到严厉的惩罚！”[②]即便已经亲手制造出这样的悲剧，也丝毫未能动摇姑姑的坚定信念，就像姑姑所宣布的：“请你们给陈鼻和王胆通风报信，让他们主动到卫生院来找我，否则——姑姑挥动着血手说——她就是钻到死人坟墓里，我也要把她掏出来！”[③]计划生育的贯彻执行及其后果已经触目惊心。“姑姑对她从事的事业的忠诚，已经到达疯狂的程度。”[④]在姑姑眼里，违反计划生育者其实等同于罪犯，就必须要“抓捕归案”[⑤]。

计划生育过程中，似乎到处都有密报，竟然涌现出如此之多的告密者。虽然推动了计划生育工作的开展，但也不能不让人深思这样的文化传统。姑姑和她领导的工作队对于王胆的搜捕，也是缘于事先得到密报。不仅把当事者家人关禁闭，而且采用新政策：“全村的人，凡是能走路的，都去找王胆。每天每人发五元钱补助，就从陈鼻那三万八千多元里扣。村里人，有不去的，觉得这是不义之财；但不去不行，谁不去就扣谁五元钱；这一下子，齐打伙的，全出去了。”[⑥]更有甚者，追回王胆的奖赏两百元，提供有价值线索的奖赏一百元。为了达到目的，真是无所不用其极，不惜一切激发人性之恶的手段。在计划生育工作中，姑姑运筹帷幄，把“智慧”和“才能”发挥到极致。她大张旗鼓地为蝌蚪和小狮子举办婚礼，释放陈鼻父女，向全村宣布放弃寻找，实际上却是欲擒故纵，借以麻痹当事者而使其放松警惕。除了不择

① 莫言:《蛙》,第 134 页。
② 莫言:《蛙》,第 142 页。
③ 莫言:《蛙》,第 142 页。
④ 莫言:《蛙》,第 160 页。
⑤ 莫言:《蛙》,第 160 页。
⑥ 莫言:《蛙》,第 150 页。

手段，也可以说煞费苦心或者用心险恶。最终在那条河里的围追堵截和惊恐慌乱中，早产的婴儿获救，却未能挽回王胆的生命。一个鲜活的生命就这样又消逝了。一连串的“计划生育”死亡事件，仿佛也在触动着姑姑的内心。“在王胆尸体旁坐着，深深地低着头。良久，姑姑站起来，长长地叹了一口气，既像问小狮子，又像自言自语：这算怎么回事呢？”[①]姑姑第一次开始对自己的工作产生疑虑，也为其“罪感”意识的产生和“还原”生命的救赎提供了前提。

在历史发展和伦理要求之间，在国家政策与个体生存之间，姑姑其实一直进行着艰难的选择。正如她所自况的那样：“现在有人给姑姑起了个外号叫‘活阎王’，姑姑感到很荣光！对那些计划内生育的，姑姑焚香沐浴为她接生；对那些超计划怀孕的——姑姑对着虚空猛劈一掌——决不让一个漏网！”[②]为此，在威胁甚至剥夺他人生命的同时也甘愿奉献自己的生命，用姑姑的话来说就是“血债用血还清了”[③]。到底是“活菩萨”还是“活阎王”，这是姑姑在历史与伦理漩涡中的分裂状态。《蛙》对于“计划生育故事”的讲述触目惊心然而真实，惟其真实才触目惊心。“计划生育”的出发点本是为了人类更好地生存，然而却是以生存权的被剥夺和人性的被践踏为手段。“计划生育”及其对国人的影响，是当代中国最为重要的事件，不仅仅是个体的，更是民族的。今天诸多社会问题仍能从中找到渊源，比如独生子女问题、老龄化问题乃至传统文化问题甚至涉及“生前身后”的个体信仰以及扩而大之的全民信仰的问题，在此凸显出来。在《蛙》之前，还鲜有文学作品如此聚焦这一关乎个体与民族未来发展命运的宏大叙事。这不仅是文学表现，更是历史还原。历史是只看结果而忽略手段的，而伦理却总是要永恒地追问手段的合法性问题。“在过去的二十多年里，中国人用一种极端的方式终于控制了人口暴增的局面。实事求是地说，这不仅仅是为了中国自身的发展，也是为全人类作出贡献。”[④]然而，另一方面的问题同样值得继续追问：“如果

---

① 莫言：《蛙》，第 175 页。

② 莫言：《蛙》，第 87 页。

③ 莫言：《蛙》，第 142 页。

④ 莫言：《蛙》，第 145 页。

人人都能清醒地反省历史、反省自我,人类就可以避免许许多多的愚蠢行为。"[①]计划生育高潮的历史场景虽说历历在目,但终究渐渐过去,而承载于其中的人性和伦理却逐步展现出来。

第三节 "罪感"意识和"自我"救赎

看起来顺应历史潮流的姑姑,其实也在不断地进行着自己的伦理选择。《蛙》的第三部,实际是姑姑及其相关者的"罪感"意识的产生。

首先是王肝,他因为狂热地喜欢姑姑身边的搭档小狮子而多次为姑姑提供计划外生育者的信息,致使包括"我"的妻子王仁美在内的多人受到伤害,并累及无辜:

> 我已经是废人了,王肝道,我是来向你道歉的。你没发现王仁美坟前有烧化的纸灰吗? 那是我烧的。因为我的出卖,才使袁腮锒铛入狱,才使王仁美母子双亡,我是杀人凶手。
>
> 这绝对不能怪你! 我说。
>
> 我也试图以堂皇的理由安慰自己,什么"举报非法怀孕是公民的职责"啦,什么"为了祖国可以大义灭亲"啦,但这些理由都不能使我安宁,我没有那么高的觉悟,我是为了自己的私欲,为了讨小狮子的欢心。为此,我得了失眠症,刚刚一闭眼就会看到王仁美举着两只血手要挖我的心……我只怕没有几天活头了……[②]

历史的负面效应总是落到个体身上,总是由个体来痛苦地承受。在接下来的围追堵截即刻临产的王胆的过程中,小狮子、秦河、姑姑实际都在以自己的独特行为做着内心的反省,也是以内在的"罪感"意识默默对抗着外在的沉重使命。为了拖延时间,小狮子冒着被淹死的危险跳入水中,并对着河中的神灵祈祷孩子赶快出生,因为这即将是一条鲜活的生命。就在小狮子被救上机船之时,开船的秦河却将机船弄熄了火,满头大汗地一遍遍地发动机器。其实这一切都瞒不了姑姑,她的脸上浮现出悲凉的笑容,像一个末

---

① 莫言:《蛙》,第78页。

② 莫言:《蛙》,第162页。

路的英雄。"她坐在船舷,低声对秦河说:别装了,都别装了。"[①]姑姑的青春岁月已经结束,饱经沧桑的脸上显出老者的凄凉。就在王胆面临早产的危急时刻,姑姑和小狮子重新伸出援手,全力施救。当被陈鼻呵斥着"把你的魔爪缩回去"的时候,姑姑平静地说:"这不是魔爪,这是一只妇产科医生的手。"[②]尽管船载着王胆和新生婴儿疾驰返航,但终究未能挽救王胆的生命。在姑姑和小狮子的精心护理下,婴儿陈眉总算度过危险期而存活下来。虽说仍然残酷地不合人意,但伦理的"罪感"意识还是艰难地超越历史的规定性,也为后来姑姑的自我救赎准备了条件。

总是神圣地迎接新生命也疯狂地限制并剥夺新生命的姑姑,在退休来临之际,本应期待着生活趋于平静,本应期待着安度晚年,却意外地陷入新的精神危机。《蛙》的第四部,主要展示的就是姑姑的救赎历程及其救赎方式。

没想到素来胆大包天的姑姑,最害怕的却是青蛙。在宣布退休的夜晚,醉酒后的姑姑独自回家,偶然间沉浸于一片蛙声的包围中,体会到痛彻肺腑的恐惧与战栗:

> 常言道蛙声如鼓,但姑姑说,那天晚上的蛙声如哭,仿佛是成千上万的初生婴儿在哭。姑姑说她原本是最爱听初生婴儿哭声的,对于一个妇产科医生来说,初生婴儿的哭声是世上最动听的音乐啊!可那天晚上的蛙叫声里,有一种怨恨、一种委屈,仿佛是无数受了伤害的婴儿的精灵在发出控诉。……无论她跑得有多快,那些哇——哇——哇——的凄凉而怨恨的哭叫声,都从四面八方纠缠着她。……姑姑说她感觉到了它们坚硬的嘴巴在啄着她的肌肤,它们似乎长着尖利指甲的爪子在抓着她的肌肤,它们蹦到了她的背上、脖子上、头上,使她的身体不堪重负,全身趴在了地上。……[③]
>
> 姑姑一边嚎叫一边奔跑,但身后那些紧紧追逼的青蛙却难以摆脱。姑姑在奔跑中回头观看,那景象令她魂飞魄散:千万只青蛙组成

① 莫言:《蛙》,第 173 页。
② 莫言:《蛙》,第 174 页。
③ 莫言:《蛙》,第 214～215 页。

了一支浩浩荡荡的大军，叫着，跳着，碰撞着，拥挤着，像一股浊流，快速地往前涌动。而且，路边还不时有青蛙跳出，有的在姑姑面前排成阵势，试图拦截姑姑的去路，有的则从路边的草丛中猛然地跳起来，对姑姑发起突然袭击。姑姑说那天晚上她原本穿着一条肥大的黑色绸裙，但那裙子，被那些偷袭的青蛙一条一条地撕去了……[①]

姑姑惊恐万分，几乎赤身裸体地相遇制作"月光娃娃"的郝大手。冥冥之中，姑姑走向属于自己的救赎之路。"脱皮换骨"的姑姑与郝大手携手制作泥娃娃，找到了自我救赎的方式。姑姑闭着眼睛，对同样闭着眼睛、手握一团泥巴的郝大手描绘出一个个娃娃的形象，直到创造出两千八百个泥娃娃。姑姑将他们一个个安放在厢房墙壁的木格子里，焚香下跪，双手合掌，虔诚供奉。这是姑姑将她引流过的那些婴儿，通过姑父之手，一一再现出来，以此方式弥补心灵的"罪感"。历史的进程及其行为显然不是姑姑能够左右的，但伦理的责任及其后果却落到姑姑身上。现实生活中生命诞生的人为限制，转化为艺术生活中的无限创造，被剥夺的生命也在艺术创造中获得"还原"。

其实，姑姑自我救赎的契机在第二部的"计划生育故事"的历史讲述中已经通过郝大手的"泥塑娃娃情结"埋下伏笔。作为祖传的泥塑艺人，郝大手只捏泥娃娃。当卖家用模具刻出同一模样娃娃的时候，郝大手却是完全手工创作，一个一模样，绝不重复。"他不到锅里没米时是不会赶集卖泥娃娃的。他卖泥娃娃时眼里含着泪，就像他卖的是亲生的孩子。"[②]这是对于生命的虔诚尊重和谦卑敬畏，也是充满灵性的神来之笔：

乡里人都说，买郝大手一个娃娃，用红绳拴着脖子，放在炕头上供奉着，生出来的孩子就跟泥娃娃一个模样。但郝大手的泥娃娃是不允许挑选的。邻县那些卖泥娃娃的，是将泥娃娃摆在地上，一大片，任人选。郝大手的泥娃娃是放在车篓里，篓上盖着小被子，你去买他的娃娃，他先端详你，然后伸手从篓子里往外摸，摸出哪一个，就是哪一个。有人嫌他摸出的娃娃不漂亮，他绝不给你更换，他的嘴角上，带着几分悲苦的笑容。他不说话，但你仿佛听到他在对你说：还有嫌自己孩子

① 莫言：《蛙》，第 215～216 页。

② 莫言：《蛙》，第 91 页。

丑的父母吗？于是，你再仔细端详他递给你的孩子，渐渐地就顺眼了。那孩子，渐渐地就活了，有了生命似的。他从不跟你讲价钱。你不给他钱他也不会跟你要。你给他多少钱他也不会跟你说个谢字。慢慢地大家认为，买他的泥娃娃，就如同从他那里预定了一个真孩子。越说越神。说他卖给你的泥娃娃，如果是个女的，你回去必定生女的。他卖给你的是男的，你回去必定生男的。如果他摸出两个孩子给你，你回去就生双胞胎。这是神秘的约定，说破了也就不灵了。[①]

面对人的有限性、理性的有限性和语言的有限性，必须确认“奥秘”存在的真实性。一人一个模样，生命没有重复；每一个生命都有其存在的合理性和独特性，一个都不能少。在“活菩萨”和“活阎王”的漩涡中激荡浮沉的姑姑，冥冥中已经预定自己的救赎之路。“一个有罪的人不能也没有权力去死，她必须活着，经受折磨，煎熬，像煎鱼一样翻来覆去地煎，像熬药一样咕嘟咕嘟地熬，用这样的方式来赎自己的罪，罪赎完了，才能一身轻松地去死。”[②]显然，姑姑认定自己有罪，并且试图以一己之力而去赎罪。从迎接生命者到剥夺生命者再到还原生命者，在巨大的反差和深刻的悖论中，姑姑的错位人生呈现无遗，最终身处“罪与非罪”“罪与赎罪”的纠结状态。终于，转换了的历史语境和伦理诉求又让姑姑获得“脱皮换骨”的机会，与民间泥塑大师郝大手联姻而携手创作泥塑娃娃，以生命“还原”的方式得以实现对于“有罪”之身的自我救赎。

一直追随姑姑的秦河，也通过泥塑娃娃大师身份的获得而寻找到生命的归宿，实现同样的生命救赎。根据王肝的介绍，秦河“每捏好一个泥孩，都会在它的头顶用竹签刺一个小孔，然后扎破自己的中指，滴一滴血进去。然后揉合小孔，将泥孩放置在阴凉处，七七四十九天之后，这才拿出调色上彩，开眉画眼，这样的泥孩，本身就是小精灵”[③]。这也是同样地赋予泥孩以新的生命，表层神奇、魔幻而不可思议，实则反映着真实的内心和隐秘的灵魂。秦河的日常状态几乎就是坐着发呆，有时候一天也捏不出一个，但灵感来了，速度又是非常之快。失眠多年的大师竟然在马槽中深沉入睡，这件事本

① 莫言:《蛙》,第 91～92 页。

② 莫言:《蛙》,第 339 页。

③ 莫言:《蛙》,第 184 页。

身就具有神性，神子耶稣就是在马槽中降生的。大师不仅仅从生活中，还从梦境中撷取孩子的形象，并且与他所塑造的孩子息息相关、血肉相连。秦河的泥孩创造，是否与曾经追随姑姑执行计划生育工作的经历有着内在关联？因告密而产生"罪感"的王肝结束对小狮子的一厢情愿，成为秦河作品的经销者和生活管家，自己就认为找到了最适合自己的工作，在某种意义上不也是找到了适合自己的救赎方式吗？

姑姑的人生的确复杂。一方面，"五十年来，姑姑没吃过几顿热乎饭，没睡过几个囫囵觉，两手血，一头汗，半身屎，半身尿"[①]；另一方面，"姑姑的手上沾着两种血，一种是芳香的，一种是腥臭的"[②]。就是这同一双手，将数千名婴儿接到人间，也将数千名婴儿送进地狱。姑姑将自己沉浸在"有功"还是"有罪"的分辨中不能自拔。每当失眠的时候，姑姑就恐惧地认为"是报应的时辰到了"，"到了他们跟我算总账的时候了"；[③]每当失眠的时候，姑姑就回顾自己的一生，"按说我这辈子也没做什么恶事……那些事儿……算不算恶事？"[④]到底算不算"恶事"，到底是不是"罪人"，成为姑姑能否继续活下去的心结。所以蝌蚪说："姑姑，那些事算不算'恶事'，现在还很难定论，即便是定论为'恶事'，也不能由您来承担责任。姑姑，您不要自责，不要内疚，您是功臣，不是罪人。"[⑤]虽然"她不做这事情，也有别人来做"[⑥]，但别人来做就可能是另外的情形了。人活着总要找到活下去的理由，姑姑遇到郝大手，也就找到了活下去的方式。所以蝌蚪在信中希望杉谷义人能够理解自己的"愚昧"认知，尤其应该理解姑姑们的心理选择："一个自认为犯有罪过的人，总要想办法宽慰自己，就像您熟知的鲁迅小说《祝福》中那个捐门槛的祥林嫂，清醒的人，不要点破她的虚妄，给她一点希望，让她能够解脱，让她夜里不做噩梦，让她能够像个无罪感的人一样活下去。"[⑦]

研究者往往一般性地认为姑姑具有忏悔意识，并从忏悔意识的层面去

---

① 莫言：《蛙》，第307页。
② 莫言：《蛙》，第323页。
③ 莫言：《蛙》，第338页。
④ 莫言：《蛙》，第338页。
⑤ 莫言：《蛙》，第338页。
⑥ 莫言：《蛙》，第270页。
⑦ 莫言：《蛙》，第271页。

理解姑姑焚香供奉泥娃娃的行为。但仔细追究，姑姑的行为选择其实一直属于“有罪”还是“无罪”的范围。即便最终承认自己是一个“罪人”，也并不必然就同样具有忏悔意识。因为真正的忏悔“不是一个简单的认不认罪的问题”，“而是人的隐蔽的心理过程的充分展开”。[①] 从这个意义上来看，《蛙》并没有充分展开姑姑的隐蔽的心理过程，展示的仍然是一个认不认罪的问题。自始至终，姑姑并没有对自己所从事的计划生育工作本身产生什么理性的质疑，至多有某些情绪波动和牢骚气话，甚至坚信自己的工作对于中国发展乃至人类进步都具有正当性和重要意义。虽然导致意想不到的甚至不应有的非人道的负面结果，但姑姑对计划生育政策本身并没有什么任何反思性的心理，哪怕是在事后也没有。尤其对于自己在计划生育工作中所表现出来的非同寻常的意志，也基本归因于党的号召，归因于对党的忠诚，即便一般群众都感觉到她已经不是人而是神、妖、魔，甚至认为她是假公济私、公报私仇、嫉妒心理和不平衡心态，姑姑也丝毫没有对自己行为的内在动机有过任何的思考和反省。相反，姑姑一再强调的是自己彻底的唯物主义立场：“我不怕做恶人，总是要有人做恶人。我知道你们咒我死后下地狱！共产党人不信这个，彻底的唯物主义者是无所畏惧的！即便是真有地狱我也不怕！我不下地狱，谁下地狱！”[②]既然如此，为什么退休后的姑姑开始畏惧“青蛙”，开始恐惧“地狱”？又为什么开始寻求并走向所谓的“唯心主义”？显然，姑姑的内在心理动机及其转换本来相当复杂，但是又特别遗憾地缺乏基本的表现和揭示。

姑姑的思维和行为一直停留在“血债要用血来还”的外在层面，看起来无比正当、大义凛然，实际上缺乏内省、南辕北辙，终究是模糊价值判断、寻求心理安慰。在执行张拳妻子耿秀莲的工作中，因为耿秀莲之死而受到视察计划生育工作的省领导的调查，姑姑的反应异常激烈：“我们出力、卖命，挨骂、挨打，皮开肉绽，头破血流，发生一点事故，领导不但不为我们撑腰，反而站在那些刁民泼妇一边！你们寒了我们的心！……张拳一棍打破了我的头，算不算犯法？我们跳到河里救她，我为她献血500CC，算不算仁至义

---

① 刘再复、林岗：《罪与文学》，中信出版社2011年版，“导言”第19页。

② 莫言：《蛙》，第130页。

尽?"[①]在姑姑眼里,孕妇的死亡也就属于"一点事故",对方属于"刁民泼妇",而受害者却是自己。而且通过自己献血,已经"仁至义尽",已经还清血债。姑姑从来没有想到,对方却是鲜活的生命的消逝。在执行蝌蚪妻子王仁美的工作中,面对王仁美在手术中的死亡,姑姑说:"怪我责任心不强……我听候上级处理。"[②]而公社书记则表示姑姑"没有错","这是个偶然事件,是你女儿的特殊体质决定的"[③],那么谁又有错呢?难道是死者的错误导致自己成为死者?结果,姑姑被王仁美的母亲用剪刀捅伤大腿。这时候,姑姑的反应是:"王家嫂子,我为你女儿抽了600CC,现在,你又捅了我一剪子,咱们血债用血还清了。……我要感谢你呢,你这一剪刀,让我放下了包袱,坚定了信念。"[④]还是"血债要用血来还",但是二者完全不可相提并论,况且能抵偿一个鲜活生命的消逝吗?在执行陈鼻妻子王胆的工作中,面对王胆的死亡,姑姑若有所思,并且和小狮子一起救活婴儿陈眉。等到日后陈鼻讨要孩子并且指责"你们欠着我一条命"的时候,始终信奉姑姑的小狮子的回答也肯定了符合姑姑的意思:"王胆那情况,根本就不应该怀孕,你只顾自己传宗接代,不管王胆的死活!王胆死在你的手里!"[⑤]甚至于姑姑直接定性陈鼻"你犯了遗弃人口罪",反倒使得陈鼻"认错,认罪"。[⑥]

我们并不否认姑姑们执行计划生育政策的正当性、合法性和牺牲精神及其表达的真实情形,我们也并不否认耿秀莲之死有先天性心脏病的因素、王仁美之死有特殊体质的原因、王胆之死更有身体缺陷的情况,但不容忽视的另一个事实是,她们都并非第一次生育。所以无论如何解释,三位孕妇的死亡都与姑姑们的行为脱不了干系。那种无所顾忌的围追堵截和各方施压所带来的受害者的胆战心惊和无处安身,至少也是危及生命的重要因素。但在姑姑那里,我们看不到任何层面的对于造成意外结果的良心发现,看不到任何程度的对于她们之死与己有关的表达,更谈不上所谓内在灵魂的自我挣扎和对话。假如姑姑没有遭遇"蛙声一片"的包围,没有经历"蛙声一

① 莫言:《蛙》,第122页。
② 莫言:《蛙》,第141页。
③ 莫言:《蛙》,第142页。
④ 莫言:《蛙》,第142页。
⑤ 莫言:《蛙》,第189页。
⑥ 莫言:《蛙》,第190页。

片”的恐惧，那么也就不会产生任何的“罪感”，也就不会寻找什么解脱。所以，姑姑创造、供奉泥娃娃的行为主要还是属于意识到自我“有罪”之后而进行“自我”赎罪的方式之一，而且这种方式也更多地表现为缓解恐惧的一种自我安慰，与所谓的“忏悔意识”还相去甚远。如果说姑姑通过割腕而实施的第一次自杀让人刻骨铭心，也让获救后的姑姑锤炼了此后的坚强意志的话，那么姑姑通过上吊而实施的第二次“自杀”，则明显属于象征性的“行为艺术”，不能不说正好与话剧舞台的表演性相类似。既是真实的动作，又是虚假的心理；既表露自己的态度，又掩盖自己的内心；既得到他人认可的满足和安慰，又实现自我解脱的诉求和愿望。获救后的姑姑也就可以自然而然甚至心安理得地继续生活了，不仅不再需要任何形式的“忏悔”，甚至连“赎罪”也已经终结。

第四节　未完成的“忏悔”与“罪恶”的再生

我们毫不否认而且高度评价姑姑的绝对忠诚、为国奉献和自我牺牲，但也不能拔高乃至神化姑姑的精神境界和灵魂向度。其实，蝌蚪在写给杉谷义人的信中已经不自觉地流露出这一点：“尽管我已经在某些方面尽量地‘为长者讳’了，但还是将许多令她伤心的事情披露出来。”而且，“怕万一发表之后，会惹姑姑生气”[①]。蝌蚪当面说姑姑不是“罪人”，是“好人”，说姑姑的手“不但是干净的，而且是神圣的”，说耿秀莲、王仁美、王胆等人的死“都不能怨您！绝对不能”[②]；但是在给杉谷义人的信中，蝌蚪又明确表示：“姑姑制作泥娃娃的想法”“不过是自我安慰”。因为“每个孩子都是唯一的，都是不可替代的”[③]，所以所谓的“赎罪”不过是虚妄，而又绝对不能点破。而且蝌蚪进一步发出追问：“沾到手上的血，是不是永远也洗不净呢？被罪感纠缠的灵魂，是不是永远也得不到解脱呢？”[④]这已经不再是针对姑姑而言，而是针对自己发难了。真正的“忏悔意识”，是“对无罪之罪与共同犯罪的意

---

① 莫言：《蛙》，第 179 页。

② 莫言：《蛙》，第 338～339 页。

③ 莫言：《蛙》，第 281 页。

④ 莫言：《蛙》，第 281～282 页。

识"。"它不是把罪归于'替罪羊',而是反思共同的人性弱点和共同责任。这也不是追究'谁是凶手',而是从良知上感受到自身是在一个人与人息息相关的社会里,一切苦难与悲剧都与我相互关联,在这种甚深的感知中领悟到灵魂的不安,听到灵魂的呼唤。"[①]从这个意义上说,具有"忏悔意识"的反倒不是作为计划生育执行者的姑姑,而是作为计划生育受害者的剧作家蝌蚪,甚至还包括未出场的收信者和故事倾听者杉谷义人。

《蛙》通过剧作家蝌蚪给日本作家杉谷义人写信的方式讲述关于姑姑的故事,也同样把自己的故事融入其中,既可以充分圆融地作为姑姑故事的有机组成部分,也可以完全独立地构成不可替代的自我表达。相对于姑姑生存形态的外在行为主体表现,蝌蚪的内在心路历程的自我揭示更为明显。

蝌蚪,也就是"我",是姑姑接生的第二个孩子,自始至终受到姑姑的无私关爱。"我"和王仁美的婚姻,姑姑竭力支持。在女儿出生之后,姑姑特别叮嘱"我"和妻子要更加严格地执行计划生育政策。在得知妻子计划外怀孕并被举报到所在部队后,"我"陷入无法选择的重重矛盾。

面对母亲的忧伤劝说,"我"也表示愿意接受,"但谁能保证就是个男孩呢?"当母亲说即便再生个女孩也是依靠的时候,"我"说:"部队有纪律,要是生了二胎,我就要被开除党籍,撤销职务,回家种地。我奋斗了这么多年才离开庄户地,为了多生一个孩子,把一切都抛弃,这值得吗?"[②]母亲的回答是:"党籍、职务能比一个孩子珍贵?有人有世界,没有后人,即便你当的官再大,大到毛主席老大你老二,又有什么意思?"[③]

面对妻子王仁美的以死相威胁和不要党员、不当干部、回家种地的劝告,"我"说这不是个人的事,"涉及到我们单位的荣誉"[④]。

面对袁鳃对自己未来的儿子"金榜题名,光宗耀祖"的恭维之辞,"我"心里感到莫名其妙的欣慰。"是啊,假如真能生出这样一个儿子……"[⑤]

母亲、妻子乃至袁鳃的态度,不能不对"我"产生影响,所以"我"沮丧地

---

① 刘再复、林岗:《罪与文学》,"导言"第19页。

② 莫言:《蛙》,第113页。

③ 莫言:《蛙》,第113～114页。

④ 莫言:《蛙》,第115页。

⑤ 莫言:《蛙》,第118页。

乞求姑姑网开一面:“党籍我不要了,职务我也不要了……”没想到被姑姑断然拒绝:“你太没出息了!”“这不是你一个人的事!”“难道你要给我们破例?”[①]

显而易见,蝌蚪的矛盾心态暴露无遗:想生却又不敢生。“想生”当然是出于个人考虑,“不敢生”更是出于个人的后顾之忧和功名利禄的算计。

甚至随着王仁美和母亲的相继离世,本来打算转业的“我”,听说杨主任的赏识,听说可以提前晋职,随即又开始动摇。既承认自己是“名利之徒”,“有攀龙附凤的想法”[②],也总是能找到借口来原谅自我。“所以,当姑姑又来找我谈话时,我的态度就变了。所以,当姑姑提出要我与小狮子结婚,我虽然依然拿着王肝痴恋小狮子十几年说事,但心里的防堤,已经开始崩溃。”[③]又是在姑姑的撮合之下,蝌蚪和小狮子走到一起。在办理结婚登记手续的时候,“我”想到王仁美,但随即又想到“人生一世,许多事,都是命中注定的。逆水撑船不如顺水推舟……我已经害了一个女人,不能再害第二个了”[④]。其中包含着内疚,更包含着借口甚至冠冕堂皇的理由。无耻至极的是,“我”竟然还把小狮子和王仁美作比较。蝌蚪错了吗?似乎没有,并且顺其自然,也是人性的共同特点。这里已经淋漓尽致地展示出蝌蚪的心理过程,也为其忏悔意识的产生准备了前提。

在“我”和小狮子去袁鳃的牛蛙养殖场的路上,遇到叫卖泥娃娃的王肝,不仅相逢泯恩仇,而且选中的泥娃娃竟然神似陈鼻和王胆的女儿陈眉。后来,被火灾毁容的陈眉竟然成为他们的代孕者,其实在此已经埋下伏笔。当小狮子抚养的陈眉被陈鼻抱走之后,小狮子的母性大发,所以姑姑说:“姑姑这辈子,已经定了局了,而你们的好日子,才刚刚开始,去吧,工作是次要的,先生个孩子出来,抱回来给我看……”[⑤]姑姑仿佛也变了,而此时,所谓的计划生育形势也已经发生巨大变化:“有钱的罚着生”,“没钱的偷着生”,“当官的让‘二奶’生”,“只有那些既无钱又胆小的公职人员不敢生”。[⑥] 国

---

① 莫言:《蛙》,第 120 页。

② 莫言:《蛙》,第 154 页。

③ 莫言:《蛙》,第 154 页。

④ 莫言:《蛙》,第 159 页。

⑤ 莫言:《蛙》,第 191 页。

⑥ 莫言:《蛙》,第 228 页。

家的计划生育政策顺势异化为罚款的依据。"不孝有三,无后为大"的观念,不仅没有减弱,反而更加流行。袁鳃的公司名义上是所谓的牛蛙养殖场,实际上却是市场潜力无限的"代孕中心"。当生育的愿望彻底无法实现的时候,小狮子也把希望寄托在"代孕"上。"而这个替我孕子的毁容姑娘,不是别人,正是我的老同学陈鼻的女儿陈眉。她的子宫里,正在孕育着我的婴儿。"[①]这样的既成事实,一度让"我"无法接受,甚至产生沉重的犯罪感,连曾经追随姑姑严厉执行计划生育政策的小狮子也完全转向另一方面:"我这样做,完全是为你着想。你只有女儿,没有儿子。没有儿子,就是绝户。我没能为你生儿子,是我的遗憾。我为了弥补遗憾,找人为你代孕,为你生儿子,继承你的血统,延续你的家族。你不感激我,反而打我,你太让我伤心啦……"[②]毫无疑问,"我"担心的仍然是相继而来的现实困难(如何落户)、面子问题(如何见人)、伦理纠结(如何称呼陈鼻以及是否属于乱伦)和个人名誉(如何面对组织)等。而这一切,都随着李手的不容辩驳的解释得到逐步消解。"只要有钱,基本上没有办不成的事","你不要以为世界上的人都在关心你的事","你跟陈眉毫无血缘关系,乱的哪门子伦","组织没那么多闲心管你这事。你以为你是谁?""人生最大的快乐,莫过于看到一个携带着自己基因的生命诞生,他的诞生,是你的生命的延续。"[③]及至经历后续的被辱骂、被追打、被误解之后,"我"在婴儿广告牌前"顿悟人生",仿佛听到最神圣的召唤,仿佛受到庄严的灵魂洗礼,刹那间激发出对于生命的无限热爱。"我感到我过去的罪恶,终于得到了一次救赎的机会,无论是什么样的前因,无论是什么样的后果,我都要张开双臂,接住这个上天赐给我的赤子!"[④]而且,再也感觉不到丝毫的羞耻,并且开始理解妻子类似着魔的行为。事到如今,蝌蚪的心理变化尽管已经相当复杂,但基本上还是生存在"罪与赎罪"的层面,需要的仍然是某种自我安慰。"我为了自己的所谓的前程,断送了王仁美的、也断送了她腹中孩子的生命。……我安慰自己,这个孩子其实就是

① 莫言:《蛙》,第 231 页。

② 莫言:《蛙》,第 248 页。

③ 莫言:《蛙》,第 249~251 页。

④ 莫言:《蛙》,第 265 页。

那个孩子,他晚来了二十多年,但毕竟是来了。"[①]其实,任何形式的自我安慰都无法达成救赎的目标。"自我"救赎的实现,还需要外来"他者"的介入,这个"他者"形象就是收信者杉谷义人。

我们不管蝌蚪是不是对应着莫言本人,也不管杉谷义人是不是对应着大江健三郎,尽管在现实层面确实有着诸多相似性,但是我们关心的是,作为事件的缺席者杉谷义人对于事件的当事者蝌蚪到底产生了怎样的生命影响。作为侵华日军的后人,其实也是战争的受害者,却以一己之力代表过世的父亲向"我们"谢罪,使"我们"深受感动。"您父亲驻守平度城时,您才是一个四五岁的孩子,您父亲在平度城犯下的罪行,没有理由让您承担,但是您承担了,您勇敢地把父辈的罪恶扛在自己的肩上,并愿意以自己的努力来赎父辈的罪,您的这种担当精神虽然让我们感到心疼,但我们知道这种精神非常可贵,当今这个世界最欠缺的就是这种精神……"[②]这种精神就是"忏悔精神",是对于"无罪之罪"的自觉确认和承担。显然,如果没有杉谷义人的替父赎罪精神,也就激发不出蝌蚪的深刻"忏悔"意识,也就依然停留在愧疚与自我安慰的层面,因为自身也是计划生育的受害者。但是杉谷义人提醒我们,受害者也同样可能有罪,更不用说受害者有时候同时还是迫害者。蝌蚪就是如此。"王仁美和她腹中的孩子——当然也是我的孩子——之死,尽管我可以用种种理由为自己开脱,尽管我可以把责任推给姑姑、推给部队、推给袁腮,甚至推给王仁美自己——几十年来我也一直是这样做的——但现在,我却比任何时候都明白地意识到,我是唯一的罪魁祸首。是我为了那所谓的'前途',把王仁美娘儿俩送进了地狱。我把陈眉所生的孩子想象为那个夭折婴儿的投胎转世,不过是自我安慰。"[③]"忏悔"不再是去寻找"替罪羊",而是领悟到灵魂的不安,接受内心的呼声,自觉彻底地归因于"自我";"忏悔"并不必然地导向救赎,所谓的"自我安慰"在某种程度上也是一种"自我欺骗"。作为一名剧作家,蝌蚪期望通过写作的方式而实现救赎,"但剧本完成后,心中的罪感非但没有减弱,反而变得更加沉重"[④]。

---

① 莫言:《蛙》,第 268 页。
② 莫言:《蛙》,第 77 页。
③ 莫言:《蛙》,第 281 页。
④ 莫言:《蛙》,第 281 页。

为什么“更加沉重”,因为自己参与其中的新的“罪恶”已经再度发生。如果说计划生育事件中的“罪恶”还是“无罪之罪”的话,那么“代孕”事件中的“罪恶”已经是“共同犯罪”了。围绕着“代孕”而发生的对陈鼻父女尤其是陈眉的“共同犯罪”中,“忏悔”又在哪里呢?

九幕话剧《蛙》既是姑姑故事的有机组成和自然延伸,更是提供集中展示人性“共同犯罪”的舞台。为了彻底消除代孕者陈眉与新生儿之间的情感纽带,“我们”合谋并精心制造了孩子一出生就死亡的假象。不仅抢走了孩子,而且顺便赖掉了应有的代孕费。殊不知,本来打算代孕结束、偿还父债后就自杀的陈眉,却因为与胎儿的情感而重新燃起生的希望。于是就有了陈眉的不断地登场和不停地呼唤,但却被定性为精神病患者而陷入无边的苦难。就是这样的“惊天大案”,在现代社会体系中也找不到任何平反的渠道,甚至发展到“伪造现场”和“杀人灭口”的边缘。本来属于出淤泥而不染的善良女子,却陷入人性之恶所施加的无底深渊。“第六幕”的“金娃满月盛宴”,众人煞有介事地表演,假戏真做,而完全无视受害者的痛苦。满月喜宴变成真相的曝光,变成一场建立在罪恶基础上的盛宴。苦难深重的、靠着堂吉诃德式的假想生活麻醉自己才能活下去的陈鼻,深刻地反思自己对不起每一个家人:“爹害了你们,爹是罪人,爹是废人,爹是一半死了一半活着的死活人……”[①]他自认为“不是一个好人”,是“老天报应我”。[②] 但是对于女儿陈眉的不幸命运,他却发出震撼人心的追问:“女儿为你代孕(怒指蝌蚪),赚钱为我偿还住院费,可是你们,你们这些老同学,你们这些伯伯、叔叔,你们这些剧作家,你们这些大老板,竟然编造谎言,说她的孩子生下来就死了。你们赖掉了她四万元代孕费……头上三尺有青天啊! 老天爷,您怎么就不睁开眼睛看看呢? 看看这些横行霸道的坏人……电视台的同志,你拍啊,把这些都拍下来,拍我,拍她,拍他们,向全体人民曝曝光……”[③]这是喜庆背后的人性之恶,与袁鳃的说法正好形成相反的对照:“咱们都是品德高尚的正派人,怎么

---

① 莫言:《蛙》,第 314 页。

② 参见莫言:《蛙》,第 325 页。

③ 莫言:《蛙》,第 326 页。

能干那种丑事呢?”[1]这些人也的确不是“横行霸道的坏人”,但人人都是“罪人”,包括姑姑和小狮子,更包括蝌蚪。

“许多当年做梦也梦不到的事物出现了,许多当年严肃得掉脑袋的事情变成了笑谈。”[2]历史已经变迁,然而苦难如影随形。陈眉从诞生时的悲惨弃儿到青春年华时的悲苦命运,人生之艰难、悲凉与辛酸,无疑也是历史掩盖的永恒状态。怀抱孩子的陈眉被追赶着进入民国戏的拍摄现场,她把最后的希望寄托于老百姓心目中的清官判案。殊不知,剧组走的是市场路线,导演和演员已经不是古代的包青天,只要赞助金钱,一切都是糊涂案件。剧中的“高梦九”,依然是“昏官”。这一幕,类似于前面的“金娃满月盛宴”,文中文,戏中戏,众人假戏真做,继续作恶。传统的道德,人性的罪恶,最终都抵不过金钱。电视戏剧片的拍摄转换成现实生活的舞台,人人都是演员,人人都是“罪人”。与此前如出一辙,蝌蚪同样参与其中。

当姑姑刹那间意识到“演戏归演戏,现实归现实……我们亏对了陈眉”的时候,蝌蚪的意识竟然回归到姑姑当初的表现:“姑姑,您千万不要为这事内疚。我们已经做到了仁至义尽。给了她双倍的补偿,还送她进医院治疗,包括陈鼻,我们也没亏待他。”[3]又是那么熟悉的“仁至义尽”,姑姑那里的“血债要用血来还”,到了蝌蚪这里,转换成万能的金钱。九幕话剧的最后,又是一个所谓的“大团圆”,所谓的“母子”终于相安,所谓的“乳汁”犹如喷泉。殊不知,这样的团圆却又掩盖了多么可怕的悲惨。一切的大团圆,无不伴随着受害者的无言,受害者的声音再也不会出现。“蝌蚪口口声声地说要忏悔、要赎罪,却又一而再、再而三地以自我为中心进行辩解,进行开脱。为了要由陈眉代孕所生的孩子,他从生物学、法律、伦理等方面为自己寻找借口,并站在道德的制高点上指责别人无理。”[4]不知蝌蚪是否想过,如果没有“我们”的“共同犯罪”在先,陈眉的病又从何而来?又谈何“送她进医院治

---

① 莫言:《蛙》,第 321 页。

② 莫言:《蛙》,第 242 页。

③ 莫言:《蛙》,第 337 页。

④ 张学军:《反复叙事中的灵魂审判——论莫言〈蛙〉的结构艺术》,《当代作家评论》2017 年第 1 期。

疗"?《蛙》提供"忏悔"的契机,又把"忏悔"推向远方,终究属于未完成的"忏悔",而"罪恶"的再生乃至循环则预示着"忏悔"任重而道远。在众多的关于《蛙》的研究中,倒是莫言女儿管笑笑的文章非常明确地指出了这一点:"实际行动上的无所作为,文字意义上的虚伪忏悔,蝌蚪的赎罪可谓苍白乏力。但罪孽不曾因为我们刻意的淡忘和漠视而消失,它悖论般地因赎罪衍生出新的黑暗幽灵。"[①]从蝌蚪的角度来说,《蛙》的叙述比较充分地呈现出其曲折的心理过程,也深刻揭示出其隐秘的灵魂状态,在计划生育事件中发生的"无罪之罪"的层面上具有"忏悔"精神;但在后续的代孕事件中发生的"共同犯罪"的层面上,又显示出"罪恶"的再生和"忏悔"的未完成性。真正的"忏悔"与彻底的"救赎",还是漫长的人性革命。

第五节 "结构"探索与剖析"自我"

莫言一贯重视长篇小说的结构方式,甚至强调"结构就是政治"[②],可以说他几乎每一部小说都融入了不同的结构要素。在《蛙》的最初创作阶段,莫言也在考虑这个问题,终因嫌其繁复杂乱而放弃。当再次创作这部小说的时候,反而选取最简单的书信体形式。要写出人的几乎一生的经历,无法采用编年体这样的漫长写法,用书信体却非常自由。因此,《蛙》采用剧作家蝌蚪与日本作家杉谷义人通信的方式来结构故事。显然,剧作家蝌蚪有着莫言自己的影子,杉谷义人有着大江健三郎的影子。在大江健三郎造访莫言家乡高密的时候,莫言也的确提到过计划要以姑姑为原型写一部和生育有关的小说。而且,莫言也从阅读大江健三郎的作品中受到诸多启示,尤其认同其关注的两个小说命题:"一是如何面对所处的时代;二是如何创作唯有自己才能写出来的文体和结构。"[③]如前所述,《蛙》正是通过对"无罪之罪"和"共同犯罪"的思考而面对中国的计划生育时代;同时,小说又以书信体叙事表现出姑姑和"我"为中心的各色人等。最后的章节推出一部九幕话剧,既是此前故事的延续,更是主体意识的深化。如果说小说前四部基本属

① 管笑笑:《发展的悲剧和未完成的救赎——论莫言〈蛙〉》,《南方文坛》2011 年第 1 期。

② 莫言:《捍卫长篇小说的尊严——代序言》,《蛙》,第 6 页。

③ 莫言:《用耳朵阅读》,第 180 页。

于蝌蚪一人的独白，那么第五部的话剧则呈现为众生杂语，借助这一舞台，众人得以出场，表达出不同的立场和诉求。前后文本相互补充，互相完善，彼此相对独立，整体相得益彰，共同演绎出关于“蛙”的故事。“蛙”是什么？是青蛙，是青蛙的祖先蝌蚪，是哭声的“哇”，是孩子的“娃”，是女娲的“娲”，说到底，“蛙”就是人本身。莫言的创作，总是关注于人类本体，体现出以一贯之的生命意识。在这里更是直接用身体部位或者人体器官来命名笔下的人物：陈额、陈眉、陈耳、陈鼻、万口、肖上唇、肖下唇、吕牙、张金牙、袁脸、袁腮、郝大手、李手、张拳、王腿、王脚、万足、王肝、王胆、万心……生命本就卑微，在此更加明显地回归本源。

在写给杉谷义人的信中，蝌蚪主张为“忏悔”而写作、为“赎罪”而写作，为那些“被我伤害过的人”而写作，也为那些“伤害过我的人”而写作，“我感激他们，因为我每受一次伤害，就会想到那些被我伤害过的人。”[①]受害者往往也是迫害者，也是一样的“罪人”，要“放在解剖台上，放在聚光镜下”[②]，才能写出那个“裹在旗袍里的小我”[③]。正如鲁迅先生《一件小事》中，人力车夫霎时的高大形象对“我”渐渐地“变成一种威压，甚而至于要榨出皮袍下面藏着的‘小’来”[④]。

莫言曾经总结自己的创作是“把好人当坏人写”和“把坏人当好人写”，也曾经计划下一步的写作继续向鲁迅先生学习，“把自己当罪人来写”。[⑤]《蛙》的问世，标志着这一“艺术辩证法”和“人的辩证法”的基本落实。在第八届茅盾文学奖的获奖感言中，莫言说：“揭露社会的阴暗面容易，揭露自己的内心阴暗困难。批判他人笔如刀锋，批判自己笔下留情，这是人之常情。作家写作必须洞察人之常情，但又必须与人之常情对抗，因为人之常情经常遮蔽罪恶。在《蛙》中我自我批判得彻底吗？不彻底。我知道，今后必须向

---

① 莫言：《蛙》，第179页。

② 莫言：《蛙》，第179页。

③ 莫言获奖感言《在剖析中寻找自我》，摘录自2011年9月20日14时56分《新浪读书》频道。

④ 《鲁迅全集》第1卷，人民文学出版社2005年版，第482页。

⑤ 参见莫言：《用耳朵阅读》，第296～297页。

彻底的方向努力，敢于自己下狠手，不仅仅是忏悔，而是剖析……”[1]剖析“自我”是剖析他人的前提，剖析“自我”是剖析社会的基础。

从对“身体”的外在张扬到对“灵魂”的内在思辨，从“无罪”到“有罪”，从“罪行”到“罪性”，从“忏悔”到“救赎”，从“他者”批判到“自我”剖析，从初期的《红高粱家族》到后期的《蛙》，莫言的文学轨迹逐步呈现出这样的价值向度。这是作家个体的创作转型，也是中国文学的本质进步。

---

① 莫言获奖感言《在剖析中寻找自我》，摘录自 2011 年 9 月 20 日 14 时 56 分《新浪读书》频道。

第十二章

莫言研究述评及其延伸

从1981年发表第一篇作品至今，莫言的文学创作道路已经走过近四十年。从1985年正式引起学界关注至今，对于莫言创作的研究也已经三十余年。“莫言已不再是一个仅用某些文化或者美学的新词概念就能概括和描述的作家了，而成了一个异常多面和丰厚的，包含了复杂的人文、历史、道德和艺术的广大领域中几乎所有命题的作家。”①一个作家的价值和意义，固然要看其作品的量与质，但一定程度上还要看他在文学史中提出什么样的问题。莫言的创造性、自由性和复杂性丰富了中国文学，同时以其独特性为历史提供了一个载体。关于莫言研究的整体状况，以其2012年获得诺贝尔文学奖为界，可以大致划分为两个阶段：“诺奖”之前研究的三十年和“诺奖”之后研究的新特点。

第一节　莫言研究三十年述评②

莫言研究三十年，主要在于揭示其创作历程的起伏变迁和文本世界的创新与独特。莫言文学的“世界性”表现为对世界文学的借鉴和影响，从融入世界、立足传统，到走向世界、贡献世界。莫言的“历史写作”，总体贯穿

① 张清华：《叙述的极限——论莫言》，《当代作家评论》2003年第2期。

② 本节初稿与孙书文合作完成，修改后曾以《莫言研究三十年述评》之名发表于《东岳论丛》2013年第6期。

20世纪中国现代性的历史与人性，也提供出重建当代史的启示。莫言文学的“民间性”必须基于“中国经验”，而“乡土性”则必须基于人类普世价值。在文本研究中，“叙事”和“意蕴”构成最为基础性的内容。亲朋好友的近距离透视则属于“知人论世”的莫言研究，提供出兼具“专业”与“草根”特性的独有视角和另类形态。

一、莫言文学的“世界性”

莫言是中国当代文坛最具世界影响力的作家，这是从莫言作品在国外的翻译数量、文学影响等各个方面所作出的综合判断。作为“世界性”的莫言，其中包含两个方面的问题：一是世界文学对莫言的影响，二是莫言文学走向世界。

每一个走向世界的作家，无疑都受到世界文学的影响。张学军认为，“莫言在福克纳和马尔克斯的影响下，逐渐开辟了属于自己的艺术疆域”[①]。福克纳和马尔克斯的成功，对莫言有着深刻的启示。他要开辟一个属于自己的艺术领地，把自己的故乡——高密东北乡作为自己艺术世界的灵魂。同时，莫言对西方现代主义文学的借鉴广泛，并非仅仅局限于福克纳和马尔克斯。海明威、卡夫卡、结构主义、新感觉主义、意识流小说、弗洛伊德等方面的因素，在莫言的创作中都能找到回响。而众多因素中，对莫言影响最深的是审丑的美学观念。他把丑的艺术形象作为正面反映的对象，扩大了艺术感觉的空间，也表明对人类自身认识的深化。其中对丑的描写，还有着以回归自然来排拒都市文明的倾向。莫言受西方现代主义的影响，但他并非“邯郸学步”，而是有着强烈的民族文化主体意识。其作品贯注着对民族精神的自觉追求，更有对人的尊严与个性的呼唤和对现世人生的执着探索。

对中国当代作家产生过重要影响的世界作家们，莫言都有意从他们那里汲取营养。深受世界文学的影响，他也影响世界文学。刘绍铭分析莫言作品在英美两国的译介情况时称莫言作品“入了世界文学的版图”[②]。姜智

① 张学军：《莫言小说与西方现代主义文学》，《齐鲁学刊》1992年第4期。

② 刘绍铭：《入了世界文学的版图——莫言著作、葛浩文译文印象及其他》，《作家》1993年第8期。

芹对其中原因进行了探析，她认为莫言的现代气质，使他的作品很容易在西方读者中产生共鸣，西方世界对他的欣赏也就在情理之中。莫言在叙事技巧上的革新和说故事的神奇天分，尤其令西方文学界倾倒。不管是写历史还是写现实，都充满丰富而出色的想象。“中西文化在最高境界上是相通的，莫言的作品表现了人类相通的领域，表现了人类在精神上、物质上的向往和追求。他在借鉴外国文学时对‘化境’的追求，既表现了中国人的气派，也是他的作品对外国读者有难以抗拒的魅力之源。”①

此类研究当然不仅仅要找出莫言创作之源与其小说在世界中的欢迎度，而是要找出世界性的莫言之于文学创作的意义。要通过这个标本，来看中国文学如何走向世界。王德威从海外的视野，对莫言的《生死疲劳》与朱天文的《巫言》进行比较，其意不是要比较两者的高下，重要者在于提出三个问题：第一，小说创造“自由”的意义。《生死疲劳》卷首不讲自由，而讲自在——“少欲无为，身心自在”——尤其耐人寻味。第二，小说表达“悲悯”的能量。第三，如何重新看待小说和历史与记忆的辩证。② 麦永雄指出，从边缘性的当代东方文学与以“中心”自居的西方文学的关系看，大江健三郎与莫言都有一个鲜明的共同点：既深受西方文学及理论影响，又富于创造性地将自己的小说创作立足于边缘性的东方大地上，分别创造了“森林峡谷村庄”和“高密东北乡”，从而展示出“边缘文化”丰富的历史蕴含和别具一格的艺术魅力。③

在中国当代文学进程中，一直伴随着世界性的焦虑，“诺贝尔文学奖情结”是这种焦虑的鲜明体现。这与中国发展中国家的地位有关，要求奋发直追，紧跟国际潮流。也正是因为这种焦虑，中国当代作家自觉不自觉地有着向西方作家看齐、要赢得西方文化认同的心理。莫言的意义在于，他在融入世界的过程中，立足于民族传统的根基，立足于文学本质的根基，追寻并坚守着自己的独特道路。也正因如此，他逐渐赢得世界的认同。

① 姜智芹：《西方读者视野中的莫言》，《当代文坛》2005 年第 5 期。

② 参见王德威：《狂言流言，巫言莫言——〈生死疲劳〉与〈巫言〉所引起的反思》，《江苏大学学报》2009 年第 3 期。

③ 参见麦永雄：《诺贝尔文学奖视域中的大江健三郎与莫言》，《桂林教育学院学报》1999 年第 2 期。

二、莫言的"历史写作"

陈晓明看来，今天的中国文学，总体上可以说是以现实主义历史叙事为基础，以乡土文学叙事为主导，以民族国家建构的自我想象为创作冲动的文学。那么，在众多表现20世纪中国历史的作品中，莫言何以独树一帜？在《以个人风格穿透现代性历史——莫言小说艺术特质漫议》中，陈晓明以"历史主义"的眼光阐释莫言小说的艺术特质。[①] 从《红高粱》的华丽绚烂，到《丰乳肥臀》的厚重广阔、《檀香刑》的冷峻凝重，再到《生死疲劳》的强力投胎变种、《蛙》的痛楚与救赎，这几部作品贯穿20世纪中国现代性的历史。前三部可以看作中国现代性的三部曲，它们几乎是一个整体，也可以把它们的顺序进行调整：第一部是《檀香刑》，第二部是《丰乳肥臀》，第三部是《生死疲劳》。这样，它们的时间线索就更清晰。这三部曲，无疑是20世纪中国现代性历史书写最为厚重深刻的作品。《蛙》则以多种文本的缝合形式，重新建构当代史，它是重构历史叙事的一个启示性的文本。莫言的艺术吊诡多变，每部作品都极鲜明地以个人风格去表现20世纪中国历史的深重。他把中国现代性经历的大事件、大变局转化为个人的深切创痛，并以个人化语言和叙述表现出来，使历史与人性被一种独特的生存状态绞合在一起，当代中国小说从思想意识到文体及其语言都获得一次自行其是的解放。

立足于中国现代小说和中国历史现代转型之关系的文化语境中，温儒敏、叶诚生通过"写在历史边上的故事"来阐释莫言小说的现代品质。[②] 作者认为，莫言小说虽然不乏"讲史"的冲动，但绝少对现代性的简单认同。在其小说叙事中，截然对立的新旧模式失效了，习以为常的历史主体不再是不证自明的显赫存在，以往隐没在历史角落或者退缩于历史边缘的人物反而频频走向前台，小人物甚至"历史反角"的出场不时搅动起历史长河的波澜，讲史者角色的替换实际上改变了历史演进的主人公，如此被重述的历史变得歧义丛生、意味深长。莫言始终将叙事聚焦于不同历史情境中的人的挣

---

① 参见陈晓明：《以个人风格穿透现代性历史——莫言小说艺术特质漫议》，《山东文学》2012年第11期。

② 参见温儒敏、叶诚生：《"写在历史边上"的故事——莫言小说的现代质》，《东岳论丛》2012年第12期。

扎与沉浮，并且完成从强力到原罪、从反抗到宽容、从解放冲动到救赎忏悔的精神蜕变，这也意味着莫言完成了某种现代小说的伦理建构。

对于莫言的“历史写作”，一直伴随争议，张清华的文章《莫言与新历史主义文学思潮——以〈红高粱家族〉〈丰乳肥臀〉〈檀香刑〉为例》以其对典型“历史”文本的学理性分析而具有总结性和反思性。[①] 作者认为，《红高粱家族》是新历史主义文学思潮的滥觞之作，《丰乳肥臀》是新历史主义小说的扛鼎之作，《檀香刑》则是现代中国文化语境下“重返历史主义”的代表作。这三部小说成为莫言所贡献出的一个至为重要的系列。它表明，莫言不仅是当代作家中最具历史主义倾向、一直最执着地关注着20世纪中国历史的一个，而且这种关注还体现了强烈的人文性和当代性，对当代文学的精神走向起着重要的影响作用。洪治纲则进一步分析《檀香刑》的“刑场背后的历史”[②]，认为这既是一部汪洋恣肆、激情迸射的新历史主义典范之作，又是一部借刑场为舞台、以施刑为高潮的现代寓言体戏剧。它以极度民间化的传奇故事为底色，借助那种看似非常传统的文本结构，充分展示作者内心深处非凡的艺术想象力和高超的叙事独创性，张扬作者长期所崇尚的那种生命内在的强悍美、悲壮美。同时，莫言又以其故事自身的隐喻特质，将小说的审美内涵延伸到中国传统文化的内部，并直指极权话语的深层结构，使古老文明掩饰下的国家权力体系和伦理道德体系再一次受到尖锐的审视。《檀香刑》的巨大成功，正是建立在对人性内在的丰富性与复杂性的有效表达中。它以人性撕裂的尖锐方式，将叙事不断地挺入深远而广袤的历史文化中，在挞伐与诘难的同时，表达莫言内心深处的那种疼痛与悲悯的人文情怀。

对于文学与历史的研究，往往会产生双面效应。与上述肯定性评价不同，在《论莫言历史小说的创作局限》中，胡湘梅在指出莫言创作个性的同时以最负盛名的《丰乳肥臀》《檀香刑》《生死疲劳》为例着重阐述对其历史写作的看法：从整体上看，作品中作家所寄托的精神家园的理想是脆弱的；在描写历史的时候，作家迷失在自己的主观臆想中，暴露出过多的丑陋与野蛮；

① 参见张清华：《莫言与新历史主义文学思潮——以〈红高粱家族〉〈丰乳肥臀〉〈檀香刑〉为例》，《海南师范学院学报》2005年第2期。

② 洪治纲：《刑场背后的历史——论〈檀香刑〉》，《南方文坛》2001年第6期。

并缺乏一些应有的人文关怀，表现出作家精神上的迷失。[1]

三、莫言文学的“民间性”与“乡土性”

对于莫言的文学世界，研究界常常以“民间性”进行概括。殊不知，脱离具体而丰富的“肉体经验”而谈论“民间”则往往陷入概念的圈套。张柠的文章《文学与民间性——莫言小说里的中国经验》以“莫言小说里的中国经验”为基点阐释“民间”，有的放矢，得以窥见莫言文本精髓，是关于这一话题的典型论述。[2] 理论家笔下复杂而丰富的“民间”概念，已经成为一种隐喻或者象征，并且被先入为主地赋予“崇高”的性质。而在莫言的整个创作中，似乎看到一个巨大的胃在“欢乐”地蠕动，就像他笔下经常出现的驴骡、马牛的胃一样。一种反刍的经验在这种蠕动中铺天盖地向我们涌来，人与自然、与故乡、与他人就这样在食物中痛苦地、绝望地、欢乐地相逢。莫言用自己独特的文体超越故乡这个狭义的乡土概念，超越故乡日常生活的简单的自然主义，超越转瞬即逝的、空洞的、无意义的琐屑形象，超越“怪诞现实”的物质形态，也超越历史时间的盲目乐观（进化）和悲观（末世论），并赋予这些被超越的东西以真正的民间气质、信念和意义。

与张柠的基于中国经验的民间话语分析相类似，李刚、石兴泽的文章《窃窃私语的“镶嵌本文”——莫言小说的民间性》则通过莫言作品中的镶嵌性文字来深化说明其文学的民间品性。[3] 文章把那些写在卷首或卷中的民歌、歌谣、信笺、民间故事或传说等仿佛点缀物般镶嵌在小说中的文字称为“镶嵌本文”，它的存在使文本分化为内、外两个部分：内本文是小说主体的叙事单位，承担小说主要的叙事需要；外本文是镶嵌在小说题首、卷尾或卷中的叙事单位，在整体上是外故事叙事链上的一环。小说的主题和感觉色彩是通过内、外两层本文的题旨综合表现出来的，两者构成一个自足的经验世界。“镶嵌本文”的意义表现在：第一，虽然篇幅通常都不多，甚至难以分离，但是它体现另一种声音，体现作者对虚构的故事的超越，使读者注意

---

① 参见胡湘梅：《论莫言历史小说的创作局限》，《理论与创作》2011 年第 2 期。

② 参见张柠：《文学与民间性——莫言小说里的中国经验》，《南方文坛》2001 年第 6 期。

③ 参见李刚、石兴泽：《窃窃私语的“镶嵌本文”——莫言小说的民间性》，《中国社会科学院研究生院学报》2007 年第 2 期。

的中心不仅仅停留在虚构的叙事表象上，而且将读者的阅读延伸到文本之外，可以进一步对小说故事本身、叙事者与接受者之间的关系等问题进行更深的思索。第二，想要创立自己的艺术特质和风格，就必须突破常规，在时间和历史上进行个性化的设置。莫言叙述的是民间的故事，但并不是单纯地要表达所谓“民间”的另一种存在。通过镶嵌本文，莫言将神秘色彩和时间哲学引入文本，在高密东北乡这块有限的土地上呼风唤雨、谈古说今。第三，使用镶嵌本文引用的多是民间说唱的艺术，这不仅构成莫言独特的时空体，同时也已经孕育着莫言后期民间叙事形态的萌芽。极富本土色彩的镶嵌本文实体性地冲击着西方技巧，使莫言的小说在获得中国读者认可的同时不失西方的市场。作为一种成规化的写作手法，在莫言的创作实践中生发出新的生长点。如何在技术性的操作中不失人文意识和人类精神，莫言已经给出启示。

对于莫言文本“乡土性”的研究，罗关德的文章《人类学视角下的民族文化观照——莫言乡土小说的文化意蕴》较为系统和深入。[①] 作者认为，在20世纪的乡土小说创作中，莫言是一个独特的存在。他不像茅盾、韩少功等乡土作家侧重于对农民群体的理性审视；也不像沈从文、贾平凹等对农民更多地采取情感上的认同；更不像鲁迅那样在理性上对农民“怒其不争”，在情感上对农民“哀其不幸”那么泾渭分明；也没有刘震云式的对农民文化的调侃和戏谑。莫言的特殊在于，他与农民的关系始终保持着不即不离的状态，即如人类学家所做的那样。莫言对农民及其农民文化的审视是定位在“原始的他”和“现代的我”之间的相互关系上。从语言学角度看，莫言乡土小说的语言，既不是赵树理式的农民语言，也不是汪曾祺式的现代知识分子的腔调，与同一时期、同一地域的张炜的浓厚的学者语调也不相同，它是现代语汇与民间俚语的集合，庄严得令人发笑，粗俗中蕴含哲理，显示其农民出身的知识分子的根性。莫言的乡土小说，依时间的嬗递，呈现为人类学角度的三种走向：第一，《红高粱》——“种”的意识。他以人类学的观点观察和思考中国乡土社会，于是发现农民文化的本真意义以及其与中华民族的深重灾难和强悍的生命力的内在关系。第二，《丰乳肥臀》——“族”的生命力。

---

① 参见罗关德：《人类学视角下的民族文化观照——莫言乡土小说的文化意蕴》，《东南学术》2005年第6期。

这部作品则建立了文化人类学的正确观点，他把所有人都看成是同等单位的客观对象，从而摆脱以一个文化观点来批评另一个文化观点的片面性，建立"我在"和"他在"之间互为主体性的文化关系。第三，《檀香刑》——中华文化的人类学考察。这部作品以民间猫腔戏语言和传统的凤头、猪肚、豹尾的结构形式，把中华传统的官方文化和民间凄美的猫腔文化连缀起来。通过多视角的文化观照，尤其是把它放在东西方文化碰撞的特定历史语境中展示中华传统文化的残酷以及民间旺盛的生命意志，从而以人类学的观点对民族精神与国民性进行深入透视。正是由于莫言小说的人类学视界和方法，他的描写超出文本中的经验世界而具有普泛的人性内涵，亦使其创作获得民族性和世界性的双重意蕴。

与前述的"民间性"和"乡土性"相关联，贺仲明的文章则集中探讨莫言的创作立场及其意义。在《为什么写作？——论莫言的创作立场及意义探析》中，作者把莫言的文学世界大致分为"为乡村写作"和"为人类写作"，而后者又是前者的自然延伸，二者的统一又在艺术上体现得最为典型。[①] 强烈的认同感和深厚的乡村积累，使乡村成为莫言创作的不竭的源泉。更重要的是，依靠故乡的生活和文化资源，莫言形成深刻而具有创造性的文学思想。他的创作中蕴涵着乡村的思想文化和价值观念，也从一个侧面展现中国特色的文化精神。而且，依靠乡村文化的智慧，莫言也避免了与政治之间的简单关系。一方面，他始终坚持对现实的批判态度，具有在同时代作家中并不多见的精神勇气；另一方面，又能巧妙地规避现实，不让自己与现实构成直接对抗。莫言文学立场的转换是其文学思想深入的体现，其意义当然不只是为了规避现实，而是更有深意。从根本上说，这种立场调整是莫言文学创作的自然转型，是创作发展的必然趋势。因为作家能够真正深入地坚持一种立场，必然会形成深刻的自我认识，对自我缺陷和局限产生深切而清醒的意识，并萌发超越的愿望。莫言就是如此，他对乡村立场的拓展，正是他对创作自我深刻认知上的一种发展和提升。

---

① 参见贺仲明：《为什么写作？——论莫言的创作立场及意义探析》，《东岳论丛》2012 年第 12 期。

四、莫言文本叙事研究

莫言以“讲故事的人”自称。他是讲故事的大师，以多姿多彩、富于变幻的叙事方式给当代中国文坛带来惊奇。张闳探讨莫言小说叙事与生理学、伦理学、政治学等经验形态之间的关系，其中尤其以对文学叙事中的生理学探究格外深入。他认为，消化器官这个粗俗的、卑下的和令人难于启齿的器官系统，在莫言那里却获得与身体的其他器官（无论其为“高贵”或是“卑贱”）平等相处的权利。莫言如此关注所谓力必多的口腔阶段，意味着他对人的“自我意识”的基础的原初性和肉体性的关注。“在莫言的笔下，发达的感官所提供的是贪婪经验，在这些经验的背后，却隐藏着一个匮乏主题。从这一角度看，贪婪的经验在莫言那里则又被推到了一个悲剧性的高度。贪婪是饥饿对人的本能的侵犯，而生命则通过其代偿性的机能（‘通感’等等），对自身（首先是对肉体的欲望）做出了悲剧性的肯定。这是一种欲望匮乏经济学。”[①]身体，是中国当代文学中的重要话题。中国古典文学中，身体被有意识地“遮蔽”，而当代作家重新发现这一资源。莫言的独特在于，他在“吃”与叙事的结合上达到令人难以企及的高度。

李洁非与季红真分别关注到莫言创作的寓言和神话。李洁非认为，故事必定得告诉旁人一点反常的东西或寻常看不见、想不着、摸不透的东西，总之，要使人听后或者读后大吃一惊，隐约有所悟。莫言的创作在其手法、题材屡有变化的同时，始终如一地坚持对于小说寓言性的总体追求。李洁非对莫言的这种追求作了极为传神的描述：“作为一个作家，莫言与其说是通常意义上的写小说的，毋宁说是换了一种方式的做梦者。他的手一旦摸上了笔，其实只意味着他又一次灵魂出窍、神游八极，那些犹如鬼魅的影子从他的心底一个个无声无息地溜出来，然后就疯狂地跳着怪异的舞蹈，直到精疲力尽为止。”[②]莫言自成名以来或者说自他找准自己的艺术特点以来，他的小说始终就是在写同一个东西——主体悟性。莫言属于那种习惯于用小说向世界发问的人。其小说情节都不是封闭的系统，在它们背后隐藏的提问远比它们的故事内容更具实质意义。季红真认为，神话是人类第一

---

① 张闳：《感官的王国——莫言笔下的经验形态及功能》，《当代作家评论》2000年第5期。

② 李洁非：《回到寓言——论莫言及其近作》，《当代作家评论》1993年第2期。

个叙事样式，也是最基本的样式，其他样式都可以看作是它的变体。而神话则是莫言小说最基本的结构，这种结构是以儿童的心理与想象力为胚胎孕育成长起来的。这使他的神话思维不仅借助已有的各种神话及其变体，而且呈现出神话不断被接受和创生的心智模式。莫言笔下的神话千姿百态，创造出各种叙事的外部文体。①

莫言是个讲故事的高手，研究者们深入到其叙事的各个方面。王西强分析了独特的叙事视角，称之为“我向思维”，即作家常会选择使用第一人称叙述视角来结构故事，比如乡村往事和生活想象里的“我”、奇幻的成年故事中的“我”、“煞有介事”的玄虚故事中的“我”；莫言还大量运用如“我爷爷”“我奶奶”“我父亲”“我母亲”等“类我”复合人称视角，进一步提高“我向思维”叙述者的叙述能限，扩大其叙事空间和情感自由度。这种“我向思维”叙事形成叙述时间和故事时间之间的交错与间离，通过现实与历史的穿插对比，来造成近乎矛盾的历史沧桑感和亲切感。② 王者凌关注莫言作品的“怪诞”。③ 张军、吴耀宗分析莫言作品的反讽。④ 谭桂林研究《丰乳肥臀》中的狂欢叙事，认为狂欢植根于生殖崇拜。⑤ 黄万华用“天籁之声”来概括莫言的自由诉说，他认为莫言长篇小说展示的过人胆识和罕见勇气，是他自由言说的天地。⑥ 莫言叙事的天籁之声既来自他大彻大悟的心灵自由，更来自他在不断的艺术探索中获得的自由表达。他对母亲、童年、大自然极端看重，由此糅合各种民间艺术因素，无拘无束地释放着自己的感觉、体验、想象，使其叙事一直保持天籁之声。

讲故事，是小说家的看家本领。在中国当代文学探索中，曾经有一段时间降低了叙事的地位。叙事，不是小说的一切；但连叙事都不圆满的小

---

① 参见季红真：《神话结构的自由置换——试论莫言长篇小说的文体创新》，《当代作家评论》2006 年第 6 期。

② 参见王西强：《论 1985 年以后莫言中短篇小说的“我向思维”叙事和虚构家族传奇》，《当代文坛》2011 年第 5 期。

③ 参见王者凌：《“胡乱写作”，遂成“怪诞”——解读莫言长篇小说〈生死疲劳〉》，《当代作家评论》2006 年第 6 期。

④ 参见张军：《莫言：反讽艺术家——读〈丰乳肥臀〉》，《文艺争鸣》1996 年第 3 期；吴耀宗：《轮回・暴力・反讽——论莫言〈生死疲劳〉的荒诞叙事》，《东岳论丛》2010 年第 11 期。

⑤ 参见谭桂林：《论〈丰乳肥臀〉的生殖崇拜与狂欢叙事》，《人文杂志》2001 年第 5 期。

⑥ 参见黄万华：《自由的诉说：莫言叙事的天籁之声》，《东岳论丛》2012 年第 10 期。

说，也一定不是精彩的小说。莫言从中国传统文学、世界文学中汲取养分，善于把故事讲得深入、曲折，又创造自己独特的叙事文体，这是他的价值所在。

五、莫言文本意蕴研究

在关于莫言的文学世界研究中，对于文本意蕴的关注和探讨无疑属于最为基础性的内容。早在1985年，莫言的老师徐怀中就以《透明的红萝卜》为中心，充分肯定莫言创作的特色，认为莫言反映荒谬年代的农村生活，收到强烈的艺术效果，已经初步形成自己的色调和追求。[①] 童年时代的生活，给莫言带来不可磨灭的记忆，也对他的文学创作产生了决定性影响。程德培就从莫言创作中的童年视角出发，探讨那个“被记忆缠绕的世界”[②]。在缺乏抚爱和物质的极端贫困状态中，不幸福的童年记忆，作为心理积淀的表现，才产生独有的创作底色。莫言的小说，常常是一个植根于农村的童年记忆中的世界，是一种儿童所独有的看待世界的全新眼光。

对于莫言早期文本世界的意蕴把握，杨守森的《魔鬼与天使》作出了集中概括和价值判断：中国当代文学中的“恶之花”、人性哲学的冷静沉思、种的退化与力的崇拜。[③] 文章明确指出，莫言的作品在刻意发掘人性丑陋与邪恶的同时，力图通过独特的人物造型，张起一面强力追求的旗帜，给人以振奋生命的活力。从人性意义看，这正是莫言不同于西方现代派和国内“伪现代派”的独特所在。与杨守森的观点不同，杨联芬在《莫言小说的价值与缺陷》[④]中认为，莫言小说的价值在于他独特的思维方式、复杂的审美情趣和个性化的价值判断，从而呈现出独具一格的鲜明特色。比如，以色彩负载情感，以意象制造喧嚣、冷静的修辞、陌生的语言。而莫言小说的缺陷，则表现为感觉铺陈的泛滥与浮华、语言运用的单调和写丑的失控，这都在于他过分沉醉于感性描写而忽略理性的引导与选择，结果走到造作的极端，因而也

---

① 参见徐怀中等：《有追求才有特色——关于〈透明的红萝卜〉的对话》，《中国作家》1985年第2期。

② 程德培：《被记忆缠绕的世界——莫言创作中的童年视角》，《上海文学》1986年第4期。

③ 参见杨守森：《魔鬼与天使》，贺立华、杨守森编：《莫言研究资料》，山东大学出版社1992年版，第236页。

④ 杨联芬：《莫言小说的价值与缺陷》，《北京师范大学学报》1990年第1期。

失掉感性描写的真诚。因此,莫言需要的远不是形式缺陷的补救,而是真诚的现实主义精神之理性的灌注。

对于莫言小说的研究,“种的退化”构成其中的一个关键词。赵歌东的《“种的退化”与莫言早期小说的生命意识》[①]具有代表性。文章指出,莫言早期小说的人物谱系是一个具有理论上的血缘关系的部落群体,这个部落群体的轴心是由祖父(余占鳌)、祖母(戴凤莲)、父亲(豆官)、“我”祖孙三代组成的,这个祖孙三代的家族人物谱系在理论上构成莫言早期创作中的“红高粱家族”(以《红高粱》为中心)和“食草家族”(以《红蝗》为中心)的创作原型,以“红高粱家族”到“食草家族”的历史颓败为参照,莫言20世纪80年代的小说创作演绎了一个“种的退化”的生命寓言。从某种意义上说,“种的退化”的寓言不仅构成莫言早期小说的生命意识,而且也在整体上构成其创作的生命基调。

莫言在《捍卫长篇小说的尊严》一文中提出:“长度、密度和难度,是长篇小说的标志,也是这伟大文体的尊严。”[②]文本研究是文学研究的基础和本质,关于莫言极为重视、最费心血的长篇小说,众多学者的研究卓有成效。李掖平用“激情、狂放、魔幻、诡奇”来重新解读《红高粱家族》[③],她认为这部写于20世纪80年代的小说全力张扬乡野民间的雄强勇武之气和中华民族蓬勃旺盛的生命力,字里行间涌动着难以阻遏的炽热激情。“红高粱家族”不仅是莫言最具代表性、象征性的作品,而且是其最优秀、最出彩的作品,堪称当代文学史上划时代的史诗精品。《酒国》问世之后,曾经一度遭受冷遇,经过时空间隔,继而佳评迭出。李珺平的《换一只眼睛看莫言——〈酒国〉印象三则》是其中颇见功力的文本解读,也是获得作家本人高度首肯的评论。[④] 文章用“走不进的城堡”来比喻《酒国》:阅读《酒国》,就像阅读卡夫卡《城堡》一样,作者欲叙述的本来事件以及由叙述所构成的事件,都给人以扑朔迷离、难以接近之感。这又包含两层意义:一是主人公、高检院侦察员丁

① 赵歌东:《“种的退化”与莫言早期小说的生命意识》,《齐鲁学刊》2005年第4期。

② 莫言:《捍卫长篇小说的尊严》,《当代作家评论》2006年第1期。

③ 李掖平:《激情·狂放·魔幻·诡奇——重读莫言小说〈红高粱家族〉》,《山东文学》2012年第11期。

④ 参见李珺平:《换一只眼睛看莫言——〈酒国〉印象三则》,《湛江师范学院学报》2002年第1期。

钩儿似乎一直没能走进所要调查的案件，始终在外围徘徊，始终被困在酒山、肉海和性勾引之中，始终在义愤和堕落之间挣扎，最终湮没于污秽，就像那个土地测量员费尽心机也没能走进城堡一样；二是接受者似乎也没能接近本来事件(包括本事和情节)，即案件本身的真相、原因、初始过程及继发过程等基本被遮蔽，充其量在既是作品人物又是独特视角的李一斗的拙劣、夸张、荒诞、神话般的叙述中或明或暗地予以显现。这样，阅读者始终如坠雾中，无法自明。文章用“穿越象征的森林”来阐释《酒国》的本质，作品拥有莫言创作上的所有优点，那汪洋恣肆的想象、五颜六色的通感、奇妙的隐喻等使象征意蕴更加深厚、委曲迂徐。最富寓意、发人心窍的是：市委宣传部长“金刚钻”与侦察员丁钩儿的较量以及吃肉孩的活动。这里深刻地指出，象征的突出特征是“似非而是”(Paradox)，此词绝不能译作“似是而非”，因为其侧重点在于：所描写、叙述的事物好像是假的，其实是真的。《酒国》的描写、叙述是假的，而救救孩子、救救民族、救救人类的祈求、寓意却是真的。于是，自然也就揭示出《酒国》内在的悲凉基调。黄善明的文章《一种孤独远行的尝试——〈酒国〉之于莫言小说的创新意义》[①]，对于《酒国》的解读同样细致。他从试图摆脱“合谋”的创作心态、多重文本叠加的叙事模式、荒诞变形的形象设置和涵容深藏的主题话语四个方面全方位阐述《酒国》对于莫言小说创作的创新意义，具有整体认识价值。

不论题材触及还是艺术探索方面，莫言总在进行创新，长篇小说《蛙》又是明证，这部获得第八届茅盾文学奖的佳作再次掀起当代文学评论的高潮。有代表性的当属李衍柱的解读，他用“生命的文学奇葩”来形容《蛙》：这是中国文学史乃至世界文学史上出现的一部谱写人的生命的喜与悲、善与恶、负罪与救赎的文学奇葩。[②] 作家在小说中艺术地向读者诠释和展示出文学与生命这一深邃的美学意蕴。文章尤其细致地分析其中的“负罪”与“救赎”意识的萌发和形成，认为这是作家热爱生命、尊重生命的本我潜意识的自然流露。在中国走向现代化的历史进程中，这一主题具有历史的和现实的永恒价值。在《蛙》中，具体从四个层面深化这一主题：第一个层面是国

---

① 黄善明：《一种孤独远行的尝试——〈酒国〉之于莫言小说的创新意义》，《当代作家评论》2001 年第 5 期。

② 参见李衍柱：《〈蛙〉：生命的文学奇葩》，《山东师范大学学报》2011 年第 6 期。

际性战争早已存在的"负罪"与"救赎"问题。侵华日军司令杉谷在中国土地上犯下的罪行，他的儿子杉谷义人内心中仍然认为自己应去承担"救赎"的义务。杉谷义人在给蝌蚪的信中，表示他要代表他过世的父亲向中国人谢罪。第二个层面是以万心（姑姑）为代表的中国践行"计划生育"的妇婴医生，因实行"土政策"强制实行人工流产而产生的"负罪"与"救赎"意识。第三个层面是以陈眉为代表的"地下代孕"而产生的"负罪"与"救赎"感，形象地提出了科技发展（试管婴儿）与市场经济大潮中产生的新的"负罪"与"救赎"意识。第四个层面是作家蝌蚪的"负罪"与"救赎"感，他认为是自己把妻子王仁美和她腹中的儿子送进地狱。作品描写的这四个不同性质、不同层次人群的"负罪"与"救赎"有一个共同点，那就是对人的生命的尊重和对于生命的终极关怀。作品所揭示的丰厚意蕴，不仅对文学的发展有所启示，而且对当下社会现实也有重要意义。莫言旺盛的生命力与创作力，在于作家的根深深地扎在自己的家乡——齐鲁大地高密东北乡这块文化的沃土上。

六、莫言研究的另一种形态

对于莫言及其文学世界，除了精英学者的职业关注外，还存在一种更为难得的研究形态，那就是兼具"专业"与"草根"特性的亲朋好友的近距离透视。其中最有代表性的当属莫言的大哥管谟贤和最早编选《莫言研究资料》的贺立华、杨守森的研究。

贺立华在《莫言文学创作背后的人》中，专门详谈对于管谟贤的印象："他是莫言文学上路的重要启蒙者，他中学时的作文和课本是少年莫言的开蒙读物；他曾是青年莫言早年选择走文学道路的反对者，又是后来莫言文学创作的坚定支持者；他是莫言早期作品的第一个读者，又是莫言小说最严厉、最权威的批评家……他就是莫言的长兄——管谟贤先生。"[①]从 20 世纪 80 年代末开始，管谟贤就陆续写作了一系列关于莫言创作的文章，从"知人论世"出发阐释莫言文学世界的来龙去脉，既有鲜为人知的原型交代，更有逻辑缜密的学术见解。在莫言获得诺贝尔文学奖不久，管谟贤再度谈及《莫

① 管谟贤：《大哥说莫言》，山东人民出版社 2013 年版，第 3 页。

言小说创作背后的故事》[①]，首次提及“四个莫言”的归纳：“天才的莫言”“勤奋的莫言”“高密的莫言”“世界的莫言”。2012 年 11 月 10 日，在山东大学“莫言文学创作学术研讨会”上，管谟贤总结概括莫言获奖的意义。[②] 他认为这是中国文学的进步，是中国社会的进步，是人类的进步。在谈到莫言作品的定位问题时，他认为莫言不属于魔幻现实主义，而属于中国本土的、传统的现实主义，用“幻觉的现实主义”来表达更为确切。莫言确实受过拉美魔幻现实主义的影响，但早就有意识地进行逃离。他坚持写人，写人性，宣称自己是在“作为老百姓写作”，是“把好人当坏人写，把坏人当好人写，把自己当罪人写”，总之不离“人”字，直刺人性深处，既弘扬人的大善，也挖掘人的大恶。事实证明，在此后的写作实践中，莫言树立起自己对人生的看法，开辟了一个属于自己的文学领地——高密东北乡文学王国，建立起属于自己的人物体系，形成一套自己的叙述方式。一句话，形成独特的莫言风格。而且，莫言的“幻觉的现实主义”源自中国古老的叙事艺术，这是他对中国神话、民间传说尤其是齐文化的传承和创新，研究莫言应该从齐文化里寻根。美在民间，莫言对民间所进行的挖掘和继承，具有世界意义。

贺立华早在 1992 年发表的《红高粱歌者的履印》，就对莫言的生命历程和前期创作进行细致梳理。[③] 文章着重探讨莫言文学创作的外因和内因：高粱地里的挣扎和祖父的启蒙；对命运的抗争和长兄的砥砺；从《莲池》的起步和孙犁的赞许；解放军艺术学院徐怀中主任的慧眼识才；故世魂魄的召唤与天国精灵的求索。对于莫言的为人处世和文学创作，贺立华有着更为深入的体会，他通过“童年记忆”“文学境界”“男性视角”三个向度来阐释莫言。[④] 童年记忆是莫言文学创作的丰富宝库，其中包含的关键词有“饥饿”“孤独”“屈辱”“恐惧”，从多言到莫言。难能可贵的是，他从不重复自己，每一部小说都是力图选取独特的题材领域，创造独特的结构，塑造独特的人物形象。他从《红高粱》天马行空的自由挥洒，到行走在民间的《檀香刑》说唱，

---

① 2012 年 11 月 9 日管谟贤在山东大学文学院的讲演，后收入管谟贤《大哥说莫言》（山东人民出版社 2013 年版）。

② 参见管谟贤：《大哥说莫言》，山东人民出版社 2013 年版，第 147 页。

③ 参见贺立华：《红高粱歌者的履印》，贺立华、杨守森编：《莫言研究资料》，第 1 页。

④ 参见贺立华：《童年记忆　文学境界　男性视角——艺术内外说莫言》，《山东女子学院学报》2013 年第 1 期。

再到潜入人灵魂的《蛙》的忏悔，作家的主体意识不断深化，发生灵魂深处的革命，实现从“作为老百姓写作”到“把自己当罪人来写”的文学境界的伟大跨步。

作为莫言的同乡，杨守森直接撰文《我的高密同乡莫言》①。文章独辟蹊径：“现在想来，离开故乡之前的莫言，没有被有关方面发现，没有为人赏识，没有被收拢进当时的文学创作学习班，这当是他不幸中之大幸。这样一来，自然也就使他没有受到当时诸如‘三突出’之类的非文学观念的恶劣训化，没有误入过从红头文件出发进行创作之类的歧途。”“莫言很小失学，这对他的文学创作来说，未尝不是又一幸事。由于较早就远离了政治意味很浓的虚泛的学校正统教育，这就使莫言更容易直接汲取来自于民间的包含原始生命活力的文化影响。”还有就是，莫言开始文学梦不久，即离开高密，这自然也是走向成功的重要契机，就使他能够拉开距离，冷静地审视自己的故乡。在另一篇文章《作家莫言与红高粱大地》中，杨守森进一步探讨莫言文学世界的文化资源。② 从“人格形态”和文学的“现实性”“超越性”视角作出论析，深入阐释莫言创作的源于故乡而又超越故乡的独特性。莫言虽然眷恋着故乡的土地，在故乡大地上获取创作灵感，但他绝不是一个普通意义上的乡土作家或寻根作家。在那汪洋恣肆的笔墨背后，在那梦幻与现实融为一体的想象创造中，透射出来的是对人性、人的历史、人的价值以及人的生命之谜的求索与探寻。他笔下的神秘色彩、奇人异事，也已不再是这片土地上固有的原始形态、不可理喻的灵物崇拜与民俗信仰，更不是一种夸张、拟人之类普通意义上的表现手法，而是作家从宏阔的现代文化视野与宇宙情怀出发，对人与自然之关系的忧虑与沉思。显然，又正是这些，使莫言笔下的芸芸众生，已不只是高密人，不只是山东人，也已不只是中国人，而是伟大、神圣却又不无邪恶与丑陋的“人类”。他小说中的艺术世界，自然也就已不同于地理空间的“高密”和“高密东北乡”了，而是属于莫言自己创造的具有世界性意义的“文学王国”。

莫言研究三十年间，产生了为数不少的莫言综论。对一位正处于创作旺盛期的作家而言，这些通常以“莫言论”命名的研究成果，大都不是判断性

---

① 杨守森：《我的高密同乡莫言》，《时代文学》2001 年第 1 期。

② 参见杨守森：《作家莫言与红高粱大地》，贺立华、杨守森编：《莫言研究资料》，第 42 页。

的，而是带有鲜明的描述性。这些描述重在梳理莫言创作历程的阶段性及其呈现的基本特征。黄发有的《莫言的启示》、雷达的《莫言是个什么样的作家》、洪治纲的《莫言是个奇特的存在》，旨在揭示莫言创作特点及其启发意义。黄发有说莫言这样“无法复制的作家才可能成为一个伟大的作家”①；雷达认为“莫言就是这样一位具有主体性、创新性、民间性、叛逆性的作家”②；洪治纲则对自己所钟爱的四部作品（《红高粱家族》《丰乳肥臀》《檀香刑》和《生死疲劳》）进行文本细读，从中发现莫言的奇特在于“创作主体绝对自由的精神状态，以及毫无顾忌的叙事姿态”③。他们共同的指向，就是莫言的独特性之所在。

由于莫言及其文学世界一直处于备受争议的状态，所以如果把研究对象提升到“莫言现象”的整体层次或许会更为有效。在海内外媒体面前，莫言多次表达出争议的存在：“这几十年来我聆听了很多赞扬，也认真听了很多的批评，包括很多非常刺耳的批评。我觉得赞扬可以鼓励我继续前进，批评使我下一步做好准备。所以我感谢几十年来表扬和批评过我的朋友们，也感谢我得了诺贝尔文学奖之后众多的媒体，包括诸多的网友对我文学创作的评价，对我文学作品的评价，以及对我个人道德方面、人格方面的各种各样的评说。我觉得这对我来说都是非常有利的。”尤其获得诺奖以来，莫言自称经历一场洗礼：“如同一面镜子，看到人心、看到世道，也看到自己。”④目前需要进一步去做的就是辨析何谓“赞扬”、何谓“批评”、何谓“文学作品”的评价、何谓“人格道德”的评说。立足于此，“人心”“世道”“自己”才能清晰地呈现出来。莫言的作品往往一面世就会引发争议，恰恰说明触及的是敏感问题，或者提供的是一时难辨是非的思想。如果围绕“争议”而展开，考察“争议”发生的来龙去脉与本质内涵，从而作出历史的与美学的判断，这对于中国文学乃至中国文化的反思与发展，无疑具有重要意义。

---

① 黄发有：《莫言的启示》，《东岳论丛》2012 年第 12 期。

② 雷达：《莫言是个什么样的作家》，《百家评论》2012 年 12 月第 1 期（创刊号）。

③ 洪治纲：《莫言是个奇特的存在》，《百家评论》2012 年 12 月第 1 期（创刊号）。

④ 任瑄编：《高粱红了：对话莫言》，人民日报出版社 2012 年版，第 15～16 页。

第二节 "诺奖"之后的莫言研究述评

如果说获得诺贝尔文学奖之前的莫言研究与其创作同步进行，并且主要围绕其文本的"审美性""民间性""历史性""家族性"等维度而展开，那么在2012年获得诺贝尔文学奖之后，尽管莫言的创作呈现出"间歇期"，但对其文学世界的研究反而有增无减，再度形成热潮。究其原因，除了不可否认的"诺奖效应"，其实更有鲜明的问题意识。相对于此前的研究指向，这一阶段的研究重点有所不同，主要集中在"莫言与诺贝尔文学奖""世界文学话语中的莫言""莫言与中国叙事传统""莫言作品整体观及其再解读"等四个方面。①

一、莫言与诺贝尔文学奖

作为首位获得诺贝尔文学奖的中国籍作家，莫言获奖的原因考察成为研究热点。不但其作品英译本及其主要英译者葛浩文受到特别关注，而且中国文学如何"走出去"以及"翻译"在这一过程中扮演的角色等问题也被广泛讨论；在"莫言热"的同时，海内外学界也不乏批判和质疑的声音。

莫言获得诺贝尔文学奖，迅速成为社会各界尤其文学界的焦点。如何理性地看待这一事件，进而反思"诺奖"与中国的渊源关系，在"诺贝尔文学奖与中国：从鲁迅到莫言"研讨会上，多学科学者呈现了不同观点的论争。比如，孙郁提出莫言与鲁迅是一个有意味的研究课题；马海良提出从鲁迅的"立人"到莫言的"活人"；刘洪涛提出莫言小说与中国乡土文学的两个传统；张志忠提出从鲁迅到莫言的乡村表述；赵白生梳理诺奖评委的中国情结；车槿山考察从法国到中国的诺奖尴尬；蒋原伦阐述诺奖的权威性与合法性；王坤宇分析莫言获奖的内在动因与时代因素。② 在缓解中国百年文学诺奖情结的同时，尤其引发学界对莫言获奖原因的思考。

---

① 本节初稿经修改后以《"诺奖"之后的莫言研究述评》之名发表于《山东大学学报》2018年第3期。

② 参见高旭东等：《诺贝尔文学奖与中国：从鲁迅到莫言》，《山东社会科学》2013年第2期。

温儒敏指出,"题材独特、文化体察、想象力、讲故事且讲法奇诡新异、评审圈所熟悉、地缘、修补关系"等七个方面与莫言获奖有密切联系。[①] 庄森认为,莫言获奖的重要原因是其小说中蕴含"自由思想"这一普适价值理念,表现在写作的自由立场、个性张扬的人物形象、超越意识形态的具有批判精神的历史观和道德观。[②] 李钧提出,莫言小说的新历史主义主题、扎根于民族传统和民间社会的创作方法、艺术的独创性和思想的深刻性是莫言斩获诺奖的深层原因。[③] 赵奎英提出,"莫言之所以获得诺贝尔文学奖,他那不同凡响的语言风格也是一个重要因素"[④]。陈晓明等则专门阐述"莫言获奖的中国意义",认为莫言的创作具有很强的介入性和超越性,体现深刻而独特的世界观以及不懈的创新精神和旺盛的创作力。莫言获奖提升了中国文学的信心,标志着中国当代文学进入成熟阶段。[⑤] 各方的不同反应,对于中国当代文学的创作和批评本身具有启发性的参照价值,对于认识中国文学的世界地位以及"中国形象"塑造和文化软实力建设也具有重要的借鉴意义。

莫言作品的成功英译对赢得诺奖发挥了不可忽视的作用,在思考"莫言获奖原因"的过程中,翻译问题成为各方关注的焦点。"从莫言获诺奖看中国文学如何走出去——作家、译家和评论家三家谈"的学术峰会,集中讨论了莫言作品的成功之处、中国文学的外译、翻译之于莫言的意义等问题。谢天振分析莫言外译成功的因素,指出"接受环境"的重要性,并进一步强调"关注到文化的跨国、跨民族、跨语言的传播方式、途径、接受心态等翻译行为以外的种种因素"[⑥]。《红高粱家族》的翻译以及莫言作品主要英译者葛浩文,尤其受到关注。有的研究者充分肯定葛浩文的翻译

---

① 参见温儒敏:《莫言历史叙事的"野史化"与"重口味"——兼说莫言获诺奖的七大原因》,《中国现代文学研究丛刊》2013 年第 4 期。

② 参见庄森:《莫言小说的自由思想》,《当代作家评论》2013 年第 2 期。

③ 参见李钧:《新历史主义的立场和"作为老百姓的写作"——莫言荣获诺贝尔文学奖的深层原因探析》,《山东师范大学学报》2013 年第 2 期。

④ 赵奎英:《规范偏离与莫言小说语言风格的生成》,《山东师范大学学报》2013 年第 6 期。

⑤ 参见陈晓明、唐韵:《莫言获诺贝尔文学奖的中国意义》,《解放军艺术学院学报》2013 年第 2 期。

⑥ 张毅、綦亮:《从莫言获诺奖看中国文学如何走出去——作家、译家和评论家三家谈》,《当代外语研究》2013 年第 7 期。

变通，认为以忠实为准则的灵活变通在传达原文“形”与“神”的同时，也有利于目标语读者的理解，“是‘忠实’与‘背叛’的完美结合”[①]。有的研究者则从葛浩文英译本《红高粱家族》出发，探讨方言翻译中存在的失准和不充分现象，认为特色方言词汇和句法在英译之后没有体现原著中所传达的高密文化特点或文化氛围。[②] 而有的研究者则认为葛浩文英译策略是“以读者为中心”，最大特点是删节和改写。[③] 此外，对葛浩文的关注还表现在翻译风格层面。邵璐从《生死疲劳》英译本出发探究译者的文体风格，指出采取对文化负载词进行删减与“字面忠实”的方法，以此降低目标文本在目标语言文化中的受阻性，同时凸显中国文化和语言特质，传达异域风情。[④] 史国强以英译本《丰乳肥臀》为例说明葛浩文的翻译紧扣原文，其高超的翻译技巧并没有稀释原文的文化、修辞、词法等信息，采取有取有舍、“隐”与“不隐”的态度。[⑤] 还有的研究者则通过对莫言小说英译本中的语言形式、强调斜体词等内容来考察，指出“葛氏所译莫言小说英译本均具有明显的美国英语原创文本特征”[⑥]。

延伸开来，中国文学如何“走出去”以及“翻译”的角色问题也被广泛讨论。如有研究者从莫言获得“诺奖”中寻找中国文学作品翻译的启示，进而寻找中国文学走出去的途径，认为文学作品的成功翻译是作者、译者、出版社等“赞助人”之间合作的产物，应重视出版社、“作协”等具有“赞助人”色彩的机构等因素对文学的影响，并进一步强调译者的发掘和培养的重要性。[⑦] 无疑，在中国当代文学的海外传播历程中，“翻译”日益重

① 王淑玲：《从文学翻译变通的角度看葛浩文〈红高粱家族〉的英译》，《西安外国语大学学报》2013 年第 4 期。

② 参见何丽、王筱依：《〈红高粱家族〉方言翻译的语言学分析》，《东北师大学报》2014 年第 6 期。

③ 参见蒋骁华：《〈红高粱家族〉葛浩文英译特点研究》，《外语与翻译》2015 年第 2 期。

④ 参见邵璐：《莫言英译者葛浩文翻译中的“忠实”与“伪忠实”》，《中国翻译》2013 年第 3 期。

⑤ 参见史国强：《葛浩文的“隐”与“不隐”：读英译〈丰乳肥臀〉》，《当代作家评论》2013 年第 1 期。

⑥ 侯羽、刘泽权、刘鼎甲：《基于语料库的葛浩文译者风格分析——以莫言小说英译本为例》，《外语与外语教学》2014 年第 2 期。

⑦ 参见丁旭辉、袁洪庚：《“谋杀”抑或“重生”：莫言获诺贝尔文学奖对中国文学作品翻译的启示》，《西南民族大学学报》2013 年第 8 期。

要。这一问题表面属于技术处理层面，实则关涉人文话语内涵，尤其对于全球化语境中的文化自信而言意义重大。

在"诺奖"之后的"莫言热"中，学界同样也有批判和质疑的声音。李建军认为莫言作品"缺乏基本的伦理精神，缺乏照亮人心的思想光芒，缺乏诺贝尔在他的遗嘱中所说的'理想倾向'"，获奖很大程度上是评委根据"象征性文本"误读的结果。[①] 德国学者顾彬更是批评莫言"无思想""无个性"，他接受采访时说："在中国有许多更好的作家，他们不那么著名，是因为他们没有被翻译成英文，也没有葛浩文这样一位杰出的美国翻译家。""莫言的最主要问题是他没有思想。""他描写了他自己痛苦经历过的50年代及其他，并采用宏伟壮丽的画面。但我本人觉得这无聊之至。"[②]其实，这样的批评也表现出全球化语境下的"差异"和"对话"。

在莫言与诺奖的复杂关系中，不管是肯定还是质疑甚至否定，都不能忽略一个"讲故事的人"所讲的故事。在其获诺奖之后的讲演《讲故事的人》中，莫言展示其成长经历、文学创作及制度与个人的种种问题。在陈思和看来，讲演中的系列故事内含着三个主题：第一部分的主题是母亲，揭示出作家人格是在母亲给以的向上（向善）的血缘力量与现实影响中向下堕落的人性力量的持久较量之中成就的；第二部分表现莫言创作所代表的理想倾向，乃是有异于诺贝尔文学"正统"的来自生命本源和民间大地的理想，它延续左拉、拉伯雷、马尔克斯等一系列优秀作家的传统，亦为中国作家的生存智慧和岗位意识所决定；第三部分的三个故事分别代表人如何求真、求善、求美，体现莫言对于个人与集体、个人的价值和宗教的思考，是一种自我"故事"与道德担当的结合。莫言的演讲没有发表宣言式的理论主张，没有阐述对世界的看法，没有直接回应海内外的舆论，一切均在故事中。[③] 陈思和认为，莫言是一个讲故事的人，他因为讲故事获得诺贝尔文学奖。时至今日，莫言研究的关键与核心仍然在于看他讲述了怎样的故事，又是怎样去讲述的。

---

① 参见李建军：《直议莫言与诺奖》，《文学自由谈》2013年第1期。

② 晚钟：《莫言获诺奖是场误会》，《争鸣》（香港）2012年第35期。

③ 参见陈思和：《在讲故事背后——莫言〈讲故事的人〉读解》，《学术月刊》2013年第1期。

二、世界文学话语中的莫言

获得诺贝尔文学奖之后，莫言创作的世界性因素受到研究者的格外重视。与此同时，世界文学话语中的莫言研究更加醒目，尤其表现在与马尔克斯、福克纳以及村上春树、川端康成等作家的比较研究热度上升。

对于莫言小说所包含的世界性因素，有研究者指出，莫言对红色与血腥、酷刑与死亡等残酷体验、矛盾人生的描写以及强烈的民间“审丑”式写作思维，体现了具有世界性的“恶魔性因素”；而莫言“杂语喧嚣的语言特质，多声部交响的文本结构，信手拈来的中式狂欢意象，融会于文本肌质之内的狂欢化思维方式和消解权威的狂欢文化品格，都展露出蕴含在他那丰富驳杂的叙事艺术中的狂欢情结”，与巴赫金的“狂欢化”在表现形式和精神气质上都有共通之处。[①] 也有研究者认为，莫言的小说在民族化叙事中包含着世界意识的表达，其传奇志怪的写法中融合了西方的“魔幻现实主义”，大胆奇谲的想象中包含着“荒诞主义”，瑰丽隐晦的意象与西方的“象征主义”也有异曲同工之处，其创作是“西方现代写作技巧的中国化实践”。[②] 还有的研究者试图辨析“莫言的世界和世界的莫言”，认为西方非理性主义思潮、“文本”和“文学性”转向以及对结构艺术的现代追求都对莫言的创作产生了影响，并且彰显了独特的中国式写作经验。[③] 延伸开来，全球化及其对话语境下的“中国文学”，本身就是“世界文学”。“文化自信”的本质特征即在于与“自我”和“他者”的“对话”，莫言及其文学世界的意义也在这里。其实从《红高粱家族》开始，已经奠定了莫言同时面向“自我”和“他者”的“对话性”特征。其创作品质，正是在“先锋”中“逃离”，在“寻根”中“扎根”。

莫言与世界作家的关系主要集中在与马尔克斯、福克纳以及村上春树、川端康成等创作风格方面的比较研究。众所周知，莫言创作中的女性

---

① 参见张若琳：《莫言小说中的“世界性因素”——以“恶魔性”与“狂欢化”为中心的讨论》，宁夏大学硕士学位论文，2014 年。

② 参见张裕：《莫言小说民族化叙事中的世界性意识表达》，湖南科技大学硕士学位论文，2016 年。

③ 参见何媛媛：《莫言的世界和世界的莫言——世界文学语境下的莫言研究》，苏州大学博士学位论文，2013 年。

形象尤为突出，所以有的研究者便对马尔克斯与莫言作品中的女性形象进行系统的比较。首先，莫言与马尔克斯创作手法中的“魔幻现实主义”及其积极的女性观使得他们笔下的女性形象具有可比性；其次，以《百年孤独》《丰乳肥臀》等作品为例，通过其中的“魔幻女性”“母性形象”“叛逆女性”的比较，揭示出塑造女性形象的相似性；最后，着眼于女性形象背后的“文化意蕴”及其对于“女性崇拜”以及“根性缺失”的阐释，可以认为“两位作家以女性为依托，为男性树立了榜样”。[①] 对莫言与马尔克斯的“魔幻小说”，有研究者在探源魔幻写作思想的基础上，“多维主题”“多重意象”“多元叙事”和“历史性关照”等视角对它们进行系统比较。[②] 还有的研究者选取《生死疲劳》和《百年孤独》进行比较分析，探讨莫言在叙事模式、土著观念运用以及写实性方面对魔幻现实主义的接受与发展。[③]

除了马尔克斯，莫言和福克纳的对比研究也得到突显。有的研究者从伦理学角度探讨莫言与福克纳小说中故土情结的成因及表现，认为莫言的“高密东北乡”和福克纳的“约克纳帕塔法县”都融入作家对故乡的特殊情结，“但他们的故土情结已经远远超越了故土藩篱，指向整个人类社会”[④]。也有的研究者立足故乡题材进行对比研究，从“历史叙述”“地理特征”“文化特征”等方面分析福克纳和莫言的“故乡神话”，“无论是‘约克纳帕塔法世系’还是‘高密东北乡’都是特定历史时期、特定地域、特定文化内涵的社会缩影”[⑤]。有的研究者则着重于福克纳与莫言作品中的悲剧女性形象比较，他们笔下的悲剧女性都是没有自我意识、自我身份、自我话语的男权社会的牺牲品，但在悲剧成因、悲惨程度等方面又存在差异。根源在于两位作家的女性观不同：福克纳的女性观充满矛盾性，而莫言的女性观则更为积极。[⑥] 还有的研究者将研究重心放在福克纳对莫言

---

① 参见于晓华：《莫言与马尔克斯作品中的女性形象比较研究》，山东师范大学硕士学位论文，2014 年。

② 参见朱晓琳：《马尔克斯与莫言的魔幻小说比较研究》，扬州大学硕士学位论文，2014 年。

③ 参见刘一静、李汶柳：《以〈生死疲劳〉为例谈莫言对马尔克斯的接受与发展》，《名作欣赏》2013 年第 3 期。

④ 刘向辉：《莫言与福克纳小说的伦理学对比》，《江西社会科学》2014 年第 6 期。

⑤ 盛平娟：《莫言与福克纳笔下故乡神话比较》，湖南师范大学硕士学位论文，2014 年。

⑥ 参见杜翠琴：《福克纳与莫言作品中的悲剧女性形象比较研究》，《西北师大学报》2016 年第5 期。

的影响以及莫言对福克纳的接受和创新方面，认为在“文学地理”“寓言故事的叙事方式”等层面，福克纳对莫言具有很大影响；而莫言则吸取福克纳对人的本质的探索，并在“人与人之间的伦理关系”方面发展了福克纳的观点，提出“把坏人当好人写，把好人当坏人写，把自己当罪人写”的理念。①

除了被莫言称为“两座灼热的高炉”的马尔克斯和福克纳，同为亚洲作家且同样获得“诺奖”的川端康成以及多次被“诺奖”提名的村上春树开始进入研究者的视野。有的研究者以莫言与川端康成小说中的女性形象为对象，比较二者不同的美、性爱、命运、死亡及其审美成因。相对而言，川端康成认为女性是美的象征，女性和男性具有平等的人格地位。而在莫言笔下，“女性身上美好的品质和独特的个性都是建立在一种符合中国传统男性价值标准的基础上，女性自身的反抗、叛逆乃至服从，都是在她生活圈中社会普遍认同的男性道德价值观的范围内。女性的才华和独特之处也只是对男性的一种衬托”②。还有的研究者比较考察了川端康成与莫言的文学风格，并指出：前者是日本新感觉派代表作家，继承日本文学传统，追求和式物哀之美，具有唯美主义倾向和特点；后者是中国先锋派作家代表，反映时代历史进程，充满狂放不羁的想象力和强烈的现实冲击力，感知之敏锐与形象之怪诞独树一帜。前者充分调动自然，后者充分利用民俗。③ 莫言和川端康成的文学风格虽然各异，但他们的创作都是立足于民族文学传统。

在村上春树与莫言的比较研究方面，黑古一夫以“介入”为中心解读村上春树《1Q84》与莫言《蛙》的差异。④ 他指出，村上春树虽然尝试从“超然”到“介入”的转换，但是他的“介入”被狭隘化为“人与人的联系”，“社会

---

① 参见胡铁生、夏文静：《福克纳对莫言的影响与莫言的自主创新》，《求是学刊》2014 年第 1 期。

② 段鲜维：《川端康成和莫言小说中的女性形象比较研究》，陕西师范大学硕士学位论文，2015 年。

③ 参见李红：《川端康成与莫言文学的比较研究——以其民族性与世界性为中心视域》，《河南师范大学学报》2013 年第 4 期。

④ 参见黑古一夫：《何为文学表现中的“介入”——村上春树〈1Q84〉与莫言〈蛙〉的区别》，《东北亚外语研究》2014 年第 3 期。

参与”“政治参与”等重要部分被忽视，而莫言的“介入”则很好地包括文学与政治两个层面，因此莫言的《蛙》更具有现实和批判性，这也成为莫言获得成功的原因之一。还有的学者分别以莫言的成名作《透明的红萝卜》和村上春树的成名作《且听风吟》为例比较二者的小说风格，前者以讲述故事为特色，后者以语言革命为追求。对蒲松龄志怪小说的发掘和“以译养文”的持之以恒，分别是莫言和村上完善自己的重要手段。[①] 相对而言，林少华则更加注重二者的相似性研究。他认为，虽然莫言与村上春树在题材和文体等方面都存在差异，但二者在文学创作中的“善恶中间地带”、采取的民间视角与边缘人立场以及魔幻现实主义色彩等方面具有相通之处。[②] 他还指出，莫言与村上春树都可以称得上是“文体家”，二者的比喻修辞在“陌生化、幽默、通感和诗化倾向”等方面具有很大的相似性。[③]

相对于国内的莫言研究热潮，莫言作品的海外接受研究日益显著，尤其在获得“诺奖”之后更为明显。其实自 1986 年以来，日本学界就开始关注莫言。“诺奖”获得者大江健三郎曾在多种场合高度评价莫言，认为他是中国最有实力的“诺奖”候选人。莫言各个时期作品的译者井口晃、藤井省三、吉田富夫等，也有不同的评价。另外，作为与日本当代著名作家村上春树同为“诺奖”候选人并最终获此殊荣的中国作家莫言，在获奖后自然引起日本媒体和大众的广泛关注。有的研究者从学界、媒介以及大众层面考察莫言在日本的接受和反应，认为莫言在日本经历最初的否定和批判，到以魔幻现实主义作家、中国农民作家的形象植根日本民众心目，最终成为受大众欢迎的独具中国魅力的作家这样一个曲折过程。日本各界的评价与接受状况，比较有代表性地反映了日本对以莫言为代表的中国当代文学的认知。[④] 按照宁明的研究，欧美学界从 1989 年起开始关注莫言。综合分析莫言作品在海外的销售情况和读者评论可以看出其

---

① 参见尚一鸥：《〈透明的红萝卜〉与〈且听风吟〉的文学起点——莫言与村上春树的小说艺术比较研究》，《学术研究》2015 年第 3 期。

② 参见林少华：《莫言与村上：似与不似之间》，《中国比较文学》2014 年第 1 期。

③ 参见林少华：《莫言与村上春树的文体特征——以比喻修辞为中心》，《东北亚外语研究》2014 年第 3 期。

④ 参见晏阳红：《莫言在日本的全方位评价研究》，《湖北职业技术学院学报》2014 年第 2 期。

海外接受状况:读者对莫言在叙事方面的不断求变普遍持肯定态度;莫言作品描写的中国普通家庭的命运动荡、人生际遇,尤其蕴藏的中国历史、文化让海外读者耳目一新,为他们了解中国打开一扇窗;其中的魔幻现实主义风格、细节描写以及营造出的强烈的色彩和画面感对海外读者极富吸引力。而令他们无法接受的方面有:作品中过多的暴力、丑陋场景让西方读者无法接受,甚至无法完成阅读;故事内容甚至人物形象、人物姓名等背后隐含的社会政治、文化要素等,让西方读者造成误读,以至于放弃阅读;对中国小说中常用的重复、意象等不能理解,最终也放弃对作品进一步探索的可能。① 显然,当代中国文学的海外传播,从莫言获得诺贝尔文学奖的事件中可以得到诸多启示。

三、莫言与中国叙事传统

在与世界文学的关系被深入讨论的同时,莫言与中国叙事传统的关系进一步引发学术界的重视。与此相关,莫言与蒲松龄及其对《聊斋志异》的继承、与鲁迅精神及其转换以及与其他本土作家的比较研究日益受到关注。

莫言的创作吸收东西方的文学精神,而提供其丰富文化资源的最终是中国悠久的叙事传统,也最终决定其基本的艺术思维方式、选材特征、叙述方式和语义结构,甚至于整体的审美风格。季红真分析莫言小说与中国叙事的密切关系认为:“莫言继承了神话思维开启的艺术想象的一脉传统,借助泛神论的原始宗教,升华出自己‘朴素的庄严’的美学理想,并建立起自己质朴而瑰丽的大地诗学。六朝志怪到《聊斋志异》影响了他取材的向度,唐传奇的‘叙事婉转,文辞华艳’决定了他质朴而瑰丽的文风,宋人平话至明清小说启发了他作为说书人的自觉,几部古典名著从人物到叙事技巧都渗透在他小说的骨骼肌肤中,而元曲、明清传奇、民间说唱艺术与近代兴起的故乡戏剧猫腔,则从人物故事场景、叙事策略到语言形式全面造就了他的小说文体。”②有的研究者着重考察中国叙事传统之于

---

① 参见宁明:《莫言作品的海外接受——基于作品海外销量和读者评论的视野》,《南方文坛》2016 年第 5 期。

② 季红真:《莫言小说与中国叙事传统》,《文学评论》2014 年第 2 期。

莫言的意义，认为莫言的创作离不开对魔幻现实主义的借鉴和中国传统叙事的融合，而“狂欢化的语言、独特的叙事视角和腔调、粗野泼辣的民间英雄以及中国缩影式的高密东北乡”[①]，又是莫言对中国叙事传统的发展。有的研究者则从中国叙事传统元素入手，认为莫言的小说充满鬼魅之气，通过人与鬼、现实与鬼蜮的对比，以不同于现代史观的鬼魂视角，链接起历史和人情，既承续传统鬼话小说的艺术经验，又在时代文化的共性中呈现个人创造。[②] 更进一步，莫言小说还体现出中国叙事传统中的“创世纪神话”：从《秋水》到《白狗秋千架》和《马驹横穿沼泽》，莫言建构着“高密东北乡”的“创世记”。由传奇、现实而神话，每一次都将笔触更深地探入人类思维和文化的源头。[③] 莫言与中国叙事传统的演进，也是不断超越自我而逐步呈现人类学的普遍意义。

在与中国叙事传统的关联上，莫言与蒲松龄及其《聊斋志异》最为密切。这不仅来自于自己多次公开的宣言，更来自于具体文本之间的渊源。有的研究者认为，他们都遭遇人生苦难并在苦难中升华，都呈现出对古齐文化的继承和对鲁文化中儒家伦理道德的颠覆与僭越，表现为作品中人物的自由叛逆精神以及魔幻现实主义色彩，主题又集中在爱情、亲情、死亡以及批判现实等方面。[④] 莫言在对蒲松龄学习的同时不断创新，体现出现代性品格。有的研究者认为，莫言的创作自觉继承中国文学的优秀传统，在向蒲松龄学习并汲取《聊斋志异》创作资源的同时，加大了魔幻叙事的比重，“通过中国式的魔幻叙事，创作了一个又一个当代文化寓言，并在汲取诸多‘现代’元素的过程中，形成了自己独特的风格”[⑤]。还有的研究者在比较中认为，“莫言小说失却了《聊斋志异》的精致小巧细腻，但也别开生面，具有为后者所不具备的开阔大气与世界性眼光”[⑥]。关于《聊

---

① 王磊、李爱华：《中国叙事传统和莫言叙事艺术承继与发展向度》，《石家庄学院学报》2016 年第 4 期。

② 参见孙俊杰、张学军：《莫言小说中的鬼话人情》，《小说评论》2017 年第 5 期。

③ 参见孙俊杰、张学军：《莫言小说中的创世纪神话》，《山东师范大学学报》2017 年第5 期。

④ 参见赵霞：《蒲松龄莫言比较研究》，山东师范大学博士学位论文，2015 年。

⑤ 张立群、吴繁：《从本地到本土——论莫言对〈聊斋志异〉传统的继承与创新》，《南都学坛》2015 年第 6 期。

⑥ 喻晓薇：《从福克纳、加西亚·马尔克斯走向蒲松龄——莫言小说创作与〈聊斋志异〉》，《海南师范大学学报》2017 年第 3 期。

斋志异》对莫言小说的具体而直接的影响，从长篇小说《生死疲劳》《酒国》以及相关短篇小说中，不难发现其中的聊斋式元素。① 而且更为明显的是，“莫言在创作中经常运用的轮回观念、动物意象、鬼神情节都能在《聊斋志异》中找到类似的痕迹。莫言对这类‘聊斋’元素的运用和发挥，使其作品带有一种亦真亦幻、荒诞离奇的魔幻色彩”②。除蒲松龄及其《聊斋志异》之外，莫言最为欣赏的是曹雪芹及其《红楼梦》，并从曹雪芹身世出发把《红楼梦》看作“大悲悯”的典范，视之为一部“挽歌”。所以莫言与《红楼梦》的渊源关系也值得深入研究，尤其在家族小说叙事传统方面可以揭示一条新线索。

除了古典文学传统，莫言与现代文学精神的传承和转换引起新的关注，尤其表现在莫言与鲁迅的比较研究成为热点。立足于宏观比较的视野，有学者从“现实与魔幻的交融”的角度切入论题：“莫言的小说创作，更多的是来自以蒲松龄为代表的中国古典文学的隐匿传统；同时他在艺术手法和现实精神上，也直接继承了鲁迅等新文学作家对于小说创作魔幻与现实的双重建构，并做了进一步思考和探索。”③更有学者直接提出“莫言对鲁迅传统的继承与创新”，认为“与鲁迅相遇”是莫言小说继承中国化叙事经验的重要组成部分。“吃人”的主题、“看客”的发展与深化以及对乡土小说的超越，构成莫言对鲁迅传统继承与创新的诸多方面。④ 还有的研究集中于莫言与鲁迅写作之“主体精神”的“家族性相似”。⑤ 也有的研究认为鲁迅的“启蒙主义”与莫言的“作为老百姓写作”在内在精神联系上一脉相承，共同构成近百年中国文学史上的两座高峰。⑥ 当然也有研

---

① 参见张旋子：《〈聊斋志异〉对莫言小说创作的影响》，集美大学硕士学位论文，2014 年。

② 钟颐：《浅析〈聊斋志异〉对莫言文学创作之影响——以〈檀香刑〉、〈生死疲劳〉、〈蛙〉为例》，《语文建设》2016 年第 24 期。

③ 刘勇、张驰：《20 世纪中国文学现实与魔幻的交融——从莫言到鲁迅的文学史回望》，《北京联合大学学报》2013 年第 1 期。

④ 参见张立群、杨洋：《论莫言对鲁迅传统的继承与创新》，《河北科技大学学报》2015 年第 4 期。

⑤ 参见王学谦：《莫言与鲁迅的家族性相似》，《吉林大学学报》2014 年第 3 期；《魔性叙事及其自由精神——再论莫言与鲁迅的家族性相似》，《文艺争鸣》2016 年第 4 期；《摩罗二重唱——莫言的〈铸剑〉阅读及其与鲁迅的家族性相似》，《求是学刊》2016 年第 4 期。

⑥ 参见栾梅健：《从“启蒙”到“作为老百姓写作”——莫言对鲁迅文学传统的继承与创新》，《南京社会科学》2015 年第 1 期。

究者提出恰恰相反的意见，着眼于莫言与鲁迅精神传统的分离，认为所谓的继承是建立在误读基础之上。“莫言先是用每个人都有的性格缺点、阴暗心理解构了‘启蒙者’的存在，继而又用潜存于人体内的‘动物性’取代了‘国民性’，从而把鲁迅在‘五四’时期所开创的启蒙主义传统，悄无声息地改写成了‘食色性也者’的传统。因此说，与其说莫言是鲁迅创作思想的继承、发扬者，不如说是叛逆、断裂者更为合适。”[①]相对于概观性的比较研究，具体文本个案之间的对比性与互文性的阐释更有针对性。比如，《狂人日记》与《酒国》之间的“吃人”意象和“吃人”叙事的对应分析。[②] 再比如，《故乡》对《白狗秋千架》的影响研究，“《白狗秋千架》的创作立场、故事模式、结构模式、故乡想象、底层生命关注、希望思索、返乡书写和文学独行精神等，都与《故乡》潜存着微妙的对话关系”[③]。有的还涉及《孔乙己》与《冰雪美人》、《一件小事》与《丑兵》、《药》与《灵药》之间的联系。[④]其实，莫言的《枯河》《拇指铐》《檀香刑》等文本与鲁迅的《阿Q正传》《药》《示众》等文本间的关系也需要深化研究。相对于鲁迅着力表现的“看客”，莫言则着力于表现“施刑者”。

在莫言的鲁迅阅读史和文学阅读史中，对于《铸剑》的评价最高。从20世纪60年代以来，无论怎样的阅读，都一再声称“最喜欢《铸剑》”并认为“超过了那个时代的所有小说，也超过了鲁迅自己的其他小说”[⑤]。《铸剑》给莫言带来非同寻常的“启迪”意义。吴福辉从莫言谈《铸剑》的文章说起，认为莫言把“复仇”和“鲁迅精神”并置，归纳出《铸剑》的美学意味。《铸剑》对人生涵义的语言象征般的启示，集中在“黑衣人”身上。尤其是那个集合了莫言全部精神和灵魂的《透明的红萝卜》中的“小黑孩”，仿佛是眉间尺和黑衣人的复合体。[⑥] 莫言将美和残酷相结合的表现，令人回

---

① 姜玉琴：《启蒙主义传统与“食色性也者”传统——论莫言与鲁迅创作思想之不同》，《中国文学研究》2015年第1期。

② 参见吴义勤、王金胜：《“吃人”叙事的历史变形记——从〈狂人日记〉到〈酒国〉》，《文艺研究》2014年第4期。

③ 彭秀坤：《〈故乡〉与莫言〈白狗秋千架〉的互文性》，《鲁迅研究月刊》2013年第10期。

④ 参见赵雨佳：《心慕笔追：莫言对鲁迅短篇小说的模仿与继承》，《文艺争鸣》2015年第10期。

⑤ 莫言：《莫言对话新录》，文化艺术出版社2009年版，第193页。

⑥ 参见吴福辉：《莫言的“‘铸剑’笔意”》，《中国现代文学研究丛刊》2013年第4期。

味到《铸剑》的黑色之魅。张志忠认为，莫言与《铸剑》之间有着说不完的情缘，两者之间存在着逻辑线索和密切关系。[①] 他进一步指出，《我们的荆轲》是向《铸剑》的致敬之作，荆轲形象的塑造不仅有黑衣人的影子，也是作家自我的精神写照。[②] 也有研究者具体比较《铸剑》与莫言的《月光斩》，认为后者在故事框架、情节、主题等方面都与前者具有相关性。[③] 还有的研究者进一步阐释《铸剑》之于莫言的意义，认为鲁迅的“铸剑”对莫言的“打铁”情结影响深远，鲁迅的“复仇精神”转换为莫言的“生命伦理”。[④] 从鲁迅到莫言，不仅延伸出创作主体意识的独特性，而且可以寻绎出现代文学精神的传统性延续和创造性转换的线索。

除了与鲁迅的关系引发研究热潮外，莫言与其他本土作家的比较研究也日益显现。比如“十七年文学”在文学范式的继承、民魂的讴歌和民间资源的挖掘与利用等方面对莫言小说创作的影响[⑤]，莫言与沈从文的民间创作之比较（“高密东北乡”和“湘西”）[⑥]，莫言与张炜的民间立场之比较（“知识分子叙述者”和“作为老百姓的写作”）[⑦]，莫言与陈忠实的女性观念之比较（充满生命的张力和男权社会的附属）[⑧]，莫言与王小波的刑罚叙述之比较（“精细的惨烈”与狂欢化和“戏谑的游戏”与黑色幽默）[⑨]。等等。而且，莫言还多次提及阅读赵树理、张爱玲、金庸、汪曾祺等作家作品的感受和体验以及对自己创作的影响，尤其与赵树理的关系研究更有待于深入展开，比如以“问题小说”和“民间立场”为核心的比较

---

① 参见张志忠：《莫言与〈铸剑〉：说不完的情缘》，《文艺争鸣》2016 年第 11 期。

② 参见张志忠：《〈我们的荆轲〉：向〈铸剑〉致敬——莫言与鲁迅的传承关系谈片》，《南方文坛》2017 年第 1 期。

③ 参见张永辉：《鲁迅〈铸剑〉与莫言〈月光斩〉的对比阐释》，《鲁迅研究月刊》2014 年第 4 期。

④ 参见丛新强：《论鲁迅〈铸剑〉之于莫言的意义》，《东岳论丛》2016 年第 12 期。

⑤ 参见周文慧：《“十七年文学”对莫言小说创作的影响》，《齐鲁学刊》2017 年第 5 期。

⑥ 参见杨汉瑜：《沈从文与莫言之民间创作比较》，《重庆科技学院学报》2013 年第 9 期。

⑦ 参见闫石：《张炜与莫言——民间立场选择的比较研究》，《运城学院学报》2016 年第 2 期。

⑧ 参见李金璐：《莫言、陈忠实小说中女性观念及其创作成因的比较研究》，《湖北函授大学学报》2016 年第 6 期。

⑨ 参见刘梓晗：《浅说莫言、王小波小说刑罚暴力叙述的根源及差异》，《黄冈师范学院学报》2016 年第 2 期。

考察等。此外，近几年程光炜所做的“莫言家世考证”系列研究也独具特色，这样的研究模式，在整体性的莫言研究史中，尤其在拉开时空距离之后的未来时代及其后世学人的莫言研究中，将愈益显示其重要意义。

四、莫言作品整体观及其再解读

莫言获得诺贝尔文学奖，出色的翻译固然不可忽视，但作家自身的创作永远是根本。“诺奖”之后，研究者继续深入文本内部，立足文本细读和辨析，从整体性及其叙事等层面探究莫言作品呈现出来的独特性和普遍性。

第一，对莫言作品的整体性研究。贺立华从童年记忆、文学境界、男性视角三个层面切入：关于饥饿、孤独、屈辱、恐惧的童年记忆是其小说创作的丰富库存；创作的三十多年跨越了天马行空、大地歌唱和灵魂忏悔三重境界；其中对于女性的赞美，使莫言的作品潜含着温情和对爱的渴望。① 张志忠着重于阐述莫言为中国农民立言的精神特征：“在审美特性上，基于乡村世界的生命浑融所形成的艺术感觉和象征意象的营造；在价值评判上，在残酷、血腥、艰辛无比的生存境遇中张扬生命的英雄主义和理想主义。莫言的小说正好印证了 20 世纪中国农民的强大的生命力、创造力，生生不息，追求不已。这就是文学化了的中国特色中国经验，堪与世界文学对话。”②张清华则把莫言置于新文学谱系性的整体观视野：从鲁迅到莫言，新文学的几代作家共同创造了乡村世界与农业文明的哀歌和挽歌，以莫言为标志，这种整体性经验的处理成为最后的文学景观；莫言传承鲁迅和五四作家的国民性批判的主题，但是又将这一延续变得更为丰富和多维，这是百年新文学的精神脉系所在；在历经启蒙主义写作、革命文学之后，以莫言为代表的当代作家重新找回民间文化的价值与立场，以此将当代文学推向更为宽广的美学空间。③ 有的研究者从文学原型出发切入创作整体，探讨“莫言立足于自身原型，通过自我与超我的融

---

① 参见贺立华：《童年记忆　文学境界　男性视角——艺术内外说莫言》，《山东女子学院学报》2013 年第 1 期。

② 张志忠：《论莫言小说》，《文学评论》2013 年第 1 期。

③ 参见张清华：《莫言与新文学的整体观》，《文学评论》2017 年第 1 期。

合，创作了一系列小说中的'我'……令小说中的'我'超越了现实生活原型"[①]。还有的研究者以"感物"与"感悟"这一研究视角为切入点，分析莫言创作中的感觉和悟性，认为其小说叙事策略"运用感性的甚至是想象的方式去表达某种或种种生活经验或生命体验，在看似非合理、非常理甚至怪诞、变形的叙述中影射现实生活中的种种客观存在"[②]。显然，新文学视野中的莫言作品研究及其整体观视角将愈益重要。

第二，莫言创作中的"幻觉现实主义"重新被重视。有研究者认为，莫言的幻觉现实主义受到魔幻现实主义的启示并得以超越。"他的小说以天马行空的想象力、狂放敏锐的感觉、汪洋恣肆的语言，以高密东北乡为背景，创造了一个基于幻觉之上的现实和历史世界，对'猪圈生活'进行了深刻而无情的揭露与嘲讽。"[③]还有研究者认为，莫言的虚幻现实主义是"融合新感觉主义、意识流、魔幻现实主义等西方艺术流派以及中国民间文化和文学质素"[④]的结果。谢有顺则从具体文本出发，深入辨析其"感觉的象征世界"，认为《檀香刑》之后的莫言并非回归传统，而是继续其现代小说写作。"传统小说没有把感觉观念化、象征化的实践，感觉象征化是现代小说的独特标志。《檀香刑》之前，莫言感觉的狂放，更多是停留在具象化和物质化的层面，《檀香刑》之后，莫言将这种感觉巨型化和象征化了。"[⑤]陈晓明也通过对小说《木匠和狗》的解读，深入辨析"乡村自然史"中所包含的现代主义观念和方法，提出"中国现代主义的在地性"问题。[⑥]或许，从文学特质出发，从文本细读入手，才能不断接近并阐释莫言的"幻觉现实主义"。

第三，莫言作品的文本叙事研究进一步深化。张学军从叙事层面重新细读文本，通过叙述者、官方和民间三个角度分析《天堂蒜薹之歌》的叙

---

① 李晓燕：《莫言文学创作自身原型探源》，《山东师范大学学报》2016 年第 3 期。

② 张瑞英：《"感物"与"感悟"——论莫言创作中的感觉与悟性》，《齐鲁学刊》2017 年第 5 期。

③ 王德领：《莫言与幻觉现实主义》，《首都师范大学学报》2013 年第 1 期.

④ 董国俊：《莫言小说的虚幻现实主义》，兰州大学博士学位论文，2014 年。

⑤ 谢有顺：《感觉的象征世界——〈檀香刑〉之后的莫言小说》，《文学评论》2017 年第 1 期。

⑥ 参见陈晓明：《"歪拧"的乡村自然史——从〈木匠和狗〉看中国现代主义的在地性》，《文学评论》2017 年第 1 期。

事结构，以“多重文本与意象叙事”的角度分析《酒国》的结构艺术，从“反复叙事中的灵魂审判”的视角切入《蛙》的结构艺术。[①] 张瑞英从“炮孩子”“世说新语”的角度，创新性地阐释《四十一炮》中的“荒诞叙事”。[②] 也有的研究者以《丰乳肥臀》《蛙》为例对莫言的“苦难叙事”进行分析[③]，以《红高粱家族》《丰乳肥臀》《檀香刑》中的英雄形象为中心表现莫言小说的叙事策略与审美风格[④]，还有的论述莫言小说中的“动物叙事”及其审美意蕴和文学价值[⑤]，有的论述莫言小说中的“身体叙事”及其类型[⑥]，有的论者从莫言不同时期的小说创作入手，论述其儿童叙述视角和叙事方式的转型[⑦]，等等。可以说，叙事研究是回归文本自身的重要途径，也是理解莫言艺术创造的重要环节。

不可否认，莫言研究已经达到相当的广度和深度，也走到一个新的临界点。进而言之，还有哪些学术空间？张志忠认为，在莫言研究成为显学的背景下，对莫言文本的细读，对莫言阅读史、莫言与山东和胶东半岛地域文化关系的深度考察，都是有可能取得新开拓的方面。还有莫言海外传播研究的语种扩大化问题，会涉及对莫言原创性的评价和中国文学走向世界性的借鉴。[⑧] 另外需要特别指出的是，莫言从 2012 年 10 月获得诺

---

① 分别参见张学军：《〈天堂蒜薹之歌〉的叙事结构》，《山东师范大学学报》2014 年第 3 期；《多重文本与意象叙事——论〈酒国〉的结构艺术》，《东岳论丛》2016 年第 1 期；《反复叙事中的灵魂审判——论莫言〈蛙〉的结构艺术》，《当代作家评论》2017 年第 1 期。

② 参见张瑞英：《一个“炮孩子”的“世说新语”——论莫言〈四十一炮〉的荒诞叙事与欲望阐释》，《文学评论》2016 年第 2 期。

③ 参见李茂民：《论莫言小说的苦难叙事——以〈丰乳肥臀〉和〈蛙〉为中心》，《东岳论丛》2015 年第 12 期。

④ 参见朱永富：《论莫言小说的叙事策略与审美风格——以〈红高粱家族〉〈丰乳肥臀〉〈檀香刑〉中英雄形象为中心的考察》，《甘肃社会科学》2013 年第 2 期。

⑤ 参见林洁：《莫言小说中的动物叙事研究》，西南大学硕士学位论文，2015 年。

⑥ 参见敖倩影：《论莫言小说的身体叙事》，广西民族大学硕士学位论文，2016 年。

⑦ 参见翟瑞青：《莫言小说儿童叙述视角和叙事方式的演变》，《齐鲁学刊》2016 年第 3 期。

⑧ 参见张志忠：《莫言研究的新可能性》，《中国现代文学研究丛刊》2016 年第 4 期。

贝尔文学奖，时隔五年的“间歇期”，随着2017年9月开始陆续有新作问世[①]，莫言研究已经引发新的关注，也必将在已有研究基础上迈入新的阶段。

处于民族性与世界性结合点的“莫言研究”，已经超越中国文学的范畴，上升到对于中国文化的重新思考。作为世界文学组成部分的中国文学，以往那种动辄对立的态势已经发生改变，而趋于共融与共生的方向。对于莫言的开放性研究，能够充分体现并揭示正在上升的文化自信及其民族自信。从文学与文化的普世价值出发，探讨莫言作品对于世界文学和人类文明所做的独特贡献，构成莫言研究的永恒的推动力。

第三节　从鲁迅到莫言：以《铸剑》为线索的影响

在研究莫言创作的发生线索之时，除了中国民间文化资源和西方文学形式因素外，鲁迅的精神传统日益引起学界的关注。比如，2006年进行的而在2012年发表的莫言与孙郁围绕鲁迅而展开的对话中，“莫言深入细致地表达了自己对鲁迅的独特理解，以及鲁迅传统对其写作的深刻影响”[②]。孙郁认为，鲁迅之于莫言是一个巨大的存在，20世纪80年代后期一段特殊的体验使莫言对自己的周边环境有了鲁迅式的看法，或者说开始呼应鲁迅式的主题。“作者在历史的反顾里，有着太多的类似鲁迅式的笔法，且不说是有意的模仿还是潜心的创造。”[③]2012年获得“诺奖”之后不久，同年召开了“诺贝尔文学奖与中国：从鲁迅到莫言”的学术研讨会，发表了孙郁的《莫言与鲁迅，一个很有意味的研究课题》、马海良的《从鲁迅的“立人”到莫言的“活人”》、刘洪涛的《莫言小说与中国乡土文学的两个传统》、张志忠的《从鲁迅到莫言的乡村表述》、高旭东的《当代中国并

① 2017年9月第9期的《人民文学》发表戏曲文学剧本《锦衣》和组诗《七星曜我》，2017年11月第11期的《人民文学》发表短篇小说《天下太平》，2017年11月第5期的《收获》发表以“故乡人事”命名的三个短篇小说《地主的眼神》《斗士》《左镰》，2018年1月第1期的《十月》发表短篇小说《等待摩西》和诗歌《高速公路上的外星人》，2018年1月第1期的《花城》发表短篇小说《诗人金希普》《表弟宁赛叶》和诗歌《雨中漫步的猛虎》。

② 姜异新整理：《莫言孙郁对话录》，《鲁迅研究月刊》2012年第10期。

③ 孙郁：《莫言：与鲁迅相逢的歌者》，《当代作家评论》2006年第6期。

非仅有莫言,但莫言仍是杰出的》等代表性文章。[①] 立足于如此宏观的比较视野,有学者从"现实与魔幻的交融"的角度切入论题:"莫言的小说创作,更多的是来自以蒲松龄为代表的中国古典文学的隐匿传统;同时他在艺术手法和现实精神上,也直接继承了鲁迅等新文学作家对于小说创作魔幻与现实的双重建构,并做了进一步思考和探索。"[②]还有的研究集中于莫言与鲁迅写作之"主体精神"的"家族性相似"[③];也有的研究认为鲁迅的"启蒙主义"与莫言的"作为老百姓写作"在内在精神联系上一脉相承。[④] 相对于概观性的比较研究,具体文本个案之间的对比性与互文性的阐释更有代表性和针对性。比如,《狂人日记》与《酒国》之间明显的"吃人"意象和"吃人"叙事的对应分析[⑤],《故乡》对《白狗秋千架》的影响研究[⑥];《铸剑》与《月光斩》的平行研究[⑦],有的还涉及《孔乙己》与《冰雪美人》、《一件小事》与《丑兵》、《药》与《灵药》之间的联系[⑧],如此等等。

总体而言,在莫言的鲁迅阅读史和文学阅读史中,对于《铸剑》的评价最高。鲁迅的"铸剑"描写对莫言的"打铁"情结影响深远,"铸剑"是叙事的缘起,也是显示人物命运的有效载体;"打铁"是叙事的语境,也是延伸人物命运的有效场景。尤其在《姑妈的宝刀》和《月光斩》中,不仅有外在形式的移植,更有内在思想的启示。鲁迅的"复仇精神"转换为莫言的"生命伦理",生命主体从"生"的"对立"到"死"的"一体",从"复仇"起始至仇

---

① 参见高旭东等:《诺贝尔文学奖与中国:从鲁迅到莫言》,《山东社会科学》2013 年第2 期。

② 刘勇、张驰:《20 世纪中国文学现实与魔幻的交融——从莫言到鲁迅的文学史回望》,《北京联合大学学报》2013 年第 1 期。

③ 王学谦:《莫言与鲁迅的家族性相似》,《吉林大学学报》2014 年第 3 期;《魔性叙事及其自由精神——再论莫言与鲁迅的家族性相似》,《文艺争鸣》2016 年第 4 期;《摩罗二重唱——莫言的〈铸剑〉阅读及其与鲁迅的家族性相似》,《求是学刊》2016 年第 4 期。

④ 参见栾梅健:《从"启蒙"到"作为老百姓写作"——莫言对鲁迅文学传统的继承与创新》,《南京社会科学》2015 年第 1 期。

⑤ 张磊:《百年苦旅:"吃人"意象的精神对应——鲁迅〈狂人日记〉和莫言〈酒国〉之比较》,《鲁迅研究月刊》2002 年第 5 期;吴义勤、王金胜:《"吃人"叙事的历史变形记——从〈狂人日记〉到〈酒国〉》,《文艺研究》2014 年第 4 期。

⑥ 彭秀坤:《鲁迅〈故乡〉与莫言〈白狗秋千架〉的互文性》,《鲁迅研究月刊》2013 年第10 期。

⑦ 张永辉:《鲁迅〈铸剑〉与莫言〈月光斩〉的对比阐释》,《鲁迅研究月刊》2014 年第 4 期。

⑧ 于德信:《不同时代的相同悲剧——鲁迅〈孔乙己〉与莫言〈冰雪美人〉之比较》,《作家》2009 年第 18 期;赵雨佳:《心慕笔追:莫言对鲁迅短篇小说的模仿与继承》,《文艺争鸣》2015 年第 10 期。

恨消弭，实现了对“复仇精神”的阐释、解构和发展，而其中又深刻蕴含着对“自我”的“憎恶”。如果说鲁迅与莫言具备多层面的比较意义的话，那么最根本的意义还是在《铸剑》及其延伸性影响。从《铸剑》中，莫言读出现代小说的核心质素和鲁迅先生的一贯精神，并将其转换、分解、内化于自身的创作主体意识中。以此而论，鲁迅的《铸剑》之于莫言具有无可比拟的意义。

一、从鲁迅到莫言

莫言曾经多次谈及少年时期阅读鲁迅的强烈感受，并不断地明确表示鲁迅精神对于自己创作的影响。在《说不尽的鲁迅》的对话中，莫言提到自己的部分作品对于鲁迅精神的继承。《枯河》中小孩被打死的情节与读鲁迅有关系，《药》与《狂人日记》对《酒国》有影响，“主观上是在沿着鲁迅开辟的道路前进”①。显然，其间延续的是“吃人”的主题。在《答有恒先生》中，鲁迅深入“诊察”“杀戮的恐怖”和“妄想的破灭”，并再次强调：“中国历来是排着吃人的筵席，有吃的，有被吃的。被吃的也曾吃人，正吃的也会被吃。但我现在发现了，我自己也帮助着排筵席。……中国的宴席上有一种‘醉虾’，虾越鲜活，吃的人便越高兴，越畅快。我就是做这醉虾的帮手……”②《酒国》中的特级侦察员丁钩儿本是为了调查“酒国”“烹食婴孩”的特别案件，但却自然而然地深陷其中。在杀戮者眼中，一切都不是生命，人也就不是人，婴孩也至多是“人形小兽”。“丁钩儿从中看到了许多熟悉的面孔，有金钢钻、女司机、余一尺、王局长、李书记……有一张脸甚至酷肖他自己。他的亲朋好友、情侣仇敌似乎都参加了这吃人的宴席。为什么说是吃人的宴席？因为那最后一盘菜依然是一位端坐在镀金的大盘子里、流着油喷着香、脸上挂着迷人微笑的丰满男孩。”③面对“醉虾”般的“肉孩”，无意识中发出“我抗议”的丁钩儿，随即也不明就里地被跌进露天的肮脏的大茅坑。怀揣神圣使命而饱受苦难的朦胧觉醒者，也难逃终被吞噬的命运结局。从 1918 年作《狂人日记》到 1927 年写《答

① 莫言：《莫言对话新录》，第 196 页。

② 鲁迅：《答有恒先生》，《鲁迅全集》第 3 卷，人民文学出版社 2005 年版，第 474 页。

③ 莫言：《酒国》，上海文艺出版社 2012 年版，第 308 页。

有恒先生》，鲁迅深知："现在倘再发那些四平八稳的'救救孩子'似的议论，连我自己听去，也觉得空空洞洞了。……我知道我自己，我解剖自己并不比解剖别人留情面。"[①]《酒国》不仅回应近百年前的文化主题，其实也从内在精神上接续着鲁迅思想及其灵魂的幽深。其中的"莫言"，又何尝不是充满拷问和分裂的灵魂："我像一只寄居蟹，而莫言是我寄居的外壳。莫言是我顶着遮挡风雨的一具斗笠，是我披着抵御寒风的一张狗皮，是我戴着欺骗良家妇女的一副假面。有时我的确感到这莫言是我的一个大累赘，但我却很难抛弃它，就像寄居蟹难以抛弃甲壳一样。在黑难中我可以暂时抛弃它。"[②]对照《酒国》，这里就不仅仅是叙事视角的问题，更是历史、文化和人性的立场问题。

与"吃人"主题紧密相关的就是"刑罚"叙事。在鲁迅笔下，"刑罚"的书写大多是背景，目的在于展示看客形态，揭示看客心态。这在《阿Q正传》《药》《示众》等文本中都有鲜明表现，也是其一以贯之的"国民性"问题："凡是愚弱的国民，即使体格如何健全，如何茁壮，也只能做毫无意义的示众的材料和看客……"[③]在莫言看来，"鲁迅对看客心理的剖析，是一个伟大发现，揭示了人类共同的本性"[④]。在鲁迅的作品中可以知道看客的心理，也可以知道罪犯的心理，却不知道刽子手的心理。于是，基于杀人者、被杀者、看客所构成的三角关系，莫言把刽子手作为《檀香刑》的第一主人公来写。或者如其所言："毫无疑问《檀香刑》在构思过程中受到了鲁迅先生的启发。"[⑤]至于《枯河》《拇指铐》等文本，其实也和这一主题一脉相承。相对于鲁迅着力表现的"看客"，莫言则着力表现"施刑者"，既是精神性的继承，也是创造性的转换。

在《读鲁迅杂感》一文中，莫言总结自己阅读鲁迅的三个阶段，相对于其他作品，尤其是《铸剑》，"其瑰奇的风格和丰沛的意象，令我浮想联翩，终生受益。截止到今日，记不得读过《铸剑》多少遍，但每次重读都有新鲜

---

① 鲁迅：《答有恒先生》，《鲁迅全集》第3卷，第476～477页。

② 莫言：《酒国》，第311页。

③ 鲁迅：《呐喊·自序》，《鲁迅全集》第1卷，人民文学出版社2005年版，第439页。

④ 莫言：《莫言对话新录》，第197页。

⑤ 莫言：《莫言对话新录》，第197页。

感。可见好的作品的一个最重要的标志就是耐得重读。你明明知道一切，甚至可以背诵，但你还是能在阅读时得到快乐和启迪。一个作家，一辈子能写出一篇这样的作品其实就够了"[①]。在莫言的文学阅读史中，这不能不说是最高的评价。从 20 世纪 60 年代阅读《铸剑》[②]，到 1988 年读研究生班时专门为其写下阅读感受《月光如水照缁衣》并称其为"鲁迅最好的小说，也是中国最好的小说"[③]，到 1996 年写下的《读鲁迅杂感》中的特别强调《铸剑》[④]，再到 2006 年的对话《说不尽的鲁迅》中的"最喜欢《铸剑》"并认为"超过了那个时代的所有小说，也超过了鲁迅自己的其他小说"[⑤]。近半个世纪以来，无论怎样的阅读都不改对于《铸剑》的初衷。那么，《铸剑》到底给莫言带来什么"启迪"？《铸剑》之于莫言的"意义"究竟何在？

二、鲁迅的"铸剑"描写与莫言的"打铁"情结

《铸剑》中眉间尺的父亲是世上无二的铸剑名工，因王妃抱铁柱受孕而生下一块纯青透明的铁，故不幸被大王召选铸剑。耗尽三年精力，锻炼雌雄两剑。深知献剑之日，就是命丧之时，由于王的猜疑和残忍，第一个用血饲剑之人必是自身，所以只献雌剑，留下雄剑以待遗腹子复仇之用。显然，"铸剑"也属于"打铁"的范围，只不过这不是锻打一块普通的铁，而是铸造一块非凡的"纯青透明"的"异宝"。相对于鲁迅的细腻深刻的"铸剑"描写，莫言的"打铁"情结尤为醒目。

在莫言的创作历程中，对"打铁"仿佛情有独钟。成名作《透明的红萝卜》中，老铁匠和小铁匠的"打铁"场景淋漓尽致：

> 桥洞里黑烟散尽，炉火正旺，紫红色的老铁匠用一把长长的铁钳子把一根烧得发白透亮的钢钻子从炉里夹出来，钻子尖上"噼噼"地爆着耀眼的钢花。老铁匠把钻子放在铁砧上，用小叫锤敲了一下铁

---

① 莫言:《会唱歌的墙》，作家出版社 2012 年版，第 120 页。

② 参见莫言:《会唱歌的墙》，第 120 页。

③ 莫言:《会唱歌的墙》，第 36 页。

④ 莫言:《会唱歌的墙》，第 120 页。

⑤ 莫言:《莫言对话新录》，第 193 页。

砧的边缘，铁砧清脆地回答着他。他的左手操着长把铁钳，铁钳夹着钻子，钻子按着他的意思翻滚着；右手的小叫锤很快地敲着钢钻。他的小锤敲到哪儿，独眼小铁匠的十八磅大铁锤就打到哪儿。老铁匠的小锤像鸡啄米一样迅疾，小铁匠的大锤一步不让，桥洞里刁刁生出热风。①

之所以详细展示这一情景，是因为莫言的"打铁"情结实在深厚。《丰乳肥臀》中作为铁匠妻子的上官吕氏，实际上打铁的技术比丈夫还要强许多，只要看到铁与火，就热血沸腾、肌肉暴突。面对孱弱不堪的男性，上官吕氏不禁长叹："菩萨阿，天主啊，上官家的老祖宗都是咬铁嚼钢的汉子，怎么养出了这样一些窝囊子孙！"②这也在暗示出，面对20世纪中国"铁与火"的历史进程，上官家族的女性/母性将要迸发出怎样倔强而坚韧的生命力量。同时也对照暗示出，上官家族唯一的香火传人和家族希望——上官金童又将会呈现出怎样后退而柔弱的精神侏儒性。这里，已经铺设出并奠定了叙事推进的基调。《生死疲劳》中西门闹的第一次生命转换形态是"驴折腾"，呼应的自然是中国社会的"瞎折腾"。在单干户蓝脸带着西门驴上蹄铁之时，面对的还是铁匠铺。老铁匠浑身干燥，身上的水分好像已被多年的炉火烤干；小铁匠汗流浃背，身上的水分仿佛很快就会流光。在小锤和大锤的锻打下，"砧子上的铁犹如一块烂泥，随便他们师徒二人塑造成什么形状"③。"他们用了抽一袋烟的工夫，就将一副马蹄铁改造成了驴蹄铁。"④当老铁匠一再夸赞西门驴的优质品相之时，小铁匠一再强调的却是国营农场的"东方红"拖拉机和"康拜因"收割机。固守铁匠铺的老铁匠心事重重，也只能悲凉地面对小铁匠所谓的"锦绣前程"，两代铁匠的分裂和传统手艺的流失已经在所难免。此时此刻钉过蹄铁的西门驴路遇曾经做过驴贩的陈区长，或许正是出于对驴的喜好，区长承诺允许蓝脸暂时不入社而是与合作社展开竞争。其实在这里，既成为蓝脸面对洪泰岳的威逼利诱而依然坚持单干的依据之一，也为后面的西

① 莫言：《欢乐》，作家出版社2012年版，第19页。

② 莫言：《丰乳肥臀》，第11页。

③ 莫言：《生死疲劳》，第29页。

④ 莫言：《生死疲劳》，第30页。

门驴的悲惨命运埋下沉重的伏笔——因为为区长所役使而折断驴蹄，进而为合作社的饥民所疯狂砍杀。于是也才有了此后的西门闹的其他诸类生命形态——“牛犟劲”“猪撒欢”“狗精神”以及短暂的“猴戏”悲剧及其“大头儿”的异常姿态。曾经的西门闹由于被暴力镇压而希求转世以探究竟，而转世形态又大多承受着几乎重复的暴力结局，历史的“转折”与“发展”和人性的“改造”与“进步”就这样呈现出来。

在鲁迅笔下，“铸剑”既是叙事的缘起，也是显示人物命运的有效载体，比如眉间尺和“黑色人”都是用所铸之剑顺势砍下自身头颅和王的头颅而实现终极的“复仇”使命。在莫言笔下，“打铁”既是叙事的语境，也是延伸人物命运的有效场景。比如“黑孩”迥异的反抗不仅是孩子方式的，也有“黑色人”的元素，比如“上官家族”的生命强力表现和生命伦理意识，比如“西门家族”的生命形态转换与善恶伦理观念，处处都有“打铁”的因由。虽然说“打铁”情结与莫言的农村生活经历密不可分，或者说直接源于其生活历程及其当时的农村生活状况和生产结构，但是每每触及于此又都充满丰厚的隐喻，其中可见鲁迅《铸剑》的影子。尤其在《姑妈的宝刀》和《月光斩》中，这种“影子”已经趋于清晰。

“娘啊娘，娘/把我嫁给什么人都行/千万别把我嫁给铁匠/他的指甲缝里有灰/他的眼里泪汪汪”，这是《姑妈的宝刀》中的开篇“民歌”，也正是从“铁匠”入手演绎出“宝刀”的故事。每年的麦收时节，铁匠老韩一行三人便来到村头，不仅为乡民打造出实用的铁具，更形成一道独特的风景。姑妈及其三个女儿，即是这道风景中的主角。就在一个铁匠炉周围空前热闹的大集市中，姑妈穿戴整洁，来到炉前，异常冷静地要求铁匠打刀。并且从怀里摸出一条四棱的银灰色铁，同时从腰里像抽出一束丝帛一样抽出一柄银亮的刀作为样板。此时此刻，技艺精湛的老铁匠，脸色阴沉，神色全无。不仅不敢接刀，而且用双手捧了那块银灰色铁，恭恭敬敬地送到姑妈面前，弯腰点首道：“老人家，俺是些粗拉铁匠，打打锨镢二齿钩子，混儿口窝窝头吃罢了，请您老高抬贵手。”[①]姑妈的表现是，把刀弯起缠到腰里，伸手接铁揣回怀里，说完“好铁匠都死净了吗”即转身离去。结果可

① 莫言：《与大师约会》，作家出版社2012年版，第153页。

想而知，铁匠们当晚卷铺盖走人，再也没有回来。据村人传言："那是一柄缅刀，杀人不见血，吹毛寸断，一般铁匠如何打得出？"[①]其实在这里，即便能够打出第二把同样的宝刀，铁匠也不会去打。为什么这样？因为鲁迅的《铸剑》早就作了回答。相对于姑妈提供的银灰色铁，眉间尺的父亲提供的是一块纯青透明的铁，这都不是一般的原材料意义上的"铁"，而是打造宝物不凡的前提。无论宝剑还是宝刀，其宝贵价值并不在于无法效仿而在于如何保持其唯一性存在。因此，大王必须杀掉眉间尺的父亲以保障此剑世间无二，献剑之日也就是命尽之时（也才有了后续的独特的"雄剑"复仇计划）。"姑妈的宝刀"同样暗示出这一点。老铁匠不愧久经江湖，凭技术他不是不能打出同样的宝刀，而是不会逞强好胜，也不敢去触犯既成的江湖规矩。老铁匠的离开不但不是因为自身无能而丢人现眼，而恰恰是有意为之的急流勇退。他敏锐地感知着生命的安危，瞬间意识到其中的风险，同样的宝刀出现之时便是自身生命终结之日。从这个意义上说，眉间尺的父亲和老铁匠皆为世事洞明之人，只不过前者是明知不可为而为之，而后者则是明知可为而不为之。其实，从中也可以体会鲁迅和莫言内在灵魂及其主体意识的巨大差异。这不仅仅是历史语境和时空转换的原因，更是个体命运和个性禀赋使然。

与《姑妈的宝刀》相呼应，《月光斩》中的铁匠父子就是充满犹豫之后作出命定的选择，在打造出绝世宝刀之时便气绝身亡。脱胎并承接着《铸剑》，《月光斩》以表弟讲故事的方式，实现着对"眉间尺"的致敬。《铸剑》中的"眉间尺"与父亲、"大王""黑色人"均是身首分离，《月光斩》中的县委刘副书记也被发现身首异处。相对于前者发生的明证状态，后者的发生更为离奇玄虚——断头处仿佛用烙铁烙过又仿佛用速冻技术处理过一样平整，而且没有一点血迹，即便高级的破案专家也大惑不解。耐人寻味的是，他们的关注焦点并不是刘副书记被谁所杀和为什么被杀这样的关键问题，而是聚焦于罪犯到底用什么样的凶器才能这样干净利索地不留血迹。于是，传说中的"月光斩"也就隆重出场。

《铸剑》中造成三位当事者身首分离的是那纯青透明的"雄剑"，《月光

---

① 莫言：《与大师约会》，第153页。

斩》中造成刘副书记身首异处的是被称作“月光斩”的宝刀。1958年全民大炼钢铁之时，两位右派专家“任你行”和“令狐退”被要求把火化炉改造成炼钢炉，结果意想不到地仅仅炼出一小块纯蓝的钢，如作者所言：“就像国王的妃子抱了钢柱而受孕产下来的那块铁一样玄妙。”[①]《铸剑》的故事背景是戏仿武侠文本，这里的两位人物又显然是对金庸武侠文本的戏仿。关键是，这块“纯蓝的钢”其实就是那块“纯青透明的铁”，这不仅是对《铸剑》的直接响应，也为后续的进一步回应做铺垫。虽然费尽原材料，但炼出的却是不满一勺的钢水。“这是真正的金属的精华，七道凌厉的蓝光直冲云霄，有七颗流星沿着蓝光落到钢水勺里，它们在降落时，金光与蓝光剧烈摩擦，放射出刺目的强光，并散发出浓烈得让人昏迷的烧冰的香气。”[②]虽说“烧冰”是少年游戏，但《铸剑》中眉间尺的父亲经过七天七夜炼出的剑在炉底中恰恰也是“纯青的，透明的，正像两条冰”[③]。显然，在模具里放出幽蓝光芒的“那块钢”同样是类似“铸剑”的“异宝”。

有了这样的“钢”就要有慧眼识别的“铁匠”，否则它不过是一块废物。此时也就有了“文革”期间铁匠父子与怀抱黑色包裹的姑娘之间关于“那块钢”和“月光斩”宝刀的故事。当姑娘揭开层层包裹亮出“好钢”之时，“被烟熏火燎得黝黑的铁匠铺子顿时被一种幽蓝的光芒照亮，四面的墙壁和房顶，仿佛都刷了一层明亮的釉彩，焕发出动人的光芒。铁匠兄弟们都忘记了喝粥，捧着碗，张大嘴，眼睛直愣愣地瞪着那块钢”[④]。面对姑娘提供的材料和图纸样本，铁匠三兄弟关心的是加工费和材料的真伪，显然没有意识到问题的严重性。当姑娘准备离开之时，老铁匠则眼力超常，遂抱拳作揖，赔礼道歉：“儿子们出语无状，多有得罪。我们是些土铁匠，锻打个锨、镢、镰、锄，混碗苞谷粥糊口罢了。这样的宝物，您还是另请高明吧。”[⑤]老铁匠不愧历经沧桑，善于避实就虚。面对婉言谢绝，姑娘也只能悲叹：“都说李铁匠家祖上是为康熙大帝打过屠龙宝刀的御用铁匠，原来

---

① 莫言：《与大师约会》，第436页。

② 莫言：《与大师约会》，第436页。

③ 鲁迅：《铸剑》，《鲁迅全集》第2卷，人民文学出版社2005年版，第435页。

④ 莫言：《与大师约会》，第439页。

⑤ 莫言：《与大师约会》，第440页。

不过尔尔。"遂收拾包裹,准备再次失望而归。就在门口消失的一刹那,老铁匠悲凉地问其哪里去,回答是:"我把这块钢,扔到南湾里去,让它沉没到游泥中,永远不见天日。"[①]如果没有好铁匠,即便好钢也枉然,如果不能被识相重用,倒不如绝望地隐藏。经过犹豫之后,老铁匠作出艰难的选择,也是命定的决断。"回来,姑娘,这是我的命,逃是逃不过的。"[②]这又何尝不是眉间尺父亲的抉择呢?因为献剑的一天就是命尽的日子,恰恰因为功成而不能身退,进而被迫丧生。尽管深刻清醒,也在劫难逃,仍然义无反顾:"你不要悲哀。这是无法逃避的。眼泪决不能洗掉运命。"[③]莫言深得并延伸鲁迅之神韵,姑娘的目光惊喜:"我知道你不会放过它的,一个好铁匠,总是盼望着这样的钢出世,然后,用奇特的方式,使它服从自己的意志,变成一把宝刀。"[④]有所不同的是,眉间尺的父亲为自己的一去不回而准备好了将来复仇的雄剑,而老铁匠则做好了以身炼刀或者以刀弑身的准备。老铁匠把包裹放在祖宗牌位前三跪九叩以求保佑,并咬破中指以血祭钢,再用十倍于一般钢铁的时间烧透那块蓝钢。"当爷儿们用头号大钳把那蓝钢抬到铁砧子上时,铁匠铺里变成了冰一样透明的世界。"[⑤]虽然是猛烈而有序的锻打,却没有声音发出,也没有火星溅出,甚至于最终无影无形,"因为那砧子上似乎什么都没有,好像那块奇异的蓝钢,被铁匠父子们打成了空气,或者打成了光,涂抹到这房间里的所有物体上"[⑥]。既然老铁匠以血祭钢方能锻钢打刀,那么姑娘也必须以血祭刀方能使刀显形。她咬破右手中指,血滴铁砧而宝刀显现;她咬破左手中指,血滴宝刀如同珍珠落冰。宝刀的存在,就在此清晰与朦胧中交替。这把宝刀的名字就叫"月光斩"。铁匠父子将它交与姑娘,遂即气绝而亡。这既是身体耗尽精力的结果,也是宝物不可锻造的后果,更是命运定数选择的结局。追根溯源,眉间尺的父亲"铸剑"过程中的景象也是骇人听闻的,与此异曲同工。经过三年铸炼,在最末次开炉之日,景象异常。"哗啦

---

① 莫言:《与大师约会》,第 440 页。
② 莫言:《与大师约会》,第 440 页。
③ 鲁迅:《铸剑》,《鲁迅全集》第 2 卷,第 435 页。
④ 莫言:《与大师约会》,第 440 页。
⑤ 莫言:《与大师约会》,第 441 页。
⑥ 莫言:《与大师约会》,第 442 页。

啦地腾上一道白气的时候,地面也觉得动摇。那白气到天半便变成白云,罩住了这处所,渐渐现出绯红颜色,映得一切都如桃花。我家的漆黑的炉子里,是躺着通红的两把剑。你父亲用井华水慢慢地滴下去,那剑嘶嘶地吼着,慢慢转成青色了。这样地七日七夜,就看不见了剑,仔细看时,却还在炉底里,纯青的,透明的,正像两条冰。"[①]鲁迅《铸剑》中"铸剑"的处所变成"绯红颜色",莫言《月光斩》中"打刀"的铁匠铺变成浅蓝颜色,"屋子里的人和物,都仿佛远古时的物体,被凝固在一块浅蓝的琥珀里"[②]。《铸剑》中是用"水"来让"剑"显现,《月光斩》中是用"血"来让"刀"现形。而最终炼成的"剑"或打成的"刀",则都像"冰"一样。至于"铸剑"名工和"铁匠"父子在完成使命之后随即而亡的表现,虽然方式不同,实则本质无异,都是无可逃避的命运所在。显然,莫言的灵感来自于鲁迅的资源。

回到《月光斩》中刘副书记虽身首分离而平整光滑不留血迹的问题,至此就有了明确答案:"只有用'月光斩'砍人首级,才能滴血不出,才能茬口如熨过的'的确良'布料一样平滑。"[③]虽然紧接着便是对这一事件的怀疑和否定,但是真假难辨,特意去掩饰的往往又是真实发生的。而且,"我"在给表弟回复的邮件中特别强调:"你若回去,一定代我去眉间尺的坟前烧两箔纸钱。"[④]这是"我"对"眉间尺"的认同和祭奠,更是莫言对鲁迅的承继和致敬。

可以断言,鲁迅的"铸剑"对于莫言的"打铁"具有深刻的影响意义,不仅是外在的表现和形式的移植,更有内在的启示和思想的转换。其间的细节对照与呼应,不仅源于莫言的生活土壤,更有鲁迅的精神资源。

三、鲁迅的"复仇精神"与莫言的"生命伦理"

《铸剑》中的眉间尺本是一个无忧无虑的孩子,面对一只令人生厌的落入水缸的硕鼠,在杀伐和拯救之间无比纠结,优柔寡断的善良性情异常醒目。在其突然得知自身还要承担"复仇"使命之时,生命轨迹瞬间转换。

---

① 鲁迅:《铸剑》,《鲁迅全集》第 2 卷,第 435 页。

② 莫言:《与大师约会》,第 441 页。

③ 莫言:《与大师约会》,第 443 页。

④ 莫言:《与大师约会》,第 444 页。

于自我感觉中,一夜之间直达成年,于是青衣青剑跨出家门。然而,复仇之路又绝非想象。"一个孩子突然跑过来,几乎碰着他背上的剑尖,使他吓出了一身汗";"他怕那看不见的雄剑伤了人,不敢挤进去(人丛中);然而人们却又在背后拥上来。他只得婉转地退避";更有甚者,"但他只走得五六步,就跌了一个倒栽葱,因为有人突然捏住了他的一只脚。这一跌又正压在一个干瘪脸的少年身上;他正怕剑尖伤了他,吃惊地起来看的时候,肋下就挨了很重的两拳"。不但被少年扭住不放、要求抵命,而且又遭受闲人们的笑骂和附和。"眉间尺遇到了这样的敌人,真是怒不得,笑不得,只觉得无聊,却又脱身不得。"[①]一路看来,这哪里是一个复仇者,分明是一个"多余者"。非但无法复仇,反而需要拯救。事件的转机在于黑色人的出现,"黑须黑眼睛,瘦得如铁"的黑色人并不言语,只是冷冷一笑便解决问题,即刻让其摆脱困境。后续的发展虽说出人意料,却也在情理之中。与其说眉间尺是复仇者,倒不如说黑色人才是复仇者。或者说,复仇者的主体已经自然间发生了转换。在这个过程中,眉间尺只是复仇的中介。

对于天生就秉有复仇使命的眉间尺而言,他本来属于最不适合复仇的性格,也最不具备复仇的条件,并毫无进行复仇的准备。然而,既然是命中注定的,也就只能直奔结果,只有选择最为简单的复仇方式。那就是不计成本和任何代价,为复仇而复仇。黑色人启蒙并且成全眉间尺的,正是这样一种绝对意义上的复仇,或者说,这才是一种真正彻底的复仇精神。其间甚至已经不再关心此前的是非分明,而只注重复仇的结果。也不再考虑或者已经没有"复仇之后",而是聚焦于如何彻底地"同归于尽"。于是,眉间尺自愿响应黑色人的提议,无需核实甚至在根本无从知晓复仇过程的情况下,便一脱此前的优柔寡断而毫不犹豫地献出自己的剑和头。这在莫言看来,"其勇敢程度,并不亚于手刃仇敌,甚至还要难上数倍"[②]。

凡是暴君,除了无聊,就是发怒,除了杀戮,别无他好。黑色人深谙此情此世,于是投国王之所好,用眉间尺的头对其诱杀。面对金鼎沸水中歌舞的头颅,王的本性显露无遗。就在其感觉似曾相识之时,黑色人迅即掣

---

① 鲁迅:《铸剑》,《鲁迅全集》第 2 卷,第 438～439 页。

② 莫言:《会唱歌的墙》,第 36 页。

出青剑斩落王头。于是，金鼎之中，两头于沸水中死战。就在眉间尺处于下风、无法复仇之时，黑色人毅然决然地顺势劈下自己的头颅，加入混战。黑色人与眉间尺联合作战，最终置王于死地。“待到知道了王头确已断气，便四目相视，微微一笑，随即合上眼睛，仰面朝天，沉到水底里去了。”[①]这样的复仇本就已经极为独特，甚至完全可以以此作为结束也并无瑕疵。然而，更为发人深省的还在后面。金鼎之中，昔日的王、复仇的眉间尺、狭路相逢的黑色人，在沸水和争战中已经完全融为一体。任凭武士们如何打捞，任凭上自王后、下至弄臣们如何辨别，都无法分离出哪是真正的王头。于是出于最为慎重妥善的考虑，“只能将三个头骨都和王的身体放在金棺里落葬”；于是在国葬的灵车中，“上载金棺，棺里面藏着三个头和一个身体”；于是，“怕那两个大逆不道的逆贼的魂灵，此时也和王一同享受祭礼，然而也无法可施”[②]。即便实现复仇，也要继续获得复仇后的荣耀，尽管无意于此，也要让王不再是王，除此之外仿佛别无他途。这样的复仇精神不仅绝无仅有，更是绝对彻底，是对暴力和专制的绝对否定。

《铸剑》的“同归于尽”的复仇形式深深打动莫言，使其长久地感叹于“这篇小说深刻的内涵、丰富的象征和瑰奇的艺术魅力”[③]。《铸剑》的“归为一体”的复仇结果，更是深化浸润于莫言的创作。《红高粱家族》中，在各派势力以抗日之名混战之后，结果是千人坟的发现：

> 在一个大雷雨的夜晚，被雷电劈开坟顶，腐朽的骨殖抛洒出几十米远，雨水把那些骨头洗得干干净净，白得全都十分严肃。……裂开的大坟周围站着一些人，一个个面露恐怖之色。我挤进圈里，看见了坟坑里那些骨架，那些重见天日的骷髅。他们谁是共产党、谁是国民党、谁是日本兵、谁是伪军、谁是百姓，只怕省委书记也辨别不清了。各种头盖骨都是一个形状，密密地挤在一个坑里，完全平等地被同样的雨水浇灌着。稀疏的雨点凄凉地敲打着青白的骷髅，发出入木三分的刻毒声响。仰着的骷髅里都盛满了雨水，清冽，冰冷，像窖藏经

---

① 鲁迅：《铸剑》，《鲁迅全集》第 2 卷，第 448 页。

② 鲁迅：《铸剑》，《鲁迅全集》第 2 卷，第 450～451 页。

③ 莫言：《会唱歌的墙》，第 35 页。

年的高粱酒浆。……乡亲们把飞出去的骨殖捡回来，扔回坟墓中的人的头骨堆里。我眼前一眩，定睛再看时，坟坑里竟有数十个类狗的头骨。再后来，我发现人的头骨与狗的头骨几乎没有区别，坟坑里只有一片短浅的模糊白光。……乡亲们把死人的骨骸毫不珍惜地扔进墓穴，骨殖相碰，断裂破碎。我把那半个人头骨扔下去。我提着硕大的狗头骨犹豫着。一个老人说：扔下去吧，那时候的狗，不比人差。我把狗头骨扔进裂开的坟墓。重新修筑好的"千人坟"和没劈开前的一模一样。①

生时立场鲜明、分割对立，死后归为一体、合为一处，这样的生命形态明显具有《铸剑》"复仇结果"的影子。哪里还有历史主义的正方和反方，而只有伦理主义的"一视同仁"。《生死疲劳》中，经过"驴折腾""牛犟劲""猪撒欢"到"狗精神"尾声之时，几十年间的人、事、物渐趋平静。蓝脸那块坚持五十年没有动摇的一亩六分地，几乎成为专用墓地。"西门闹和白氏葬在这里，你娘葬在这里，驴葬在这里，牛葬在这里，猪葬在这里，我的狗娘葬在这里，西门金龙葬在这里。没有坟墓的地方，长满了野草。这块地，第一次荒芜了。"②接下来，蓝脸又为自己和其他诸位预留合适位置。最后，"狗"和蓝脸几乎同步进入墓圹。

遵照爹的遗嘱，我们将缸里的麦子、绿豆和口袋里的谷子、荞麦以及梁上吊着的玉米，抛撒到爹的墓穴里。让这些珍贵的粮食，遮掩住爹的身体和面孔。我们也在狗的墓穴里抛撒了一些粮食，尽管爹的遗嘱里没有这一条。我们斟酌再三，还是违背了爹的遗愿，在他的墓前立了一块墓碑，碑文由莫言撰写，由驴时代里那个技艺高超的老石匠韩山勒石：一切来自土地的都将回归土地。③

半个世纪以来发生在这片土地上的恩恩怨怨，随着最终的"归为一处"而烟消云散，正所谓"人将死恩仇并泯"。这是对于生命有限的大悲悯，亦是对于人生去处的终极关切。正如一次次地轮回转世，目的并不在于鸣冤复仇，而是日益消弭仇恨。如果心怀仇恨转世为人，人间的恶恶循

① 莫言：《红高粱家族》，第191～193页。
② 莫言：《生死疲劳》，第508页。
③ 莫言：《生死疲劳》，第514页。

环将有始无终。西门闹从当初的被仇恨所充满，到日趋平静，几度轮回而转世成大头儿蓝千岁，其间的斗争对抗不断减弱，而自由精神愈益彰显，没有仇恨，才能安心地叙述。这同时是历史的进步和伦理的自觉。其实也是反向回应叙事起点：只有抛弃“一切痛苦烦恼和仇恨”，“重返人间”才有意义。人为什么要转世，不仅仅为讨回公道(事实是没有也根本无法讨回公道)，更是为向善的转化。人为善良而转世，为修身成善而转世，善是内在核心意旨，这是生命伦理的根本精神。

从鲁迅的《铸剑》中，莫言读出多层面的“复仇精神”。“黑衣人给我留下了特别深的印象。我将其与鲁迅联系在一起，觉得那就是鲁迅精神的写照，他超越了愤怒，极度的绝望。他厌恶敌人，更厌恶自己。他同情弱者，更同情所谓的强者。一个连自己都厌恶的人，才能真正做到无所畏惧。真正的复仇未必是手刃仇敌，而是与仇者同归于尽。”[①]因此，当眉间尺称呼黑色人为“义士”并称其“同情于我们孤儿寡母”时，黑色人的表情严冷：“你不要用这称呼来冤枉我”，“你再不要提这些受了污辱的名称”，“仗义，同情，那些东西，先前曾经干净过，现在却都成了放鬼债的资本。我的心里全没有你所谓的那些。我只不过要给你报仇！”[②]一切都是虚无和绝望，没有其他，就是“只不过要给你报仇”这么简单，所以“他所着力追求的，就是如何置敌于死命的战斗策略和方法”[③]。《生死疲劳》中，蓝脸、洪泰岳、西门金龙构成互为对立的关系：西门金龙与蓝脸和洪泰岳是“变”与“不变”的对立，蓝脸与洪泰岳则是“不变”与“不变”的对立。其实与蓝脸毕生坚持自己心目中的“单干”一样，洪泰岳自始至终都在坚持自己心目中的“革命”。从性格的坚执和信仰的坚持来看，二人并无二致，甚至洪泰岳更加坚定和执着。而西门金龙的最大特点就是多变，或者美其名曰“与时俱进”。因此，洪泰岳不但无法理解蓝脸的选择，更加不能理解西门金龙所走的道路。面对西门金龙从“入社”时的追随，到“文革”时的批斗，再到“改革”时的巨变，洪泰岳的最大敌人已经不再是蓝脸，而是逐步转换为西门金龙。于是，在迎春的葬礼上，洪泰岳选择采用爆炸方式与西门金

---

① 莫言：《莫言对话新录》，第193页。

② 鲁迅：《铸剑》，《鲁迅全集》第2卷，第440页。

③ 莫言：《会唱歌的墙》，第34页。

龙同归于尽，实现真正意义上的“复仇”。

《铸剑》中，当眉间尺试图询问“为什么给我去报仇”时，黑色人如此回答：“我一向认识你的父亲，也如一向认识你一样。但我要报仇，却并不为此。聪明的孩子，告诉你罢。你还不知道么，我怎么地善于报仇。你的就是我的；他也就是我。我的魂灵上是有这么多的，人我所加的伤，我已经憎恶了我自己！”[①]真正的憎恶，其实是“憎恶自己”，真正的复仇也同时是对自我的“复仇”。在《酒国》中，作为小说中的小说和文本中的文本，酒博士兼业余作家李一斗的创作构成整部作品的核心，其中聚焦展现酒国的图景，强化了作为一部文化批判之作的特征。经过对“酒精”的文化批判、对“肉孩”的买卖和杀戮、“神童”的游戏和暴力、“驴街”的吃喝哲学、“一尺英豪”的酒是“国家机器”的判断、“烹饪课”中吃的艺术、“猿酒”的酒精神、“酒城”的酒天下之后，便是作为结局的“第十章”。在这一章中，各种主要角色悉数到场，莫言、李一斗、余一尺、金部长等等，遂使得故事真假难辨，看似虚构实则真实。尤其是其中的分裂的两个“我”，实在让“我”感到厌恶。[②] 而对“自我”的厌恶，才是最根本的“人性”反思和文化批判。

《铸剑》的复仇过程中的相关情节也影响到莫言创作的细节。眉间尺砍下自己的头颅、黑色人砍下国王和自己的头颅，都是干净利落得毫无感觉。《檀香刑》中赵甲执刑砍下“戊戌六君子”的头，也是干净利落得没有痛苦。前者是由于雄剑的奇特和内心的决绝，后者是由于技艺的高超和内心的敬意。然而，脱离身体的头颅均能继续生命的表现和精神的张扬。黑色人高高举起眉间尺的头，“那头是秀眉长眼，皓齿红唇；脸带笑容；头发蓬松，正如青烟一阵”[③]。而且，在金鼎中上浮下沉，唱歌舞蹈。赵甲也是举着刘光第的头颅，“刘大人的头双眼圆睁，双眉倒竖，牙齿错动，发出了咯咯吱吱的声响。赵甲深信，刘大人的头脑，还在继续地运转，他的眼睛，肯定还能看到自己。……他看到，刘大人的眼睛里，迸出了几点泪珠，然后便渐渐地黯淡，仿佛着了水的火炭，缓慢地失去了光彩”[④]。金鼎中

① 鲁迅：《铸剑》，《鲁迅全集》第 2 卷，第 441 页。
② 参见莫言：《酒国》，第 311 页。
③ 鲁迅：《铸剑》，《鲁迅全集》第 2 卷，第 444 页。
④ 莫言：《檀香刑》，上海文艺出版社 2008 年版，第 212～213 页。

先是两颗头颅的生死对决，继而是三颗头颅的生死混战，其间依然伴随着斗争的智慧和勇气，最终偃旗息鼓、气定神闲。“戊戌六君子”被执刑后，百姓议论纷纷，“人们传说刘光第的脑袋被砍掉之后，眼睛流着泪，嘴里还高喊皇上。谭嗣同的头脱离了脖子，还高声地吟诵了一首七言绝句……”[①]这些半真半假的民间话语，不仅为赵甲及其刽子手职业带来巨大声誉，而且传进宫廷，为即将到来的更大荣耀铺平道路。显然，砍头“六君子”不是《檀香刑》的主体，但却为后续主体“檀香刑”的发生和实施奠定了基础。而这些铺垫中的细节呈现，无疑流露着《铸剑》的余韵。

在鲁迅的《铸剑》和莫言的创作关系中，生命主体从“生”的“对立”到“死”的“一体”，从“复仇”起始至仇恨的消弭，实现了对“复仇精神”的阐释、解构和发展。而其中的关键环节，又深刻蕴含着对“自我”的“憎恶”。“当三个头颅煮成一锅汤后，谁是正义谁是非正义的，已经变得非常模糊。他们互相追逐的时候，已经没有了好人坏人的区别。”[②]显然，鲁迅的“复仇精神”转换为莫言的“生命伦理”。进而延伸开来，也就有了莫言所谓的创作原则：“把好人当坏人写，把坏人当好人写，把自己当罪人写。”[③]

显然，鲁迅与莫言都是具有鲜明而强烈的主体意识的作家。以《铸剑》为切入点，似乎可以寻绎出一条从鲁迅到莫言的关于现代文学精神在当代的传统性延续和创造性转换的线索。

---

① 莫言：《檀香刑》，第 213 页。

② 莫言：《莫言对话新录》，第 193 页。

③ 莫言：《用耳朵阅读》，第 255 页。

结　语

莫言研究的倾向及其回应

目前的莫言研究可谓成果丰硕、多元并进，已经达到一个相当的广度和深度。然而也同时伴随明显的问题，比如“过度阐释”“阐释不足”“错位阐释”的倾向。在过度阐释方面，往往把莫言作品无限回溯和延伸，本就是一篇意义明朗的短篇小说却被赋予厚重历史意义的承载，文学阅读成为“历史研究”，最终离题甚远。在阐释不足方面，往往对于莫言作品的研究并没有超出莫言本人对于自己创作的认识和理解，甚至直接就从莫言的讲解而来。莫言在众多渠道和不同场合都非常细致地谈起过自己的创作历程和几乎所有重要的作品，这在为研究者进入其文学世界提供方便的同时也设置了相当高的阐释门槛。在错位阐释方面，则表现为用宏观的“文化”“理论”“主义”来归纳具体而又充满差异的作品，文本往往成为南辕北辙的脚注。尤其是每年海量的学位论文选题，面对已有的研究成果，又要力求出新，往往陷入“为求异”而致使发生完全错误的阅读理解。

除了上述的三种倾向，铺天盖地的重复性研究更是充斥于这一领域。“撰写过《中国鲁迅学通史》的张梦阳研究员在20世纪90年代举行的一次鲁迅研究会议上说，中国的鲁迅研究成果90%都是重复前人已经取得的研究成果。在引起一些学者的议论之后，张梦阳研究员又重新思考了这一观点，并作了修改：中国的鲁迅研究成果99%都是重复前人已经取得的研究成果。虽然这一说法有很大的争议，但是毫无疑问，百年以来的中国鲁迅研究在整体上可以说创新性不足，有很多的研究成果都是在重复前人的劳动。”[①]如果相提并论，如果有将来的“中国‘莫学’研究”，不知道是不是也会发生这样的情况？

要有效回应目前的莫言研究倾向，现在来看还是要回归文本细读。只有从具体文本入手，通过细读性的研究，方能超越“宏大叙事”和“莫言叙事”带来的阐释焦虑，才能真正实现莫言文学解读的多种可能性，才能进一步开拓莫言研究的多元空间，从而深化对于中国文学和文学本质的理解。莫言是具有强烈主体意识的作家，不断深入进行文本细读是揭示其创作精神的关键所在。作为创造主体的作家的主体意识问题，是作家生命力的根本。这种主体意识又与当代中国文学的“向内转”密切相关。或许，在今天的由文本中心走向视听中心的时代，创作的“内向性”与研究的文本细读恰恰使得文学可能回归自己的本源。

莫言的长篇小说创作，几乎每一部都表现出不同于此前的思想深度和艺术探索，尽管也有褒贬，但不能否认其中的创新意识及其独特价值。这不仅关系到作家自身的创作生命，也是文学本身发展的生命力所在。几年前的某个晚间，我临时起意而写下一段顺口溜文字，拿来这里作为暂时性结语，权且命名为《读莫言有感》。

读莫言有感

夜半起来读莫言，依然觉得很新鲜。
已经读过无数遍，仍然还有新发现。

——题记

春风化雨起文章，中国思想在解放。
聊斋祖师不相忘，萝卜地里透光亮。
初生牛犊不怕狼，东北乡里种高粱。
爷爷奶奶真茁壮，高粱地里问上苍。
求生本能有力量，胆大包天去抵抗。
土匪胜过抗日党，从来不必问立场。

---

① “中国鲁迅研究名家精选集”丛书编委会：《薪火相传：百年中国鲁迅研究的回顾与前瞻》，张梦阳：《鲁海梦游》，安徽大学出版社2013年版，第12页。

白驹过隙秋千荡，痴情女子负心郎。
自古红颜多凄凉，悲叹民间音乐腔。
青天老爷坐官场，蒜薹之歌响天堂。
天堂县里瞎子唱，歌来唱去欲断肠。
孔老夫子苦奔忙，十三步里太紧张。
痴人说梦费思量，食草家族显异常。
上官家族打铁强，丰乳肥臀任人谤。
历史循环说兴亡，风云变幻心动荡。
人心不古闹饥荒，姐姐妹妹命无常。
无常还要站立场，立场坚定也灭亡。
是非曲直不衡量，善恶无报人疯狂。
革命没有好下场，大地母亲最安详。
中国文化源流长，酒肉宴席很夸张。
狂人日记酒国藏，没有婴孩酒不香。
命题之作很匆忙，即便大师也虚妄。
说来说去仍内行，红树林里捉迷藏。
中国刑罚真是棒，杀猪杀人不一样。
联袂演出赴刑场，一根檀香就够呛。
再来一曲猫猫腔，惊心动魄把命丧。
舞台不负众人望，感天动地声名扬。
人生无处不流浪，滔滔不绝凭想象。
人肉交流靠幻想，吃肉成神做大王。
小通通灵怕成长，面朝神庙大和尚。
四十一炮对欲望，象征时代众生相。
生死疲劳要信仰，生命本源在善良。
西门家族多辉煌，勤俭持家修桥梁。
革命一来全白忙，人财两亡泡了汤。
阎罗殿里喊冤枉，也让阎王很悲凉。
轮回转世为伸张，驴牛猪狗梦一场。
仇恨灵魂总漏网，再来一回属灵长。

猴戏不常在广场，救赎原罪开了枪。
世纪婴儿不寻常，大头千岁从头讲。
万众歌颂红太阳，蓝脸膜拜蓝月亮。
肉体终归要消亡，颜色一直在闪亮。
土地革命为口粮，为何都要进墓圹。
一生一世须安葬，为人去做嫁衣裳。
人生在世胡乱撞，小心谨慎也碰墙。
生命自然有来往，人为因素甚荒唐。
琥珀煤块吃得香，繁衍能力在下降。
全民艰难度饥荒，中央政策到地方。
摇身一变活阎王，同样感觉很荣光。
对着虚空劈一掌，没有一个会漏网。
蛙声一片多凄凉，四面八方来游荡。
焚香供奉泪两行，还是为了上天堂。
蛙声一片多激昂，无奈蝌蚪不成行。
假戏真做走市场，文明戏里野蛮腔。
要说忏悔不敢当，罪恶仍然在路上。
九幕话剧一登场，百态人生尽亮相。
人生要学鲸鱼状，努力不做鲨鱼样。
鲨鱼只看眼前方，鲸鱼张嘴吞四方。
雨过天晴出阳光，得了世界文学奖。
感谢祖宗和爹娘，观音菩萨下道场。
身体疲惫心繁忙，重新创作有影响。
举重若轻先相忘，凤凰涅槃再翱翔。

后　记

如果长时间地关注一个作家的创作而不转向，大多与其产生真正的共鸣有关系。莫言作品中荒谬的历史真实及人的无能为力和无可奈何，一直深深地触动着我；莫言作品中人的苦难承受及其活下去的勇气，一直深深地激励着我；莫言作品中人的有限生命及其终极虚无，一直深深地提醒着我。还有谁的苦难能够苦过母亲上官鲁氏？还有谁的悲凉能够悲过地主西门闹？还有谁的借口能够好过剧作家蝌蚪？文学创作的根本意义究竟是什么？文学研究的根本意义究竟在哪里？内在精神殊途同归啊！生命的意义是什么或者活着的理由在哪里？看不破能怎样，看破了又能怎样？人啊，毕竟是相对有限的生命，就像涓生说的："我要向着新的生路跨进第一步去，我要将真实深深地藏在心的创伤中，默默地前行，用遗忘和说谎做我的前导……"在相对无限的宇宙面前，一切都可以斤斤计较，一切也都可以忽略不计，因为一切的一切都微不足道，也都可以放下。

对莫言作品的阅读由来已久，曾经多有机会见到莫言老师，也是多次聆听其文学讲解，加上故乡本就属于同一区域，所以对莫言文学世界自感并不陌生。但是真正走入其中并想有所把握，方知并不简单也并非易事。近几年来，我有幸参加首都师范大学张志忠教授作为首席专家的国家社科基金重大招标项目"世界性与本土性交汇：莫言文学道路与中国文学的变革研究"，尤其是参与其中的由山东大学贺立华教授领导的山东学者课题组研究，让我获益良多。而且，山东大学自2016年秋季学期开始在中文系高年级本科生中开设“莫言研究”专题课程，这是现当代文学教研室考虑设计的开放性课程，由我作为主讲教师。记得当年在高密见到莫言老师的时候提及此事，他还表示山东大学“胆子大”，言外之意愧不敢当。在讲课的时候，我自然要提及目前的研究现状和研究趋势，于是逐步萌生了把国家项目研究和本科课堂教学结合起来的想法，也就不断地去引导学生注重问题意识的培养和研究思路的建立。在研究生的课堂上，我也常常以莫言的创作来说明文学的问题。正是在这样的教学过程中，我有机会进一步梳理自己的想法，得以和同学们一起成长。感谢同学们的倾听，给我提供了思考和表达的机会；阅读同学们的课程论文，也常常让我惊喜。作为最年轻的研究者，他们值得期待，用施洗约翰的话说：“那后之来者比我大，我就是替他提鞋也不配。”

对于本书而言，虽说是研究，其实是有意识地回归文本接受的初级阶段。莫言研究开放包容，最为担心的是离题甚远，到头来与文本隔膜。因此，回到作品本身应该是较为安全有效的方法。为了最大限度地减少先入为主的观点影响和固定研究范式所带来的偏见，所以在写作中尽量地减少引经据典，尽量地减少那些似乎无所不包的术语和概念，而力图让文本的意义自我呈现。虽然我的想法很简单，我的研究很肤浅，但是仍然说起来容易做起来难。由于先天不足和后天惰性，老早就有的计划竟然拖延至今，实在连自己都不能原谅自己了。我将继续努力，争取做得更好一些。

感谢我的导师牛运清教授和师母马瑞芳教授，二老一直关心着我的成长；感谢首都师范大学张志忠教授，张老师一直给我提供学习的机会；感谢山东大学贺立华教授，贺老师的耳提面命一直激励着我往前走；感谢项目组的各位前辈和同辈，多次的学术会议交流让我们互相勉励；感谢山东大学现当代文学学科的良好氛围及其各位老师的真诚帮助。本书的顺利出版，还要感谢山东大学出版社姜明先生的辛苦工作和山东大学文学院的学术资助。由于自身的学识和视野有限，不足乃至错讹之处还请各路专家批评指正。

从新强

2019年2月22日